COLLECTION
FOLIO CLASSIQUE

Gérard de Nerval

Aurélia

précédé de

Les Nuits d'octobre
Pandora
Promenades et souvenirs

Préface de Gérard Macé

*Seconde édition revue, établie et annotée
par Jean-Nicolas Illouz*
Professeur à l'Université Paris VIII

Gallimard

PRÉFACE

Ce n'est pas dans la folie que sombre Nerval au début d'Au-rélia, mais dans le sommeil. Puis dans le rêve, après avoir franchi les deux portes dont parlait déjà Virgile : l'une est d'ivoire, celle qui laisse passer les rêves, l'autre est de corne et laisse passer les ombres. Mais au lieu de se refermer derrière le dormeur afin de protéger son repos, ces portes chez Nerval res-tent battantes, et n'arrêtent pas totalement la lumière du jour, au point que le rêve et la réalité se confondent dans son esprit. Or cette confusion qui le trouble et le fait souffrir est aussi une richesse, qui lui permet d'embrasser la réalité sous tous ses aspects, peut-être même de la comprendre comme personne. D'où l'ambivalence du narrateur, qui passe d'un sentiment de toute-puissance au désarroi le plus grand, et des illusions du délire à la nécessité de retrouver la raison, même à regret. Ce va-et-vient perpétuel rend Aurélia *difficile à interpréter (parfois même à suivre), mais c'est aussi ce qui fait son caractère unique, et sa nouveauté : d'un bout à l'autre, ce dernier manuscrit de Ner-val est fidèle à sa vocation poétique en même temps qu'à son expérience vécue, si bien qu'il n'y a plus de différence entre l'une et l'autre ; et s'il déclare lui-même, dans la première page, qu'il va essayer de « transcrire les impressions d'une longue maladie », c'est pour se reprendre aussitôt : « je ne sais pour-quoi je me sers de ce terme maladie, car jamais, quant à ce qui est de moi-même, je ne me suis senti mieux portant. »*

On aurait donc tort de voir en Aurélia *une simple confes-sion, le journal d'une crise ou un document clinique, même si*

Nerval éprouve sans cesse le besoin de comprendre les épreuves imposées à son esprit. Car Aurélia *est d'abord, est surtout un chef-d'œuvre littéraire, ce qui suppose une inspiration née d'une contrainte intérieure, et du besoin de s'en libérer, mais aussi une conscience claire qui maîtrise le processus de création. Cette double nécessité toujours à l'œuvre, au moins alternativement, crée une tension qui ne se relâche pas, jusqu'à ce que Nerval mette fin à ses jours, en même temps qu'à une « descente aux enfers ».*

*Ce sont les derniers mots d'*Aurélia, *et comme toujours il faut les prendre au propre et au figuré : ils viennent à la fois d'une tradition littéraire et d'une expérience personnelle, qui donnent à tout ce qu'il écrit profondeur et densité. Un accent de vérité aussi, mais trop de légendes ont obscurci cette vérité, à cause de l'aura du suicide et du prestige accordé à la folie : il faut donc revenir aux faits, puis écouter Nerval lui-même dans* Aurélia.

Selon Théophile Gautier qui le connut au lycée Charlemagne, et qui fut le premier témoin de sa réputation littéraire, rien ne laissait deviner que la raison de Nerval serait si fragile. Dans son Histoire du romantisme, *il trace un portrait aimable, et même enjoué, de celui qui s'appelait encore Gérard Labrunie : le portrait d'un être lunaire et rayonnant de bonté, qui traverse Paris d'un pas vif et compose en marchant : « Ce n'était pas un homme de cabinet que Gérard. Être enfermé entre quatre murs, un pupitre devant les yeux, éteignait l'inspiration et la pensée ; il appartenait à la littérature ambulante comme Jean-Jacques Rousseau et Restif de la Bretonne… »*
Mais si Théophile, qui fut un ami parfait dans les moments difficiles, décrit Nerval toujours en mouvement, il nous le montre aussi au coin d'une rue, dans une sorte d'extase et perdu dans ses pensées, « gravissant les spirales de quelque Babel intérieure ».
En février 1841 la tour s'effondre, et laisse Nerval en proie à

son délire : c'est la première crise déclarée, la première crise grave qui le conduit à l'enfermement, d'abord chez Mme Sainte-Colombe, près de la barrière du Trône, puis de mars à novembre chez le docteur Blanche, qui avait installé sa maison de santé sur les hauteurs de Montmartre. Si l'on excepte le voyage en Orient qui l'éloigna de Paris durant toute l'année 1843, et qui lui fit le plus grand bien, la vie de Nerval sera dès lors une suite plus ou moins chaotique d'épisodes où sa santé mentale est si fragile, si menacée qu'il éprouve sans cesse le besoin de dire qu'il va mieux, surtout dans les lettres à son père. Jusqu'à la rechute qui le conduit de nouveau chez le docteur Blanche (mais le fils du précédent) dans le quartier de Passy. Rechute qui ne lui laissera que de brefs répits, pendant lesquels il écrit la plupart de ses chefs-d'œuvre, et qui se terminera par la pendaison dans une nuit glaciale, rue de la Vieille Lanterne à Paris. C'était le 26 janvier 1855, et l'avant-veille il avait laissé un billet d'adieu à sa tante Labrunie, qui se terminait par des mots simples et mystérieux, comme toute sa poésie : « Ne m'attends pas ce soir, car la nuit sera noire et blanche. »

Chaque fois que l'intérêt pour la psychologie a pris le pas sur le fait littéraire (et l'on sait qu'à partir de Freud, on a souvent cédé à la tentation), on a voulu expliquer Nerval en comprenant sa maladie. Mais un écrivain n'est pas un patient, surtout à des dizaines d'années de distance, et une personnalité ne se résume pas à un dossier; en outre, dans le cas de Nerval les documents sont rares, en particulier parce que les registres de l'établissement du docteur Blanche, ceux qui concernent les années 1852-1855, ont disparu. Ce qui nous reste, ce sont les éléments d'une nosographie rudimentaire, qui témoigne avant tout des tâtonnements de la médecine. On parle en 1841 d'une méningite, puis d'une manie aiguë réputée incurable en juin; de théomanie et de démonomanie, avant de juger les progrès suffisants pour permettre une sortie définitive en novembre. En 1852 il est question d'un érysipèle, et d'une fièvre chaude; un peu plus tard d'une fièvre aliénative, puis d'un délire furieux.

Dans le même temps, la littérature médicale décrit des cas de folie circulaire, et de folie à double forme, ce qui deviendra à la fin du XIXᵉ une psychose maniaco-dépressive, au XXᵉ une psychose périodique. Quant à la thérapie, dont on sait qu'elle repose sur l'isolement, la camisole et les bains, il est difficile de s'en faire une idée plus précise, mais il faut ajouter que chez Esprit Blanche à Montmartre, aussi bien que chez son fils Émile à Passy, les patients sont traités comme des familiers de la maison, les visites et les sorties sont permises, y compris quand il faut protéger le malade contre lui-même, puisque la dernière fois que Nerval a retrouvé un monde dans lequel il allait sombrer, ce fut contre l'avis du docteur Blanche, qui pressentait l'issue fatale. Nerval qui a parlé du « joug assez dur » d'Esprit Blanche (mais aussi de sa « villa fashionable et même aristocratique ») eut des rapports véritablement amicaux avec son fils Émile, qu'il avait connu très jeune, même si la reconnaissance n'empêche pas la plainte. Car Nerval qui attendait de la marche un engourdissement bienheureux, et des voyages un bienfait pour son équilibre et son travail, a très mal supporté l'internement qui le ramenait dans le cercle trop étroit de ses obsessions.

Mais plus encore que la déraison qui fait voler le réel en éclats, les jugements de ses contemporains l'ont fait souffrir : ceux des médecins, hommes de raison qui cherchent à l'épingler sur un tableau clinique, représentants d'une nouvelle science qu'il récuse, parce qu'elle l'enferme dans une vision du monde qui n'est pas la sienne, et dans une terminologie caricaturale ; ceux des faux amis qui le plaignent et le croient perdu pour la littérature, quand ils n'écrivent pas son épitaphe. Nerval s'est défendu contre ces attaques, parce qu'elles menaçaient à ses yeux sa réputation et son avenir. En août 1841, sa première crise ayant été révélée publiquement, en particulier par Jules Janin qui lui avait consacré un article nécrologique dans Le Journal des Débats, *il demande un droit de réponse, en des termes vigoureux et parfaitement maîtrisés (la correspondance* de Nerval offre d'ailleurs, à quelques exceptions près, un contraste saisissant, presque miraculeux, entre les bizarreries dont il fait état et la sûreté de sa phrase). « *Imprimez ma lettre, il le faut* », ordonne-t-il à celui qui l'a fait passer publiquement pour un « *fou sublime* », car il s'agit de réparer un mal plus efficace que les éloges : « *je ne pourrai jamais me présenter nulle part, jamais me marier, jamais me faire écouter sérieusement.* » Dans cette lettre destinée à la publication, Nerval proteste avec véhémence contre le mot enfermé qu'avait employé Jules Janin (entre autres, parce que la villa du docteur Blanche ne ressemble en rien aux « *petites maisons* » où l'on enfermait autrefois les fous), et contre sa réputation de prophète, d'illuminé dont il pressent qu'il ne pourra se défaire : « *de sorte, mon cher Janin, que je suis le tombeau vivant du Gérard de Nerval que vous avez aimé* », conclut-il en apostrophant le journaliste indiscret, dont l'article élogieux n'a fait que l'accabler.

En novembre de la même année, c'est l'épouse d'Alexandre Dumas qu'il prend pour confidente, afin de lui faire le récit des six mois éprouvants qu'il vient de vivre, et qu'il analyse en renversant la charge de la preuve :

« *J'ai rencontré hier Dumas qui vous écrit aujourd'hui. Il vous dira que j'ai recouvré ce que l'on est convenu d'appeler la raison, mais n'en croyez rien. Je suis toujours et j'ai toujours été le même, et je m'étonne seulement que l'on m'ait trouvé changé pendant quelques jours du printemps dernier. L'illusion, le paradoxe, la présomption sont toutes choses ennemies du bon sens, dont je n'ai jamais manqué. Au fond j'ai fait un rêve très amusant et je le regrette. J'en suis même à me demander s'il n'était pas plus vrai que ce qui me semble seul explicable et naturel aujourd'hui. Mais, comme il y a ici des médecins et des commissaires qui veillent à ce qu'on n'étende pas le champ de la poésie aux dépens de la voie publique, on ne m'a laissé sortir et vaquer définitivement parmi les gens raisonnables que lorsque je suis convenu bien formellement* d'avoir été malade, *ce qui coûtait beaucoup à mon amour-propre et même à ma véracité. Avoue! Avoue! me criait-on, comme on faisait jadis aux sorciers et aux hérétiques, et, pour en finir, je suis convenu de me laisser classer dans une* affection *définie par les docteurs et appelée indifféremment Théomanie ou Démonomanie dans le dictionnaire médical. À l'aide des définitions incluses dans ces deux articles, la science a le droit d'escamoter ou réduire au silence tous les prophètes et voyants prédits par l'Apocalypse, dont je me flattais d'être l'un! Mais je me résigne à mon sort, et si je manque à ma prédestination, j'accuserai le docteur Blanche d'avoir subtilisé l'Esprit divin.* »

On ne saurait mieux dire, dans ces lignes contemporaines des premiers poèmes des Chimères (*et donc du* Christ aux Oliviers, *où Nerval avant Nietzsche, et presque avec la même force, clame que Dieu est mort après avoir abandonné son fils*), on ne saurait mieux dire le vacillement des vieilles croyances, et l'écroulement d'un monde lézardé depuis longtemps. Un monde nouveau va naître, Nerval le pressent, dans lequel toutes les croyances se valent, au point que les dieux se confondent, sans qu'un paganisme renaissant puisse compenser la fragilité nouvelle du symbolisme.

S'il entreprend le récit d'Aurélia treize ans plus tard, c'est que la crise s'est aggravée, en même temps que le fossé se creusait, entre Nerval et ses contemporains. Aucun médecin, aussi bienveillant soit-il, aucun ami ne pouvait raconter à sa place une expérience aussi cruciale, une plongée aussi aventureuse dans ce qu'on appellera bientôt l'inconscient; mais personne ne pouvait enregistrer non plus, avec la sensibilité d'un sismographe, une crise de civilisation qui ressemble d'aussi près à son expérience personnelle, et peut-être la provoque : le chaos entraîné par la chute du trône, et la mort de Dieu, est à l'image du désordre mental dont Aurélia cherche à rendre compte, et du labyrinthe où Nerval se perd, parce qu'il est sans issue.

Le songe n'est pas le seul à s'épancher dans la vie réelle, la lecture aussi. Et les souvenirs de lecture, quand ils font partie d'une mémoire vivante, autrement dit d'un présent qui ne cesse de s'inventer. C'est le cas pour Nerval, avec une telle intensité qu'*Aurélia* est la compagne de Laure et de Béatrice, puis d'Eurydice, perdue depuis toujours puisqu'elle n'a jamais été un être de chair. Le drame de Nerval, entre autres, c'est que dans son esprit il n'y a jamais eu de séparation étanche entre les livres et la réalité, puisqu'ils en sont une partie intégrante.

C'est donc de façon tout à fait concertée qu'il évoque au début d'*Aurélia* d'illustres précédents, dont il fait des «modèles poétiques» : les Memorabilia de Swedenborg, L'Âne d'or d'Apulée, La Divine Comédie du Dante ; et surtout cette Vita nuova qui n'est plus seulement un titre, mais une réminiscence qui se confond avec l'événement vécu, le souvenir de lecture se mêlant au mystère de l'esprit et aux délices de l'imagination.

Dans ce qu'il appelle lui-même son petit livre, Dante raconte, on s'en souvient, sa première rencontre avec Béatrice qui vient d'entrer dans sa neuvième année, puis la façon dont il fait croire, quand il la retrouve à l'église, qu'il est amoureux d'une autre, une femme qui lui sert d'écran pour masquer son véritable amour. Au début de son récit Nerval reprend le dispositif de Dante, mais le complique encore, car la lecture et l'écriture sont à leur tour des écrans, qui rendent Aurélia plus lointaine, plus inaccessible que Béatrice. Il accuse d'ailleurs ses lectures («Quelle folie, me disais-je, d'aimer ainsi d'un amour platonique une femme qui ne vous aime plus. Ceci est la faute de mes lectures ; j'ai pris au sérieux les inventions des poètes, et je me suis fait une Laure ou une Béatrix d'une personne ordinaire de notre siècle... »), ce qui ne l'empêche pas de reprendre à son compte le vocabulaire, les tournures et l'inspiration de Dante, puis de se sentir coupable d'emprunter ainsi une expression qui n'est pas la sienne, ou de se servir des mêmes mots pour deux femmes différentes.

*Il est vrai que chez Nerval qui se décrit souvent en pleurs
(au point qu'on pressent chez lui une véritable jouissance des
larmes), la culpabilité est une vocation. S'il a perdu Aurélia,
c'est à cause d'une faute impardonnable et imprécise : la faute,
comme s'il prenait en charge le péché originel et les malheurs de
l'humanité, d'où l'impression qu'il a parfois de comprendre
l'histoire universelle et d'être dans le secret des dieux, sinon de
partager leur nature. Dans Aurélia il se sent coupable tour à
tour d'avoir profané ses souvenirs, d'avoir élevé son amour au
rang d'une idole, d'avoir violé la loi, et surtout d'avoir proféré
des menaces envers Dieu. L'accusation de blasphème, et l'aveu
du péché d'orgueil, révèlent une peur de sa propre puissance,
qui mettrait le monde en péril s'il ne la retournait contre lui-
même : Nerval craint la violence dont il est capable, une force
décuplée par la folie, c'est pourquoi les pouvoirs qu'il s'attri-
bue, de la guérison des malades à l'influence sur les astres,
vont de pair avec une angoisse de mort qui ne peut avoir
d'autre issue que le suicide : le narrateur d'Aurélia en évoque
la perspective, comme celle d'un châtiment pour avoir renoncé
à l'espérance divine : « Qu'avais-je fait ? s'écrie-t-il à la fin de
la première partie, publiée trois semaines avant sa mort.
J'avais troublé l'harmonie de l'univers magique où mon âme
puisait la certitude d'une existence immortelle. »*

*Nerval n'est plus guidé par personne à ce moment-là : ni
Virgile ni Dante ne l'accompagnent, ni les dieux païens ni la
religion chrétienne ne peuvent plus rien pour lui, pas plus que
la cabale ou la métempsycose. Il est la proie de ses propres
démons, mais avec une effrayante lucidité qui se retrouve dans
sa correspondance (« Peut-être ce que j'ai éprouvé de bizarre
n'existe-t-il que pour moi dont le cerveau s'est abondamment
nourri de visions, et qui ai de la peine à séparer la vie réelle de
celle du rêve », écrit-il au docteur Blanche en juillet 1854), et
le souci d'une élaboration littéraire, d'une forme qui lui permet
encore de s'adresser à nous, même si ses livres lui paraissent
un « amas bizarre de la science de tous les temps ».*

Dans ce qu'il nomme encore « *une sorte d'histoire du monde mêlée de souvenirs d'étude et de fragments de songes* », dans ce récit où il perd parfois « *le sens et la liaison des images* », Nerval accomplit une mission, celle de l'écrivain qui se doit « *d'analyser sincèrement ce qu'il éprouve dans les graves circonstances de la vie* ». Aussi est-il très attentif à la façon dont se forment ses visions, avant de se préoccuper de leur sens, au point que dans certains passages d'Aurélia, on peut lire l'esquisse d'une physiologie du rêve. « *Chacun sait que dans les rêves on ne voit jamais le soleil* », rappelle-t-il au début, avant de noter plus loin qu'il a la sensation de glisser sur un fil. Et quand le cri d'une femme le réveille en sursaut, l'empêchant de prononcer un mot inconnu qui expire sur ses lèvres, il se demande à qui appartenait cette voix, qui est pour lui (mais pour lui seul, il en a conscience) la voix d'Aurélia : venait-elle du dehors, grâce à l'une de ces coïncidences dont le monde terrestre a le secret, ou vient-elle d'un monde invisible ? « *C'est un de ces rapports étranges dont je ne me rends pas compte moi-même et qu'il est plus aisé d'indiquer que de définir...* »

Car Nerval, chaque fois qu'il s'agit de rapporter des paroles entendues en rêve, et plus encore de les interpréter, est d'une prudence extrême, ce qui nous vaut de multiples précautions, dont certains exégètes auraient bien fait de s'inspirer : « *Je ne puis espérer de faire comprendre cette réponse, qui pour moi-même est restée très obscure* » ; « *Je ne voudrais pas abuser des pressentiments ; le hasard fait d'étranges choses* » ; « *Tels sont les souvenirs que je retraçais par une sorte de vague intuition du passé* » ; « *Telles sont à peu près les paroles, ou qui me furent dites, ou dont je crus percevoir la signification* » ; « *Je ne puis citer autre chose de cette conversation, que j'ai peut-être mal entendue ou mal comprise... Je n'ose attribuer à mon ami les conclusions que j'ai peut-être faussement tirées de ses paroles.* »

Après Nerval, on ne racontera plus ses rêves de la même façon. L'incertitude qui les entoure, le flou des images, les lacunes du souvenir en feront des champs de ruines, de frag-

*ments qu'il s'agira de relier entre eux, de compléter si possible
en les rattachant à la vie diurne. À l'intérieur même d'Aurélia, on assiste d'ailleurs à la métamorphose du genre : aban-
donnant la cohérence du récit classique, et la liaison des
parties entre elles, Nerval intitule « Mémorables » les impressions de plusieurs rêves où se retrouvent les dieux de diverses
mythologies, dans un désordre qui ressemble à celui de sa
chambre, « un capharnaüm comme celui du docteur Faust ».
Cet assemblage de pièces et de morceaux, ces débris d'une vie
errante qui ressemblent à un cabinet de curiosités, ces reliques
entassées qui annoncent certaines constructions de l'art brut,
et qui n'ont de sens que pour leur auteur, ce sont des chimères
au sens propre : c'est pourquoi les poèmes qui portent ce titre, et
qui lui permettent pour un temps de recoller les morceaux,
seront si fidèles à l'impression de rêve. Un rêve qui n'est plus
envoyé d'en haut, par un esprit gardien du sens, qui nous
murmurait à l'oreille que nous étions des créatures de Dieu ou
du diable, mais des créatures promises à une autre vie.*

*Cette croyance envolée, et les dieux de toutes les religions ne
formant plus qu'un amas confus de symboles, il reste à Nerval
une ambition, une « audacieuse tentative » qu'il formule en
ces termes à la fin d'Aurélia :*

*« Je résolus de fixer le rêve et d'en connaître le secret. Pour-
quoi, me dis-je, ne point enfin forcer ces portes mystiques, armé
de toute ma volonté, et dominer mes sensations au lieu de les
subir ? N'est-il pas possible de dompter cette chimère attrayante
et redoutable, d'imposer une règle à ces esprits des nuits qui se
jouent de notre raison ? (...)*

*» De ce moment je m'appliquais à chercher le sens de mes
rêves, et cette inquiétude influa sur mes réflexions de l'état de
veille. Je crus comprendre qu'il existait entre le monde externe et
le monde interne un lien ; que l'inattention ou le désordre d'esprit en faussaient seuls les rapports apparents, — et qu'ainsi
s'expliquait la bizarrerie de certains tableaux, semblables à ces
reflets grimaçants d'objets réels qui s'agitent sur l'eau troublée. »*

Nerval, dans ce passage qui sera publié après son suicide, par les soins de ses amis, semble ouvrir des voies dans lesquelles s'engouffrera le XXᵉ *siècle ; mais c'est aussi un homme d'un autre temps, loin de nos fausses certitudes et de nos réponses provisoires, qu'elles soient esthétiques ou psychologiques. Ce qu'il veut, c'est* nouer *le lien, pour lui d'ordre mystique, entre deux formes d'existence : la vie nocturne et celle qui nous attend après la mort. Cette curiosité impossible à satisfaire, autant que des amours chimériques, ont poussé Nerval au suicide, qui est à la fois une défaite et une affirmation de toute-puissance.*

L'ambivalence se retrouve dans son œuvre, dans laquelle on peut lire la défaite de la poésie quand il rimait par habitude et par métier, mais le triomphe de cette même poésie au moment où son esprit s'égarait. De même, Nerval fut à la fois l'héritier d'une tradition qu'il revendiquait, qu'il connaissait par cœur et dont il s'inspirait ouvertement, quand elle lui permettait de se reconnaître, et le précurseur du roman le plus labyrinthique de toute la littérature, qui commence par évoquer les bizarres combinaisons de la lecture, du sommeil et du songe : qu'on relise la première page de la Recherche du temps perdu *après la première page d'*Aurélia, *et l'on comprendra pourquoi Proust a mis Nerval à sa vraie place.*

Mais qui était Aurélia ?
La question posée brutalement appelle une réponse tout aussi brutale : Aurélia n'était personne, si l'on entend par là une femme vivante, dont il suffirait de chercher la trace dans la vie de Nerval.
Mettre à la place d'Aurélia le nom d'une actrice, d'une déesse ou d'une mère, pour en faire une seule figure trop précise, ce serait abaisser Nerval au rang d'un banal auteur de « mémoires », lui ôter la faculté de l'imagination, nier enfin l'invention d'un mythe littéraire qu'André Breton et Michel Leiris chercheront à prolonger, l'un avec Nadja *et l'autre avec*

Aurora. *Ce serait surtout effacer son récit au profit d'une interprétation toute prête, au lieu de suivre les méandres du rêve et de la réalité, dans un monde de correspondances où les images se superposent, où tout revient sous plusieurs formes, comme les doubles et les sosies, les demeures inhabitables et les talismans, la «dame» qui n'en finit pas de mourir et de renaître, le myosotis qui devient la fleur du rêve, et qui dans son langage veut dire « ne m'oubliez pas ».*

Aurélia est une idole intouchable, une allégorie de l'amour au lieu de l'amour lui-même, et donc un fantôme : une image de rêve qu'il s'agit de retrouver la nuit et même le jour, pourvu qu'un soleil noir veuille bien éclairer le ciel de son éclat funèbre. Une apparition fugitive et bientôt une ombre, une morte au tombeau introuvable, une image qui finit même par déserter les songes. Aurélia est peu présente dans le récit de Nerval, parce qu'elle n'arrive pas à s'incarner : en même temps qu'un souvenir, elle est un désir impossible à satisfaire, puisqu'il faudrait que la figure du deuil devienne la figure de l'amour, et que le passé ressuscite en avenir.

Nerval ne nous parle d'ailleurs pas d'Aurélia, mais de femmes et d'événements qui lui rappellent Aurélia. Au point qu'elle est tout entière ressemblances et souvenirs résumés par ce seul nom, dont Nerval ne nous cache pas qu'il repose sur une convention littéraire («une dame que j'avais aimée longtemps et que j'appellerai du nom d'Aurélia »), *mais ce nom qui est un leurre est en même temps une invention poétique d'une justesse inouïe. Outre qu'il rime avec la* Melencolia *de Dürer, l'étymologie lui donne l'éclat de l'*aurus *latin, de l'auréole chrétienne et même de l'or philosophal (mais il s'agit cette fois de transmuer toutes les femmes en une, et de trouver le secret de la vie), cependant que la dernière syllabe nous ramène au lien que cherche à nouer Nerval entre tant de choses, et qui lui sera fatal.*

Alexandre Dumas raconte que lors d'un voyage en Allemagne, Nerval en voiture accrochait à son cou une écharpe attachée à la portière, et qu'il somnolait ainsi, au risque de s'étrangler. Dans Aurélia *le même geste devient un rite, quand deux amis l'ayant sorti du cachot, il est pris d'angoisse à l'approche de la nuit :* « Je demandai à l'un d'eux une bague orientale qu'il avait au doigt et que je regardais comme un ancien talisman, et prenant un foulard, je le nouai autour de mon col, en ayant soin de tourner le chaton, composé d'une turquoise, sur un point de la nuque où je sentais une douleur. Selon moi, ce point était celui par où l'âme risquerait de sortir... »

Nerval est mort parce qu'il a voulu faire l'expérience de la mort, à défaut d'être immortel. Peut-être avec l'espoir insensé de raconter l'instant ultime, lui qui prétendait avoir traversé l'Achéron, *deux fois vainqueur. Il touchait l'impossible en voulant faire le récit que personne n'a pu faire, et en abordant avec confiance la rive où la littérature nous abandonne : c'est en ce sens, mais en ce sens seulement, qu'*Aurélia *est inachevé.*

GÉRARD MACÉ

Les Nuits d'octobre

Paris, — Pantin — et Meaux

Paris

Avec le temps, la passion des grands voyages s'éteint, à moins qu'on n'ait voyagé assez longtemps pour devenir étranger à sa patrie[1]. Le cercle se rétrécit de plus en plus, se rapprochant peu à peu du foyer. — Ne pouvant m'éloigner beaucoup cet automne, j'avais formé le projet d'un simple voyage à Meaux.

Il faut dire que j'ai déjà vu Pontoise[2].

J'aime assez ces petites villes qui s'écartent d'une dizaine de lieues du centre rayonnant de Paris, planètes modestes. Dix lieues, c'est assez loin pour qu'on ne soit pas tenté de revenir le soir, — pour qu'on soit sûr que la même sonnette ne vous réveillera pas le lendemain, pour qu'on trouve entre deux jours affairés une matinée de calme.

Je plains ceux qui, cherchant le silence et la solitude, se réveillent candidement à Asnières.

Lorsque cette idée m'arriva, il était déjà plus de midi. J'ignorais qu'au 1er du mois on avait changé l'heure des départs au chemin de Strasbourg. — Il fallait attendre jusqu'à 3 heures et demie.

Je redescends la rue Hauteville. — Je rencontre un flâneur que je n'aurais pas reconnu si je n'eusse été désœuvré, — et qui, après les premiers mots sur la pluie et le beau temps, se met à ouvrir une discussion

touchant un point de philosophie. Au milieu de mes
arguments en réplique, je manque l'omnibus de trois
heures. — C'était sur le boulevard Montmartre que
cela se passait. Le plus simple était d'aller prendre un
verre d'absinthe au café Vachette, et de dîner ensuite
tranquillement chez Désiré et Baurain[1].

La politique des journaux fut bientôt lue, et je me
mis à effeuiller négligemment la *Revue britannique.* L'intérêt de quelques pages, traduites de Charles Dickens,
me porta à lire tout l'article intitulé : « La Clef de la
rue[2] ».

Qu'ils sont heureux les Anglais de pouvoir écrire et
lire des chapitres d'observation dénués de tout alliage
d'invention romanesque ! À Paris, on nous demande-
rait que cela fût semé d'anecdotes et d'histoires senti-
mentales, — se terminant soit par une mort, soit par
un mariage. L'intelligence réaliste de nos voisins se
contente du vrai absolu.

En effet, le roman rendra-t-il jamais l'effet des combinaisons bizarres de la vie ? Vous inventez l'homme, —
ne sachant pas l'observer. Quels sont les romans préfé-
rables aux histoires comiques, — ou tragiques d'un
journal de tribunaux ?

Cicéron critiquait un orateur prolixe qui, ayant à
dire que son client s'était embarqué, s'exprimait ainsi :
« Il se lève, — il s'habille, — il ouvre sa porte, — il met
le pied hors du seuil, — il suit à droite la voie Flaminia,
— pour gagner la place des Thermes, etc., etc. »

On se demande si ce voyageur arrivera jamais au
port, — mais déjà il vous intéresse, et, loin de trouver
l'avocat prolixe, j'aurais exigé le portrait du client, la
description de sa maison et la physionomie des rues ;
j'aurais voulu connaître même l'heure du jour et le
temps qu'il faisait. — Mais Cicéron était l'orateur de
convention, et l'autre n'était pas assez l'orateur vrai.

II. MON AMI

« Et puis, qu'est-ce que cela prouve ? » — comme disait Denis Diderot[1].

Cela prouve que l'ami dont j'ai fait la rencontre est un de ces *badauds* enracinés que Dickens appellerait *cockneys*; — produits assez communs de notre civilisation et de la capitale. Vous l'aurez aperçu vingt fois, vous êtes son ami, — et il ne vous reconnaît pas. Il marche dans un rêve comme les dieux de l'*Iliade* marchaient parfois dans un nuage, — seulement c'est le contraire : vous le voyez, et il ne vous voit pas.

Il s'arrêtera une heure à la porte d'un marchand d'oiseaux, cherchant à comprendre leur langage d'après le dictionnaire phonétique laissé par Dupont de Nemours, — qui a déterminé quinze cents mots dans la langue seule du rossignol[2].

Pas un cercle entourant quelque chanteur ou quelque marchand de cirage, pas une rixe, pas une bataille de chiens où il n'arrête sa contemplation distraite. L'escamoteur lui emprunte toujours son mouchoir, qu'il a quelquefois, ou la pièce de cent sols, — qu'il n'a pas toujours.

L'abordez-vous ? le voilà charmé d'obtenir un auditeur à son bavardage, à ses systèmes, à ses interminables dissertations, à ses récits de l'autre monde. Il vous parlera *de omni re scibili et quibusdam aliis*[3], pendant quatre heures, avec des poumons qui prennent de la force en s'échauffant, — et ne s'arrêtera qu'en s'apercevant que les passants font cercle, ou que les garçons du café font leurs lits. Il attend encore qu'ils éteignent le gaz. Alors il faut bien partir ; — laissez-le s'enivrer du triomphe qu'il vient d'obtenir, car il a toutes les ressources de la dialectique, et avec lui vous n'aurez jamais le dernier

mot sur quoi que ce soit. À minuit, tout le monde
pense avec terreur à son portier. — Quant à lui-même,
il a déjà fait son deuil du sien, et il ira se promener à
quelques lieues, — ou, seulement, à Montmartre.

Quelle bonne promenade en effet que celle des
buttes Montmartre, à minuit, quand les étoiles scin-
tillent et que l'on peut les observer régulièrement au
méridien de Louis XIII, près du Moulin de Beurre[11]! Un
tel homme ne craint pas les voleurs. Ils le connaissent ;
— non qu'il soit pauvre toujours ; quelquefois il est
riche, mais ils savent qu'au besoin il saurait jouer du
couteau, ou faire le *moulinet à quatre faces*, en s'aidant du
premier bâton venu. Pour le chausson, c'est l'élève de
Lozès[2]. Il n'ignore que l'escrime parce qu'il n'aime pas
les pointes, — et n'a jamais appris sérieusement le pistolet, parce qu'il croit que les balles ont leurs numéros.

III. LA NUIT DE MONTMARTRE

Ce n'est pas qu'il songe à coucher dans les carrières
de Montmartre, mais il aura de longues conversations
avec les chaufourniers. Il demandera aux carriers des
renseignements sur les animaux antédiluviens, s'en-
quérant des anciens carriers qui furent les compagnons
de Cuvier dans ses recherches géologiques[3]. Il s'en
trouve encore. Ces hommes abrupts, mais intelligents,
écouteront pendant des heures, aux lueurs des fagots
qui flambent, l'histoire des monstres dont ils retrouvent encore des débris, et le tableau des révolutions primitives du globe. — Parfois un vagabond se réveille et
demande du silence, mais on le fait taire aussitôt.

Malheureusement les grandes carrières sont fermées
aujourd'hui. Il y en avait une du côté Château-Rouge,
qui semblait un temple druidique, avec ses hauts piliers

soutenant des voûtes carrées. L'œil plongeait dans des profondeurs, — d'où l'on tremblait de voir sortir Ésus, ou Thot, ou Cérunnos, les dieux redoutables de nos pères[1].

Il n'existe plus aujourd'hui que deux carrières habitables du côté de Clignancourt. Mais tout cela est rempli de travailleurs dont la moitié dort pour pouvoir plus tard relayer l'autre. — C'est ainsi que la couleur se perd ! — Un voleur sait toujours où coucher : on n'arrêtait en général dans les carrières que d'honnêtes vagabonds qui n'osaient pas demander asile au poste, ou des ivrognes descendus des buttes, qui ne pouvaient se traîner plus loin.

Il y a quelquefois, du côté de Clichy, d'énormes tuyaux de gaz préparés pour servir plus tard, et qu'on laisse en dehors parce qu'ils défient toute tentative d'enlèvement. Ce fut le dernier refuge des vagabonds, après la fermeture des grandes carrières. On finit par les déloger ; ils sortaient des tuyaux par séries de cinq ou six. Il suffisait d'attaquer l'un des bouts avec la crosse d'un fusil.

Un commissaire demandait paternellement à l'un d'eux depuis combien de temps il habitait ce gîte. « — Depuis un terme. — Et cela ne vous paraissait pas trop dur ? — Pas trop… Et même, vous ne croiriez pas, monsieur le commissaire, le matin, j'étais paresseux au lit. »

J'emprunte à mon ami ces détails sur les nuits de Montmartre. Mais il est bon de songer que, ne pouvant partir, je trouve inutile de rentrer chez moi en costume de voyage. Je serais obligé d'expliquer pourquoi j'ai manqué deux fois les omnibus. — Le premier départ du chemin de fer de Strasbourg n'est qu'à 7 heures du matin ; — que faire jusque-là ?

IV. CAUSERIE

« Puisque nous sommes *anuités,* dit mon ami, si tu n'as pas sommeil, nous irons souper quelque part. — La *Maison d'Or*[1], c'est bien mal composé : des lorettes, des quarts d'agents de change, et les débris de la jeunesse dorée. Aujourd'hui tout le monde a quarante ans, — ils en ont soixante. Cherchons la jeunesse encore non dorée. Rien ne me blesse comme les mœurs d'un jeune homme dans un homme âgé, à moins qu'il ne soit Brancas — ou Saint-Cricq[2]. Tu n'as jamais connu Saint-Cricq ?

— Au contraire.

— C'est lui qui se faisait de si belles salades au café Anglais, entremêlées de tasses de chocolat. Quelquefois, par distraction, il mêlait le chocolat avec la salade, cela n'offensait personne. Eh bien ! les viveurs sérieux, les gens ruinés qui voulaient se refaire avec des places, les diplomates en herbe, les sous-préfets en expectative, les directeurs de théâtre ou de n'importe quoi — futurs — avaient mis ce pauvre Saint-Cricq en interdit. Mis au ban, — comme nous disions jadis, — Saint-Cricq s'en vengea d'une manière bien spirituelle. On lui avait refusé la porte du café Anglais ; visage de bois partout. Il délibéra en lui-même pour savoir s'il n'attaquerait pas la porte avec des rossignols, — ou à grands coups de pavé. Une réflexion l'arrêta : « Pas d'effraction, pas de dégradation ; il vaut mieux aller trouver mon ami le préfet de police. »

Il prend un fiacre, deux fiacres ; il aurait pris quarante fiacres, s'il les eût trouvés sur la place.

« À 1 heure du matin, il faisait grand bruit rue de Jérusalem[3].

« Je suis Saint-Cricq, je viens demander justice —

d'un tas de... polissons ; hommes charmants — mais qui ne comprennent pas..., enfin qui ne comprennent pas ! Où est Gisquet ?

« Monsieur le préfet est couché.

« Qu'on le réveille. J'ai des révélations importantes à lui faire. »

« On réveille le préfet, croyant qu'il s'agissait d'un complot politique. Saint-Cricq avait eu le temps de se calmer. Il redevient posé, précis, parfait gentilhomme, traite avec aménité le haut fonctionnaire, lui parle de ses parents, de ses entours, lui raconte des scènes du grand monde, et s'étonne un peu de ne pouvoir, lui Saint-Cricq, aller souper paisiblement dans un café où il a ses habitudes.

« Le préfet, fatigué, lui donne quelqu'un pour l'accompagner. Il retourne au café Anglais, dont l'agent fait ouvrir la porte ; Saint-Cricq triomphant demande ses salades et ses chocolats ordinaires, et adresse à ses ennemis cette objurgation :

« Je suis ici par la volonté de mon père et de monsieur le préfet, etc., et je n'en sortirai, etc. »

— Ton histoire est jolie, dis-je à mon ami, mais je la connaissais, — et je ne l'ai écoutée que pour l'entendre raconter par toi. Nous savons tous les facéties de ce bonhomme, ses grandeurs et sa décadence, — ses quarante fiacres, — son amitié pour Harel[1] et ses procès avec la Comédie-Française, — en raison de ce qu'il admirait trop hautement Molière. — Il traitait les ministres d'alors de *polichinelles*. Il osa s'adresser plus haut... Le monde ne pouvait supporter de telles excentricités. — Soyons gais, mais convenables. Ceci est la parole du sage. »

V. LES NUITS DE LONDRES

« Eh bien, si nous ne soupons pas *dans la haute*, dit mon ami, — je ne sais guère où nous irions à cette heure-ci. Pour la Halle, il est trop tôt encore. J'aime que cela soit peuplé autour de moi. — Nous avions récemment au boulevard du Temple, dans un café près de l'Épi-scié[1], une combinaison de soupers à un franc, où se réunissaient principalement des modèles, hommes et femmes, — employés quelquefois dans les tableaux vivants ou dans les drames et vaudevilles à poses. — Des festins de Trimalcion[2] comme ceux du vieux Tibère à Caprée. On a encore fermé cela.

— Pourquoi ?

— Je le demande. Es-tu allé à Londres ?

— Trois fois.

— Eh bien, tu sais la splendeur de ses nuits, aux-quelles manque trop souvent le soleil d'Italie ? Quand on sort de *Majesty-Theater*, ou de *Drury Lane*, ou de *Covent Garden*, ou seulement de la charmante bonbon-nière du *Strand*, dirigée par Mme Céleste[3], l'âme exci-tée par une musique bruyante ou délicieusement énervante (oh ! les Italiens !), — par les facéties de je ne sais quel clown, par des scènes de boxe que l'on voit dans des box*... L'âme, dis-je, sent le besoin, dans cette heureuse ville où le portier manque, — où l'on a négligé de l'inventer, — de se remettre d'une telle ten-sion. La foule alors se précipite dans les *bœuf-maisons*, dans les *huître-maisons*, dans les cercles, dans les clubs et dans les *saloons* !

— Que m'apprends-tu là ? Les nuits de Londres sont délicieuses ; c'est une série de paradis ou une série d'*en-*

---

* Loges.

fers, selon les moyens qu'on possède. Les *gin-palace* (palais de genièvre) resplendissants de gaz, de glaces et de dorures, où l'on s'enivre entre un pair d'Angleterre et un chiffonnier... Les petites filles maigrelettes qui vous offrent des fleurs. Les dames des *wauxhalls* et des amphithéâtres, qui, rentrant à pied, vous coudoient à l'anglaise, et vous laissent éblouis d'une désinvolture de pairesse ! Des velours, des hermines, des diamants, comme au théâtre de la Reine !... De sorte que l'on ne sait si ce sont les grandes dames qui sont des...

— Tais-toi ! »

Nous nous entendons si bien, mon ami et moi, qu'en vérité, sans le désir d'agiter notre langue et de nous animer un peu, il serait inutile que nous eussions ensemble la moindre conversation. Nous ressemblerions au besoin à ces deux philosophes marseillais qui avaient longtemps abîmé leurs organes à discuter sur le *grand Peut être*[1]. À force de dissertations, ils avaient fini par s'apercevoir qu'ils étaient du même avis, — que leurs pensées se trouvaient *adéquates*, et que les angles sortants du raisonnement de l'un s'appliquaient exactement aux angles rentrants du raisonnement de l'autre.

Alors, pour ménager leurs poumons, ils se bornaient sur toute question philosophique, — politique, — ou religieuse, à un certain *hum* ou *heuh*, — diversement accentué, qui suffisait pour amener la résolution du problème.

L'un, par exemple, montrait à l'autre, — pendant qu'ils prenaient le café ensemble, — un article sur la *fusion*[2]. — *Hum !* disait l'un ; *heuh !* disait l'autre.

La question des classiques et des scolastiques, soule-

vée par un journal bien connu, était pour eux comme
celle des réalistes et des nominaux du temps d'Abei-
lard ; *heuh !* disait l'un ; — *hum !* disait l'autre.

Il en était de même pour ce qui concerne la femme
ou l'homme, le chat ou le chien. Rien de ce qui est
dans la nature, ou qui s'en éloigne, n'avait la vertu de
les étonner autrement.

Cela finissait toujours par une partie de dominos ; —
jeu spécialement silencieux et méditatif.

« Mais pourquoi, dis-je à mon ami, n'est-ce pas ici
comme à Londres ? Une grande capitale ne devrait
jamais dormir.

— Parce qu'il y a ici des portiers, — et qu'à Londres,
chacun ayant un passe-partout de la porte extérieure,
rentre à l'heure qu'il veut.

— Cependant, moyennant cinquante centimes, on
peut ici rentrer partout après minuit.

— Et l'on est regardé comme un homme qui n'a pas
de conduite.

— Si j'étais préfet de police, au lieu de faire fermer
les boutiques, les théâtres, les cafés et les restaurants, à
minuit, je payerais une prime à ceux qui resteraient
ouverts jusqu'au matin. Car enfin je ne crois pas que la
police ait jamais favorisé les voleurs ; mais il semble,
d'après ces dispositions, qu'elle leur livre la ville sans
défense, — une ville surtout où un grand nombre d'habitants : imprimeurs, acteurs, critiques, machinistes,
allumeurs, etc., ont des occupations qui les retiennent
jusqu'après minuit. — Et les étrangers, que de fois je
les ai entendus rire... en voyant que l'on couche les
Parisiens si tôt.

— La routine ! » dit mon ami.

VII. LE CAFÉ DES AVEUGLES

« Mais, reprit-il, si nous ne craignons pas les *tirelaines*, nous pouvons encore jouir des agréments de la soirée ; ensuite nous reviendrons souper, soit à la *Pâtisserie* du boulevard Montmartre, soit à la *Boulangerie*, que d'autres appellent la *Boulange*, rue Richelieu. Ces établissements ont la permission de 2 heures. Mais on n'y soupe guère *à fond*. Ce sont des pâtés, des *sandwich*, — une volaille peut-être, ou quelques assiettes assorties de gâteaux, que l'on arrose invariablement de madère. — Souper de figurante, ou de pensionnaire… lyrique. Allons plutôt chez le rôtisseur de la rue Saint-Honoré. »

Il n'était pas encore tard en effet. Notre désœuvrement nous faisait paraître les heures longues… En passant au perron pour traverser le Palais-National[1], un grand bruit de tambour nous avertit que le Sauvage continuait ses exercices au café des Aveugles.

L'orchestre *homérique** exécutait avec zèle les accompagnements. La foule était composée d'un parterre inouï, garnissant les tables, et qui, comme aux Funambules, vient fidèlement jouir tous les soirs du même spectacle et du même acteur[2]. Les dilettantes trouvaient que M. Blondelet (le Sauvage) semblait fatigué, et n'avait pas dans son jeu toutes les nuances de la veille. Je ne pus apprécier cette critique ; mais je l'ai trouvé fort beau. Je crains seulement que ce ne soit aussi un aveugle, et qu'il n'ait des yeux d'émail.

Pourquoi des aveugles, direz-vous, dans ce seul café, qui est un caveau ? C'est que vers la fondation, qui remonte à l'époque révolutionnaire, il se passait là des choses qui eussent révolté la pudeur d'un orchestre.

* ‘Ο μὴ ὁρῶν, « aveugle ».

Aujourd'hui, tout est calme et décent. Et même la galerie sombre du caveau est placée sous l'œil vigilant d'un sergent de ville.

Le spectacle éternel de l'*Homme à la poupée* nous fit fuir, parce que nous le connaissions déjà. Du reste, cet homme imite parfaitement le français-belge.

Et maintenant, plongeons-nous plus profondément encore dans les cercles inextricables de l'enfer parisien[1]. Mon ami m'a promis de me faire passer la nuit à *Pantin.*

VIII. PANTIN

Pantin — c'est le Paris obscur, — quelques-uns diraient le Paris canaille; mais ce dernier s'appelle, en argot, Pantruche. N'allons pas si loin.

En tournant la rue de Valois, nous avons rencontré une façade lumineuse d'une douzaine de fenêtres; — c'est l'ancien *Athénée*, inauguré par les doctes leçons de La Harpe[2]. Aujourd'hui c'est le splendide estaminet *des Nations,* contenant douze billards. Plus d'esthétique, plus de poésie; — on y rencontre des gens assez forts pour faire circuler des billes autour de trois chapeaux espacés sur le tapis vert, aux places où sont les mouches. Les *blocs* n'existent plus; le progrès a dépassé ces vaines promesses[3] de nos pères. Le carambolage seul est encore admis; mais il n'est pas convenable d'en manquer un seul (de carambolage).

J'ai peur de ne plus parler français, — c'est pourquoi je viens de me permettre cette dernière parenthèse. — Le français de M. Scribe, celui de la Montansier, celui des estaminets, celui des lorettes, des concierges, des réunions bourgeoises, des salons, commence à s'éloigner des traditions du grand siècle. La langue de Cor-

neille et de Bossuet devient peu à peu du *sanscrit*
(langue savante). Le règne du *prâcrit* (langue vulgaire)
commence pour nous, — je m'en suis convaincu en
prenant mon billet et celui de mon ami, — au bal situé
rue *Honoré*, que les envieux désignent sous le nom de
Bal des Chiens. Un habitué nous a dit : Vous *roulez* (vous
entrez) dans le bal (on prononce b-a-l), c'est assez *rigollot* ce soir.

Rigollot signifie amusant.

En effet, c'était *rigollot*[1].

La maison intérieure, à laquelle on arrive par une
longue allée, peut se comparer aux gymnases antiques.
La jeunesse y rencontre tous les exercices qui peuvent
développer sa force et son intelligence. Au rez-de-
chaussée, le café-billard ; au premier, la salle de danse ;
au second, la salle d'escrime et de boxe ; au troisième,
le daguerréotype, instrument de patience qui s'adresse
aux esprits fatigués, et qui, détruisant les illusions,
oppose à chaque figure le miroir de la vérité[2].

Mais, la nuit, il n'est question ni de boxe, ni de portraits, — un orchestre étourdissant de cuivres, dirigé
par M. Hesse, dit *Décati*, vous attire invinciblement à la
salle de danse, où vous commencez à vous débattre
contre les marchandes de biscuits et de gâteaux. On
arrive dans la première pièce où sont les tables, et où
l'on a le droit d'échanger son billet de 25 centimes
contre la même somme *en consommation*. Vous apercevez
des colonnes entre lesquelles s'agitent des quadrilles
joyeux. Un sergent de ville vous avertit paternellement
que l'on ne peut fumer que dans la salle d'entrée, — le
prodrome. —

Nous jetons nos bouts de cigare, immédiatement
ramassés par des jeunes gens moins fortunés que nous.
— Mais, vraiment, le bal est très bien ; on se croirait dans
le monde, — si l'on ne s'arrêtait à quelques imperfec-

tions de costume. C'est, au fond, ce qu'on appelle à Vienne un *bal négligé.*

Ne faites pas le fier. — Les femmes qui sont là en valent bien d'autres, et l'on peut dire des hommes, en parodiant certains vers d'Alfred de Musset sur les derviches turcs :

> *Ne les dérange pas, ils t'appelleraient chien...*
> *Ne les insulte pas, car ils te valent bien*[1] *!*

Tâchez de trouver dans le monde une pareille animation. La salle est assez grande et peinte en jaune. Les gens respectables s'adossent aux colonnes, avec défense de fumer, et n'exposent que leurs poitrines aux coups de coude, et leurs pieds aux trépignements éperdus du galop et de la valse. Quand la danse s'arrête, les tables se garnissent. Vers 11 heures, les ouvrières sortent et font place à des personnes qui sortent des théâtres, des cafés-concerts et de plusieurs établissements publics. L'orchestre se ranime pour cette population nouvelle, et ne s'arrête que vers minuit.

IX. LA GOGUETTE[2]

Nous n'attendîmes pas cette heure. Une affiche bizarre attira notre attention. Le règlement d'une goguette était affiché dans la salle :

SOCIÉTÉ LYRIQUE DES TROUBADOURS

Bury, président. Beauvais, maître de chant, etc.

Art. 1ᵉʳ. Toutes chansons politiques ou atteignant la religion ou les mœurs sont formellement interdites.

2° Les échos ne seront accordés que lorsque le président le jugera convenable.

3° Toute personne se présentant en état de troubler l'ordre de la soirée, l'entrée lui en sera refusée.

4° Toute personne qui aurait troublé l'ordre, qui, après deux avertissements *dans la soirée, n'en tiendrait pas compte sera priée de sortir immédiatement.*

Approuvé, etc.[1]

Nous trouvons ces dispositions fort sages; mais la Société lyrique des Troubadours, si bien placée en face de l'ancien Athénée, ne se réunit pas ce soir-là. Une autre goguette existait dans une autre cour du quartier. Quatre lanternes mauresques annonçaient la porte, surmontée d'une équerre dorée.

Un contrôleur vous prie de déposer le montant d'une chopine (six sous) et l'on arrive au premier, où derrière la porte se rencontre le *chef d'ordre.* — «Êtes-vous du bâtiment? nous dit-il. — Oui, nous sommes du bâtiment», répondit mon ami.

Ils se firent les attouchements obligés et nous pûmes entrer dans la salle.

Je me rappelai aussitôt la vieille chanson exprimant l'étonnement d'un *louveteau** nouveau-né, qui rencontre une société fort agréable, et se croit obligé de la célébrer : «Mes yeux sont éblouis, dit-il. Que vois-je dans cette enceinte?»

> *Des menuisiers! des ébénisses!*
> *Des entrepreneurs de bâtisses!...*
> *Qu'on dirait un bouquet de fleurs,*
> *Paré de ses mille couleurs!*

---

* Fils de maître, selon les termes de compagnonnage.

Enfin, nous étions *du bâtiment,* — et le mot se dit aussi au moral, attendu que le *bâtiment* n'exclut pas les poètes ; — Amphyon, qui élevait des murs aux sons de sa lyre, était du bâtiment. — Il en est de même des artistes peintres et statuaires, qui en sont les enfants gâtés.

Comme le *louveteau,* je fus ébloui de la splendeur du coup d'œil. Le *chef d'ordre* nous fit asseoir à une table, d'où nous pûmes admirer les trophées ajustés entre chaque panneau. Je fus étonné de ne pas y rencontrer les anciennes légendes obligées : «respect aux dames ! honneur aux Polonais». Comme les traditions se perdent !

En revanche, le bureau drapé de rouge était occupé par trois commissaires fort majestueux. Chacun avait devant soi sa sonnette, et le président frappa trois coups avec le marteau consacré. *La mère* des compagnons était assise au pied du bureau. On ne le voyait que de profil, mais le profil était plein de grâce et de dignité.

«Mes petits amis, dit le président, notre ami *** va chanter une nouvelle composition intitulée *La Feuille de saule*».

La chanson n'était pas plus mauvaise que bien d'autres. Elle imitait faiblement le genre de Pierre Dupont[1]. Celui qui la chantait était un beau jeune homme aux longs cheveux noirs, si abondants, qu'il avait dû s'entourer la tête d'un cordon, afin de les maintenir ; il avait une voix douce parfaitement timbrée, et les applaudissements furent doublés, — pour l'*auteur* et pour le *chanteur.*

Le président réclama l'indulgence pour une demoiselle dont le premier essai allait se produire devant *les amis.* Ayant frappé les trois coups, il se recueillit, et au milieu du plus complet silence on entendit une voix jeune, encore imprégnée des rudesses du premier âge, mais qui *se dépouillant* peu à peu (selon l'expression d'un de nos voisins), arrivait aux *traits* et aux fioritures les plus hardis. L'éducation classique n'avait pas gâté cette fraîcheur d'intonation, cette pureté d'organe, cette parole émue et vibrante qui n'appartiennent qu'aux talents vierges encore des leçons du Conservatoire.

X. LE RÔTISSEUR

Ô jeune fille à la voix perlée, — tu ne sais pas *phraser* comme au Conservatoire ; — tu ne *sais pas chanter*, ainsi que dirait un critique musical... Et pourtant ce timbre jeune, ces désinences tremblées à la façon des chants naïfs de nos aïeules, me remplissent d'un certain charme ! Tu as composé des paroles qui ne riment pas et une mélodie qui n'est pas *carrée*; — et c'est dans ce petit cercle seulement que tu es comprise, et rudement applaudie. On va conseiller à ta mère de t'envoyer chez un maître de chant, — et dès lors te voilà perdue... perdue pour nous ! — Tu chantes au bord des abîmes, comme les cygnes de l'Edda. Puissé-je conserver le souvenir de ta voix si pure et si ignorante, et ne t'entendre plus, soit dans un théâtre lyrique, soit dans un concert, — ou seulement dans un café chantant[1] !

Adieu, adieu, et pour jamais adieu !... Tu ressembles au séraphin doré du Dante[2], qui répand un dernier éclair de poésie sur les cercles ténébreux — dont la spirale immense se rétrécit toujours, pour aboutir à ce puits sombre où Lucifer est enchaîné jusqu'au jour du dernier jugement.

Et maintenant passez autour de nous, couples souriants ou plaintifs... « spectres où saigne encore la place de l'amour ! » Les tourbillons que vous formez s'effacent peu à peu dans la brume... La *Pia*, la *Francesca* passent peut-être à nos côtés... L'adultère, le crime et la faiblesse se coudoient, sans se reconnaître, à travers ces ombres trompeuses[1].

Derrière l'ancien cloître Saint-Honoré, dont les derniers débris subsistent encore, cachés par les façades des maisons modernes, est la boutique d'un rôtisseur ouvert jusqu'à 2 heures du matin. Avant d'entrer dans l'établissement, mon ami murmura cette chanson colorée :

À la Grand'Pinte, quand le vent — fait grincer l'enseigne en fer-blanc, — alors qu'il gèle, — dans la cuisine, on voit briller, — toujours un tronc d'arbre au foyer ; — flamme éternelle, —

Où rôtissent en chapelets, — oisons, canards, dindons, poulets, — au tournebroche ! — Et puis le soleil jaune d'or — sur les casseroles encor, — darde et s'accroche[2] !

Mais ne parlons pas du soleil, il est minuit passé.

Les tables du rôtisseur sont peu nombreuses : elles étaient toutes occupées.

«Allons ailleurs, — dis-je. — Mais auparavant, répondit mon ami, consommons un petit bouillon de poulet. Cela ne peut suffire à nous ôter l'appétit, et chez Véry[3] cela coûterait un franc ; ici, c'est dix centimes. Tu conçois qu'un rôtisseur qui débite par jour cinq cents poulets, en doit conserver les abattis, les cœurs et les foies, qu'il lui suffit d'entasser dans une marmite pour faire d'excellents consommés. »

Les deux bols nous furent servis sur le comptoir, et le bouillon était parfait. — Ensuite on suce quelques écrevisses de Strasbourg grosses comme de petits homards. Les moules, la friture et les volailles découpées jusque dans les prix les plus modestes, composent le souper ordinaire des habitués.

Aucune table ne se dégarnissait. Une femme d'un aspect majestueux, type habillé des néréides de Rubens ou des bacchantes de Jordaens, donnait, près de nous, des conseils à un jeune homme.

Ce dernier, élégamment vêtu, mince de taille, et dont la pâleur était relevée par de longs cheveux noirs et de petites moustaches soigneusement tordues et cirées aux pointes, écoutait avec déférence les avis de l'imposante matrone. On ne pouvait guère lui reprocher qu'une chemise prétentieuse à jabot de dentelle et à manchettes plissées, une cravate bleue et un gilet d'un rouge ardent croisé de lignes vertes. Sa chaîne de montre pouvait être en chrysocale, son épingle en strass du Rhin, mais l'effet en était assez riche aux lumières.

«Vois-tu, *muffeton*, disait la dame, tu n'es pas fait pour ce métier-là de vivre la nuit. Tu t'obstines, tu ne pourras pas! Le bouillon de poulet te soutient, c'est vrai, mais la liqueur t'abîme. Tu as des palpitations, et les pommettes rouges le matin. Tu as l'air fort, parce que tu es nerveux... Tu ferais mieux de dormir à cette heure-ci.

— De quoi?» observa le jeune homme avec cet accent des voyous parisiens qui semble un râle, et que crée l'usage précoce de l'eau-de-vie et de la pipe: «Est-ce qu'il ne faut pas que je fasse mon état? C'est les chagrins qui me font boire: pourquoi est-ce que Gustine m'a trahi!

— Elle t'a trahi sans te trahir... C'est une baladeuse, voilà tout.

— Je te parle comme à ma mère: si elle revient, c'est fini, je me range. Je prends un fonds de bimbeloterie. Je l'épouse.

— Encore une bêtise !

— Puisqu'elle m'a dit que je n'avais pas d'établissement !

— Ah ! jeune homme ! cette femme-là, ça sera ta mort.

— Elle ne sait pas encore la roulée qu'elle va recevoir !...

— Tais-toi donc ! » dit la femme-Rubens en souriant, « ce n'est pas toi qui es capable de corriger une femme ! »

Je n'en voulus pas entendre davantage. — Jean-Jacques avait bien raison de s'en prendre aux mœurs des villes d'un principe de corruption qui s'étend plus tard jusqu'aux campagnes. — À travers tout cela cependant, n'est-il pas triste d'entendre retentir l'accent de l'amour, la voix pénétrée d'émotion ; la voix mourante du vice, à travers la phraséologie de la crapule !

Si je n'étais pas sûr d'accomplir une des missions douloureuses de l'écrivain, je m'arrêterais ici ; mais mon ami me dit comme Virgile à Dante :

> *Or sie forte ed ardito ; —*
> *omai si scende per sì fatte scale**...

À quoi je répondis sur un air de Mozart :

> *Andiam'! andiam'! andiamo bene !*[1]...

« Tu te trompes ! reprit-il, ce n'est pas là l'enfer : c'est tout au plus le purgatoire. Allons plus loin. »

---

* « Sois fort et hardi : on ne descend ici que par de tels escaliers. »

XI. LA HALLE

« Quelle belle nuit ! » dis-je en voyant scintiller les étoiles au-dessus du vaste emplacement où se dessine, à gauche la coupole de la halle aux blés avec la colonne cabalistique qui faisait partie de l'hôtel de Soissons, et qu'on appelait l'Observatoire de Catherine de Médicis, puis le marché à la volaille ; à droite, le marché au beurre, et plus loin la construction inachevée du marché à la viande. — La silhouette grisâtre de Saint-Eustache ferme le tableau. Cet admirable édifice, où le style fleuri du Moyen Âge s'allie si bien aux dessins corrects de la Renaissance, s'éclaire encore magnifiquement aux rayons de la lune, avec son armature gothique, ses arcs-boutants multipliés comme les côtes d'un cétacé prodigieux, et les cintres romains de ses portes et de ses fenêtres, dont les ornements semblent appartenir à la coupe ogivale. Quel malheur qu'un si rare vaisseau soit déshonoré, à droite par une porte de sacristie à colonnes d'ordre ionique, et à gauche par un portail dans le goût de Vignole !

Le petit carreau des halles commençait à s'animer. Les charrettes des maraîchers, des mareyeurs, des beurriers, des verduriers, se croisaient sans interruption. Les charretiers arrivés au port se rafraîchissaient dans les cafés et dans les cabarets, ouverts sur cette place pour toute la nuit. Dans la rue Mauconseil, ces établissements s'étendent jusqu'à la halle aux huîtres ; dans la rue Montmartre, de la pointe Saint-Eustache à la rue du Jour.

On trouve là, à droite, des marchands de sangsues ; l'autre côté est occupé par les pharmacies-Raspail[1] et les débitants de cidre, — chez lesquels on peut se régaler d'huîtres et de tripes à la mode de Caen. Les pharmacies ne sont pas inutiles, à cause des accidents ; mais pour des gens sains qui se promènent, il est bon de boire un verre de cidre ou de poiré. C'est rafraîchissant.

Nous demandâmes du cidre nouveau, — car il n'y a que des Normands ou des Bretons qui puissent se plaire au cidre *dur*. — On nous répondit que les cidres nouveaux n'arriveraient que dans huit jours, et qu'encore la récolte était mauvaise. — Quant aux poirés, ajouta-t-on, ils sont arrivés depuis hier ; ils avaient manqué l'année passée.

La ville de Domfront (ville de malheur[1]) est cette fois très heureuse. — Cette liqueur, blanche et écumante comme le champagne, rappelle beaucoup la blanquette de Limoux. Conservée en bouteille, elle grise très bien son homme. — Il existe de plus une certaine eau-de-vie de cidre de la même localité, dont le prix varie selon la grandeur des petits verres. Voici ce que nous lûmes sur une pancarte attachée au flacon :

> *Le monsieur* . . . *4 sous.*
> *La demoiselle* . . . *2 sous.*
> *Le misérable* . . . *1 sou*[2].

Cette eau-de-vie, dont les diverses mesures sont ainsi qualifiées, n'est point mauvaise et peut servir d'absinthe. — Elle est inconnue sur les grandes tables.

XII. LE MARCHÉ DES INNOCENTS

En passant à gauche du marché aux poissons, où l'animation ne commence que de 5 à 6 heures, moment de la vente à la criée, nous avons remarqué une foule d'hommes en blouse, en chapeau rond et en manteau blanc rayé de noir, couchés sur des sacs de haricots...

Quelques-uns se chauffaient autour de feux comme ceux que font les soldats qui campent, — d'autres s'allumaient des *foyers* intérieurs dans les cabarets voisins. D'autres, encore debout près des sacs, se livraient à des adjudications de haricots... Là, on parlait prime, différence, couverture, reports; hausse et baisse enfin comme à la bourse :

«Ces gens en blouse sont plus riches que nous, dit mon compagnon. Ce sont de faux paysans. Sous leur roulière ou leur bourgeron ils sont parfaitement vêtus et laisseront demain leur blouse chez le marchand de vin pour retourner chez eux en tilbury. Le spéculateur adroit revêt la blouse comme l'avocat revêt la robe. Ceux de ces gens-là qui dorment sont les *moutons*, ou les simples voituriers.

— 46-66 l'haricot de Soissons!» dit près de nous une voix grave. «48, fin courant, ajouta un autre. — Les suisses blancs sont hors de prix. — Les nains 28. — La vesce à 13-34... Les *flageolets* sont mous», etc.

Nous laissons ces braves gens à leurs combinaisons. — Que d'argent il se gagne et se perd ainsi... Et l'on a supprimé les jeux!

XIII. LES CHARNIERS

Sous les colonnes du marché aux pommes de terre, des femmes matinales, ou bien tardives, épluchaient leurs denrées à la lueur des lanternes. Il y en avait de jolies qui travaillaient sous l'œil des mères en chantant de vieilles chansons. Ces dames sont souvent plus riches qu'il ne semble, et la fortune même n'interrompt pas leur rude labeur. Mon compagnon prit plaisir à s'entretenir très longtemps avec une jolie blonde, lui parlant du dernier bal de la Halle, dont elle avait dû

faire l'un des plus beaux ornements... Elle répondait
fort élégamment et comme une personne du monde,
quand je ne sais par quelle fantaisie il s'adressa à la
mère en lui disant : « Mais votre demoiselle est charmante... *A-t-elle le sac* ? » (Cela veut dire en langage des
halles : « A-t-elle de l'argent ? ») « Non, mon fy, dit la
mère, c'est moi qui l'ai, le sac ! — Et mais, madame, si
vous étiez veuve, on pourrait... Nous recauserons de
cela ! — Va-t'en donc, vieux *mufl* ! » cria la jeune fille —
avec un accent entièrement local, qui tranchait sur ses
phrases précédentes.

Elle me fit l'effet de la blonde sorcière de *Faust* qui,
causant tendrement avec son valseur, laisse échapper
de sa bouche une souris rouge[1].

Nous tournâmes les talons, poursuivis d'imprécations railleuses, qui rappelaient d'une façon assez classique les colloques de Vadé[2].

« Il s'agit décidément de souper, dit mon compagnon. Voici Bordier, mais la salle est étroite. C'est le
rendez-vous des fruitiers-orangers et des orangères. Il y
a un autre Bordier qui fait le coin de la rue aux Ours,
et qui est passable, puis le restaurant des Halles, fraî-
chement sculpté et doré, près de la rue de la Reynie...
Mais autant vaudrait la Maison d'Or.

— En voilà d'autres », dis-je en tournant les yeux
vers cette longue ligne de maisons régulières qui bordent la partie du marché consacré aux choux.

« Y penses-tu ? Ce sont les *charniers.* C'est là que des
poètes en habit de soie, épée et manchettes, venaient
souper, au siècle dernier, les jours où leur manquaient
les invitations du grand monde. Puis, après avoir
consommé l'ordinaire de six sous, ils lisaient leurs vers
par habitude aux rouliers, aux maraîchers et aux forts :
"Jamais je n'ai eu tant de succès, disait Robbé[3], qu'auprès
de ce public formé aux arts par les mains de la nature !"

« Les hôtes poétiques de ces caves voûtées s'étendaient, après souper, sur les bancs ou sur les tables, et il
fallait le lendemain matin qu'ils se fissent poudrer à
deux sols par quelque *merlan* en plein air, et repriser
par les ravaudeuses, pour aller ensuite briller aux petits
levers de Mme de Luxembourg, de Mlle Hus ou de la
comtesse de Beauharnais[1]. »

XIV. BARATTE

Ces temps sont passés. — Les caves des charniers
sont aujourd'hui restaurées, éclairées au gaz ; la
consommation y est propre, et il est défendu d'y dormir soit sur les tables, soit dessous ; mais que de choux
dans cette rue !... La rue parallèle de la Ferronnerie est
également remplie, et le cloître voisin de Sainte-Oppor-
tune en présente de véritables montagnes. La carotte et
le navet appartiennent au même département : « Vou-
lez-vous des *frisés*, des *milans*, des *cabus* ? mes petits
amours ? » nous crie une marchande.

En traversant la place, nous admirons des potirons
monstrueux. On nous offre des saucisses et des bou-
dins, du café à un sou la tasse, — et aux pieds mêmes
de la fontaine de Pierre Lescot et de Jean Goujon sont
installés, en plein vent, d'autres soupeurs plus modestes
encore que ceux des charniers.

Nous fermons l'oreille aux provocations, et nous
nous dirigeons vers Baratte, en fendant la presse des
marchandes de fruits et de fleurs. — L'une crie : « Mes
petits choux ! fleurissez vos dames ! » Et comme on ne
vend à cette heure-là qu'en gros, il faudrait avoir beaucoup de dames *à fleurir* pour acheter de telles bottes de
bouquets ; — une autre chante la chanson de son état :

Pommes de reinette et pommes d'api ! — Calvil, calvil, calvil rouge ! — Calvil rouge et calvil gris !

Étant en crique, — dans ma boutique, — j'vis des inconnus qui m'dirent : «Mon p'tit cœur : — venez me voir, vous aurez grand débit !»

«Nenni, messieurs ! — je n'puis, d'ailleurs, — car il n'm' reste — qu'un artichaut — et trois petits choux-fleurs !»

Insensibles aux voix de ces sirènes, nous entrons enfin chez Baratte. Un individu en blouse, qui semblait avoir *son petit jeune homme* (être gris), roulait au même instant sur les bottes de fleurs, expulsé avec force, parce qu'il avait fait du bruit. Il s'apprête à dormir sur un amas de roses rouges, imaginant sans doute être le vieux Silène, et que les bacchantes lui ont préparé ce lit odorant. Les fleuristes se jettent sur lui, et le voilà bien plutôt exposé au sort d'Orphée... Un sergent de ville s'entremet et le conduit au poste de la halle aux Cuirs, signalé de loin par une campanile et un cadran éclairé.

La grande salle est un peu tumultueuse, chez Baratte ; mais il y a des salles particulières et des cabinets. Il ne faut pas se dissimuler que c'est là le restaurant des aristos. L'usage est d'y demander des huîtres d'Ostende avec un petit ragoût d'échalotes découpées dans du vinaigre et poivrées, dont on arrose légèrement lesdites huîtres. Ensuite, c'est la soupe à l'oignon, qui s'exécute admirablement à la Halle, et dans laquelle les raffinés sèment du parmesan râpé. — Ajoutez à cela un perdreau ou quelque poisson qu'on obtient naturellement de première main, du bordeaux, un dessert de fruits premier choix, et vous conviendrez qu'on soupe fort bien à la Halle. — C'est une affaire de sept francs par personne environ.

On ne comprend guère que tous ces hommes en blouse, mélangés du plus beau sexe de la banlieue en cornettes et en marmottes, se nourrissent si convenablement; mais je l'ai dit, ce sont de faux paysans et des millionnaires méconnaissables. Les facteurs de la Halle, les gros marchands de légumes, de viande, de beurre et de marée sont des gens qui savent se traiter comme il faut, et les forts eux-mêmes ressemblent un peu à ces braves portefaix de Marseille qui soutiennent de leurs capitaux les maisons qui les font travailler.

XV. PAUL NIQUET

Le souper fait, nous allâmes prendre le café et le pousse-café à l'établissement célèbre de Paul Niquet[1]. — Il y a là évidemment moins de millionnaires que chez Baratte... Les murs, très élevés et surmontés d'un vitrage, sont entièrement nus. Les pieds posent sur des dalles humides. Un comptoir immense partage en deux la salle, et sept ou huit chiffonnières, habituées de l'endroit, font tapisserie sur un banc opposé au comptoir. Le fond est occupé par une foule assez mêlée, où les disputes ne sont pas rares. Comme on ne peut pas à tout moment aller chercher la garde, — le vieux Niquet, si célèbre sous l'Empire par ses cerises à l'eau-de-vie, avait fait établir des conduits d'eau très utiles dans le cas d'une rixe violente.

On les lâche de plusieurs points de la salle sur les combattants, et, si cela ne les calme pas, on lève un certain appareil, qui bouche hermétiquement l'issue. Alors l'eau monte, et les plus furieux demandent grâce; — c'est du moins ce qui se passait autrefois.

Mon compagnon m'avertit qu'il fallait payer une tournée aux chiffonnières pour se faire un parti dans l'établissement, en cas de dispute. C'est, du reste, l'usage pour les gens mis en bourgeois. Ensuite vous pouvez vous livrer sans crainte aux charmes de la société. — Vous avez conquis la faveur des dames.

Une des chiffonnières demanda de l'eau-de-vie : « Tu sais bien que ça t'est défendu ! » répondit le garçon limonadier. « Et bien alors, un petit *verjus* ! mon amour de Polyte ! Tu es si gentil avec tes beaux yeux noirs... Ah ! si j'étais encore... ce que j'ai été ! » Sa main tremblante laissa échapper le petit verre plein de grains de verjus à l'eau-de-vie, que l'on ramassa aussitôt ; — les petits verres chez Paul Niquet sont épais comme des bouchons de carafe : ils rebondissent, et la liqueur seule est perdue.

« Un autre verjus ! dit mon ami.

— Toi t'es bien *zentil* aussi, mon p'tit fy, lui dit la chiffonnière ; tu me *happelles* le p'tit *Ba'as* (Barras) qu'était si *zentil*, si zentil, avec ses cadenettes et son *zabot* d'Angueleterre... Ah ! c'était z'un homme *aux oizeaux*, mon p'tit fy, aux oizeaux !... vrai ! z'un bel homme comme toi ! »

Après le second verjus elle nous dit : « Vous ne savez pas, mes enfants, que j'ai été une des *merveilleuses* de ce temps-là... J'ai eu des bagues à mes doigts de pieds... Il y a des *mirliflores* et des généraux qui se sont battus pour moi !

— Tout ça, c'est la punition du bon Dieu ! dit un voisin. Où est-ce qu'il est à présent ton *phaéton* ?

— Le *bon Dieu* ! dit la chiffonnière exaspérée, le bon Dieu c'est le diable ! »

Un homme maigre en habit noir râpé, qui dormait sur un banc, se leva en trébuchant : « Si le bon Dieu c'est le diable, alors c'est le diable qui est le bon Dieu, cela revient toujours au même. Cette brave femme fait un affreux paralogisme, dit-il en se tournant vers nous...

Comme ce peuple est ignorant. Ah ! l'éducation, je m'y suis livré bien longtemps. Ma philosophie me console de tout ce que j'ai perdu.

— Et un petit verre, dit mon compagnon.

— J'accepte ! si vous me permettez de définir la loi divine et la loi humaine... »

La tête commençait à me tourner au milieu de ce public étrange ; mon ami cependant prenait plaisir à la conversation du philosophe, et redoublait les petits verres pour l'entendre raisonner et déraisonner plus longtemps.

Si tous ces détails n'étaient exacts, et si je ne cherchais ici à daguerréotyper la vérité, que de ressources romanesques me fourniraient ces deux types du malheur et de l'abrutissement ! Les hommes riches manquent trop du courage qui consiste à pénétrer dans de semblables lieux, dans ce vestibule du purgatoire d'où il serait peut-être facile de sauver quelques âmes... Un simple écrivain ne peut que mettre le doigt sur ces plaies, sans prétendre à les fermer.

Les prêtres eux-mêmes qui songent à sauver des âmes chinoises, indiennes ou thibétaines, n'accompliraient-ils pas dans de pareils lieux de dangereuses et sublimes missions ? — Pourquoi le Seigneur vivait-il avec les païens et les publicains ?

Le soleil commence à percer le vitrage supérieur de la salle, la porte s'éclaire. Je m'élance de cet enfer au moment d'une arrestation, et je respire avec bonheur le parfum de fleurs entassées sur le trottoir de la rue aux Fers.

La grande enceinte du marché présente deux longues rangées de femmes dont l'aube éclaire les visages pâles. Ce sont les revendeuses des divers marchés, auxquelles on a distribué des numéros, et qui attendent leur tour pour recevoir leurs denrées d'après la mercuriale fixée.

Je crois qu'il est temps de me diriger vers l'embarca-
dère de Strasbourg, emportant dans ma pensée le vain
fantôme de cette nuit.

XVI. MEAUX

Voilà, voilà, celui qui revient de l'enfer[1] !

Je m'appliquais ce vers en roulant le matin sur les
rails du chemin de Strasbourg, — et je me flattais… car
je n'avais pas encore pénétré jusqu'aux plus profondes
souricières; je n'avais guère, au fond, rencontré que
d'honnêtes travailleurs, — des pauvres diables avinés,
des malheureux sans asile… Là n'est pas encore le dernier abîme.

L'air frais du matin, l'aspect des vertes campagnes, les
bords riants de la Marne, Pantin à droite, d'abord, — le
vrai Pantin, — Chelles à gauche, et plus tard Lagny, les
longs rideaux de peupliers, les premiers coteaux abrités
qui se dirigent vers la Champagne, tout cela me charmait et faisait rentrer le calme dans mes pensées.

Malheureusement un gros nuage noir se dessinait au
fond de l'horizon, et quand je descendis à Meaux, il
pleuvait à verse. Je me réfugiai dans un café, où je fus
frappé par l'aspect d'une énorme affiche rouge conçue
en ces termes :

———

Par permission de M. le Maire (de Meaux)
MERVEILLE SURPRENANTE
Tout ce que la nature offre de plus bizarre :
UNE TRÈS JOLIE **FEMME**
Ayant pour chevelure une belle
TOISON DE MÉRINOS
Couleur marron.

*M. Montaldo, de passage en cette ville, a l'honneur d'expo-
ser au public une rareté, un phénomène tellement extraordinaire, que Messieurs de la Faculté de médecine de Paris et de
Montpellier n'ont pu encore le définir.*

CE PHÉNOMÈNE

*consiste en une jeune femme de dix-huit ans, native de Venise,
qui, au lieu de chevelure, porte une magnifique toison en laine
mérinos de Barbarie, couleur marron, d'une longueur d'environ 52 centimètres. Elle pousse comme les plantes, et on lui voit
sur la tête des tiges qui supportent quatorze ou quinze branches.*

Deux de ces tiges s'élèvent sur son front et forment des cornes.

*Dans le cours de l'année, il tombe de sa toison, comme de
celle des moutons qui ne sont pas tondus à temps, des fragments de laine.*

*Cette personne est très avenante, ses yeux sont expressifs, elle
a la peau très blanche; elle a excité dans les grandes villes l'admiration de ceux qui l'ont vue, et, dans son séjour à Londres,
en 1846, S. M. la reine, à qui elle a été présentée, a témoigné
sa surprise en disant que jamais la nature ne s'était montrée si
bizarre.*

*Les spectateurs pourront s'assurer de la vérité au tact de la
laine, comme à l'élasticité, à l'odorat, etc., etc.*

Visible tous les jours jusqu'à dimanche 5 courant.

*Plusieurs morceaux d'opéra seront exécutés par un artiste
distingué.*

*Des danses de caractère, espagnoles et italiennes, par des
artistes pensionnés.*

*Prix d'entrée : 25 centimes. — Enfants et militaires :
10 centimes*.*

---

* Tout dans ces récits étant véritable, l'auteur a déposé l'affiche aux
bureaux de *L'Illustration*, où elle est visible[1].

À défaut d'autre spectacle, je voulus vérifier par moi-même les merveilles de cette affiche, et je ne sortis de la représentation qu'après minuit[1].

J'ose à peine analyser maintenant les sensations étranges du sommeil qui succéda à cette soirée. — Mon esprit, surexcité sans doute par les souvenirs de la nuit précédente, et un peu par l'aspect du pont des Arches qu'il fallut traverser pour me rendre à l'hôtel, imagina le rêve suivant, dont le souvenir m'est fidèlement resté :

XVII. CAPHARNAÜM

Des corridors, — des corridors sans fin ! Des escaliers, — des escaliers où l'on monte, où l'on descend, où l'on remonte, et dont le bas trempe toujours dans une eau noire agitée par des roues, sous d'immenses arches de pont... à travers des charpentes inextricables ! — Monter, descendre, ou parcourir les corridors, — et cela pendant plusieurs éternités... Serait-ce la peine à laquelle je serais condamné pour mes fautes[2] ?

J'aimerais mieux vivre ! ! !

Au contraire, — voilà qu'on me brise la tête à grands coups de marteau : qu'est-ce que cela veut dire ?

« Je rêvais à des queues de billard... à des petits verres *de verjus*... »

« Monsieur et mame le maire est-il content ? »

Bon ! je confonds à présent Bilboquet avec Macaire[3]. Mais ce n'est pas une raison pour qu'on me casse la tête avec des foulons.

« Brûler n'est pas répondre ! »

Serait-ce pour avoir embrassé la femme à cornes, — ou pour avoir promené mes doigts dans sa chevelure de mérinos ?

«Qu'est-ce que c'est donc que ce cynisme!» dirait Macaire.

Mais Desbarreaux[1] le cartésien répondrait à la Providence : «Voilà bien du tapage pour...

«Bien peu de chose.»

XVIII. CHŒUR DES GNÔMES[2]*

Les petits gnômes chantent ainsi :

«Profitons de son sommeil! — Il a eu bien tort de régaler le saltimbanque, et d'absorber tant de bière de mars en octobre, — à ce même café — de Mars, avec accompagnement de cigares, de cigarettes, de clarinette et de basson.

Travaillons, frères, — jusqu'au point du jour, jusqu'au chant du coq, — jusqu'à l'heure où part la voiture de Dammartin, — et qu'il puisse entendre la sonnerie de la vieille cathédrale où repose L'AIGLE DE MEAUX.

Décidément la femme mérinos lui travaille l'esprit, — non moins que la bière de mars et les foulons du pont des Arches; — cependant les cornes de cette femme ne sont pas telles que l'avait dit le saltimbanque : — notre Parisien est encore jeune... Il ne s'est pas assez méfié du *boniment.*

Travaillons, frères, travaillons, pendant qu'il dort. — Commençons par lui dévisser la tête, — puis, à petits coups de marteaux, — oui, de marteaux, — nous descellerons les parois de ce crâne philosophique — et biscornu!

---

* Ceci est un chapitre dans le goût allemand. Les *gnômes* sont de petits êtres appartenant à la classe des esprits de la terre, qui sont attachés au service de l'homme, ou du moins que leur sympathie conduit parfois à lui être utile. (Voir les légendes recueillies par Simrock[3].)

Pourvu qu'il n'aille pas se loger dans une des cases de son cerveau — l'idée d'épouser la femme à la chevelure de mérinos! Nettoyons d'abord le sinciput et l'occiput; — que le sang circule plus clair à travers les centres nerveux qui s'épanouissent au-dessus des vertèbres.

Le *moi* et le *non moi* de Fichte se livrent un terrible combat dans cet esprit plein d'objectivité. — Si seulement il n'avait pas arrosé la bière de mars — de quelques tournées de punch offert à ces dames!... L'Espagnole était presque aussi séduisante que la Vénitienne; mais elle avait de faux mollets, — et sa cachucha paraissait due aux leçons de Mabille.

Travaillons, frères, travaillons; — la boîte osseuse se nettoie. — Le compartiment de la mémoire embrasse déjà une certaine série de faits. — La causalité, — oui, la causalité, — le ramènera au sentiment de sa subjectivité. — Prenons garde seulement qu'il ne s'éveille avant que notre tâche soit finie.

Le malheureux se réveillerait pour mourir d'un coup de sang, que la Faculté qualifierait d'épanchement au cerveau, — et c'est nous qu'on accuserait *là-haut.* — Dieux immortels! il fait un mouvement; il respire avec peine. — Raffermissons la boîte osseuse avec un dernier coup de foulon, — oui, de foulon. — Le coq chante, — l'heure sonne... Il en est quitte pour un mal de tête... *Il le fallait!*»

XIX. JE M'ÉVEILLE

Décidément ce rêve est trop extravagant... même pour moi! Il vaut mieux se réveiller tout à fait. — Ces petits drôles! qui me démontaient la tête, — et qui se permettaient après de rajuster les morceaux du

crâne avec de grands coups de leurs petits marteaux! — Tiens, un coq qui chante!… Je suis donc
à la campagne! C'est peut-être le coq de Lucien :
ἀλεχτρυών[1]. — Oh! souvenirs classiques, que vous êtes
loin de moi!

5 heures sonnent, — où suis-je? — ce n'est pas là ma
chambre… Ah! je m'en souviens, — je me suis
endormi hier à *La Syrène*, tenue par le Vallois, — *dans la
bonne ville de Meaux* (Meaux en Brie, Seine-et-Marne).

Et j'ai négligé d'aller présenter mes hommages à
monsieur et à mame le maire! — C'est la faute de Bilboquet. *(Faisant sa toilette)* :

AIR DES « PRÉTENDUS[2] »

*Allons présenter — hum! — présenter notre hommage
À la fille de la maison!…* (bis)
*Oui, j'en conviens, elle a raison,
Oui, oui, la friponne a raison!
Allons présenter*, etc.

Tiens, le mal de tête s'en va… oui, mais la voiture est
partie. Restons, et tirons-nous de cet affreux mélange
de comédie, — de rêve, — et de réalité.

Pascal a dit :

« Les hommes sont fous, si nécessairement fous, que
ce serait être fou par une autre sorte que de n'être pas
fou. »

La Rochefoucauld a ajouté :

« C'est une grande folie de vouloir être sage tout
seul[3]. »

Ces maximes sont consolantes.

XX. RÉFLEXIONS

Recomposons nos souvenirs[1].

Je suis majeur et vacciné ; — mes qualités physiques importent peu pour le moment. Ma position sociale est supérieure à celle du saltimbanque d'hier au soir ; — et décidément sa Vénitienne n'aura pas ma main.

Un sentiment de soif me travaille.

Retourner au café de Mars à cette heure, — ce serait vouloir marcher sur les fusées d'un feu d'artifice éteint.

D'ailleurs, personne n'y peut être levé encore. — Allons errer sur les bords de la Marne et le long de ces terribles moulins à eau dont le souvenir a troublé mon sommeil.

Ces moulins, écaillés d'ardoises, si sombres et si bruyants au clair de lune, doivent être pleins de charmes aux rayons du soleil levant.

Je viens de réveiller les garçons du *Café du Commerce*. Une légion de chats s'échappe de la grande salle de billard, et va se jouer sur la terrasse parmi les thuyas, les orangers et les balsamines roses et blanches. — Les voilà qui grimpent comme des singes le long des berceaux de treillage revêtus de lierre.

Ô nature, je te salue !

Et, quoique ami des chats, je caresse aussi ce chien à longs poils gris qui s'étire péniblement. Il n'est pas muselé. — N'importe ; la chasse est ouverte.

Qu'il est doux pour un cœur sensible *de voir lever l'aurore* sur la Marne, à quarante kilomètres de Paris !

Là-bas, sur le même bord, au-delà des moulins, est un autre café non moins pittoresque, qui s'intitule : *Café de l'Hôtel de ville* (sous-préfecture). Le maire de Meaux, qui habite tout près, doit, en se levant, y reposer ses yeux sur les allées d'ormeaux et sur les berceaux d'un vert

glauque qui garnissent la terrasse. On admire là une statue en terre cuite de la Camargo, grandeur naturelle,
dont il faut regretter les bras cassés. Ses jambes sont effi-
lées comme celles de l'Espagnole d'hier, — et des Espagnoles de l'Opéra.

Elle préside à un jeu de boules.

J'ai demandé de l'encre au garçon. Quant au café, il
n'est pas encore fait. Les tables sont couvertes de
tabourets ; j'en dérange deux ; et je me recueille en prenant possession d'un petit chat blanc qui a les yeux
verts.

On commence à passer sur le pont ; j'y compte huit
arches. La Marne est *marneuse* naturellement ; mais elle
revêt maintenant des teintes plombées que rident parfois les courants qui sortent des moulins, ou plus loin
les jeux folâtres des hirondelles.

Est-ce qu'il pleuvra ce soir ?

Quelquefois un poisson fait un soubresaut qui ressemble, ma foi, à la cachucha éperdue de cette demoiselle bronzée que je n'oserais qualifier de dame sans
plus d'informations.

Il y a en face de moi, sur l'autre bord, des sorbiers
à grains de corail du plus bel effet : « sorbier des
oiseaux, — *aviaria* ». — J'ai appris cela quand je me
destinais à la position de bachelier dans l'Université de
Paris.

XXI. LA FEMME MÉRINOS

... Je m'arrête. — Le métier de *réaliste* est trop dur à
faire. La lecture d'un article de Charles Dickens est
pourtant la source de ces divagations !... Une voix
grave me rappelle à moi-même.

Je viens de tirer de dessous plusieurs journaux pari-

siens et *marnois* un certain feuilleton d'où l'anathème
s'exhale avec raison sur les imaginations bizarres qui
constituent aujourd'hui l'*école du vrai.*

Le même mouvement a existé après 1830, après
1794, après 1716 et après bien d'autres dates antérieures. Les esprits, fatigués des conventions politiques
ou romanesques, voulaient du *vrai* à tout prix[1].

Or, le vrai, c'est le faux, — du moins en art et en poésie. Quoi de plus faux que l'*Iliade,* que l'*Énéide,* que la
Jérusalem délivrée, que la *Henriade*? — que les tragédies,
que les romans?...

«Et bien, moi, dit le critique, j'aime ce faux : est-ce
que cela m'amuse que vous me racontiez votre vie pas à
pas, que vous analysiez vos rêves, vos impressions, vos
sensations?... Que m'importe que vous ayez couché à
La Syrène, chez le Vallois? Je présume que cela n'est pas
vrai, — ou bien que cela est arrangé : — Vous me direz
d'aller y voir... Je n'ai pas besoin de me rendre à
Meaux! — Du reste, les mêmes choses m'arriveraient
que je n'aurais pas l'aplomb d'en entretenir le public.

«Et d'abord est-ce que l'on croit à cette femme aux
cheveux de mérinos?»

Je suis forcé d'y croire; et plus sûrement encore que
par les promesses de l'affiche. L'affiche *existe,* mais la
femme pourrait ne pas exister... Hé bien! le saltimbanque n'avait rien écrit que de véritable :

La représentation a commencé à l'heure dite. Un
homme assez replet, mais encore vert, est entré en costume de Figaro. Les tables étaient garnies en partie par
le peuple de Meaux, en partie par les cuirassiers du 6e.

M. Montaldo, — car c'était lui, — a dit avec modestie : «Signori, ze vais vi faire entendre il grand aria di
Figaro.»

Il commence :

Tra de ra la, de ra la, de ra la, ah!...

Sa voix un peu usée, mais encore agréable, était accompagnée d'un basson.

Quand il arriva au vers :

Largo al fattotum della cità[1] *!*

je crus devoir me permettre une observation. Il prononçait « cita ». Je dis tout haut : « tchita ! », ce qui étonna un peu les cuirassiers et le peuple de Meaux. Le chanteur me fit un signe d'assentiment, et quand il arriva à cet autre vers :

Figaro ci, Figaro là...

il eut soin de prononcer « tchi ». — J'étais flatté de cette attention.

Mais en faisant sa quête, il vint à moi et me dit (je ne donne pas ici la phrase patoisée) : « On est heureux de rencontrer des amateurs instruits..., ma ze souis de Tourino, et à Tourino, nous prononçons *ci*. Vous aurez entendu le *tchi* à Rome ou à Naples ?

— Effectivement !... Et votre Vénitienne ?

— Elle va paraître à 9 heures. En attendant, je vais danser une cachucha avec cette jeune personne que j'ai l'honneur de vous présenter. »

La cachucha n'était pas mal, mais exécutée dans un goût un peu classique... Enfin, la femme aux cheveux de mérinos parut dans toute sa splendeur. C'étaient effectivement des cheveux de mérinos. Deux touffes, placées sur le front, se dressaient en cornes. — Elle aurait pu se faire faire un châle de cette abondante chevelure. Que de maris seraient heureux de trouver dans les cheveux de leurs femmes cette *matière première* qui réduirait le prix de leurs vêtements à la simple main-d'œuvre.

La figure était pâle et régulière. Elle rappelait le type des vierges de Carlo Dolci[1]. Je dis à la jeune femme : « *Sete voi Veneziana ?* » Elle me répondit : « *Signor si.* »

Si elle avait dit : « *Si signor* », je l'aurais soupçonnée Piémontaise ou Savoyarde ; mais évidemment c'est une Vénitienne des montagnes qui confinent au Tyrol. Les doigts sont effilés, les pieds petits, les attaches fines ; elle a les yeux presque rouges et la douceur d'un mouton, — sa voix même semble un bêlement accentué. Les cheveux, si l'on peut appeler cela des cheveux, résisteraient à tous les efforts du peigne. C'est un amas de cordelettes comme celles que se font les Nubiennes en les imprégnant de beurre. Toutefois, sa peau étant d'un blanc mat irrécusable, et sa chevelure d'un *marron* assez clair (voir l'affiche[2]), je pense qu'il y a eu croisement ; — un nègre, — Othello peut-être, se sera allié au type vénitien, et après plusieurs générations, ce produit local se sera révélé.

Quant à l'Espagnole, elle est évidemment originaire de Savoie ou d'Auvergne, ainsi que M. Montaldo.

Mon récit est terminé. « Le vrai est ce qu'il peut », comme disait M. Dufongeray[3]. — J'aurais pu raconter l'histoire de la Vénitienne, de M. Montaldo, de l'Espagnole et même du basson. Je pourrais supposer que je me suis épris de l'une ou de l'autre de ces deux femmes, et que la rivalité du saltimbanque ou du basson m'a conduit aux aventures les plus extraordinaires. — Mais la vérité, c'est qu'il n'en est rien. L'Espagnole avait, comme je l'ai dit, les jambes maigres, — la femme mérinos ne m'intéressait qu'à travers une atmosphère de fumée de tabac et une consommation de bière qui me rappelait l'Allemagne. — Laissons ce phénomène à ces habitudes et à ses attachements probables.

Je soupçonne le basson, jeune homme assez fluet, noir de chevelure, de ne pas lui être indifférent.

XXII. ITINÉRAIRE

Je n'ai pas encore expliqué au lecteur le motif véritable de mon voyage à Meaux... Il convient d'avouer que je n'ai rien à faire dans ce pays; — mais, comme le public français veut toujours savoir les raisons de tout, il est temps d'indiquer ce point. — Un de mes amis, — un limonadier de Creil, — ancien *Hercule* retiré, et se livrant à la chasse dans ses moments perdus, m'avait invité, ces jours derniers, à une chasse à la loutre, sur les bords de l'Oise.

Il était très simple de me rendre à Creil par le Nord : mais le chemin du Nord est un chemin tortu, bossu, qui fait un coude considérable avant de parvenir à Creil, où se trouve le confluent du rail-wail de Lille et de celui de Saint-Quentin. De sorte que je m'étais dit : En prenant par Meaux, je rencontrerai l'omnibus de Dammartin; je traverserai à pied les bois d'Ermenonville, et, suivant les bords de la Nonette, je parviendrai, après trois heures de marche, à Senlis où je rencontrerai l'omnibus de Creil. De là, j'aurai le plaisir de revenir à Paris par *le plus long*, — c'est-à-dire par le chemin de fer du Nord.

En conséquence, ayant manqué la voiture de Dammartin, il s'agissait de trouver une autre correspondance. — Le système des chemins de fer a dérangé toutes les voitures des pays intermédiaires. Le pâté immense des contrées situées au nord de Paris se trouve privé de communications directes; — il faut faire dix lieues à droite ou dix-huit lieues à gauche, en chemin de fer, pour y parvenir, au moyen des corres-

pondances, qui mettent encore deux ou trois heures à
vous transporter dans les pays où l'on arrivait autrefois
en quatre heures.

La spirale célèbre que traça en l'air le bâton du capo-
ral Trim[1] n'était pas plus capricieuse que le chemin
qu'il faut faire, soit d'un côté, soit de l'autre.

On m'a dit à Meaux : « La voiture de Nanteuil-le-
Haudoin, vous mettra à une lieue d'Ermenonville, et
dès lors vous n'avez plus qu'à marcher. »

À mesure que je m'éloignais de Meaux, le souvenir
de la femme mérinos et de l'Espagnole s'évanouissait
dans les brumes de l'horizon. Enlever l'une au basson,
ou l'autre au ténor chorégraphe, eût été un procédé
plein de petitesse, en cas de réussite, attendu qu'ils
avaient été polis et charmants : — une tentative vaine
m'aurait couvert de confusion. N'y pensons plus. —
Nous arrivons à Nanteuil par un temps abominable ;
il devient impossible de traverser les bois. Quant à
prendre des voitures à volonté, je connais trop les chemins vicinaux du pays pour m'y risquer.

Nanteuil est un bourg montueux qui n'a jamais eu
de remarquable que son château désormais disparu. Je
m'informe à l'hôtel des moyens de sortir d'un pareil
lieu, et l'on me répond : « Prenez la voiture de Crespy-
en-Valois qui passe à 2 heures ; cela vous fera faire un
détour, mais vous trouverez ce soir une autre voiture
qui vous conduira sur les bords de l'Oise. »

Dix lieues encore pour voir une pêche à la loutre. Il
était si simple de rester à Meaux, dans l'aimable compagnie du saltimbanque, de la Vénitienne et de l'Espagnole !...

XXIII. CRESPY-EN-VALOIS

Trois heures plus tard nous arrivons à Crespy. Les portes de la ville sont monumentales, et surmontées de trophées dans le goût du xviie siècle. Le clocher de la cathédrale est élancé, taillé à six pans et découpé à jour comme celui de la vieille église de Soissons.

Il s'agissait d'attendre jusqu'à 8 heures la voiture de correspondance. L'après-dîner le temps s'est éclairci. J'ai admiré les environs assez pittoresques de la vieille cité valoise, et la vaste place du marché que l'on y crée en ce moment. Les constructions sont dans le goût de celles de Meaux. Ce n'est plus parisien, et ce n'est pas encore flamand. On construisait une église dans un quartier signalé par un assez grand nombre de maisons bourgeoises. — Un dernier rayon de soleil, qui teignait de rose la face de l'ancienne cathédrale, m'a fait revenir dans le quartier opposé. Il ne reste malheureusement que le chevet. La tour et les ornements du portail m'ont paru remonter au xive siècle. — J'ai demandé à des voisins pourquoi l'on s'occupait de construire une église moderne, au lieu de restaurer un si beau monument.

«C'est, m'a-t-on dit, parce que les bourgeois ont principalement leurs maisons dans l'autre quartier, et cela les dérangerait trop de venir à l'ancienne église... Au contraire l'autre sera sous leur main.

— C'est en effet, dis-je, bien plus commode d'avoir une église à sa porte »; — mais les vieux chrétiens n'auraient pas regardé à deux cents pas de plus pour se rendre à une vieille et splendide basilique. Aujourd'hui tout est changé, c'est le bon Dieu qui est obligé de se rapprocher des paroissiens !...

XXIV. EN PRISON

Certes je n'avais rien dit d'inconvenant ni de monstrueux. Aussi, la nuit arrivant, je crus bon de me diriger
vers le bureau des voitures. Il fallait encore attendre
une demi-heure. — J'ai demandé à souper pour passer
le temps.

Je finissais une excellente soupe, et je me tournais
pour demander autre chose, lorsque j'aperçus un gendarme qui me dit : « Vos papiers ? » J'interroge ma poche
avec dignité... Le passeport était resté à Meaux, où on
me l'avait demandé à l'hôtel pour m'inscrire ; — et
j'avais oublié de le reprendre le lendemain matin. La
jolie servante à laquelle j'avais payé mon compte n'y
avait pas pensé plus que moi. « Hé bien ! dit le gendarme, vous allez me suivre chez M. le maire. »

Le maire ! Encore si c'était le maire de Meaux ? Mais
c'est le maire de Crespy ! — L'autre eût certainement
été plus indulgent :

« D'où venez-vous ? — De Meaux. — Où allez-vous ?
— À Creil. — Dans quel but ? — Dans le but de faire
une chasse à la loutre. — Et pas de papiers, à ce que dit
le gendarme ? — Je les ai oubliés à Meaux. »

Je sentais moi-même que ces réponses n'avaient rien
de satisfaisant ; aussi le maire me dit-il paternellement :
« Hé bien, vous êtes en état d'arrestation ! — Et où cou-
cherai-je ? — À la prison.

— Diable, mais je crains de ne pas être bien
couché ?

— C'est votre affaire.

— Et si je payais un ou deux gendarmes pour me
garder à l'hôtel ?...

— Ce n'est pas l'usage.

— Cela se faisait au XVIIIᵉ siècle.

— Plus aujourd'hui. »

Je suivis le gendarme assez mélancoliquement[1].

La prison de Crespy est ancienne. Je pense même que le caveau dans lequel on m'a introduit date du temps des Croisades; il a été soigneusement recrépi avec du béton romain.

J'ai été fâché de ce luxe; j'aurais aimé à élever des rats ou à apprivoiser des araignées[2]. « Est-ce que c'est humide? dis-je au geôlier. — Très sec, au contraire. Aucun de *ces messieurs* ne s'en est plaint depuis les restaurations. Ma femme va vous faire un lit. — Pardon, je suis parisien; je le voudrais très doux? — On vous mettra deux lits de plume. — Est-ce que je ne pourrais pas finir de souper? Le gendarme m'a interrompu après le potage. — Nous n'avons rien. Mais demain j'irai vous chercher ce que vous voudrez; maintenant tout le monde est couché à Crespy. — À 8 heures et demie? — Il en est 9. »

La femme du geôlier avait établi un lit de sangle dans le caveau, comprenant sans doute que je payerais bien la pistole. Outre les lits de plume, il y avait un édredon. J'étais dans les plumes de tous côtés.

XXV. AUTRE RÊVE

J'eus à peine deux heures d'un sommeil tourmenté; — je ne revis pas les petits gnômes bienfaisants; — ces êtres panthéistes, éclos sur le sol germain, m'avaient totalement abandonné. En revanche, je comparaissais devant un tribunal, qui se dessinait au fond d'une ombre épaisse, imprégnée au bas d'une poussière scolastique.

Le président avait un faux air de M. Nisard; les deux assesseurs ressemblaient à M. Cousin et à M. Guizot, —

mes anciens maîtres[1]. Je ne passais plus comme autrefois devant eux mon examen en Sorbonne... J'allais
subir une condamnation capitale.

Sur une table étaient étendus plusieurs numéros de
magazines anglais et américains, et une foule de livraisons illustrées à *four* et à *sex pences,* où apparaissaient
vaguement les noms d'Edgard Poe, de Dickens, d'Ainsworth[2], etc., et trois figures pâles et maigres se dressaient à droite du tribunal, drapées de thèses en latin
imprimées sur satin, où je crus distinguer ces noms :
Sapientia, Ethica, Grammatica. — Les trois spectres accu-
sateurs me jetaient ces mots méprisants :

« *Fantaisiste ! réaliste ! ! essayiste ! ! !*[3] »

Je saisis quelques phrases de l'accusation, formulée à
l'aide d'un organe qui semblait être celui de M. Patin :
« Du *réalisme* au crime il n'y a qu'un pas ; car le crime
est essentiellement réaliste. Le *fantaisisme* conduit tout
droit à l'adoration des monstres. L'*essayisme* amène ce
faux esprit à pourrir sur la paille humide des cachots.
On commence par visiter Paul Niquet, — on en vient à
adorer une femme à cornes et à chevelure de mérinos,
— on finit par se faire arrêter à Crespy pour cause de
vagabondage et de troubadourisme exagéré !... »

J'essayai de répondre : j'invoquai Lucien, Rabelais,
Érasme et autres fantaisistes classiques. — Je sentis
alors que je devenais prétentieux.

Alors je m'écriai en pleurant : « *Confiteor ! plangior*[4] !
juro !... — Je jure de renoncer à ces œuvres maudites
par la Sorbonne et par l'Institut : je n'écrirai plus que
de l'histoire, de la philosophie, de la philologie et de la
statistique... On semble en douter... eh bien ! je ferai
des romans vertueux et champêtres, je viserai aux prix
de poésie, de morale, je ferai des livres contre l'escla-
vage et pour les enfants, des poèmes didactiques... Des
tragédies ! — des tragédies !... Je vais même en réciter

une que j'ai écrite en seconde, et dont le souvenir me revient... »

Les fantômes disparurent en jetant des cris plaintifs.

XXVI. MORALITÉ

Nuit profonde ! où suis-je ? au cachot.

Imprudent ! voilà pourtant où t'a conduit la lecture de l'article anglais intitulé « La Clef de la rue »... Tâche maintenant de découvrir la clef des champs[1] !

La serrure a grincé, les barres ont résonné. Le geôlier m'a demandé si j'avais bien dormi : « Très bien ! très bien ! » Il faut être poli.

« Comment sort-on d'ici ?

— On écrira à Paris, et si les renseignements sont favorables, au bout de trois ou quatre jours...

— Est-ce que je pourrais causer avec un gendarme ?

— Le vôtre viendra tout à l'heure. »

Le gendarme, quand il entra, me parut un Dieu. Il me dit : « Vous avez de la chance. — En quoi ? — C'est aujourd'hui jour de *correspondance* avec Senlis, vous pourrez paraître devant le substitut. Allons, levez-vous. — Et comment va-t-on à Senlis ? — À pied : cinq lieues, ce n'est rien. — Oui, mais s'il pleut... entre deux gendarmes, sur des routes détrempées. — Vous pouvez prendre une voiture. »

Il m'a bien fallu prendre une voiture. Une petite affaire de onze francs ; deux francs à la pistole ; en tout treize. — Ô fatalité !

Du reste, les deux gendarmes étaient très aimables, et je me suis mis fort bien avec eux sur la route en leur racontant les combats qui avaient eu lieu dans ce pays du temps de la Ligue. En arrivant en vue de la tour de Montépilloy, mon récit devint pathétique, je peignis la bataille, j'énumérai les escadrons de gens d'armes qui reposaient sous les sillons ; — ils s'arrêtèrent cinq minutes à contempler la tour, et je leur expliquai ce que c'était qu'un château fort de ce temps-là.

Histoire ! archéologie ! philosophie ! Vous êtes donc bonnes à quelque chose.

Il fallut monter à pied au village de Montépilloy, situé dans un bouquet de bois. Là mes deux braves gendarmes de Crespy m'ont remis aux mains de ceux de Senlis, et leur ont dit : « Il a pour *deux jours de pain* dans le coffre de la voiture. » « Si vous voulez déjeuner ? » m'a-t-on dit avec bienveillance. « Pardon, je suis comme les Anglais, je mange très peu de pain. — Oh ! l'on s'y fait. »

Les nouveaux gendarmes semblaient moins aimables que les autres. L'un d'eux me dit : « Nous avons encore une petite formalité à remplir. » Il m'attacha des chaînes comme à un héros de l'Ambigu, et ferma les fers avec deux cadenas. « Tiens, dis-je, pourquoi ne m'a-t-on mis des fers qu'ici ? — Parce que les gendarmes étaient avec vous dans la voiture, et que nous, nous sommes à cheval. »

Arrivés à Senlis, nous allâmes chez le substitut, et étant connu dans la ville, je fus relâché tout de suite. L'un des gendarmes m'a dit : « Cela vous apprrendra à oublierr votrre passe-porrt une autrre fois quand vos sortirrez de votrre déparrtement. »

Avis au lecteur. — J'étais dans mon tort... Le substitut a été fort poli, ainsi que tout le monde. Je ne trouve de trop que le cachot et les fers. Ceci n'est pas une critique de ce qui se passe aujourd'hui. Cela s'est toujours fait ainsi. Je ne raconte cette aventure que pour demander que, comme pour d'autres choses, on tente un progrès sur ce point. — Si je n'avais pas parcouru la moitié du monde, et vécu avec les Arabes, les Grecs, les Persans, dans les khans des caravansérails et sous les tentes, j'aurais eu peut-être un sommeil plus troublé encore, et un réveil plus triste, pendant ce simple épisode d'un voyage de Meaux à Creil[1].

Il est inutile de dire que je suis arrivé trop tard pour la chasse à la loutre. Mon ami le limonadier, après sa chasse, était parti pour Clermont afin d'assister à un enterrement. Sa femme m'a montré la loutre empaillée, et complétant une collection de bêtes et d'oiseaux du Valois, qu'il espère vendre à quelque Anglais[2].

Voilà l'histoire fidèle de trois nuits d'octobre, qui m'ont corrigé des excès d'un réalisme trop absolu; — j'ai du moins tout lieu de l'espérer.

AMOURS DE VIENNE

Pandora

> *Deux âmes, hélas ! se partageaient*
> *mon sein, et chacune d'elles veut se*
> *séparer de l'autre : l'une, ardente*
> *d'amour, s'attache au monde par le*
> *moyen des organes du corps ; un mou-*
> *vement surnaturel entraîne l'autre loin*
> *des ténèbres, vers les hautes demeures*
> *de nos aïeux.*
>
> FAUST[1].

Vous l'avez tous connue, ô mes amis! la belle *Pandora* du théâtre de Vienne. — Elle vous a laissé sans doute, ainsi qu'à moi-même, de cruels et doux souvenirs! C'était bien à elle, peut-être, — à elle, en vérité, — que pouvait s'appliquer l'indéchiffrable énigme gravée sur la pierre de Bologne : *ÆLIA LÆLIA*. — *Nec vir, nec mulier, nec androgyna*, etc. «Ni homme, ni femme, ni androgyne, ni fille, ni jeune, ni vieille, ni *chaste*, ni *folle*, ni pudique, mais tout cela ensemble[1]...» Enfin, *la Pandora*, c'est tout dire, — car je ne veux pas dire tout.

Ô Vienne[2], la bien gardée! rocher d'amour des paladins! comme disait le vieux Menzel[3], tu ne possèdes pas la coupe bénie du Saint-Graal mystique, mais le *Stock-im-Eisen* des braves compagnons! Ta montagne d'aimant attire invinciblement les pointes des épées, — et le Magyar jaloux, le Bohême intrépide, le Lombard généreux mourraient pour te défendre aux pieds divins de *Maria-Hilf*.

Je n'ai pu moi-même planter le clou symbolique dans le tronc chargé de fer (*Stock-im-Eisen*) posé à l'entrée du Graben, à la porte d'un bijoutier, — mais j'ai versé mes plus douces larmes et les plus pures effusions de mon cœur le long des places et des rues, sur les bastions, dans les allées de l'Augarten et sous les bosquets du Prater. J'ai attendri de mes chants d'amour les biches timides et les faisans privés; j'ai promené mes rêveries

sur les rampes gazonnées de Schoenbrunn. J'adorais
les pâles statues de ces jardins que couronne la *Gloriette*
de Marie-Thérèse, et les chimères du vieux palais m'ont
ravi mon cœur pendant que j'admirais leurs yeux divins
et que j'espérais m'allaiter à leur sein de marbre écla-
tant.

Pardonne-moi d'avoir surpris un regard de tes beaux
yeux, auguste archiduchesse, dont j'aimais tant l'image,
peinte sur une enseigne de magasin. Tu me rappelais
l'autre[1]..., rêve de mes jeunes amours, pour qui j'ai si
souvent franchi l'espace qui séparait mon toit natal de
la ville des Stuarts ! J'allais à pied, traversant plaines et
bois, rêvant à la Diane valoise[2] qui protège les Médicis ;
et, quand, au-dessus des maisons du Pecq et du pavillon
d'Henri IV, j'apercevais les tours de brique, cordonnées d'ardoises, alors je traversais la Seine, qui languit
et se replie autour de ses îles, et je m'engageais dans les
ruines solennelles du vieux château de Saint-Germain.
L'aspect ténébreux des hauts portiques, où plane la
souris chauve, où fuit le lézard, où bondit le chevreau
qui broute les vertes acanthes, me remplissait de joie et
d'amour. Puis, quand j'avais gagné le plateau de la
montagne, fût-ce à travers le vent et l'orage, quel bonheur encore d'apercevoir, au-delà des maisons, la côte
bleuâtre de Mareil, avec son église où reposent les
cendres du vieux seigneur de Monteynard !

Le souvenir de mes belles cousines, ces intrépides
chasseresses que je promenais autrefois dans les bois,
— belles toutes deux comme les filles de Léda[3],
m'éblouit encore et m'enivre.

Pourtant je n'aimais qu'*elle alors* !...

Il faisait très froid à Vienne, le jour de la Saint-Sylvestre[4], et je me plaisais beaucoup dans le boudoir de la
Pandora. Une lettre qu'elle faisait semblant d'écrire

n'avançait guère, et les délicieuses pattes de mouche de
son écriture s'entremêlaient follement avec je ne sais
quels arpèges mystérieux qu'elle tirait par instant des
cordes de sa harpe, dont la crosse disparaissait sous les
enlacements d'une sirène dorée. Tout à coup, elle se
jeta à mon col et m'embrassa, en disant avec un fou
rire :

« Tiens, c'est un petit prêtre ! Il est bien plus amusant
que mon baron. »

J'allai me rajuster à la glace ; car mes cheveux châ-
tains se trouvaient tout défrisés, et je rougis d'humiliation en sentant que je n'étais aimé qu'à cause d'un
certain petit air ecclésiastique que me donnaient mon
air timide et mon habit noir.

« Pandora, lui dis-je, ne plaisantons pas avec l'amour
ni avec la religion, car c'est la même chose, en vérité.

— Mais j'adore les prêtres, dit-elle ; laissez-moi mon
illusion.

— Pandora, dis-je avec amertume, je ne remettrai
plus cet habit noir, et, quand je reviendrai chez vous, je
porterai mon habit bleu à boutons dorés qui me donne
l'air cavalier.

— Je ne vous recevrai qu'en habit noir », dit-elle.

Et elle appela sa suivante.

« Röschen !... si monsieur que voilà se présente en
habit bleu, vous le mettrez dehors, et vous le consigne-
rez à la porte de l'hôtel. — J'en ai bien assez, ajouta-
t-elle avec colère, des attachés d'ambassade en bleu,
avec leurs boutons à couronnes, et des officiers de Sa
Majesté Impériale, et des Magyars avec leurs habits de
velours et leurs toques à aigrette ! Ce petit-là me servira
d'abbé. — Adieu, l'abbé, c'est convenu, vous viendrez
me chercher demain en voiture, et nous irons en partie
fine au Prater... Mais vous serez en habit noir ! »

Chacun de ces mots m'entrait au cœur comme une

épine. Un rendez-vous, un rendez-vous positif pour le
lendemain, premier jour de l'année, et en habit noir
encore ! Et ce n'était pas tant l'habit noir qui me déses-
pérait, mais ma bourse était vide. — Quelle honte ! vide,
hélas ! le propre jour de la Saint-Sylvestre !... Poussé
par un fol espoir, je me hâtai de courir à la poste, pour
voir si mon oncle ne m'avait pas adressé une lettre
chargée. Ô bonheur ! on me demande deux florins, et
l'on me remet une épître qui porte le timbre de France.
Un rayon de soleil tombait d'aplomb sur cette lettre
insidieuse. Les lignes s'y suivaient impitoyablement, sans
le moindre croisement de mandat sur la poste ou d'effets de commerce. Elle ne contenait de toute évidence
que des maximes de morale et des conseils d'économie.

Je la rendis en feignant prudemment une erreur de
gilet, et je frappai avec une surprise affectée des poches
qui ne rendaient aucun son métallique ; puis je me précipitai dans les rues populeuses qui entourent Saint-
Étienne.

Heureusement j'avais à Vienne un ami. C'était un
garçon fort aimable, un peu fou, comme tous les Allemands, docteur en philosophie, et qui cultivait avec
agrément quelques dispositions vagues à l'emploi de
ténor léger.

Je savais bien où le trouver, c'est-à-dire chez sa maîtresse, une nommée Rosa, figurante au théâtre de Leopoldstadt. Il lui rendait visite tous les jours de 2 à
5 heures. Je traversai rapidement la Rothenthor, je
montai le faubourg, et, dès le bas de l'escalier, je distinguai la voix de mon compagnon, qui chantait d'un
ton langoureux :

Einen Kuss von rosiger Lippe,
Und ich fürchte nicht Sturm und nicht Klippe[1] *!*

Le malheureux s'accompagnait d'une guitare, ce qui
n'est pas encore ridicule à Vienne, et se donnait des
poses de ménestrel; je le pris à part en lui confiant
ma situation. «Mais tu ne sais pas, me dit-il, que c'est
aujourd'hui la Saint-Sylvestre... — Oh! c'est juste!»
m'écriai-je en apercevant sur la cheminée de Rosa une
magnifique garniture de vases remplis de fleurs. «Alors,
je n'ai plus qu'à me percer le cœur, ou à m'en aller
faire un tour vers l'île Lobau, là où se trouve la plus
forte branche du Danube...

— Attends encore», dit-il en me saisissant le bras.
Nous sortîmes. Il me dit :

«J'ai sauvé ceci des mains de Dalilah... Tiens, voilà
deux écus d'Autriche; ménage-les bien, et tâche de les
garder intacts jusqu'à demain, car c'est le grand jour.»

Je traversai les glacis couverts de neige, et je rentrai à
Leopoldstadt, où je demeurais chez des blanchisseuses.
J'y trouvai une lettre qui me rappelait que je devais participer à une brillante représentation où assisterait une
partie de la cour et de la diplomatie. Il s'agissait de
jouer des charades. Je pris mon rôle avec humeur, car
je ne l'avais guère étudié. La Kathi vint me voir, souriante et parée, *bionda grassota*[1], comme toujours, et me
dit des choses charmantes dans son patois mélangé de
morave et de vénitien. Je ne sais trop quelle fleur elle
portait à son corsage, et je voulus l'obtenir de son amitié. Elle me dit d'un ton que je ne lui avais pas connu
encore :

«Jamais pour moins de *zehn Gulden-Convention-mink*!»
(«de dix florins en monnaie de convention»).

Je fis semblant de ne pas comprendre. Elle s'en alla
furieuse, et me dit qu'elle irait trouver son vieux baron,
qui lui donnerait de plus riches étrennes.

Me voilà libre. Je descends le faubourg en étudiant
mon rôle, que je tenais à la main. Je rencontrai Wahby
la Bohême, qui m'adressa un regard languissant et
plein de reproches. Je sentis le besoin d'aller dîner à la
Porte-Rouge, et je m'inondai l'estomac d'un tokay
rouge à trois kreutzers le verre, dont j'arrosai des côtelettes grillées, du *Wurschell* et un entremets d'escargots.

Les boutiques, illuminées, regorgeaient de visiteuses,
et mille fanfreluches, bamboches et poupées de Nuremberg grimaçaient aux étalages, accompagnées d'un
concert enfantin de tambours de basque et de trompettes de fer-blanc.

« Diable de conseiller intime de sucre candi ! » m'écriai-
je en souvenir d'Hoffmann, et je descendis rapidement
les degrés usés de la taverne des *Chasseurs*. On chantait
la *Revue nocturne* du poète Zedlitz[1]. La grande ombre
de l'Empereur planait sur l'assemblée joyeuse, et je fredonnais en moi-même : « Ô Richard[2] !... » Une fille
charmante m'apporta un verre de *Bayerisch Bier*, et je
n'osai l'embrasser parce que je songeais au rendez-vous
du lendemain.

Je ne pouvais tenir en place. J'échappai à la joie
tumultueuse de la taverne, et j'allai prendre mon café
au Graben. En traversant la place Saint-Étienne, je fus
reconnu par une bonne vieille décrotteuse, qui me
cria, selon son habitude : « Sacré n.. de D... ! » seul mot
français qu'elle eût retenu de l'invasion impériale. Cela
me fit songer à la représentation du soir ; car, autrement, je serais allé m'incruster dans quelque stalle du
théâtre de la Porte-de-Carinthie, où j'avais l'usage d'admirer beaucoup Mlle Lutzer[3]. Je me fis cirer, car la
neige avait fort détérioré ma chaussure.

Une bonne tasse de café me remit en état de me présenter au palais ; les rues étaient pleines de Lombards,

de Bohêmes et de Hongrois en costumes. Les diamants,
les rubis et les opales étincelaient sur leurs poitrines, et
la plupart se dirigeaient vers la *Burg*, pour aller présenter leurs hommages à la famille impériale. Je n'osai me
mêler à cette foule éclatante ; mais le souvenir chéri de
l'autre *** me protégea encore contre les charmes de
l'artificieuse Pandora.

On me fit remarquer au palais de France que j'étais
fort en retard. La Pandora dépitée s'amusait à faire
faire l'exercice à un vieux baron et à un jeune prince
grotesquement vêtu en étudiant de carnaval. Ce jeune
renard[1] avait dérobé à l'office une chandelle des six
dont il s'était fait un poignard. Il en menaçait les tyrans
en déclamant des vers de tragédie et en invoquant
l'ombre de Schiller.

Pour tuer le temps, on avait imaginé de jouer une charade *à l'impromptu*. — Le mot de la première était *maréchal.* Mon premier c'est *marée.* — Vatel, sous les traits
d'un jeune attaché d'ambassade, prononçait un soliloque avant de se plonger dans le cœur la pointe de son
épée de gala. Ensuite, un aimable diplomate rendait
visite à la dame de ses pensers ; il avait un quatrain à la
main et laissait percer la frange d'un *schall* dans la
poche de son habit. «Assez, suspends !» (sur ce *pan*)
disait la maligne Pandora en tirant à elle le cachemire
vrai-Biétry[2], qui se prétendait *tissu* de Golconde. Elle
dansa ensuite le pas du *schall* avec une négligence ado-
rable. Puis la troisième scène commença et l'on vit apparaître un illustre *maréchal* coiffé du chapeau historique[3].

On continua par une autre charade dont le mot était
mandarin. — Cela commençait par un *mandat*, qu'on
me fit signer, et où j'inscrivis le nom glorieux de
Macaire (Robert), baron des Adrets, époux en secondes

noces de la trop sensible Éloa. Je fus très applaudi dans
cette bouffonnerie. Le second terme de la charade
était *Rhin*. On chanta les vers d'Alfred de Musset. Le
tout amena naturellement l'apparition d'un véritable
mandarin drapé d'un cachemire, qui, les jambes croisées, fumait paresseusement son houka. — Il fallut
encore que la séduisante Pandora nous jouât un tour
de sa façon. Elle apparut en costume des plus légers,
avec un caraco blanc brodé de grenats et une robe
volante d'étoffe écossaise. Ses cheveux nattés en forme
de lyre se dressaient sur sa tête brune ainsi que deux
cornes majestueuses. Elle chanta comme une ange la
romance de Déjazet : *Je suis Tching-Ka*[1] !...

On frappa enfin les trois coups pour le proverbe intitulé *Madame Sorbet*. Je parus en comédien de province,
comme le *Destin* dans le *Roman comique*. Ma froide *Étoile*
s'aperçut que je ne savais pas un mot de mon rôle et
prit plaisir à m'embrouiller. Le sourire glacé des spec-
tatrices accueillit mes débuts et me remplit d'épouvante. En vain le vicomte s'exténuait à me souffler les
belles phrases perlées de M. Théodore Leclercq, je fis
manquer la représentation[2].

De colère, je renversai le paravent, qui figurait un
salon de campagne. — Quel scandale ! — Je m'enfuis du
salon à toutes jambes, bousculant, le long des escaliers,
des foules d'huissiers à chaînes d'argent et d'heiduques[3]
galonnés, et, m'attachant *des pattes de cerf*, j'allai me réfugier honteusement dans la taverne des *Chasseurs*[4].

Là, je demandai un pot de vin nouveau, que je
mélangeai d'un pot de vin vieux, et j'écrivis à la déesse
une lettre de quatre pages, d'un style abracadabrant[5].
Je lui rappelais les souffrances de Prométhée, quand il
mit au jour une créature aussi dépravée qu'elle. Je critiquai sa boîte à malice et son ajustement de bayadère.

J'osai même m'attaquer à ses pieds serpentins, que je voyais passer insidieusement sous sa robe. — Puis j'allai porter la lettre à l'hôtel où elle demeurait.

Sur quoi je retournai à mon petit logement de Leopoldstadt, où je ne pus dormir de la nuit. Je la voyais dansant toujours avec deux cornes d'argent ciselé, agitant sa tête empanachée, et faisant onduler son col de dentelles gaufrées sur les plis de sa robe de brocart.

Qu'elle était belle en ses ajustements de soie et de pourpre levantine, faisant luire insolemment ses blanches épaules, huilées de la sueur du monde. Un moment je fus prêt à céder aux enlacements dangereux de ses caresses lorsqu'il me sembla la reconnaître pour l'avoir déjà vue au commencement des siècles.

« Malheureuse ! lui dis-je, nous sommes perdus par ta faute, et le monde va finir ! Ne sens-tu pas qu'on ne peut plus respirer ici ? L'air est infecté de tes poisons, et la dernière bougie qui nous éclaire encore tremble et pâlit déjà au souffle impur de nos haleines... De l'air ! de l'air ! Nous périssons !

— Mon seigneur, cria-t-elle, nous n'avons à vivre que sept mille ans. Cela fait encore mille cent quarante...

— Septante-sept mille ! lui dis-je, et des millions d'années en plus : tes nécromanciens se sont trompés. »

Alors elle s'élança, rajeunie, des oripeaux qui la couvraient, et son vol se perdit dans le ciel pourpré du lit à colonnes. Mon esprit flottant voulut en vain la suivre : elle avait disparu pour l'éternité.

J'étais en train d'avaler quelques pépins de grenade. Une sensation douloureuse succéda dans ma gorge à cette distraction. Je me trouvais étranglé. On me trancha la tête, qui fut exposée à la porte du sérail, et j'étais mort tout de bon, si un perroquet, passant à tire d'aile, n'eût avalé quelques-uns des pépins qui se trouvaient mêlés avec le sang.

Il me transporta à Rome sous les berceaux fleuris
de la treille du Vatican, où la belle Impéria[1] trônait à
la table sacrée, entourée d'un conclave de cardinaux.
À l'aspect des plats d'or, je me sentis revivre, et je lui
dis : «Je te reconnais bien, Jésabel[2]!» Puis un craquement se fit dans la salle. C'était l'annonce du *Déluge*,
opéra en trois actes[3]. Il me sembla alors que mon esprit
perçait la terre, et, traversant à la nage les bancs de
corail de l'Océanie et la mer pourprée des tropiques, je
me trouvai jeté sur la rive ombragée de l'île des
Amours. C'était la plage de Tahiti. Trois jeunes filles
m'entouraient et me faisaient peu à peu revenir. Je leur
adressai la parole. Elles avaient oublié la langue des
hommes : «Salut mes sœurs du Ciel», leur dis-je en
souriant.

Je me jetai hors du lit comme un fou, — il faisait
grand jour ; il fallait attendre jusqu'à midi pour aller
savoir l'effet de ma lettre. La Pandora dormait encore
quand j'arrivai chez elle. Elle bondit de joie et me dit :
«Allons au Prater, je vais m'habiller.» Pendant que je
l'attendais dans son salon, le prince *** frappa à la
porte, et me dit qu'il revenait du château. Je l'avais cru
dans ses terres. — Il me parla longtemps de sa force à
l'épée, et de certaines rapières dont les étudiants du
Nord se servent dans leurs duels. Nous nous escrimions
dans l'air, quand notre double Étoile apparut. Ce fut
alors à qui ne sortirait pas du salon. Ils se mirent à causer dans une langue que j'ignorais ; mais je ne lâchai
pas un pouce de terrain. Nous descendîmes l'escalier
tous trois ensemble, et le prince nous accompagna jusqu'à l'entrée du Kohlmarkt.

«Vous avez fait de belles choses, me dit-elle, voilà
l'Allemagne en feu pour un siècle.»

Je l'accompagnai chez son marchand de musique ;
et, pendant qu'elle feuilletait des albums, je vis accou-

rir le vieux marquis en uniforme de magyar, mais
sans bonnet, qui s'écriait : « Quelle imprudence ! les
deux étourdis vont se tuer pour l'amour de vous ! » Je
brisai cette conversation ridicule en faisant avancer un
fiacre. La Pandora donna l'ordre de toucher Dorothée-
Gasse, chez sa modiste. Elle y resta enfermée une
heure, puis elle dit en sortant : « Je ne suis entourée
que de maladroits. — Et moi ? observai-je humblement.
— Oh ! vous, vous avez le numéro un. — Merci ! » répliquai-je.

Je parlai confusément du Prater ; mais le vent avait
changé. Il fallut la ramener honteusement à son hôtel,
et mes deux écus d'Autriche furent à peine suffisants
pour payer le fiacre.

De rage, j'allai me renfermer chez moi, où j'eus la
fièvre. Le lendemain matin, je reçus un billet de répétition qui m'enjoignait d'apprendre le rôle de Valbelle,
pour jouer la pièce intitulée *Deux mots dans la forêt*[1]. —
Je me gardai bien de me soumettre à une nouvelle
humiliation, et je repartis pour Salzbourg, où j'allai réfléchir amèrement dans l'ancienne maison de Mozart,
habitée aujourd'hui par un chocolatier.

Je n'ai revu la Pandora que l'année suivante, dans une
froide capitale du Nord[2]. Sa voiture s'arrêta tout à coup
au milieu de la grande place, et un sourire divin me
cloua sans force sur le sol. « Te voilà encore, enchante-
resse, m'écriais-je, et la boîte fatale, qu'en as-tu fait ?

— Je l'ai remplie pour toi, dit-elle, des plus beaux
joujoux de Nuremberg. Ne viendras-tu pas les admirer ? »

Mais je me pris à fuir à toutes jambes vers la place de
la Monnaie. « Ô fils des dieux, père des hommes ! criait-
elle, arrête un peu. C'est aujourd'hui la Saint-Sylvestre
comme l'an passé... Où as-tu caché le feu du ciel que
tu dérobas à Jupiter ? »

Je ne voulus pas répondre : le nom de Prométhée me

déplaît toujours singulièrement, car je sens encore à mon flanc le bec éternel du vautour dont Alcide m'a délivré.

Ô Jupiter ! quand finira mon supplice[1] ?

Promenades et souvenirs

I. LA BUTTE MONTMARTRE

Il est véritablement difficile de trouver à se loger dans Paris. — Je n'en ai jamais été si convaincu que depuis deux mois. Arrivé d'Allemagne après un court séjour dans une villa de la banlieue[1], je me suis cherché un domicile plus assuré que les précédents, dont l'un se trouvait sur la place du Louvre et l'autre dans la rue du Mail. — Je ne remonte qu'à six années. — Évincé du premier avec vingt francs de dédommagement, que j'ai négligé, je ne sais pourquoi, d'aller toucher à la Ville[2], j'avais trouvé dans le second ce qu'on ne trouve plus guère au centre de Paris : — une vue sur deux ou trois arbres occupant un certain espace, qui permet à la fois de respirer et de se délasser l'esprit en regardant autre chose qu'un échiquier de fenêtres noires, où de jolies figures n'apparaissent que par exception. —

Je respecte la vie intime de mes voisins, et ne suis pas de ceux qui examinent avec des longues-vues le galbe d'une femme qui se couche, ou surprennent à l'œil nu les silhouettes particulières aux incidents et accidents de la vie conjugale. — J'aime mieux tel horizon «à souhait pour le plaisir des yeux», comme dirait Fénelon[3], où l'on peut jouir, soit d'un lever, soit d'un coucher de soleil, mais plus particulièrement du lever. Le coucher ne m'embarrasse guère; je suis sûr de le rencontrer

partout ailleurs que chez moi. Pour le lever, c'est différent : j'aime à voir le soleil découper des angles sur les
murs, à entendre au-dehors des gazouillements d'oiseaux, fût-ce de simples moineaux francs... Grétry
offrait un louis pour entendre une chanterelle[1], je don-
nerais vingt francs pour un merle ; — les vingt francs
que la ville de Paris me doit encore !

J'ai longtemps habité Montmartre[2] ; on y jouit d'un
air très pur, de perspectives variées, et l'on y découvre
des horizons magnifiques, soit «qu'ayant été vertueux,
l'on aime à voir lever l'aurore», qui est très belle du
côté de Paris, soit qu'avec des goûts moins simples on
préfère ces teintes pourprées du couchant, où les
nuages déchiquetés et flottants peignent des tableaux
de bataille et de transfiguration au-dessus du grand
cimetière, entre l'arc de l'Étoile et les coteaux bleuâtres
qui vont d'Argenteuil à Pontoise. — Les maisons nouvelles s'avancent toujours, comme la mer diluvienne,
qui a baigné les flancs de l'antique montagne, gagnant
peu à peu les retraites où s'étaient réfugiés les monstres
informes reconstruits depuis par Cuvier[3]. — Attaqué
d'un côté par la rue de l'Empereur[4], de l'autre par le
quartier de la mairie, qui sape les âpres montées et
abaisse les hauteurs du versant de Paris, le vieux mont
de Mars aura bientôt le sort de la butte des Moulins[5],
qui au siècle dernier ne montrait guère un front moins
superbe. — Cependant il nous reste encore un certain
nombre de coteaux ceints d'épaisses haies vertes, que
l'épine-vinette décore tour à tour de ses fleurs violettes
et de ses baies pourprées. Il y a là des moulins, des cabarets et des tonnelles, des élysées champêtres et des
ruelles silencieuses bordées de chaumières, de granges
et de jardins touffus, des plaines vertes coupées de pré-
cipices, où les sources filtrent dans la glaise, détachant
peu à peu certains îlots de verdure où s'ébattent des

chèvres, qui broutent l'acanthe suspendue aux rochers.
Des petites filles à l'œil fier, au pied montagnard, les
surveillent en jouant entre elles. On rencontre même
une vigne, la dernière du cru célèbre de Montmartre,
qui luttait, du temps des Romains, avec Argenteuil et
Suresnes. Chaque année cet humble coteau perd une
rangée de ses ceps rabougris, qui tombe dans une carrière. — Il y a dix ans, j'aurais pu l'acquérir au prix de
trois mille francs... On en demande aujourd'hui trente
mille. C'est le plus beau point de vue des environs de
Paris.

Ce qui me séduisait dans ce petit espace abrité par
les grands arbres du château des Brouillards[1], c'était
d'abord ce reste de vignoble lié au souvenir de saint
Denis, qui, au point de vue des philosophes, était peut-
être le second Bacchus (Διονύσιος), et qui a eu trois
corps, dont l'un a été enterré à Montmartre, le second
à Ratisbonne et le troisième à Corinthe. — C'était
ensuite le voisinage de l'abreuvoir, qui le soir s'anime
du spectacle de chevaux et de chiens que l'on y baigne,
et d'une fontaine construite dans le goût antique, où
les laveuses causent et chantent comme dans un des
premiers chapitres de *Werther*. Avec un bas-relief consacré à Diane, et peut-être deux figures de naïades sculptées en demi-bosse, on obtiendrait, à l'ombre des vieux
tilleuls qui se penchent sur le monument, un admirable lieu de retraite, silencieux à ses heures, et qui rap-
pellerait certains points d'étude de la campagne romaine.
Au-dessus se dessine et serpente la rue des Brouillards,
qui descend vers le chemin des Bœufs[2], puis le jardin
du restaurant Gaucher, avec ses kiosques, ses lanternes
et ses statues peintes. — La plaine Saint-Denis a des
lignes admirables, bornées par les coteaux de Saint-
Ouen et de Montmorency, avec des reflets de soleil ou
de nuages qui varient à chaque heure du jour. À droite

est une rangée de maisons, la plupart fermées pour
cause de craquements dans les murs. C'est ce qui assure
la solitude relative de ce site : car les chevaux et les
bœufs qui passent, et même les laveuses, ne troublent
pas les méditations d'un sage, et même s'y associent. —
La vie bourgeoise, ses intérêts et ses relations vulgaires,
lui donnent seuls l'idée de s'éloigner le plus possible
des grands centres d'activité.

Il y a à gauche de vastes terrains, recouvrant l'emplacement d'une carrière éboulée, que la commune a
concédés à des hommes industrieux qui en ont transformé l'aspect. Ils ont planté des arbres, créé des champs
où verdissent la pomme de terre et la betterave, où l'as-
perge montée étalait naguère ses panaches verts déco-
rés de perles rouges.

On descend le chemin et l'on tourne à gauche. Là
sont encore deux ou trois collines vertes, entaillées par
une route qui plus loin comble des ravins profonds, et
qui tend à rejoindre un jour la rue de l'Empereur entre
les buttes et le cimetière. On rencontre là un hameau
qui sent fortement la campagne, et qui a renoncé
depuis trois ans aux travaux malsains d'un atelier de
poudrette. — Aujourd'hui l'on y travaille les résidus
des fabriques de bougies stéariques. — Que d'artistes
repoussés du prix de Rome sont venus sur ce point étudier la campagne romaine et l'aspect des marais pon-
tins ! Il y reste même un marais animé par des canards,
des oisons et des poules.

Il n'est pas rare aussi d'y trouver des haillons pittoresques sur les épaules des travailleurs. Les collines, fen-
dues çà et là, accusent le tassement du terrain sur
d'anciennes carrières ; mais rien n'est plus beau que l'aspect de la grande butte, quand le soleil éclaire ses terrains d'ocre rouge veinés de plâtre et de glaise, ses
roches dénudées et quelques bouquets d'arbres encore

assez touffus, où serpentent des ravins et des sentiers. La plupart des terrains et des maisons éparses de cette petite vallée appartiennent à de vieux propriétaires, qui ont calculé sur l'embarras des Parisiens à se créer de nouvelles demeures, et sur la tendance qu'ont les maisons du quartier Montmartre à envahir, dans un temps donné, la plaine Saint-Denis. C'est une écluse qui arrête le torrent ; quand elle s'ouvrira, le terrain vaudra cher. — Je regrette d'autant plus d'avoir hésité, il y a dix ans, à donner trois mille francs du dernier vignoble de Montmartre.

Il n'y faut plus penser. Je ne serai jamais propriétaire[1] ; et pourtant que de fois, au 8 ou au 15 de chaque trimestre (près de Paris, du moins), j'ai chanté le refrain de M. Vautour :

> *Quand on n'a pas de quoi payer son terme,*
> *Il faut avoir une maison à soi*[2] *!*

J'aurais fait faire dans cette vigne une construction si légère !... Une petite villa dans le goût de Pompéi, avec un *impluvium* et une *cella*, quelque chose comme la maison du poëte tragique. Le pauvre Laviron, mort depuis sur les murs de Rome, m'en avait dessiné le plan[3]. — À dire le vrai pourtant, il n'y a pas de propriétaires aux buttes Montmartre. On ne peut asseoir légalement une propriété sur des terrains minés par des cavités peuplées dans leurs parois de mammouths et de mastodontes. La commune concède un droit de possession qui s'éteint au bout de cent ans... On est campé comme les Turcs ; et les doctrines les plus avancées auraient peine à contester un droit si fugitif, où l'hérédité ne peut longuement s'établir[4]*.

---

* Certains propriétaires nient ce détail, qui m'a été affirmé par d'autres. N'y aurait-il pas eu là aussi des usurpations pareilles à celles qui ont rendu les fiefs héréditaires sous Hugues Capet !

II. LE CHÂTEAU DE SAINT-GERMAIN

J'ai parcouru les quartiers de Paris qui correspondent à mes relations, et n'ai rien trouvé qu'à des prix impossibles, augmentés par les conditions que formulent les concierges. Ayant rencontré un seul logement au-dessous de trois cents francs, on m'a demandé si j'avais un état pour lequel il fallût du jour. — J'ai répondu, je crois, qu'il m'en fallait pour l'état de ma santé. — C'est, m'a dit le concierge, que la fenêtre de la chambre s'ouvre sur un corridor qui n'est pas bien clair. Je n'ai pas voulu en savoir davantage, et j'ai même négligé de visiter une *cave à louer*, me souvenant d'avoir vu à Londres cette même inscription, suivie de ces mots : « Pour un gentleman seul ».

Je me suis dit : « Pourquoi ne pas aller demeurer à Versailles ou à Saint-Germain ? » La banlieue est encore plus chère que Paris ; mais, en prenant un abonnement du chemin de fer, on peut sans doute trouver des logements dans la plus déserte ou dans la plus abandonnée de ces deux villes. En réalité, qu'est-ce qu'une demi-heure de chemin de fer le matin et le soir ? On a là les ressources d'une cité, et l'on est presque à la campagne. Vous vous trouvez logé par le fait rue Saint-Lazare, n° 130. Le trajet n'offre que de l'agrément et n'équivaut jamais, comme ennui ou comme fatigue, à une course d'omnibus. — Je me suis trouvé très heureux de cette idée, et j'ai choisi Saint-Germain, qui est pour moi une ville de souvenirs[1]. Quel voyage charmant ! Asnières, Chatou, Nanterre et Le Pecq ; la Seine trois fois repliée, des points de vue d'îles vertes, de plaines, de bois, de chalets et de villas ; à droite, les coteaux de Colombes, d'Argenteuil et de Carrières ; à gauche, le mont Valérien, Bougival, Luciennes et

Marly ; puis la plus belle perspective du monde : la terrasse et les vieilles galeries du château de Henri IV, couronnées par le profil sévère du château de Henri IV, couronnées par le profil sévère du château de François Ier. J'ai toujours aimé ce château bizarre, qui sur le plan a la forme d'un *D* gothique, en l'honneur, dit-on, du nom de la belle Diane[1]. — Je regrette seulement de n'y pas voir ces grands toits écaillés d'ardoises, ces clochetons à jour où se déroulaient des escaliers en spirales, ces hautes fenêtres sculptées s'élançant d'un fouillis de toits anguleux qui caractérisent l'architecture valoise. Des maçons ont défiguré, sous Louis XVIII, la face qui regarde le parterre. Depuis, l'on a transformé ce monument en pénitencier, et l'on a déshonoré l'aspect des fossés et des ponts antiques par une enceinte de murailles couvertes d'affiches. Les hautes fenêtres et les balcons dorés, les terrasses où ont paru tour à tour les beautés blondes de la cour des Valois et de la cour des Stuarts, les galants chevaliers des Médicis et les Écossais fidèles de Marie Stuart et du roi Jacques n'ont jamais été restaurés ; il n'en reste rien que le noble dessin des baies, des tours et des façades, que cet étrange contraste de la brique et de l'ardoise, s'éclairant des feux du soir ou des reflets argentés de la nuit, et cet aspect moitié galant, moitié guerrier d'un château fort, qui en dedans contenait un palais splendide dressé sur une montagne, entre une vallée boisée où serpente un fleuve, et un parterre qui se dessine sur la lisière d'une vaste forêt.

Je revenais là, comme Ravenswood au château de ses pères[2] ; j'avais eu des parents parmi les hôtes de ce château, — il y a vingt ans déjà ; — d'autres, habitants de la ville ; en tout, quatre tombeaux... Il se mêlait encore à ces impressions des souvenirs d'amour et de fêtes

remontant à l'époque des Bourbons; — de sorte que je
fus tour à tour heureux et triste tout un soir !

Un incident vulgaire vint m'arracher à la poésie de
ces rêves de jeunesse. La nuit étant venue, après avoir
parcouru les rues et les places, et salué des demeures
aimées jadis, donné un dernier coup d'œil aux côtes de
l'Étang de Mareil et de Chambourcy[1], je m'étais enfin
reposé dans un café qui donne sur la place du marché.
On me servit une chope de bière. Il y avait au fond trois
cloportes; — un homme qui a vécu en Orient est inca-
pable de s'affecter d'un pareil détail : « Garçon ! dis-je, il
est possible que j'aime les cloportes; mais une autre fois,
si j'en demande, je désirerais qu'on me les servît à part. »
Le mot n'était pas neuf, s'étant déjà appliqué à des cheveux servis sur une omelette, — mais il pouvait encore
être goûté à Saint-Germain. Les habitués, bouchers ou
conducteurs de bestiaux, le trouvèrent agréable.

Le garçon me répondit imperturbablement : « Monsieur, cela ne doit pas vous étonner : on fait en ce
moment des réparations au château, et ces insectes se
réfugient dans les maisons de la ville. Ils aiment beaucoup la bière et y trouvent leur tombeau. — Garçon, lui
dis-je, vous êtes plus beau que nature et votre conversation me séduit... Mais est-il vrai que l'on fasse des
réparations au château? — Monsieur vient d'en être
convaincu. — Convaincu grâce à votre raisonnement;
mais êtes-vous sûr du fait en lui-même? — Les journaux en ont parlé. »

Absent de France pendant longtemps, je ne pouvais
contester ce témoignage. Le lendemain, je me rendis
au château pour voir où en était la restauration. Le ser-
gent-concierge me dit, avec un sourire qui n'appartient
qu'à un militaire de ce grade : « Monsieur, seulement
pour raffermir les fondations du château il faudrait
neuf millions; les apportez-vous? » Je suis habitué à ne

m'étonner de rien : «Je ne les ai pas sur moi, observai-je, mais cela pourrait encore se trouver! — Eh bien! dit-il, quand vous les apporterez, nous vous ferons voir le château. »

J'étais piqué; ce qui me fit retourner à Saint-Germain deux jours après. J'avais trouvé l'idée : Pourquoi, me disais-je, ne pas faire une souscription? La France est pauvre : mais il viendra beaucoup d'Anglais l'année prochaine pour l'Exposition des Champs-Élysées. Il est impossible qu'ils ne nous aident pas à sauver de la destruction un château qui a hébergé plusieurs générations de leurs reines et de leurs rois. Toutes les familles jacobites[1] y ont passé, — la ville encore est à moitié pleine d'Anglais; j'ai chanté tout enfant les chansons du roi Jacques et pleuré Marie Stuart, en déclamant les vers de Ronsard et de Du Bellay[2]... La race des *king-charles* emplit les rues comme une preuve vivante encore des affections de tant de races disparues... Non! me dis-je, les Anglais ne refuseront pas de s'associer à une souscription doublement nationale. Si nous contribuons par des monacos[3], ils trouveront bien des couronnes et des guinées!

Fort de cette combinaison, je suis allé la soumettre aux habitués du café du marché. Ils l'ont accueillie avec enthousiasme, et quand j'ai demandé une chope de bière *sans cloportes*, le garçon m'a dit : « Oh! non, Monsieur, plus aujourd'hui! »

Au château je me suis présenté la tête haute. Le sergent m'a introduit au corps de garde, où j'ai développé mon idée avec succès et le commandant, qu'on a averti, a bien voulu permettre que l'on me fît voir la chapelle et les appartements des Stuarts, fermés aux simples curieux. Ces derniers sont dans un triste état, et, quant aux galeries, aux salles antiques et aux chambres des Médicis, il est impossible de les reconnaître depuis des siècles, grâce aux clôtures, aux maçonneries et aux faux plafonds qui ont approprié ce château aux convenances militaires.

Que la cour est belle, pourtant! ces profils sculptés, ces arceaux, ces galeries chevaleresques, l'irrégularité même du plan, la teinte rouge des façades, tout cela fait rêver aux châteaux d'Écosse et d'Irlande, à Walter Scott et à Byron. On a tant fait pour Versailles et tant pour Fontainebleau... pourquoi donc ne pas relever ce débris précieux de notre histoire? La malédiction de Catherine de Médicis, jalouse du monument construit en l'honneur de Diane, s'est continuée sous les Bourbons. Louis XIV craignait de voir la flèche de Saint-Denis; ses successeurs ont tout fait pour Saint-Cloud et Versailles. Aujourd'hui Saint-Germain attend encore le résultat d'une promesse que la guerre[1] a peut-être empêché de réaliser.

III. UNE SOCIÉTÉ CHANTANTE

Ce que le concierge m'a fait voir avec le plus d'amour, c'est une série de petites loges qu'on appelle *les cellules*, où couchent quelques militaires du pénitencier. Ce sont de véritables boudoirs, ornés de peintures à fresque représentant des paysages. Le lit se compose d'un matelas de crin, soutenu par des élastiques; le tout très propre et très coquet, comme une cabine d'officier de vaisseau. Seulement le jour y manque, comme dans la chambre qu'on m'offrait à Paris, — et l'on ne pourrait pas y demeurer *ayant un état* pour lequel il faudrait du jour. « J'aimerais, dis-je au sergent, une chambre moins bien décorée et plus près des fenêtres. — Quand on se lève avant le jour, c'est bien indifférent!» me répondit-il. Je trouvai cette observation de la plus grande justesse.

En repassant par le corps de garde, je n'eus qu'à remercier le commandant de sa politesse, et le sergent ne voulut accepter aucune *buona mano.* Mon idée de souscription anglaise me trottait dans la tête, et j'étais bien aise d'en essayer l'effet sur des habitants de la ville. De sorte qu'allant à dîner au pavillon de Henri IV, d'où l'on jouit de la plus admirable vue qui soit en France, dans un kiosque ouvert sur un panorama de dix lieues, j'en fis part à trois Anglais et à une Anglaise, qui en furent émerveillés, et trouvèrent ce plan très conforme à leurs idées nationales. — Saint-Germain a cela de particulier que tout le monde s'y connaît, qu'on y parle haut dans les établissements publics, et que l'on peut même s'y entretenir avec des dames anglaises sans leur être présenté. On s'ennuierait tellement sans cela! Puis c'est une population à part, classée, il est vrai, selon les conditions, mais entièrement locale. Il est très rare qu'un habitant de Saint-Germain vienne à Paris ; certains d'entre eux ne font pas ce voyage une fois en dix ans. Les familles étrangères vivent aussi là entre elles avec la familiarité qui existe dans les villes d'eaux. Et ce n'est pas l'eau, c'est l'air pur que l'on vient chercher à Saint-Germain. Il y a des maisons de santé charmantes, habitées par des gens très bien portants, mais fatigués du bourdonnement et du mouvement insensé de la capitale. La garnison, qui était autrefois de gardes du corps, et qui est aujourd'hui de cuirassiers de la garde, n'est pas étrangère peut-être à la résidence de quelques jeunes beautés, filles ou veuves, qu'on rencontre à cheval ou à âne sur la route des Loges ou du château du Val. — Le soir, les boutiques s'éclairent rue de Paris et rue au Pain ; on cause d'abord sur la porte, on rit, on chante même. — L'accent des voix est fort distinct de celui de Paris ; les jeunes filles ont la voix pure et bien timbrée, comme

dans les pays de montagnes. En passant dans la rue de
l'Église, j'entendis chanter au fond d'un petit café. J'y
voyais entrer beaucoup de monde, et surtout des
femmes. En traversant la boutique, je me trouvai dans
une grande salle toute pavoisée de drapeaux et de guirlandes, avec les insignes maçonniques et les inscriptions d'usage. — J'ai fait partie autrefois des *Joyeux* et
des Bergers de Syracuse[1]; je n'étais donc pas embarrassé de me présenter.

Le bureau était majestueusement établi sous un dais
orné de draperies tricolores, et le président me fit le
salut cordial qui se doit à un *visiteur*. — Je me rappelle-
rai toujours qu'aux Bergers de Syracuse on ouvrait géné-
ralement la séance par ce toast : «Aux Polonais!... et à
ces dames!» Aujourd'hui, les Polonais sont un peu
oubliés. — Du reste, j'ai entendu de fort jolies chansons
dans cette réunion, mais surtout des voix de femmes ravissantes. Le Conservatoire n'a pas terni l'éclat de ces intonations pures et naturelles, de ces trilles empruntés aux
chants du rossignol ou du merle, ou n'a pas faussé avec
les leçons du solfège ces gosiers si frais et si riches en
mélodie. Comment se fait-il que ces femmes chantent si
juste ? Et pourtant tout musicien de profession pourrait
dire à chacune d'elles : «Vous ne savez pas chanter[2]!»

Rien n'est amusant comme les chansons que les
jeunes filles composent elles-mêmes, et qui font, en
général, allusion aux trahisons des amoureux ou aux
caprices de l'autre sexe. Quelquefois il y a des traits de
raillerie locale qui échappent au visiteur étranger. Souvent un jeune homme et une jeune fille se répondent,
comme Daphnis et Chloé, comme Myrtil et Sylvie[3]. En
m'attachant à cette pensée, je me suis trouvé tout ému,
tout attendri comme à un souvenir de la jeunesse...
C'est qu'il y a un âge, — âge *critique*, comme on le dit
pour les femmes, où les souvenirs renaissent si vive-

ment, où certains dessins oubliés reparaissent sous la trame froissée de la vie[1]! On n'est pas assez vieux pour ne plus songer à l'amour, on n'est plus assez jeune pour penser toujours à plaire. — Cette phrase, je l'avoue, est un peu Directoire. Ce qui l'amène sous ma plume, c'est que j'ai entendu un ancien jeune homme qui, ayant décroché du mur une guitare, exécuta admirablement la vieille romance de Garat :

> *Plaisir d'amour ne dure qu'un instant...*
> *Chagrin d'amour dure toute la vie[2] !*

Il avait les cheveux frisés à l'incroyable, une cravate blanche, une épingle de diamant sur son jabot et des bagues à lacs d'amour. Ses mains étaient blanches et fines comme celles d'une jolie femme. Et, si j'avais été femme, je l'aurais aimé, malgré son âge : car sa voix allait au cœur.

Ce brave homme m'a rappelé mon père, qui, jeune encore, chantait avec goût des airs italiens à son retour de Pologne. Il y avait perdu sa femme, et ne pouvait s'empêcher de pleurer en s'accompagnant de la guitare aux paroles d'une romance qu'elle avait aimée, et dont j'ai toujours retenu ce passage[3] :

> *Mamma mia, medicate*
> *Questa piaga, per pietà !*
> *Melicerto fu l'arciero*
> *Perchè pace in cor non ho**...

Malheureusement la guitare est aujourd'hui vaincue par le piano, ainsi que la harpe ; ce sont là des galante-

---

* Ô ma mère ! guérissez-moi cette blessure, par pitié ! Mélicerte fut l'archer par qui j'ai perdu la paix de mon cœur !

ries et des grâces d'un autre temps. Il faut aller à Saint-
Germain pour retrouver, dans le petit monde paisible
encore, les charmes effacés de la société d'autrefois.

Je suis sorti par un beau clair de lune, m'imaginant
vivre en 1827, époque où j'ai quelque temps habité
Saint-Germain. Parmi les jeunes filles présentes à cette
petite fête, j'avais reconnu des yeux accentués, des traits
réguliers, et, pour ainsi dire, classiques, des intonations
particulières au pays qui me faisaient rêver à des cousines, à des amies de cette époque, comme si dans un
autre monde j'avais retrouvé mes premiers amours. Je
parcourais au clair de lune ces rues et ces promenades
endormies. J'admirais les profils majestueux du château,
j'allais respirer l'odeur des arbres presque effeuillés à la
lisière de la forêt, je goûtais mieux à cette heure l'architecture de l'église où repose l'épouse de Jacques II[1], et
qui semble un temple romain*.

Vers minuit j'allai frapper à la porte d'un hôtel où
je couchais souvent il y a quelques années. Impossible
d'éveiller personne. Des bœufs passaient silencieuse-
ment, et leurs conducteurs ne purent me renseigner sur
les moyens de passer la nuit. En revenant sur la place
du marché, je demandai au factionnaire s'il connaissait
un hôtel où l'on pût recevoir un Parisien relativement attardé. «Entrez au poste, on vous dira cela», me
répondit-il.

Dans le poste, je rencontrai de jeunes militaires qui
me dirent : «C'est bien difficile : on se couche ici à
10 heures; mais chauffez-vous un instant.» On jeta du
bois dans le poêle; je me mis à causer de l'Afrique et de
l'Asie. Cela les intéressait tellement que l'on réveillait
pour m'écouter ceux qui s'étaient endormis. Je me vis

---

* L'intérieur est aujourd'hui restauré dans le style byzantin, et l'on commence à y découvrir des fresques remarquables commencées depuis plusieurs années.

conduit à chanter des chansons arabes et grecques : car
la société chantante m'avait mis dans cette disposition.
Vers 2 heures, un des soldats me dit : « Vous avez bien
couché sous la tente... Si vous voulez, prenez place sur
le lit de camp. » On me fit un traversin avec un sac de
munition, je m'enveloppai de mon manteau, et je
m'apprêtais à dormir quand le sergent rentra et dit :
« Où est-ce qu'ils ont encore ramassé cet homme-là ?
— C'est un homme qui parle assez bien, dit un des fusi-
liers ; il a été en Afrique. — S'il a été en Afrique, c'est
différent, dit le sergent ; mais on admet quelquefois ici
des individus qu'on ne connaît pas : c'est imprudent...
Ils pourraient enlever quelque chose ! — Ce ne serait
pas les matelas toujours ! murmurai-je. — Ne faites pas
attention, me dit l'un des soldats : c'est son caractère ;
et puis il vient de recevoir *une politesse...*, ça le rend
grognon. »

J'ai dormi fort bien jusqu'au point du jour ; et,
remerciant ces braves soldats, ainsi que le sergent,
tout à fait radouci, je m'en allai faire un tour vers les
coteaux de Mareil, pour admirer les splendeurs du
soleil levant.

Je le disais tout à l'heure : — mes jeunes années me
reviennent, — et l'aspect des lieux aimés rappelle en
moi le sentiment des choses passées. Saint-Germain,
Senlis et Dammartin sont les trois villes qui, non loin de
Paris, correspondent à mes souvenirs les plus chers. La
mémoire de vieux parents morts se rattache mélancoliquement à la pensée de plusieurs jeunes filles dont
l'amour m'a fait poète, ou dont les dédains m'ont fait
parfois ironique et songeur. J'ai appris le style en écrivant des lettres de tendresse ou d'amitié, et, quand je
relis celles qui ont été conservées, j'y retrouve fortement tracée l'empreinte de mes lectures d'alors, surtout de Diderot, de Rousseau et de Senancour. Ce que

je viens de dire expliquera le sentiment dans lequel ont
été écrites les pages suivantes. Je m'étais repris à aimer
Saint-Germain par ces derniers beaux jours d'automne.
Je m'établis à l'Ange Gardien, et, dans les intervalles de
mes promenades, j'ai tracé quelques souvenirs que je
n'ose intituler Mémoires, et qui seraient plutôt conçus
selon le plan des promenades solitaires de Jean-Jacques.
Je les terminerai dans le pays même où j'ai été élevé, et
où il est mort[1].

IV. JUVENILIA

Le hasard a joué un si grand rôle dans ma vie, que je
ne m'étonne pas en songeant à la façon singulière dont
il a présidé à ma naissance. C'est, dira-t-on, l'histoire de
tout le monde. Mais tout le monde n'a pas occasion de
raconter son histoire.

Et, si chacun le faisait, il n'y aurait pas grand mal.
L'expérience de chacun est le trésor de tous[2].

Un jour, un cheval s'échappa d'une pelouse verte
qui bordait l'Aisne, et disparut bientôt entre les halliers; il gagna la région sombre des arbres et se perdit
dans la forêt de Compiègne. Cela se passait vers 1770.

Ce n'est pas un accident rare qu'un cheval échappé
à travers une forêt. Et cependant je n'ai guère d'autre
titre à l'existence. Cela est probable du moins, si l'on
croit à ce que Hoffmann appelait *l'enchaînement des
choses*[3].

Mon grand-père était jeune alors. Il avait pris le cheval dans l'écurie de son père, puis il s'était assis sur le
bord de la rivière, rêvant à je ne sais quoi, pendant que
le soleil se couchait dans les nuages empourprés du
Valois et du Beauvoisis.

L'eau verdissait et chatoyait de reflets sombres; des

bandes violettes striaient les rougeurs du couchant. Mon grand-père, en se retournant pour partir, ne trouva plus le cheval qui l'avait amené. En vain il le chercha, l'appela jusqu'à la nuit. Il lui fallut revenir à la ferme.

Il était d'un naturel silencieux ; il évita les rencontres, monta à sa chambre et s'endormit, comptant sur la Providence et sur l'instinct de l'animal qui pouvait bien lui faire retrouver la maison.

C'est ce qui n'arriva pas. Le lendemain matin, mon grand-père descendit de sa chambre et rencontra dans la cour son père qui se promenait à grands pas. Il s'était aperçu déjà qu'il manquait un cheval à l'écurie. Silencieux comme son fils, il n'avait pas demandé quel était le coupable ; il le reconnut en le voyant devant lui.

Je ne sais ce qui se passa. Un reproche trop vif fut cause sans doute de la résolution que prit mon grand-père. Il monta à sa chambre, fit un paquet de quelques habits, et, à travers la forêt de Compiègne, il gagna un petit pays situé entre Ermenonville et Senlis, près des étangs de Châalis, vieille résidence carlovingienne. Là vivait un de ses oncles qui descendait, dit-on, d'un peintre flamand du xviie siècle[1]. Il habitait un ancien pavillon de chasse aujourd'hui ruiné, qui avait fait partie des apanages de Marguerite de Valois. Le champ voisin, entouré de halliers qu'on appelle *les bosquets*, était situé sur l'emplacement d'un ancien camp romain et a conservé le nom du dixième des Césars. On y récolte du seigle dans les parties qui ne sont pas couvertes de granits et de bruyères. Quelquefois on y a rencontré, en *traçant*, des pots étrusques, des médailles, des épées rouillées ou des images informes de dieux celtiques[2].

Mon grand-père aida le vieillard à cultiver ce champ, et fut récompensé patriarcalement en épousant sa cousine. Je ne sais pas au juste l'époque de leur mariage,

mais comme il se maria avec l'épée, comme aussi ma
mère reçut le nom de Marie-Antoinette avec celui de
Laurence, il est probable qu'ils furent mariés un peu
avant la Révolution. Aujourd'hui mon grand-père
repose avec sa femme et sa plus jeune fille au milieu de
ce champ qu'il cultivait jadis. Sa fille aînée est ensevelie
bien loin de là, dans la froide Silésie, au cimetière
catholique polonais de Gross-Glogau. Elle est morte à
vingt-cinq ans des fatigues de la guerre, d'une fièvre
qu'elle gagna en traversant un pont chargé de cadavres
où sa voiture manqua d'être renversée. Mon père,
forcé de rejoindre l'armée à Moscou, perdit plus tard
ses lettres et ses bijoux dans les flots de la Bérésina[1].

Je n'ai jamais vu ma mère, ses portraits ont été perdus ou volés; je sais seulement qu'elle ressemblait à
une gravure du temps, d'après Prud'hon ou Fragonard, qu'on appelait *La Modestie*[2]. La fièvre dont elle est
morte m'a saisi trois fois à des époques qui forment,
dans ma vie, des divisions régulières, périodiques[3].
Toujours, à ces époques, je me suis senti l'esprit frappé
des images de deuil et de désolation qui ont entouré
mon berceau. Les lettres qu'écrivait ma mère des bords
de la Baltique ou des rives de la Sprée ou du Danube,
m'avaient été lues tant de fois! Le sentiment du merveilleux, le goût des voyages lointains ont été sans
doute pour moi le résultat de ces impressions premières, ainsi que du séjour que j'ai fait longtemps dans
une campagne isolée au milieu des bois. Livré souvent
aux soins des domestiques et des paysans, j'avais nourri
mon esprit de croyances bizarres, de légendes et de
vieilles chansons. Il y avait là de quoi faire un poète, et
je ne suis qu'un rêveur en prose[4].

J'avais sept ans, et je jouais, insoucieux, sur la porte
de mon oncle, quand trois officiers parurent devant la
maison; l'or noirci de leurs uniformes brillait à peine

sous leurs capotes de soldat. Le premier m'embrassa
avec une telle effusion que je m'écriai : « Mon père !...
tu me fais mal[1] ! » De ce jour mon destin changea.

Tous trois revenaient du siège de Strasbourg. Le plus
âgé, sauvé des flots de la Bérésina glacée, me prit avec
lui pour m'apprendre ce qu'on appelait mes devoirs.
J'étais faible encore, et la gaieté de son plus jeune frère
me charmait pendant mon travail. Un soldat qui les ser-
vait eut l'idée de me consacrer une partie de ses nuits.
Il me réveillait avant l'aube et me promenait sur les collines voisines de Paris, me faisant déjeuner de pain et
de crème dans les fermes ou dans les laiteries.

V. PREMIÈRES ANNÉES

Une heure fatale sonna pour la France. Son héros,
captif lui-même au sein d'un vaste empire, voulut réunir
dans le champ de Mai l'élite de ses héros fidèles. Je vis
ce spectacle sublime dans la loge des généraux. On dis-
tribuait aux régiments des étendards ornés d'aigles
d'or, confiés désormais à la fidélité de tous.

Un soir je vis se dérouler, sur la plus grande place de
la ville, une immense décoration qui représentait un
vaisseau en mer. La nef se mouvait sur une onde agitée
et semblait voguer vers une tour qui marquait le rivage.
Une rafale violente détruisit l'effet de cette représentation. Sinistre augure, qui prédisait à la patrie le retour
des étrangers.

Nous revîmes les fils du Nord, et les cavales de
l'Ukraine rongèrent encore une fois l'écorce des arbres
de nos jardins. Mes sœurs du hameau revinrent à tire
d'aile, comme des colombes plaintives, et m'apportè-
rent dans leurs bras une tourterelle aux pieds roses,
que j'aimais comme une autre sœur.

Un jour, une des belles dames qui visitaient mon
père me demanda un léger service : j'eus le malheur de
lui répondre avec impatience. Quand je retournai sur
la terrasse, la tourterelle s'était envolée.

J'en conçus un tel chagrin, que je faillis mourir
d'une fièvre purpurine qui fit porter à l'épiderme tout
le sang de mon cœur. On crut me consoler en me
donnant pour compagnon un jeune sapajou rapporté
d'Amérique par un capitaine, ami de mon père. Cette
jolie bête devint la compagne de mes jeux et de mes
travaux[1].

J'étudiais à la fois l'italien, le grec et le latin, l'allemand, l'arabe et le persan. Le *Pastor fido*, *Faust*, Ovide et
Anacréon étaient mes poèmes et mes poètes favoris.
Mon écriture, cultivée avec soin, rivalisait parfois de
grâce et de correction avec les manuscrits les plus
célèbres de l'Iram. Il fallait encore que le trait de
l'amour perçât mon cœur d'une de ses flèches les plus
brûlantes ! Celle-là partit de l'arc délié et du sourcil noir
d'une vierge à l'œil d'ébène, qui s'appelait Héloïse. —
J'y reviendrai plus tard.

J'étais toujours entouré de jeunes filles ; — l'une
d'elles était ma tante ; deux femmes de la maison, Jean-
nette et Fanchette, me comblaient aussi de leurs soins.
Mon sourire enfantin rappelait celui de ma mère, et
mes cheveux blonds, mollement ondulés, couvraient
avec caprice la grandeur précoce de mon front. Je
devins épris de Fanchette, et je conçus l'idée singulière
de la prendre pour épouse selon les rites des aïeux. Je
célébrai moi-même le mariage, en figurant la cérémonie au moyen d'une vieille robe de ma grand-mère que
j'avais jetée sur mes épaules. Un ruban pailleté d'argent ceignait mon front, et j'avais relevé la pâleur ordinaire de mes joues d'une légère couche de fard. Je pris
à témoin le dieu de nos pères et la Vierge sainte dont je

possédais une image, et chacun se prêta avec complaisance à ce jeu naïf d'un enfant[1].

Cependant j'avais grandi; un sang vermeil colorait mes joues; j'aimais à respirer l'air des forêts profondes. Les ombrages d'Ermenonville, les solitudes de Morfontaine n'avaient plus de secrets pour moi. Deux de mes cousines habitaient par là. J'étais fier de les accompagner dans ces vieilles forêts, qui semblaient leur domaine.

Le soir, pour divertir de vieux parents, nous représentions les chefs-d'œuvre des poètes, et un public bienveillant nous comblait d'éloges et de couronnes. Une jeune fille vive et spirituelle, nommée Louise[2], partageait nos triomphes; on l'aimait dans cette famille, où elle représentait la gloire des arts.

Je m'étais rendu très fort sur la danse. Un mulâtre nommé Major m'enseignait à la fois les premiers éléments de cet art et ceux de la musique, pendant qu'un peintre de portraits, nommé Mignard[3], me donnait des leçons de dessin. Mlle Nouvelle était l'*étoile* de notre salle de danse. Je rencontrai un rival dans un joli garçon nommé Provost. Ce fut lui qui m'enseigna l'art dramatique : nous représentions ensemble de petites comédies, qu'il improvisait avec esprit. Mlle Nouvelle était naturellement notre actrice principale et tenait une balance si exacte entre nous deux, que nous soupirions sans espoir... Le pauvre Provost s'est fait depuis acteur sous le nom de Raymond; il se souvint de ses premières tentatives, et se mit à composer des féeries, dans lesquelles il eut pour collaborateurs les frères Cogniard. — Il a fini bien tristement en se prenant de querelle avec un régisseur de la Gaîté, auquel il donna un soufflet. Rentré chez lui, il réfléchit amèrement aux suites de son imprudence, et, la nuit suivante, se perça le cœur d'un coup de poignard[4].

VI. HÉLOÏSE[1]

La pension que j'habitais avait un voisinage de jeunes brodeuses. L'une d'elles, qu'on appelait la Créole, fut l'objet de mes premiers vers d'amour ; son œil sévère, la sereine placidité de son profil grec, me réconciliaient avec la froide dignité des études ; c'est pour elle que je composai des traductions versifiées de l'ode d'Horace, « À Tyndaris[2] », et d'une mélodie de Byron, dont je traduisais ainsi le refrain :

> *Dis-moi jeune fille d'Athènes,*
> *Pourquoi m'as-tu ravi mon cœur[3] !*

Quelquefois je me levais dès le point du jour et je prenais la route de ***, courant et déclamant mes vers au milieu d'une pluie battante. La cruelle se riait de mes amours errantes et de mes soupirs ! C'est pour elle que je composai la pièce suivante, imitée d'une mélodie de Thomas Moore[1] :

> *Quand le plaisir brille en tes yeux*
> *Pleins de douceur et d'espérance ;*
> *Quand le charme de l'existence*
> *Embellit tes traits gracieux, —*
> *Bien souvent alors je soupire*
> *En songeant que l'amer chagrin,*
> *Aujourd'hui, loin de toi, peut t'atteindre demain,*
> *Et de ta bouche aimable effacer le sourire ;*
> *Car le Temps, tu le sais, entraîne sur ses pas*
> *Les illusions dissipées,*
> *Et les feux refroidis, et les amis ingrats,*
> *Et les espérances trompées !*

Mais, crois-moi, mon amour! tous ces charmes naissants,
 Que je contemple avec ivresse,
S'ils s'évanouissaient sous mes bras caressants,
  Tu conserverais ma tendresse! —
   Si tes attraits étaient flétris,
   Si tu perdais ton doux sourire,
   La grâce de tes traits chéris
   Et tout ce qu'en toi l'on admire,
    Va, mon cœur n'est pas incertain :
De sa sincérité tu pourrais tout attendre
Et mon amour, vainqueur du Temps et du Destin,
S'enlacerait à toi, plus ardent et plus tendre!

Oui! si tous les attraits te quittaient aujourd'hui,
J'en gémirais pour toi; mais en ce cœur fidèle
Je trouverais peut-être une douceur nouvelle,
Et lorsque loin de toi les amants auraient fui,
Chassant la jalousie en tourments si féconde,
Une plus vive ardeur me viendrait animer.
Elle est donc à moi seul, dirais-je, isqu'au monde
Il ne reste que moi qui puisse encor l'aimer!

Mais qu'osé-je prévoir? tandis que la jeunesse
T'entoure d'un éclat, hélas! bien passager,
Tu ne peux te fier à toute la tendresse
D'un cœur en qui le temps ne pourra rien changer.
Tu le connaîtras mieux : s'accroissant d'âge en âge,
L'amour constant ressemble à la fleur du Soleil
Qui rend à son déclin, le soir, le même hommage
Dont elle a, le matin, salué son réveil!

J'échappe à ces amours volages pour raconter mes
premières peines. Jamais un mot blessant, un soupir
impur n'avaient souillé l'hommage que je rendais à
mes cousines. Héloïse, la première, me fit connaître la

douleur. Elle avait pour gouvernante une bonne vieille Italienne qui fut instruite de mon amour. Celle-ci s'entendit avec la servante de mon père pour nous procurer une entrevue. On me fit descendre en secret dans une chambre où la figure d'Héloïse était représentée par un vaste tableau. Une épingle d'argent perçait le nœud touffu de ses cheveux d'ébène, et son buste étincelait comme celui d'une reine, pailleté de tresses d'or sur un fond de soie et de velours. Éperdu, fou d'ivresse, je m'étais jeté à genoux devant l'image ; une porte s'ouvrit, Héloïse vint à ma rencontre et me regarda d'un œil souriant. « Pardon, reine, m'écriai-je, je me croyais le Tasse aux pieds d'Éléonore, ou le tendre Ovide aux pieds de Julie[1] !... »

Elle ne put rien me répondre, et nous restâmes tous deux muets dans une demi-obscurité. Je n'osai lui baiser la main, car mon cœur se serait brisé. — Ô douleurs et regrets de mes jeunes amours perdus, que vos souvenirs sont cruels ! « Fièvres éteintes de l'âme humaine, pourquoi revenez-vous encore échauffer un cœur qui ne bat plus ? » Héloïse est mariée aujourd'hui ; Fanchette, Sylvie et Adrienne sont à jamais perdues pour moi : — le monde est désert. Peuplé de fantômes aux voix plaintives, il murmure des chants d'amour sur les débris de mon néant ! Revenez pourtant, douces images ! j'ai tant aimé, j'ai tant souffert ! « Un oiseau qui vole dans l'air a dit son secret au bocage, qui l'a redit au vent qui passe, — et les eaux plaintives ont répété le mot suprême : — Amour ! amour ! »

VII. VOYAGE AU NORD

Que le vent enlève ces pages écrites dans des instants de fièvre ou de mélancolie, — peu importe : il en a déjà dispersé quelques-unes, et je n'ai pas le courage de les récrire. En fait de Mémoires, on ne sait jamais si le public s'en soucie, — et cependant je suis du nombre des écrivains dont la vie tient intimement aux ouvrages qui les ont fait connaître. N'est-on pas aussi, sans le vouloir, le sujet de biographies directes ou déguisées? Est-il plus modeste de se peindre dans un roman sous le nom de Lélio, d'Octave ou d'Arthur, ou de trahir ses plus intimes émotions dans un volume de poésies? Qu'on nous pardonne ces élans de personnalité, à nous qui vivons sous le regard de tous, et qui, glorieux ou perdus, ne pouvons plus atteindre au bénéfice de l'obscurité[1]!

Si je pouvais faire un peu de bien en passant, j'essayerais d'appeler quelque attention sur ces pauvres villes délaissées dont les chemins de fer ont détourné la circulation et la vie. Elles s'asseyent tristement sur les débris de leur fortune passée, et se concentrent en elles-mêmes, jetant un regard désenchanté sur les merveilles d'une civilisation qui les condamne ou les oublie. Saint-Germain m'a fait penser à Senlis, et comme c'était un mardi, j'ai pris l'omnibus de Pontoise, qui ne circule plus que les jours de marché. J'aime à contrarier les chemins de fer — et Alexandre Dumas, que j'accuse d'avoir un peu brodé dernièrement sur mes folies de jeunesse, a dit avec vérité que j'avais dépensé deux cents francs et mis huit jours pour l'aller voir à Bruxelles, par l'ancienne route de Flandre, — et en dépit du chemin de fer du Nord[2].

Non, je n'admettrai jamais, quelles que soient les difficultés des terrains, que l'on fasse huit lieues, ou, si vous voulez, trente-deux kilomètres pour aller à Poissy en évitant Saint-Germain, et trente lieues pour aller à Compiègne en évitant Senlis. Ce n'est qu'en France que l'on peut rencontrer des chemins si contrefaits. Quand

le chemin belge perçait douze montagnes pour arriver
à Spa, nous étions en admiration devant ces faciles
contours de notre principale artère, qui suivent tour à
tour les lits capricieux de la Seine et de l'Oise, pour évi-
ter une ou deux pentes de l'ancienne route du Nord.

Pontoise est encore une de ces villes situées sur des
hauteurs, qui me plaisent par leur aspect patriarcal,
leurs promenades, leurs points de vue, et la conservation de certaines mœurs, qu'on ne rencontre plus
ailleurs. On y joue encore dans les rues, on cause, on
chante le soir sur le devant des portes ; les restaurateurs
sont des pâtissiers ; on trouve chez eux quelque chose
de la vie de famille ; les rues, en escaliers, sont amusantes
à parcourir ; la promenade tracée sur les anciennes
tours domine la magnifique vallée où coule l'Oise. De
jolies femmes et de beaux enfants s'y promènent. On
surprend en passant, on envie tout ce petit monde paisible qui vit à part dans ses vieilles maisons, sous ses
beaux arbres, au milieu de ces beaux aspects et de cet
air pur. L'église est belle et d'une conservation par-
faite. Un magasin de nouveautés parisiennes s'éclaire
auprès, et ses demoiselles sont vives et rieuses comme
dans *La Fiancée* de M. Scribe[1]... Ce qui fait le charme,
pour moi, des petites villes un peu abandonnées, c'est
que j'y retrouve quelque chose du Paris de ma jeunesse. L'aspect des maisons, la forme des boutiques,
certains usages, quelques costumes... À ce point de vue,
si Saint-Germain rappelle 1830, Pontoise rappelle 1820 ;
— je vais plus loin encore retrouver mon enfance et le
souvenir de mes parents[2].

Cette fois je bénis le chemin de fer, — une heure au
plus me sépare de Saint-Leu : — le cours de l'Oise, si
calme et si verte, découpant au clair de lune ses îlots de
peupliers, l'horizon festonné de collines et de forêts,
les villages aux noms connus qu'on appelle à chaque

station, l'accent déjà sensible des paysans qui montent
d'une distance à l'autre, les jeunes filles coiffées de
madras, selon l'usage de cette province, tout cela m'at-
tendrit et me charme : il me semble que je respire un
autre air ; et en mettant le pied sur le sol, j'éprouve un
sentiment plus vif encore que celui qui m'animait
naguère en repassant le Rhin : la terre paternelle, c'est
deux fois la patrie.

J'aime beaucoup Paris, où le hasard m'a fait naître,
— mais j'aurais pu naître aussi bien sur un vaisseau, —
et Paris, qui porte dans ses armes la *bari* ou nef mystique des Égyptiens, n'a pas dans ses murs cent mille
Parisiens véritables[1]. Un homme du Midi, s'unissant là
par hasard à une femme du Nord, ne peut produire un
enfant de nature lutécienne. On dira à cela, qu'importe !
Mais demandez un peu aux gens de province s'il
importe d'être de tel ou tel pays.

Je ne sais si ces observations ne semblent pas bizarres,
— cherchant à étudier les autres dans moi-même, je me
dis qu'il y a dans l'attachement à la terre beaucoup de
l'amour de la famille. Cette piété qui s'attache aux
lieux est aussi une portion du noble sentiment qui nous
unit à la patrie. En revanche, les cités et les villages se
parent avec fierté des illustrations qui proviennent de
leur sol. Il n'y a plus là division ou jalousie locale, tout
se rapporte au centre national, et Paris est le foyer de
toutes ces gloires. Me direz-vous pourquoi j'aime tout
le monde dans ce pays, où je retrouve des intonations
connues autrefois, où les vieilles ont les traits de celles
qui m'ont bercé, où les jeunes gens et les jeunes filles
me rappellent les compagnons de ma première jeunesse ? Un vieillard passe : il m'a semblé voir mon grand-
père ; il parle, c'est presque sa voix ; — cette jeune
personne a les traits de ma tante, morte à vingt-cinq
ans ; une plus jeune me rappelle une petite paysanne

qui m'a aimé, et qui m'appelait son petit mari, — qui dansait et chantait toujours, et qui, le dimanche, au printemps, se faisait des couronnes de marguerites. Qu'est-elle devenue, la pauvre Célénie, avec qui je courais dans la forêt de Chantilly, et qui avait si peur des gardes-chasse et des loups !

VIII. CHANTILLY

Voici les deux tours de Saint-Leu, le village sur la hauteur, séparé par le chemin de fer de la partie qui borde l'Oise. On monte vers Chantilly en côtoyant de hautes collines de grès d'un aspect solennel ; puis c'est un bout de la forêt ; la Nonette brille dans les prés bordant les dernières maisons de la ville. — La Nonette ! une des chères petites rivières où j'ai pêché des écrevisses ; — de l'autre côté de la forêt coule sa sœur la Thève, où je me suis presque noyé pour n'avoir pas voulu paraître poltron devant la petite Célénie[1] !

Célénie m'apparaît souvent dans mes rêves comme une nymphe des eaux, tentatrice naïve ; follement enivrée de l'odeur des prés, couronnée d'ache et de nénuphar, découvrant, dans son rire enfantin, entre ses joues à fossettes, les dents de perles de la nixe germanique. Et certes, l'ourlet de sa robe était très souvent mouillé comme il convient à ses pareilles... Il fallait lui cueillir des fleurs aux bords marneux des étangs de Commelle, ou parmi les joncs et les oseraies qui bordent les métairies de Coye. Elle aimait les grottes perdues dans les bois, les ruines des vieux châteaux, les temples écroulés aux colonnes festonnées de lierre, le foyer des bûcherons, où elle chantait et racontait les vieilles légendes du pays : — Mme de Montfort, prisonnière dans sa tour, qui tantôt s'envolait en cygne, et tantôt frétillait en beau poisson d'or dans les fossés de son château[1]; — la fille du pâtissier, qui portait des gâteaux au comte d'Ory, et qui, forcée à passer la nuit chez son seigneur, lui demanda son poignard pour ouvrir le nœud d'un lacet et s'en perça le cœur[2]; — les moines rouges, qui enlevaient les femmes, et les plongeaient dans des souterrains[3]; — la fille du sire de Pontarmé, éprise du beau Lautrec, et enfermée sept ans par son père, après quoi elle meurt; et le chevalier, revenant de la croisade, fait découdre avec un couteau d'or fin son linceul de fine toile. Elle ressuscite, mais ce n'est plus qu'une goule affamée de sang[4]... Henri IV et Gabrielle[5], Biron et Marie de Loches[6], et que sais-je encore de tant de récits dont sa mémoire était peuplée! Saint Rieul parlant aux grenouilles[7], saint Nicolas ressuscitant les trois petits enfants hachés comme chair à pâté par un boucher de Clermont-sur-Oise[8]. Saint Léonard, saint Loup et saint Guy ont laissé dans ces cantons mille témoignages de leur sainteté et de leurs miracles; Célénie montait sur les roches ou sur les dolmens druidiques, et les racontait aux jeunes bergers. Cette petite Velléda du vieux pays des Sylvanectes[9] m'a laissé des souvenirs que le temps ravive. Qu'est-elle devenue? Je m'en informerai du côté de La Chapelle-en-Serval ou de Charlepont, ou de Montmélian... Elle avait des tantes partout, des cousines sans nombre; que de morts dans tout cela, que de malheureux sans doute dans ces pays si heureux autrefois!

Au moins Chantilly porte noblement sa misère; comme ces vieux gentilshommes au linge blanc, à la tenue irréprochable, il a cette fière attitude qui dissimule le chapeau déteint ou les habits râpés... Tout est propre, rangé, circonspect; les voix résonnent harmonieusement dans les salles sonores. On sent partout l'habitude du respect, et la cérémonie qui régnait jadis

au château règle un peu les rapports des placides habitants. C'est plein d'anciens domestiques retraités,
conduisant des chiens invalides, — quelques-uns sont
devenus des maîtres, et ont pris l'aspect vénérable des
vieux seigneurs qu'ils ont servis.

Chantilly est comme une longue rue de Versailles. Il
faut voir cela l'été, par un splendide soleil, en passant à
grand bruit sur ce beau pavé qui résonne. Tout est préparé là pour les splendeurs princières et pour la foule
privilégiée des chasses et des courses. Rien n'est étrange
comme cette grande porte qui s'ouvre sur la pelouse
du château et qui semble un arc de triomphe, comme
le monument voisin qui paraît une basilique et qui
n'est qu'une écurie. Il y a là quelque chose encore de la
lutte des Condé contre la branche aînée des Bourbons. — C'est la chasse qui triomphe à défaut de la
guerre, et où cette famille trouva encore une gloire
après que Clio eut déchiré les pages de la jeunesse
guerrière du grand Condé, comme l'exprime le mélancolique tableau qu'il a fait peindre lui-même[1].

À quoi bon maintenant revoir ce château démeublé
qui n'a plus à lui que le cabinet satirique de Watteau et
l'ombre tragique du cuisinier Vatel se perçant le cœur
dans un fruitier ! J'ai mieux aimé entendre les regrets
sincères de mon hôtesse touchant ce bon prince de
Condé qui est encore le sujet des conversations locales[2].
Il y a dans ces sortes de villes quelque chose de pareil à
ces cercles du purgatoire de Dante immobilisés dans
un seul souvenir, et où se refont dans un centre plus
étroit les actes de la vie passée. — « Et qu'est devenue
votre fille qui était si blonde et gaie, lui ai-je dit ; elle
s'est sans doute mariée ? — Mon Dieu oui, et depuis
elle est morte de la poitrine… » J'ose à peine dire que
cela me frappa plus vivement que les souvenirs du
prince de Condé. Je l'avais vue toute jeune, et certes je

l'aurais aimée, si à cette époque je n'avais eu le cœur
occupé d'une autre… Et maintenant voilà que je pense
à la ballade allemande : *La Fille de l'hôtesse*, et aux trois
compagnons dont l'un disait : « Oh ! si je l'avais connue,
comme je l'aurais aimée ! » — et le second : « Je t'ai
connue, et je t'ai tendrement aimée ! » — et le troisième : « Je ne t'ai pas connue… mais je t'aime et t'ai-
merai pendant l'éternité[1] ! »

Encore une figure blonde qui pâlit, se détache et
tombe glacée à l'horizon de ces bois baignés de vapeurs
grises… J'ai pris la voiture de Senlis qui suit le cours de
la Nonette en passant par Saint-Firmin et par Cour-
teuil ; nous laissons à gauche Saint-Léonard et sa vieille
chapelle, et nous apercevons déjà le haut clocher de la
cathédrale. À gauche est le champ des *Raines*, où saint
Rieul, interrompu par les grenouilles dans une de ses
prédications, leur imposa silence, et, quand il eut fini,
permit à une seule de se faire entendre à l'avenir. Il y a
quelque chose d'oriental dans cette naïve légende et
dans cette bonté du saint qui permet du moins à une
grenouille d'exprimer les plaintes des autres.

J'ai trouvé un bonheur indicible à parcourir les rues
et les ruelles de la vieille cité romaine, si célèbre encore
depuis par ses sièges et ses combats. « Ô pauvre ville,
que tu es enviée ! » disait Henri IV. — Aujourd'hui personne n'y pense, et ses habitants paraissent peu se sou-
cier du reste de l'univers. Ils vivent plus à part encore
que ceux de Saint-Germain. Cette colline aux antiques
constructions domine fièrement son horizon de prés
verts bordés de quatre forêts : Halatte, Apremont, Pontarmé, Ermenonville dessinent au loin leurs masses
ombreuses où pointent çà et là les ruines des abbayes et
des châteaux.

En passant devant la porte de Reims, j'ai rencontré
une de ces énormes voitures de saltimbanques qui pro-

mènent de foire en foire toute une famille artistique,
son matériel et son ménage. Il s'était mis à pleuvoir, et
l'on m'offrit cordialement un abri. Le local était vaste,
chauffé par un poêle, éclairé par huit fenêtres, et six
personnes paraissaient y vivre assez commodément.
Deux jolies filles s'occupaient de repriser leurs ajustements pailletés, une femme encore belle faisait la cuisine, et le chef de la famille donnait des leçons de
maintien à un jeune homme de bonne mine qu'il dres-
sait à jouer les amoureux. C'est que ces gens ne se bornaient pas aux exercices d'agilité, et jouaient aussi la
comédie. On les invitait souvent dans les châteaux de la
province, et ils me montrèrent plusieurs attestations de
leurs talents signés de noms illustres. Une des jeunes
filles se mit à déclamer des vers d'une vieille comédie
du temps au moins de Montfleury[1], car le nouveau
répertoire leur est défendu. Ils jouent aussi des pièces à
l'impromptu sur des canevas à l'italienne avec une
grande facilité d'invention et de répliques. En regardant les deux jeunes filles, l'une, vive et brune, l'autre,
blonde et rieuse, je me mis à penser à Mignon et Phi-
line dans *Wilhelm Meister*, et voilà un rêve germanique
qui me revient entre la perspective des bois et l'antique
profil de Senlis. Pourquoi ne pas rester dans cette maison errante à défaut d'un domicile parisien? Mais il
n'est plus temps d'obéir à ces fantaisies de la verte
Bohême; et j'ai pris congé de mes hôtes, car la pluie
avait cessé[2].

Aurélia

ou

Le Rêve et la Vie

[Première partie]

I

Le Rêve est une seconde vie. Je n'ai pu percer sans frémir ces portes d'ivoire ou de corne[1] qui nous séparent du monde invisible. Les premiers instants du sommeil sont l'image de la mort; un engourdissement nébuleux saisit notre pensée, et nous ne pouvons déterminer l'instant précis où le *moi*, sous une autre forme, continue l'œuvre de l'existence. C'est un souterrain vague qui s'éclaire peu à peu, et où se dégagent de l'ombre et de la nuit les pâles figures gravement immobiles qui habitent le séjour des limbes. Puis le tableau se forme, une clarté nouvelle illumine et fait jouer ces apparitions bizarres; — le monde des Esprits s'ouvre pour nous[2].

Swedenborg appelait ces visions *Memorabilia*; il les devait à la rêverie plus souvent qu'au sommeil; *L'Âne d'or* d'Apulée, *La Divine Comédie* du Dante, sont les modèles poétiques de ces études de l'âme humaine[3]. Je vais essayer, à leur exemple, de transcrire les impressions d'une longue maladie qui s'est passée tout entière dans les mystères de mon esprit; — et je ne sais pourquoi je me sers de ce terme maladie, car jamais, quant à ce qui est de moi-même, je ne me suis senti mieux portant. Parfois, je croyais ma force et mon activité doublées; il me semblait tout savoir, tout com-

prendre; l'imagination m'apportait des délices infinies. En recouvrant ce que les hommes appellent la raison, faudra-t-il regretter de les avoir perdues[1]?...

Cette *Vita nuova* a eu pour moi deux phases. Voici les
notes qui se rapportent à la première. — Une dame
que j'avais aimée longtemps et que j'appellerai du nom
d'Aurélia, était perdue pour moi[2]. Peu importent les
circonstances de cet événement qui devait avoir une si
grande influence sur ma vie[3]. Chacun peut chercher
dans ses souvenirs l'émotion la plus navrante, le coup
le plus terrible frappé sur l'âme par le destin; il faut
alors se résoudre à mourir ou à vivre : — je dirai plus
tard pourquoi je n'ai pas choisi la mort. Condamné par
celle que j'aimais, coupable d'une faute dont je n'espérais plus le pardon, il ne me restait qu'à me jeter dans
les enivrements vulgaires; j'affectai la joie et l'insou-
ciance, je courus le monde, follement épris de la variété
et du caprice; j'aimais surtout les costumes et les mœurs
bizarres des populations lointaines, il me semblait que
je déplaçais ainsi les conditions du bien et du mal; les
termes, pour ainsi dire, de ce qui est *sentiment* pour
nous autres Français. — Quelle folie, me disais-je, d'aimer ainsi d'un amour platonique une femme qui ne
vous aime plus. Ceci est la faute de mes lectures; j'ai
pris au sérieux les inventions des poètes, et je me suis
fait une Laure ou une Béatrix d'une personne ordinaire
de notre siècle... Passons à d'autres intrigues, et celle-là
sera vite oubliée. — L'étourdissement d'un joyeux carnaval dans une ville d'Italie chassa toutes mes idées
mélancoliques. J'étais si heureux du soulagement que
j'éprouvais, que je faisais part de ma joie à tous mes
amis, et dans mes lettres, je leur donnais pour l'état
constant de mon esprit, ce qui n'était que surexcitation
fiévreuse.

Un jour, arriva dans la ville une femme d'une grande

renommée[1] qui me prit en amitié et qui, habituée à
plaire et à éblouir, m'entraîna sans peine dans le cercle
de ses admirateurs. Après une soirée où elle avait été à
la fois naturelle et pleine d'un charme dont tous éprou-
vaient l'atteinte, je me sentis épris d'elle à ce point que
je ne voulus pas tarder un instant à lui écrire. J'étais si
heureux de sentir mon cœur capable d'un amour nouveau !… J'empruntais, dans cet enthousiasme factice,
les formules mêmes qui, si peu de temps auparavant,
m'avaient servi pour peindre un amour véritable et
longtemps éprouvé. La lettre partie, j'aurais voulu la
retenir, et j'allai rêver dans la solitude à ce qui me semblait une profanation de mes souvenirs.

Le soir rendit à mon nouvel amour tout le prestige de
la veille. La dame se montra sensible à ce que je lui avais
écrit, tout en manifestant quelque étonnement de ma
ferveur soudaine. J'avais franchi, en un jour, plusieurs
degrés des sentiments que l'on peut concevoir pour
une femme avec apparence de sincérité. Elle m'avoua
que je l'étonnais tout en la rendant fière. J'essayai de la
convaincre ; mais quoi que je voulusse lui dire, je ne pus
ensuite retrouver dans nos entretiens le diapason de
mon style, de sorte que je fus réduit à lui avouer, avec
larmes, que je m'étais trompé moi-même en l'abusant.
Mes confidences attendries eurent pourtant quelque
charme, et une amitié plus forte dans sa douceur succéda à de vaines protestations de tendresse[2].

II

Plus tard, je la rencontrai dans une autre ville où se
trouvait la dame que j'aimais toujours sans espoir. Un
hasard les fit connaître l'une à l'autre, et la première
eut occasion, sans doute, d'attendrir à mon égard celle

qui m'avait exilé de son cœur. De sorte qu'un jour, me
trouvant dans une société dont elle faisait partie, je la
vis venir à moi et me tendre la main. Comment interpréter cette démarche et le regard profond et triste
dont elle accompagna son salut ? J'y crus voir le pardon
du passé ; l'accent divin de la pitié donnait aux simples
paroles qu'elle m'adressa une valeur inexprimable,
comme si quelque chose de la religion se mêlait aux
douceurs d'un amour jusque-là profane, et lui imprimait le caractère de l'éternité[1].

Un devoir impérieux me forçait de retourner à Paris,
mais je pris aussitôt la résolution de n'y rester que peu
de jours et de revenir près de mes deux amies. La joie
et l'impatience me donnèrent alors une sorte d'étourdissement qui se compliquait du soin des affaires que
j'avais à terminer. Un soir, vers minuit, je remontais un
faubourg où se trouvait ma demeure, lorsque levant les
yeux par hasard, je remarquai le numéro d'une maison
éclairé par un réverbère. Ce nombre était celui de mon
âge. Aussitôt, en baissant les yeux, je vis devant moi une
femme au teint blême, aux yeux caves, qui me semblait
avoir les traits d'Aurélia. Je me dis : c'est *sa mort* ou la
mienne qui m'est annoncée ! Mais je ne sais pourquoi
j'en restai à la dernière supposition, et je me frappai de
cette idée, que ce devait être le lendemain à la même
heure.

Cette nuit-là, je fis un rêve qui me confirma dans ma
pensée. — J'errais dans un vaste édifice composé de plusieurs salles, dont les unes étaient consacrées à l'étude,
d'autres à la conversation ou aux discussions philosophiques. Je m'arrêtai avec intérêt dans une des premières, où je crus reconnaître mes anciens maîtres et
mes anciens condisciples. Les leçons continuaient sur
les auteurs grecs et latins, avec ce bourdonnement
monotone qui semble une prière à la déesse Mnémo-

syne. — Je passai dans une autre salle, où avaient lieu des conférences philosophiques. J'y pris part quelque temps, puis j'en sortis pour chercher ma chambre dans une sorte d'hôtellerie aux escaliers immenses, pleine de voyageurs affairés.

Je me perdis plusieurs fois dans les longs corridors, et en traversant une des galeries centrales, je fus frappé d'un spectacle étrange. Un être d'une grandeur démesurée, — homme ou femme, je ne sais, — voltigeait péniblement au-dessus de l'espace et semblait se débattre parmi des nuages épais. Manquant d'haleine et de force, il tomba enfin au milieu de la cour obscure, accrochant et froissant ses ailes le long des toits et des balustres. Je pus le contempler un instant. Il était coloré de teintes vermeilles, et ses ailes brillaient de mille reflets changeants. Vêtu d'une robe longue à plis antiques, il ressemblait à l'ange de la Mélancolie[1], d'Albrecht Dürer. — Je ne pus m'empêcher de pousser des cris d'effroi, qui me réveillèrent en sursaut.

Le jour suivant, je me hâtai d'aller voir tous mes amis. Je leur faisais mentalement mes adieux, et sans leur rien dire de ce qui m'occupait l'esprit, je dissertais chaleureusement sur des sujets mystiques ; je les étonnais par une éloquence particulière, il me semblait que je savais tout, et que les mystères du monde se révélaient à moi dans ces heures suprêmes.

Le soir, lorsque l'heure fatale semblait s'approcher, je dissertais avec deux amis, à la table d'un cercle, sur la peinture et sur la musique, définissant à mon point de vue la génération des couleurs et le sens des nombres. L'un d'eux, nommé Paul ***[2], voulut me reconduire chez moi, mais je lui dis que je ne rentrais pas. « Où vas-tu ? me dit-il. — *Vers l'Orient !* » Et pendant qu'il m'accompagnait, je me mis à chercher dans le ciel une Étoile, que je croyais connaître, comme si elle avait quelque

influence sur ma destinée[1]. L'ayant trouvée, je continuai ma marche en suivant les rues dans la direction
desquelles elle était visible, marchant pour ainsi dire
au-devant de mon destin, et voulant apercevoir l'étoile
jusqu'au moment où la mort devait me frapper. Arrivé
cependant au confluent de trois rues, je ne voulus pas
aller plus loin. Il me semblait que mon ami déployait
une force surhumaine pour me faire changer de place ;
il grandissait à mes yeux et prenait les traits d'un
apôtre. Je croyais voir le lieu où nous étions s'élever, et
perdre les formes que lui donnait sa configuration
urbaine ; — sur une colline, entourée de vastes solitudes, cette scène devenait le combat de deux Esprits et
comme une tentation biblique. — Non ! disais-je, je
n'appartiens pas à ton ciel. Dans cette étoile sont ceux
qui m'attendent. Ils sont antérieurs à la révélation que
tu as annoncée. Laisse-moi les rejoindre, car celle que
j'aime leur appartient, et c'est là que nous devons nous
retrouver !

III

Ici a commencé pour moi ce que j'appellerai l'épanchement du songe dans la vie réelle[2]. À dater de ce
moment, tout prenait parfois un aspect double, — et
cela, sans que le raisonnement manquât jamais de
logique, sans que la mémoire perdît les plus légers
détails de ce qui m'arrivait. Seulement mes actions,
insensées en apparence, étaient soumises à ce que l'on
appelle illusion, selon la raison humaine…

Cette idée m'est revenue bien des fois que dans certains moments graves de la vie, tel Esprit du monde
extérieur s'incarnait tout à coup en la forme d'une personne ordinaire, et agissait ou tentait d'agir sur nous,

sans que cette personne en eût la connaissance ou en gardât le souvenir.

Mon ami m'avait quitté, voyant ses efforts inutiles, et me croyant sans doute en proie à quelque idée fixe que la marche calmerait. Me trouvant seul, je me levai avec effort et me remis en route dans la direction de l'étoile sur laquelle je ne cessais de fixer les yeux. Je chantais en marchant un hymne mystérieux dont je croyais me souvenir comme l'ayant entendu dans quelque autre existence[1], et qui me remplissait d'une joie ineffable. En même temps, je quittais mes habits terrestres et je les dispersais autour de moi. La route semblait s'élever toujours et l'étoile s'agrandir. Puis, je restai les bras étendus, attendant le moment où l'âme allait se séparer du corps, attirée magnétiquement dans le rayon de l'étoile. Alors je sentis un frisson ; le regret de la terre et de ceux que j'y aimais me saisit au cœur, et je suppliai si ardemment en moi-même l'Esprit qui m'attirait à lui, qu'il me sembla que je redescendais parmi les hommes. Une ronde de nuit m'entourait ; — j'avais alors l'idée que j'étais devenu très grand, — et que tout inondé de forces électriques j'allais renverser tout ce qui m'approchait. Il y avait quelque chose de comique dans le soin que je prenais de ménager les forces et la vie des soldats qui m'avaient recueilli.

Si je ne pensais que la mission d'un écrivain est d'analyser sincèrement ce qu'il éprouve dans les graves circonstances de la vie, et si je ne me proposais un but que je crois utile, je m'arrêterais ici, et je n'essayerais pas de décrire ce que j'éprouvai ensuite dans une série de visions insensées peut-être, ou vulgairement maladives[2]... Étendu sur un lit de camp, je crus voir le ciel se dévoiler et s'ouvrir en mille aspects de magnificences inouïes. Le destin de l'Âme délivrée semblait se révéler à moi comme pour me donner le regret d'avoir voulu

reprendre pied de toutes les forces de mon esprit sur la
terre que j'allais quitter... D'immenses cercles se traçaient dans l'infini, comme les orbes que forme l'eau
troublée par la chute d'un corps; chaque région peuplée de figures radieuses se colorait, se mouvait et se
fondait tour à tour, et une divinité, toujours la même,
rejetait en souriant les masques furtifs de ses diverses
incarnations, et se réfugiait enfin, insaisissable, dans les
mystiques splendeurs du ciel d'Asie[1].

Cette vision céleste, par un de ces phénomènes que
tout le monde a pu éprouver dans certains rêves, ne me
laissait pas étranger à ce qui se passait autour de moi.
Couché sur un lit de camp, j'entendais que les soldats
s'entretenaient d'un inconnu arrêté comme moi et dont
la voix avait retenti dans la même salle. Par un singulier
effet de vibration, il me semblait que cette voix résonnait
dans ma poitrine et que mon âme se dédoublait pour
ainsi dire, — distinctement partagée entre la vision et la
réalité. Un instant j'eus l'idée de me retourner avec
effort vers celui dont il était question, puis je frémis en
me rappelant une tradition bien connue en Allemagne,
qui dit que chaque homme a un *double,* et que lorsqu'il
le voit, la mort est proche. — Je fermai les yeux et j'entrai dans un état d'esprit confus où les figures fantasques
ou réelles qui m'entouraient se brisaient en mille apparences fugitives. Un instant je vis près de moi deux de
mes amis qui me réclamaient, les soldats me désignè-
rent; puis la porte s'ouvrit, et quelqu'un de ma taille,
dont je ne voyais pas la figure, sortit avec mes amis que
je rappelais en vain. — Mais on se trompe! m'écriai-je;
c'est moi qu'ils sont venus chercher et c'est un autre qui
sort! — Je fis tant de bruit, que l'on me mit au cachot.

J'y restai plusieurs heures dans une sorte d'abrutissement; enfin, les deux amis que j'avais *cru voir* déjà vinrent me chercher avec une voiture. Je leur racontai tout

ce qui s'était passé, mais ils nièrent être venus dans
la nuit. Je dînai avec eux assez tranquillement, mais à
mesure que la nuit approchait il me sembla que j'avais
à redouter l'heure même qui la veille avait risqué de
m'être fatale. Je demandai à l'un d'eux une bague
orientale qu'il avait au doigt et que je regardais comme
un ancien talisman, et prenant un foulard, je le nouai
autour de mon col, en ayant soin de tourner le chaton,
composé d'une turquoise, sur un point de la nuque où je
sentais une douleur. Selon moi, ce point était celui par
où l'âme risquerait de sortir au moment où un certain
rayon, parti de l'étoile que j'avais vue la veille, coïncide-
rait relativement à moi avec le zénith. Soit par hasard,
soit par l'effet de ma forte préoccupation, je tombai
comme foudroyé, à la même heure que la veille. On me
mit sur un lit, et pendant longtemps je perdis le sens et
la liaison des images qui s'offrirent à moi. Cet état dura
plusieurs jours. Je fus transporté dans une maison de
santé[1]. Beaucoup de parents et d'amis me visitèrent
sans que j'en eusse la connaissance. La seule différence
pour moi de la veille au sommeil était que, dans la première, tout se transfigurait à mes yeux ; chaque personne
qui m'approchait semblait changée, les objets matériels
avaient comme une pénombre qui en modifiait la forme,
et les jeux de la lumière, les combinaisons des couleurs
se décomposaient, de manière à m'entretenir dans une
série constante d'impressions qui se liaient entre elles,
et dont le rêve, plus dégagé des éléments extérieurs,
continuait la probabilité.

IV

Un soir, je crus avec certitude[2] être transporté sur les
bords du Rhin. En face de moi se trouvaient des rocs

sinistres dont la perspective s'ébauchait dans l'ombre.
J'entrai dans une maison riante, dont un rayon du
soleil couchant traversait gaiement les contrevents verts
que festonnait la vigne. Il me semblait que je rentrais
dans une demeure connue, celle d'un oncle maternel,
peintre flamand, mort depuis plus d'un siècle. Les
tableaux ébauchés étaient suspendus çà et là; l'un d'eux
représentait la fée célèbre de ce rivage. Une vieille servante, que j'appelai Marguerite et qu'il me semblait
connaître depuis l'enfance, me dit : «N'allez-vous pas
vous mettre sur le lit? car vous venez de loin, et votre
oncle rentrera tard; on vous réveillera pour souper.»
Je m'étendis sur un lit à colonnes drapé de perse à
grandes fleurs rouges. Il y avait en face de moi une horloge rustique accrochée au mur, et sur cette horloge un
oiseau qui se mit à parler comme une personne. Et
j'avais l'idée que l'âme de mon aïeul était dans cet
oiseau; mais je ne m'étonnais pas plus de son langage
et de sa forme que de me voir transporté comme d'un
siècle en arrière. L'oiseau me parlait de personnes
de ma famille vivantes ou mortes en divers temps;
comme si elles existaient simultanément, et me dit :
«Vous voyez que votre oncle avait eu soin de faire *son*
portrait d'avance... maintenant *elle* est avec nous.» Je
portai les yeux sur une toile qui représentait une
femme en costume ancien à l'allemande, pen¦hée sur
le bord du fleuve, et les yeux attirés vers une touffe de
myosotis[1]. — Cependant la nuit s'épaississait peu à peu,
et les aspects, les sons et le sentiment des lieux se
confondaient dans mon esprit somnolent; je crus tomber dans un abîme qui traversait le globe. Je me sentais
emporté sans souffrance par un courant de métal
fondu, et mille fleuves pareils, dont les teintes indi-
quaient les différences chimiques, sillonnaient le sein
de la terre comme les vaisseaux et les veines qui ser-

pentent parmi les lobes du cerveau. Tous coulaient, cir-
culaient et vibraient ainsi, et j'eus le sentiment que ces
courants étaient composés d'âmes vivantes, à l'état
moléculaire, que la rapidité de ce voyage m'empêchait
seule de distinguer. Une clarté blanchâtre s'infiltrait
peu à peu dans ces conduits, et je vis enfin s'élargir,
ainsi qu'une vaste coupole, un horizon nouveau où se
traçaient des îles entourées de flots lumineux. Je me
trouvai sur une côte éclairée de ce jour sans soleil, et je
vis un vieillard qui cultivait la terre. Je le reconnus pour
le même qui m'avait parlé par la voix de l'oiseau, et soit
qu'il me parlât, soit que je le comprisse en moi-même,
il devenait clair pour moi que les aïeux prenaient la
forme de certains animaux pour nous visiter sur la
terre, et qu'ils assistaient ainsi, muets observateurs, aux
phases de notre existence.

Le vieillard quitta son travail et m'accompagna jusqu'à une maison qui s'élevait près de là. Le paysage qui
nous entourait me rappelait celui d'un pays de la
Flandre française où mes parents avaient vécu et où se
trouvent leurs tombes : le champ entouré de bosquets à
la lisière du bois, le lac voisin, la rivière et le lavoir, le
village et sa rue qui monte, les collines de grès sombre
et leurs touffes de genêts et de bruyères, — image
rajeunie des lieux que j'avais aimés. Seulement la maison où j'entrai ne m'était point connue. Je compris
qu'elle avait existé dans je ne sais quel temps, et qu'en
ce monde que je visitais alors, le fantôme des choses
accompagnait celui du corps.

J'entrai dans une vaste salle où beaucoup de personnes étaient réunies. Partout je retrouvais des figures
connues. Les traits des parents morts que j'avais pleurés
se trouvaient reproduits dans d'autres qui, vêtus de costumes plus anciens, me faisaient le même accueil pater-
nel. Ils paraissaient s'être assemblés pour un banquet

de famille. Un de ces parents vint à moi et m'embrassa tendrement. Il portait un costume ancien dont les couleurs semblaient pâlies, et sa figure souriante, sous ses cheveux poudrés, avait quelque ressemblance avec la mienne. Il me semblait plus précisément vivant que les autres, et pour ainsi dire en rapport plus volontaire avec mon esprit. — C'était mon oncle. Il me fit placer près de lui, et une sorte de communication s'établit entre nous ; car je ne puis dire que j'entendisse sa voix ; seulement, à mesure que ma pensée se portait sur un point, l'explication m'en devenait claire aussitôt, et les images se précisaient devant mes yeux comme des peintures animées[1].

— Cela est donc vrai, disais-je avec ravissement, nous sommes immortels et nous conservons ici les images du monde que nous avons habité. Quel bonheur de songer que tout ce que nous avons aimé existera toujours autour de nous !... J'étais bien fatigué de la vie !

— Ne te hâte pas, dit-il, de te réjouir, car tu appartiens encore au monde d'en haut et tu as à supporter de rudes années d'épreuves. Le séjour qui t'enchante a lui-même ses douleurs, ses luttes et ses dangers. La terre où nous avons vécu est toujours le théâtre où se nouent et se dénouent nos destinées ; nous sommes les rayons du feu central qui l'anime et qui déjà s'est affaibli...

— Eh quoi ! dis-je, la terre pourrait mourir, et nous serions envahis par le néant ?

— Le néant, dit-il, n'existe pas dans le sens qu'on l'entend ; mais la terre est elle-même un corps matériel dont la somme des esprits est l'âme. La matière ne peut pas plus périr que l'esprit, mais elle peut se modifier selon le bien et selon le mal. Notre passé et notre avenir sont solidaires. Nous vivons dans notre race, et notre race vit en nous.

Cette idée me devint aussitôt sensible, et, comme si

les murs de la salle se fussent ouverts sur des perspectives infinies, il me semblait voir une chaîne non interrompue d'hommes et de femmes en qui j'étais et qui étaient moi-même[1]; les costumes de tous les peuples, les images de tous les pays apparaissaient distinctement à la fois, comme si mes facultés d'attention s'étaient multipliées sans se confondre, par un phénomène d'espace analogue à celui du temps qui concentre un siècle d'action dans une minute de rêve[2]. Mon étonnement s'accrut en voyant que cette immense énumération se composait seulement des personnes qui se trouvaient dans la salle et dont j'avais vu les images se diviser et se combiner en mille aspects fugitifs.

« Nous sommes sept, dis-je à mon oncle.

— C'est en effet, dit-il, le nombre typique de chaque famille humaine, et, par extension, sept fois sept, et davantage*. »

Je ne puis espérer de faire comprendre cette réponse, qui pour moi-même est restée très obscure. La métaphysique ne me fournit pas de termes pour la perception qui me vint alors du rapport de ce nombre de personnes avec l'harmonie générale. On conçoit bien dans le père et la mère l'analogie des forces électriques de la nature; mais comment établir les centres individuels émanés d'eux, — dont ils émanent, *comme une figure* animique collective, dont la combinaison serait à la fois multiple et bornée? Autant vaudrait demander compte à la fleur du nombre de ses pétales ou des divisions de sa corolle... au sol des figures qu'il trace, au soleil des couleurs qu'il produit.

---

* Sept était le nombre de la famille de Noé; mais l'un des sept se rattachait mystérieusement aux générations antérieures des Éloïm!...

... L'imagination, comme un éclair, me représenta les dieux multiples de l'Inde comme des images de la famille pour ainsi dire primitivement concentrée[3]. Je frémis d'aller plus loin, car dans la Trinité réside encore un mystère redoutable... Nous sommes nés sous la loi biblique...

V

Tout changeait de forme autour de moi. L'esprit
avec qui je m'entretenais n'avait plus le même aspect.
C'était un jeune homme qui désormais recevait plutôt
de moi les idées qu'il ne me les communiquait... Étais-
je allé trop loin dans ces hauteurs qui donnent le ver-
tige? Il me sembla comprendre que ces questions étaient
obscures ou dangereuses, même pour les esprits du
monde que je percevais alors... Peut-être aussi un pouvoir supérieur m'interdisait-il ces recherches. Je me vis
errant[1] dans les rues d'une cité très populeuse et inconnue. Je remarquai qu'elle était bossuée de collines et
dominée par un mont tout couvert d'habitations. À travers le peuple de cette capitale, je distinguais certains
hommes qui paraissaient appartenir à une nation particulière; leur air vif, résolu, l'accent énergique de leurs
traits me faisaient songer aux races indépendantes et
guerrières des pays de montagnes ou de certaines îles
peu fréquentées par les étrangers; toutefois c'est au
milieu d'une grande ville et d'une population mélan-
gée et banale qu'ils savaient maintenir ainsi leur individualité farouche. Qu'étaient donc ces hommes? Mon
guide me fit gravir des rues escarpées et bruyantes où
retentissaient les bruits divers de l'industrie. Nous mon-
tâmes encore par de longues séries d'escaliers, au-delà
desquels la vue se découvrit. Çà et là des terrasses revêtues de treillages, des jardinets ménagés sur quelques
espaces aplatis, des toits, des pavillons légèrement construits, peints et sculptés avec une capricieuse patience;
des perspectives reliées par de longues traînées de
verdures grimpantes séduisaient l'œil et plaisaient à
l'esprit comme l'aspect d'une oasis délicieuse, d'une
solitude ignorée au-dessus du tumulte et de ces bruits

d'en bas, qui là n'étaient plus qu'un murmure. On a souvent parlé de nations proscrites, vivant dans l'ombre des nécropoles et des catacombes ; c'était ici le contraire sans doute. Une race heureuse s'était créé cette retraite aimée des oiseaux, des fleurs, de l'air pur et de la clarté.

— Ce sont, me dit mon guide, les anciens habitants de cette montagne qui domine la ville où nous sommes en ce moment. Longtemps ils y ont vécu simples de mœurs, aimants et justes, conservant les vertus naturelles des premiers jours du monde. Le peuple environnant les honorait et se modelait sur eux.

Du point où j'étais alors, je descendis, suivant mon guide, dans une de ces hautes habitations dont les toits réunis présentaient cet aspect étrange. Il me semblait que mes pieds s'enfonçaient dans les couches successives des édifices de différents âges. Ces fantômes de constructions en découvraient toujours d'autres où se distinguait le goût particulier de chaque siècle, et cela me représentait l'aspect des fouilles que l'on fait dans les cités antiques, si ce n'est que c'était aéré, vivant, traversé des mille jeux de la lumière[1]. Je me trouvai enfin dans une vaste chambre où je vis un vieillard travaillant devant une table à je ne sais quel ouvrage d'industrie.

— Au moment où je franchissais la porte, un homme vêtu de blanc, dont je distinguais mal la figure, me menaça d'une arme qu'il tenait à la main ; mais celui qui m'accompagnait lui fit signe de s'éloigner. Il semblait qu'on eût voulu m'empêcher de pénétrer le mystère de ces retraites. Sans rien demander à mon guide, je compris par intuition que ces hauteurs et en même temps ces profondeurs étaient la retraite des habitants primitifs de la montagne. Bravant toujours le flot envahissant des accumulations de races nouvelles, ils vivaient là, simples de mœurs, aimants et justes, adroits, fermes et ingénieux, — et pacifiquement vainqueurs des masses

aveugles qui avaient tant de fois envahi leur héritage.
Hé quoi ! ni corrompus, ni détruits, ni esclaves ; purs,
quoique ayant vaincu l'ignorance ; conservant dans l'ai-
sance les vertus de la pauvreté. — Un enfant s'amusait
à terre avec des cristaux, des coquillages et des pierres
gravées, faisant sans doute un jeu d'une étude. Une
femme âgée, mais belle encore, s'occupait des soins du
ménage. En ce moment plusieurs jeunes gens entrè-
rent avec bruit, comme revenant de leurs travaux. Je
m'étonnais de les voir tous vêtus de blanc ; mais il
paraît que c'était une illusion de ma vue ; pour la
rendre sensible, mon guide se mit à dessiner leur costume qu'il teignit de couleurs vives, me faisant comprendre qu'ils étaient ainsi en réalité. La blancheur qui
m'étonnait provenait peut-être d'un éclat particulier,
d'un jeu de lumière où se confondaient les teintes
ordinaires du prisme. Je sortis de la chambre et je me
vis sur une terrasse disposée en parterre. Là se prome-
naient et jouaient des jeunes filles et des enfants. Leurs
vêtements me paraissaient blancs comme les autres,
mais ils étaient agrémentés par des broderies de couleur rose. Ces personnes étaient si belles, leurs traits si
gracieux, et l'éclat de leur âme transparaissait si vivement à travers leurs formes délicates, qu'elles inspiraient toutes une sorte d'amour sans préférence et sans
désir, résumant tous les enivrements des passions vagues
de la jeunesse.

Je ne puis rendre le sentiment que j'éprouvai au
milieu de ces êtres charmants qui m'étaient chers sans
que je les connusse. C'était comme une famille primitive et céleste, dont les yeux souriants cherchaient les
miens avec une douce compassion. Je me mis à pleurer
à chaudes larmes, comme au souvenir d'un paradis
perdu. Là, je sentis amèrement que j'étais un passant
dans ce monde à la fois étranger et chéri, et je frémis à

la pensée que je devais retourner dans la vie. En vain, femmes et enfants se pressaient autour de moi comme pour me retenir. Déjà leurs formes ravissantes se fondaient en vapeurs confuses; ces beaux visages pâlissaient, et ces traits accentués, ces yeux étincelants se perdaient dans une ombre où luisait encore le dernier éclair du sourire[1]...

Telle fut cette vision ou tels furent du moins les détails principaux dont j'ai gardé le souvenir. L'état cataleptique où je m'étais trouvé pendant plusieurs jours me fut expliqué scientifiquement, et les récits de ceux qui m'avaient vu ainsi me causaient une sorte d'irritation quand je voyais qu'on attribuait à l'aberration d'esprit les mouvements ou les paroles coïncidant avec les diverses phases de ce qui constituait pour moi une série d'événements logiques[2]. J'aimais davantage ceux de mes amis qui, par une patiente complaisance ou par suite d'idées analogues aux miennes, me faisaient faire de longs récits des choses que j'avais vues en esprit. L'un d'eux me dit en pleurant : « N'est-ce pas que c'est vrai qu'il y a un Dieu ? — Oui ! » lui dis-je avec enthousiasme. Et nous nous embrassâmes comme deux frères de cette patrie mystique que j'avais entrevue. — Quel bonheur je trouvai d'abord dans cette conviction ! Ainsi ce doute éternel de l'immortalité de l'âme qui affecte les meilleurs esprits se trouvait résolu pour moi. Plus de mort, plus de tristesse, plus d'inquiétude. Ceux que j'aimais, parents, amis me donnaient des signes certains de leur existence éternelle et je n'étais plus séparé d'eux que par les heures du jour. J'attendais celles de la nuit dans une douce mélancolie.

VI

Un rêve que je fis encore me confirma dans cette pensée. Je me trouvai tout à coup dans une salle qui faisait partie de la demeure de mon aïeul. Elle semblait s'être agrandie seulement. Les vieux meubles luisaient d'un poli merveilleux, les tapis et les rideaux étaient comme remis à neuf, un jour trois fois plus brillant que le jour naturel arrivait par la croisée et par la porte, et il y avait dans l'air une fraîcheur et un parfum des premières matinées tièdes du printemps. Trois femmes travaillaient dans cette pièce, et représentaient, sans leur ressembler absolument, des parentes et des amies de ma jeunesse. Il semblait que chacune eût les traits de plusieurs de ces personnes. Les contours de leurs figures variaient comme la flamme d'une lampe, et à tout moment quelque chose de l'une passait dans l'autre ; le sourire, la voix, la teinte des yeux, de la chevelure, la taille, les gestes familiers s'échangeaient comme si elles eussent vécu de la même vie, et chacune était ainsi un composé de toutes, pareille à ces types que les peintres imitent de plusieurs modèles pour réaliser une beauté complète.

La plus âgée me parlait avec une voix vibrante et mélodieuse que je reconnaissais pour l'avoir entendue dans l'enfance, et je ne sais ce qu'elle me disait qui me frappait par sa profonde justesse. Mais elle attira ma pensée sur moi-même, et je me vis vêtu d'un petit habit brun de forme ancienne, entièrement tissu à l'aiguille de fils ténus comme ceux des toiles d'araignées. Il était coquet, gracieux et imprégné de douces odeurs. Je me sentais tout rajeuni et tout pimpant dans ce vêtement qui sortait de leurs doigts de fée, et je les remerciais en rougissant, comme si je n'eusse été qu'un petit enfant

devant de grandes belles dames. Alors l'une d'elles se
leva et se dirigea vers le jardin.

Chacun sait que dans les rêves on ne voit jamais le
soleil, bien qu'on ait souvent la perception d'une clarté
beaucoup plus vive. Les objets et les corps sont lumineux par eux-mêmes[1]. Je me vis dans un petit parc où
se prolongeaient des treilles en berceaux chargées de
lourdes grappes de raisins blancs et noirs; à mesure
que la dame qui me guidait s'avançait sous ces berceaux, l'ombre des treillis croisés variait encore pour
mes yeux ses formes et ses vêtements[2]. Elle en sortit
enfin, et nous nous trouvâmes dans un espace décou-
vert. On y apercevait à peine la trace d'anciennes allées
qui l'avaient jadis coupé en croix. La culture était négli-
gée depuis de longues années, et des plants épars de
clématites, de houblon, de chèvrefeuille, de jasmin, de
lierre, d'aristoloche étendaient entre des arbres d'une
croissance vigoureuse leurs longues traînées de lianes.
Des branches pliaient jusqu'à terre chargées de fruits,
et parmi des touffes d'herbes parasites s'épanouissaient
quelques fleurs de jardin revenues à l'état sauvage.

De loin en loin s'élevaient des massifs de peupliers,
d'acacias et de pins, au sein desquels on entrevoyait des
statues noircies par le temps. J'aperçus devant moi un
entassement de rochers couverts de lierre d'où jaillis-
sait une source d'eau vive, dont le clapotement harmo-
nieux résonnait sur un bassin d'eau dormante à demi
voilée des larges feuilles de nénuphar.

La dame que je suivais, développant sa taille élancée
dans un mouvement qui faisait miroiter les plis de sa
robe en taffetas changeant, entoura gracieusement de
son bras nu une longue tige de rose trémière[3], puis elle
se mit à grandir sous un clair rayon de lumière, de telle
sorte que peu à peu le jardin prenait sa forme, et les
parterres et les arbres devenaient les rosaces et les fes-

tons de ses vêtements ; tandis que sa figure et ses bas imprimaient leurs contours aux nuages pourprés du ciel. Je la perdais ainsi de vue à mesure qu'elle se transfigurait, car elle semblait s'évanouir dans sa propre grandeur. « Oh ! ne fuis pas ! m'écriai-je… car la nature meurt avec toi ! »

Disant ces mots, je marchais péniblement à travers les ronces, comme pour saisir l'ombre agrandie qui m'échappait, mais je me heurtai à un pan de mur dégradé, au pied duquel gisait un buste de femme. En le relevant, j'eus la persuasion que c'était *le sien*… Je reconnus des traits chéris, et portant les yeux autour de moi, je vis que le jardin avait pris l'aspect d'un cimetière. Des voix disaient : « L'Univers est dans la nuit ! »

VII

Ce rêve si heureux à son début me jeta dans une grande perplexité. Que signifiait-il ? Je ne le sus que plus tard. Aurélia était morte.

Je n'eus d'abord que la nouvelle de sa maladie. Par suite de l'état de mon esprit, je ne ressentis qu'un vague chagrin mêlé d'espoir. Je croyais moi-même n'avoir que peu de temps à vivre, et j'étais désormais assuré de l'existence d'un monde où les cœurs aimants se retrouvent. D'ailleurs elle m'appartenait bien plus dans sa mort que dans sa vie… Égoïste pensée que ma raison devait payer plus tard par d'amers regrets.

Je ne voudrais pas abuser des pressentiments ; le hasard fait d'étranges choses ; mais je fus alors vivement préoccupé d'un souvenir de notre union trop rapide. Je lui avais donné une bague d'un travail ancien dont le chaton était formé d'une opale taillée en cœur. Comme cette bague était trop grande pour son doigt, j'avais eu l'idée fatale de la faire couper pour en diminuer l'anneau, je ne compris ma faute qu'en entendant le bruit de la scie. Il me sembla voir couler du sang...

Les soins de l'art m'avaient rendu à la santé sans avoir encore ramené dans mon esprit le cours régulier de la raison humaine. La maison où je me trouvais[1], située sur une hauteur, avait un vaste jardin planté d'arbres précieux. L'air pur de la colline où elle était située, les premières haleines du printemps, les douceurs d'une société toute sympathique m'apportaient de longs jours de calme.

Les premières feuilles des sycomores me ravissaient par la vivacité de leurs couleurs, semblables aux panaches des coqs de Pharaon. La vue qui s'étendait au-dessus de la plaine présentait du matin au soir des horizons charmants, dont les teintes graduées plaisaient à mon imagination. Je peuplais les coteaux et les nuages de figures divines dont il me semblait voir distinctement les formes. — Je voulus fixer davantage mes pensées favorites, et à l'aide de charbons et de morceaux de briques que je ramassais, je couvris bientôt les murs d'une série de fresques où se réalisaient mes impressions. Une figure dominait toujours les autres ; c'était celle d'Aurélia, peinte sous les traits d'une divinité, telle qu'elle m'était apparue dans mon rêve. Sous ses pieds tournait une roue, et les dieux lui faisaient cortège. Je parvins à colorier ce groupe en exprimant le suc des herbes et des fleurs. — Que de fois j'ai rêvé devant cette chère idole ! Je fis plus, je tentai de figurer avec de la terre le corps de celle que j'aimais ; tous les matins mon travail était à refaire, car les fous, jaloux de mon bonheur, se plaisaient à en détruire l'image[2].

On me donna du papier, et pendant longtemps je m'appliquai à représenter, par mille figures accompagnées de récits de vers et d'inscriptions en toutes les

langues connues, une sorte d'histoire du monde mêlée
de souvenirs d'étude et de fragments de songes que ma
préoccupation rendait plus sensible ou qui en prolongeaient la durée[1]. Je ne m'arrêtais pas aux traditions
modernes de la création. Ma pensée remontait au-
delà : j'entrevoyais, comme en un souvenir, le premier
pacte formé par les génies au moyen de talismans.
J'avais essayé de réunir les pierres de la *Table sacrée*,
et représenter à l'entour les sept premiers *Éloïm* qui
s'étaient partagé le monde.

Ce système d'histoire, emprunté aux traditions orientales, commençait par l'heureux accord des Puissances
de la nature, qui formulaient et organisaient l'univers.
— Pendant la nuit qui précéda mon travail, je m'étais
cru transporté dans une planète obscure où se débat-
taient les premiers germes de la création. Du sein de
l'argile encore molle s'élevaient des palmiers gigantesques, des euphorbes vénéneux et des acanthes tor-
tillées autour des cactus ; — les figures arides des rochers
s'élançaient comme des squelettes de cette ébauche de
création, et de hideux reptiles serpentaient, s'élargis-
saient ou s'arrondissaient au milieu de l'inextricable
réseau d'une végétation sauvage. La pâle lumière des
astres éclairait seule les perspectives bleuâtres de cet
étrange horizon ; cependant à mesure que ces créations se formaient, une étoile plus lumineuse y puisait
les germes de la clarté.

VIII

Puis, les monstres changeaient de forme, et dépouillant leurs premières peaux, se dressaient plus puissants
sur des pattes gigantesques ; l'énorme masse de leurs
corps brisait les branches et les herbages, et, dans le

désordre de la nature, ils se livraient des combats auxquels je prenais part moi-même, car j'avais un corps
aussi étrange que les leurs. Tout à coup une singulière
harmonie résonna dans nos solitudes, et il semblait
que les cris, les rugissements et les sifflements confus
des êtres primitifs se modulassent désormais sur cet air
divin. Les variations se succédaient à l'infini, la planète
s'éclairait peu à peu, des formes divines se dessinaient
sur la verdure et sur les profondeurs des bocages,
et, désormais domptés, tous les monstres que j'avais
vus dépouillaient leurs formes bizarres et devenaient
hommes et femmes; d'autres revêtaient, dans leurs
transformations, la figure des bêtes sauvages, des poissons et des oiseaux.

Qui donc avait fait ce miracle? Une déesse rayon-
nante guidait, dans ces nouveaux *avatars*, l'évolution
rapide des humains. Il s'établit alors une distinction de
races qui, partant de l'ordre des oiseaux, comprenait
aussi les bêtes, les poissons et les reptiles. C'étaient les
Dives, les Péris, les Ondins et les Salamandres[1]; chaque
fois qu'un de ces êtres mourait, il renaissait aussitôt sous
une forme plus belle et chantait la gloire des dieux. —
Cependant l'un des Éloïm eut la pensée de créer une
cinquième race, composée des éléments de la terre, et
qu'on appela *les Afrites*[2]. — Ce fut le signal d'une révolution complète parmi les Esprits qui ne voulurent pas
reconnaître les nouveaux possesseurs du monde. Je ne
sais combien de mille ans durèrent ces combats qui
ensanglantèrent le globe. Trois des Éloïm avec les Esprits
de leurs races furent enfin relégués au midi de la terre
où ils fondèrent de vastes royaumes. Ils avaient emporté
les secrets de la divine *cabale* qui lie les mondes, et prenaient leur force dans l'adoration de certains astres
auxquels ils correspondent toujours. Ces nécromants,
bannis aux confins de la terre, s'étaient entendus pour

se transmettre la puissance. Entouré de femmes et d'esclaves, chacun de leurs souverains s'était assuré de pouvoir renaître sous la forme d'un de ses enfants. Leur vie était de mille ans. De puissants cabalistes les enfermaient, à l'approche de leur mort, dans des sépulcres bien gardés où ils les nourrissaient d'élixirs et de substances conservatrices. Longtemps encore ils gardaient les apparences de la vie, puis, semblables à la chrysalide qui file son cocon, ils s'endormaient quarante jours pour renaître sous la forme d'un jeune enfant qu'on appelait plus tard à l'empire.

Cependant les forces vivifiantes de la terre s'épuisaient à nourrir ces familles, dont le sang toujours le même inondait des rejetons nouveaux. Dans de vastes souterrains creusés sous les hypogées et sous les pyramides, ils avaient accumulé tous les trésors des races passées et certains talismans qui les protégeaient contre la colère des dieux.

C'est dans le centre de l'Afrique, au-delà des montagnes de la Lune et de l'antique Éthiopie qu'avaient lieu ces étranges mystères : longtemps j'y avais gémi dans la captivité, ainsi qu'une partie de la race humaine. Les bocages que j'avais vus si verts ne portaient plus que de pâles fleurs et des feuillages flétris ; un soleil implacable dévorait ces contrées, et les faibles enfants de ces éternelles dynasties semblaient accablés du poids de la vie. Cette grandeur imposante et monotone, réglée par l'étiquette et les cérémonies hiératiques, pesait à tous sans que personne osât s'y soustraire. Les vieillards languissaient sous le poids de leurs couronnes et de leurs ornements impériaux, entre des médecins et des prêtres, dont le savoir leur garantissait l'immortalité. Quant au peuple, à tout jamais engrené dans les divisions des castes, il ne pouvait compter ni sur la vie, ni sur la liberté. Au pied des arbres frappés de mort et de stérilité, aux bouches des sources taries, on voyait sur l'herbe brûlée se flétrir des enfants et des jeunes femmes énervés et sans couleur. La splendeur des chambres royales, la majesté des portiques, l'éclat des vêtements et des parures n'étaient qu'une faible consolation aux ennuis éternels de ces solitudes.

Bientôt les peuples furent décimés par des maladies, les bêtes et les plantes moururent, et les immortels, eux-mêmes, dépérissaient sous leurs habits pompeux. — Un fléau plus grand que les autres vint tout à coup rajeunir et sauver le monde. La constellation d'Orion ouvrit au ciel les cataractes des eaux ; la terre, trop chargée par les glaces du pôle opposé, fit un demi-tour sur elle-même, et les mers, surmontant leurs rivages, refluèrent sur les plateaux de l'Afrique et de l'Asie ; l'inondation pénétra les sables, remplit les tombeaux et les pyramides, et, pendant quarante jours, une arche mystérieuse se promena sur les mers portant l'espoir d'une création nouvelle[1].

Trois des Éloïm s'étaient réfugiés sur la cime la plus haute des montagnes d'Afrique. Un combat se livra entre eux. Ici ma mémoire se trouble, et je ne sais quel fut le résultat de cette lutte suprême. Seulement je vois encore debout, sur un pic baigné des eaux, une femme abandonnée par eux, qui crie les cheveux épars, se débattant contre la mort. Ses accents plaintifs dominaient le bruit des eaux… Fut-elle sauvée ? je l'ignore. Les dieux, ses frères, l'avaient condamnée ; mais au-dessus de sa tête brillait l'Étoile du soir, qui versait sur son front des rayons enflammés.

L'hymne interrompu de la terre et des cieux retentit harmonieusement pour consacrer l'accord des races nouvelles. Et pendant que les fils de Noé travaillaient péniblement aux rayons d'un soleil nouveau, les nécromants, blottis dans leurs demeures souterraines, y gardaient toujours leurs trésors et se complaisaient dans le silence et dans la nuit. Parfois ils sortaient timidement de leurs asiles et venaient effrayer les vivants ou répandre parmi les méchants les leçons funestes de leurs sciences.

Tels sont les souvenirs que je retraçais par une sorte de vague intuition du passé : je frémissais en reproduisant les traits hideux de ces races maudites. Partout mourait, pleurait ou languissait l'image souffrante de la Mère éternelle. À travers les vagues civilisations de l'Asie et de l'Afrique, on voyait se renouveler toujours une scène sanglante d'orgie et de carnage que les mêmes esprits reproduisaient sous des formes nouvelles. La dernière se passait à Grenade, où le talisman sacré s'écroulait sous les coups ennemis des chrétiens et des Maures. Combien d'années encore le monde aura-t-il à souffrir, car il faut que la vengeance de ces éternels ennemis se renouvelle sous d'autres cieux ! Ce sont les tronçons divisés du serpent qui entoure la terre... Séparés par le fer, ils se rejoignent dans un hideux baiser cimenté par le sang des hommes.

IX

Telles furent les images qui se montrèrent tour à tour devant mes yeux. Peu à peu le calme était rentré dans mon esprit, et je quittai cette demeure qui était pour moi un paradis. Des circonstances fatales préparèrent longtemps après une rechute qui renoua la série interrompue de ces étranges rêveries[1]. — Je me promenais dans la campagne préoccupé d'un travail qui se rattachait aux idées religieuses[2]. En passant devant une maison, j'entendis un oiseau qui parlait selon quelques mots qu'on lui avait appris, mais dont le bavardage confus me parut avoir un sens ; il me rappela celui de la

vision que j'ai racontée plus haut, et je sentis un fré-
missement de mauvais augure. Quelques pas plus loin,
je rencontrai un ami que je n'avais pas vu depuis longtemps et qui demeurait dans une maison voisine. Il voulut me faire voir sa propriété, et, dans cette visite, il me
fit monter sur une terrasse élevée d'où l'on découvrait
un vaste horizon. C'était au coucher du soleil. En descendant les marches d'un escalier rustique, je fis un
faux pas, et ma poitrine alla porter sur l'angle d'un
meuble. J'eus assez de force pour me relever et m'élançai jusqu'au milieu du jardin, me croyant frappé à
mort, mais voulant, avant de mourir, jeter un dernier
regard au soleil couchant. Au milieu des regrets qu'en-
traîne un tel moment, je me sentais heureux de mourir
ainsi, à cette heure, et au milieu des arbres, des treilles
et des fleurs d'automne. Ce ne fut cependant qu'un
évanouissement, après lequel j'eus encore la force de
regagner ma demeure pour me mettre au lit. La fièvre
s'empara de moi ; en me rappelant de quel point j'étais
tombé, je me souvins que la vue que j'avais admirée
donnait sur un cimetière, celui même où se trouvait le
tombeau d'Aurélia[1]. Je n'y pensai véritablement qu'alors,
sans quoi je pourrais attribuer ma chute à l'impression
que cet aspect m'aurait fait éprouver. — Cela même
me donna l'idée d'une fatalité plus précise. Je regrettai
d'autant plus que la mort ne m'eût pas réuni à elle.
Puis, en y songeant, je me dis que je n'en étais pas
digne. Je me représentai amèrement la vie que j'avais
menée depuis sa mort, me reprochant, non de l'avoir
oubliée, ce qui n'était point arrivé, mais d'avoir, en de
faciles amours, fait outrage à sa mémoire. L'idée me vint
d'interroger le sommeil, mais *son* image, qui m'était
apparue souvent, ne revenait plus dans mes songes. Je
n'eus d'abord que des rêves confus, mêlés de scènes
sanglantes. Il semblait que toute une race fatale se fût

déchaînée au milieu du monde idéal que j'avais vu
autrefois et dont elle était la reine. Le même Esprit qui
m'avait menacé, — lorsque j'entrais dans la demeure
de ces familles pures qui habitaient les hauteurs de la
Ville mystérieuse, — passa devant moi, non plus dans ce
costume blanc qu'il portait jadis, ainsi que ceux de sa
race, mais vêtu en prince d'Orient. Je m'élançai vers
lui, le menaçant, mais il se tourna tranquillement vers
moi. Ô terreur! ô colère! c'était mon visage, c'était
toute ma forme idéalisée et grandie... Alors je me souvins de celui qui avait été arrêté la même nuit que moi
et que, selon ma pensée, on avait fait sortir sous mon
nom du corps de garde, lorsque deux amis étaient
venus pour me chercher. Il portait à la main une arme
dont je distinguais mal la forme, et l'un de ceux qui
l'accompagnaient dit : « C'est avec cela qu'il l'a frappé. »

Je ne sais comment expliquer que dans mes idées les
événements terrestres pouvaient coïncider avec ceux
du monde surnaturel, cela est plus facile à *sentir* qu'à
énoncer clairement*. Mais quel était donc cet esprit
qui était moi et en dehors de moi. Était-ce le *Double* des
légendes, ou ce frère mystique que les Orientaux
appellent *Ferouër*? — N'avais-je pas été frappé de l'histoire de ce chevalier qui combattit toute une nuit dans
une forêt contre un inconnu qui était lui-même? Quoi
qu'il en soit, je crois que l'imagination humaine n'a
rien inventé qui ne soit vrai, dans ce monde ou dans les
autres, et je ne pouvais douter de ce que j'avais *vu* si
distinctement.

Une idée terrible me vint : l'homme est double, me
dis-je. — « Je sens deux hommes en moi », a écrit un
Père de l'Église. — Le concours de deux âmes a déposé
ce germe mixte dans un corps qui lui-même offre à la

---

* Cela faisait allusion, pour moi, au coup que j'avais reçu dans ma chute.

vue deux portions similaires reproduites dans tous les
organes de sa structure. Il y a en tout homme un spectateur et un acteur, celui qui parle et celui qui répond.
Les Orientaux ont vu là deux ennemis : le bon et le
mauvais génie. Suis-je le bon ? suis-je le mauvais ? me
disais-je. En tout cas, *l'autre* m'est hostile... Qui sait s'il
n'y a pas telle circonstance ou tel âge où ces deux
esprits se séparent ? Attachés au même corps tous deux
par une affinité matérielle, peut-être l'un est-il promis à
la gloire et au bonheur, l'autre à l'anéantissement ou à
la souffrance éternelle ? — Un éclair fatal traversa tout
à coup cette obscurité... Aurélia n'était plus à moi !...
Je croyais entendre parler d'une cérémonie qui se passait ailleurs, et des apprêts d'un mariage mystique qui
était le mien, et où *l'autre* allait profiter de l'erreur de
mes amis et d'Aurélia elle-même. Les personnes les
plus chères qui venaient me voir et me consoler me
paraissaient en proie à l'incertitude, c'est-à-dire que les
deux parties de leurs âmes se séparaient aussi à mon
égard, l'une affectionnée et confiante, l'autre comme
frappée de mort à mon égard. Dans ce que ces personnes me disaient, il y avait un sens double, bien que
toutefois elles ne s'en rendissent pas compte, puisqu'elles n'étaient pas *en esprit* comme moi. Un instant
même cette pensée me sembla comique en songeant à
Amphitryon et à Sosie. Mais si ce symbole grotesque
était autre chose, — si, comme dans d'autres fables de
l'Antiquité, c'était la vérité fatale sous un masque de
folie. Eh bien, me dis-je, luttons contre l'esprit fatal,
luttons contre le Dieu lui-même avec les armes de la
tradition et de la science. Quoi qu'il fasse dans l'ombre
et la nuit, j'existe, — et j'ai pour le vaincre tout le
temps qu'il m'est donné encore de vivre sur la terre[1].

X

Comment peindre l'étrange désespoir où ces idées
me réduisirent peu à peu? Un mauvais génie avait
pris ma place dans le monde des âmes, — pour Aurélia,
c'était moi-même, et l'esprit désolé qui vivifiait mon
corps, affaibli, dédaigné, méconnu d'elle, se voyait à
jamais destiné au désespoir ou au néant. J'employai
toutes les forces de ma volonté pour pénétrer encore
le mystère dont j'avais levé quelques voiles. Le rêve se
jouait parfois de mes efforts et n'amenait que des
figures grimaçantes et fugitives. Je ne puis donner ici
qu'une idée assez bizarre de ce qui résulta de cette
contention d'esprit. Je me sentais glisser comme sur un
fil tendu dont la longueur était infinie. La terre, traver-
sée de veines colorées de métaux en fusion, comme je
l'avais vue déjà, s'éclaircissait peu à peu par l'épanouis-
sement du feu central, dont la blancheur se fondait avec
les teintes cerise qui coloraient les flancs de l'orbe intérieur. Je m'étonnais de temps en temps de rencontrer
de vastes flaques d'eau, suspendues comme le sont les
nuages dans l'air, et toutefois offrant une telle densité
qu'on pouvait en détacher des flocons; mais il est clair
qu'il s'agissait là d'un liquide différent de l'eau terrestre, et qui était sans doute l'évaporation de celui qui
figurait la mer et les fleuves pour le monde des esprits.

J'arrivai en vue d'une vaste plage montueuse et toute
couverte d'une espèce de roseaux de teinte verdâtre,
jaunis aux extrémités comme si les feux du soleil les
eussent en partie desséchés, — mais je n'ai pas vu de
soleil plus que les autres fois. — Un château dominait
la côte que je me mis à gravir. Sur l'autre versant, je vis
s'étendre une ville immense. Pendant que j'avais traversé la montagne, la nuit était venue, et j'apercevais

les lumières des habitations et des rues. En descendant, je me trouvai dans un marché où l'on vendait des fruits et des légumes pareils à ceux du Midi.

Je descendis par un escalier obscur et me trouvai dans les rues. On affichait l'ouverture d'un casino, et les détails de sa distribution se trouvaient énoncés par articles. L'encadrement typographique était fait de guirlandes de fleurs si bien représentées et coloriées, qu'elles semblaient naturelles. — Une partie du bâtiment était encore en construction. J'entrai dans un atelier où je vis des ouvriers qui modelaient en glaise un animal énorme de la forme d'un lama, mais qui paraissait devoir être muni de grandes ailes. Ce monstre était comme traversé d'un jet de feu qui l'animait peu à peu, de sorte qu'il se tordait, pénétré par mille filets pourprés, formant les veines et les artères et fécondant pour ainsi dire l'inerte matière, qui se revêtait d'une végétation instantanée d'appendices fibreux d'ailerons et de touffes laineuses. Je m'arrêtai à contempler ce chef-d'œuvre, où l'on semblait avoir surpris les secrets de la création divine. « C'est que nous avons ici, me dit-on, le feu primitif qui anima les premiers êtres... Jadis, il s'élançait jusqu'à la surface de la terre, mais les sources se sont taries. » Je vis aussi des travaux d'orfèvrerie où l'on employait deux métaux inconnus sur la terre ; l'un rouge qui semblait correspondre au cinabre, et l'autre bleu d'azur. Les ornements n'étaient ni martelés ni ciselés, mais se formaient, se coloraient et s'épanouissaient comme les plantes métalliques qu'on fait naître de certaines mixtions chimiques. « Ne créerait-on pas aussi des hommes ? » dis-je à l'un des travailleurs ; mais il me répliqua : « Les hommes viennent d'en haut et non d'en bas : pouvons-nous nous créer nous-mêmes ? Ici l'on ne fait que formuler par les progrès successifs de nos industries une matière plus subtile que celle qui compose la croûte terrestre. Ces fleurs qui vous paraissent naturelles, cet animal qui semblera vivre, ne seront que des produits de l'art élevé au plus haut point de nos connaissances, et chacun les jugera ainsi[1]. »

Telles sont à peu près les paroles, ou qui me furent dites, ou dont je crus percevoir la signification. Je me mis à parcourir les salles du casino et j'y vis une grande foule, dans laquelle je distinguai quelques personnes qui m'étaient connues, les unes vivantes, d'autres mortes en divers temps. Les premiers semblaient ne pas me voir, tandis que les autres me répondaient sans avoir l'air de me connaître. J'étais arrivé à la plus grande salle qui était toute tendue de velours ponceau à bandes d'or tramé, formant de riches dessins. Au milieu se trouvait un sofa en forme de trône. Quelques passants s'y asseyaient pour en éprouver l'élasticité ; mais les préparatifs n'étant pas terminés, ils se dirigeaient vers d'autres salles. On parlait d'un mariage et de l'époux qui, disait-on, devait arriver pour annoncer le moment de la fête. Aussitôt un transport insensé s'empara de moi. J'imaginai que celui qu'on attendait était mon *double* qui devait épouser Aurélia, et je fis un scandale qui sembla consterner l'assemblée. Je me mis à parler avec violence, expliquant mes griefs et invoquant le secours de ceux qui me connaissaient. Un vieillard me dit : « Mais on ne se conduit pas ainsi, vous effrayez tout le monde. » Alors je m'écriai : « Je sais bien qu'il m'a frappé déjà de ses armes, mais je l'attends sans crainte et je connais le signe qui doit le vaincre. »

En ce moment un des ouvriers de l'atelier que j'avais visité en entrant parut tenant une longue barre, dont l'extrémité se composait d'une boule rougie au feu. Je voulus m'élancer sur lui, mais la boule qu'il tenait en arrêt menaçait toujours ma tête. On semblait autour de moi me railler de mon impuissance… Alors je me reculai jusqu'au trône, l'âme pleine d'un indicible orgueil, et je levai le bras pour faire un signe qui me semblait avoir une puissance magique. Le cri d'une femme, distinct et vibrant, empreint d'une douleur déchirante, me réveilla en sursaut! Les syllabes d'un mot inconnu que j'allais prononcer expiraient sur mes lèvres... Je me précipitai à terre et je me mis à prier avec ferveur en pleurant à chaudes larmes. — Mais quelle était donc cette voix qui venait de résonner si douloureusement dans la nuit?

Elle n'appartenait pas au rêve; c'était la voix d'une personne vivante, et pourtant c'était pour moi la voix et l'accent d'Aurélia...

J'ouvris ma fenêtre; tout était tranquille, et le cri ne se répéta plus. — Je m'informai au-dehors, personne n'avait rien entendu. — Et cependant, je suis encore certain que le cri était réel et que l'air des vivants en avait retenti... Sans doute, on me dira que le hasard a pu faire qu'à ce moment-là une femme souffrante ait crié dans les environs de ma demeure. — Mais selon ma pensée, les événements terrestres étaient liés à ceux du monde invisible. C'est un de ces rapports étranges dont je ne me rends pas compte moi-même et qu'il est plus aisé d'indiquer que de définir...

Qu'avais-je fait? J'avais troublé l'harmonie de l'univers magique où mon âme puisait la certitude d'une existence immortelle. J'étais maudit peut-être pour avoir voulu percer un mystère redoutable en offensant la loi divine; je ne devais plus attendre que la colère et le mépris! Les ombres irritées fuyaient en jetant des cris et traçant dans l'air des cercles fatals, comme les oiseaux à l'approche d'un orage.

Seconde partie

I

Eurydice! Eurydice[1] !

Une seconde fois perdue!

Tout est fini, tout est passé! C'est moi maintenant qui dois mourir et mourir sans espoir. — Qu'est-ce donc que la mort? Si c'était le néant... Plût à Dieu! Mais Dieu lui-même ne peut faire que la mort soit le néant.

Pourquoi donc est-ce la première fois, depuis si longtemps, que je songe à *lui*? Le système fatal qui s'était créé dans mon esprit n'admettait pas cette royauté solitaire... ou plutôt elle s'absorbait dans la somme des êtres : c'était le dieu de Lucrétius, impuissant et perdu dans son immensité.

Elle, pourtant, croyait à Dieu, et j'ai surpris un jour le nom de Jésus sur ses lèvres. Il en coulait si doucement que j'en ai pleuré. Ô mon Dieu! cette larme, — cette larme... Elle est séchée depuis si longtemps! Cette larme, mon Dieu! rendez-la-moi!

Lorsque l'âme flotte incertaine entre la vie et le rêve, entre le désordre de l'esprit et le retour de la froide réflexion, c'est dans la pensée religieuse que l'on doit chercher des secours; — je n'en ai jamais pu trouver dans cette philosophie, qui ne nous présente que des maximes d'égoïsme ou tout au plus de réciprocité, une expérience vaine, des doutes amers ; — elle lutte contre les douleurs morales en anéantissant la sensibilité ; pareille à la chirurgie, elle ne sait que retrancher l'organe qui fait souffrir. — Mais pour nous, nés dans des jours de révolutions et d'orages, où toutes les croyances ont été brisées ; — élevés tout au plus dans cette foi vague qui se contente de quelques pratiques extérieures et dont l'adhésion indifférente est plus coupable peut-être que l'impiété ou l'hérésie, — il est bien difficile, dès que nous en sentons le besoin, de reconstruire l'édifice mystique dont les innocents et les simples admettent dans leurs cœurs la figure toute tracée[1]. « L'arbre de science n'est pas l'arbre de vie ! » Cependant, pouvons-nous rejeter de notre esprit ce que tant de générations intelligentes y ont versé de bon ou de funeste ? L'ignorance ne s'apprend pas.

J'ai meilleur espoir de la bonté de Dieu : peut-être touchons-nous à l'époque prédite où la science, ayant accompli son cercle entier de synthèse et d'analyse, de croyance et de négation, pourra s'épurer elle-même et faire jaillir du désordre et des ruines la cité merveilleuse de l'avenir[2]... Il ne faut pas faire si bon marché de la raison humaine, que de croire qu'elle gagne quelque chose à s'humilier tout entière, car ce serait accuser sa céleste origine... Dieu appréciera la pureté des intentions sans doute, et quel est le père qui se complairait à voir son fils abdiquer devant lui tout raisonnement et toute fierté ! L'apôtre qui voulait toucher pour croire n'a pas été maudit pour cela !

———————

Qu'ai-je écrit là ? Ce sont des blasphèmes. L'humilité chrétienne ne peut parler ainsi. De telles pensées sont

loin d'attendrir l'âme. Elles ont sur le front les éclairs
d'orgueil de la couronne de Satan... Un pacte avec
Dieu lui-même?... ô science! ô vanité!

———————

J'avais réuni quelques livres de cabale. Je me plon-
geai dans cette étude, et j'arrivai à me persuader que
tout était vrai dans ce qu'avait accumulé là-dessus l'esprit humain pendant des siècles. La conviction que je
m'étais formée de l'existence du monde extérieur coïn-
cidait trop bien avec mes lectures, pour que je doutasse
désormais des révélations du passé. Les dogmes et les
rites des diverses religions me paraissaient s'y rapporter
de telle sorte que chacune possédait une certaine portion de ces arcanes qui constituaient ses moyens d'ex-
pansion et de défense. Ces forces pouvaient s'affaiblir,
s'amoindrir et disparaître, ce qui amenait l'envahisse-
ment de certaines races par d'autres, nulles ne pouvant
être victorieuses ou vaincues que par l'Esprit.

Toutefois, me disais-je, il est sûr que ces sciences sont
mélangées d'erreurs humaines. L'alphabet magique,
l'hiéroglyphe mystérieux ne nous arrivent qu'incom-
plets et faussés soit par le temps, soit par ceux-là même
qui ont intérêt à notre ignorance; retrouvons la lettre
perdue ou le signe effacé, recomposons la gamme dis-
sonante, et nous prendrons force dans le monde des
esprits.

C'est[1] ainsi que je croyais percevoir les rapports du
monde réel avec le monde des esprits. La terre, ses
habitants et leur histoire étaient le théâtre où venaient
s'accomplir les actions physiques qui préparaient l'existence et la situation des êtres immortels attachés à sa
destinée. Sans agiter le mystère impénétrable de l'éternité des mondes, ma pensée remonta à l'époque où le

soleil, pareil à la plante qui le représente, qui de sa tête inclinée suit la révolution de sa marche céleste, semait sur la terre les germes féconds des plantes et des animaux. Ce n'était autre chose que le feu même qui, étant un composé d'âmes, formulait instinctivement la demeure commune. L'esprit de l'Être-Dieu, reproduit et pour ainsi dire reflété sur la terre, devenait le type commun des âmes humaines dont chacune, par suite, était à la fois homme et Dieu. Tels furent les Éloïm.

———————————

Quand on se sent malheureux, on songe au malheur des autres. J'avais mis quelque négligence à visiter un de mes amis les plus chers, qu'on m'avait dit malade[1]. En me rendant à la maison où il était traité, je me reprochais vivement cette faute. Je fus encore plus désolé lorsque mon ami me raconta qu'il avait été la veille au plus mal. J'entrai dans une chambre d'hospice, blanchie à la chaux. Le soleil découpait des angles joyeux sur les murs et se jouait sur un vase de fleurs qu'une religieuse venait de poser sur la table du malade. C'était presque la cellule d'un anachorète italien. — Sa figure amaigrie, son teint semblable à l'ivoire jauni, relevé par la couleur noire de sa barbe et de ses cheveux, ses yeux illuminés d'un reste de fièvre, peut-être aussi l'arrangement d'un manteau à capuchon jeté sur ses épaules, en faisaient pour moi un être à moitié différent de celui que j'avais connu. Ce n'était plus le joyeux compagnon de mes travaux et de mes plaisirs; il y avait en lui un apôtre. Il me raconta comment il s'était vu, au plus fort des souffrances de son mal, saisi d'un dernier transport qui lui parut être le moment suprême. Aussitôt la douleur avait cessé comme par prodige. — Ce qu'il me raconta ensuite est impossible à rendre : un rêve sublime dans les espaces les plus vagues de l'infini, une conversation avec un être à la fois différent et participant de lui-même, et à qui, se croyant mort, il demandait où était Dieu. « Mais Dieu est partout, lui répondait son esprit ; il est en toi-même et en tous. Il te juge, il t'écoute, il te conseille ; c'est toi et *moi*, qui pensons et rêvons ensemble, — et nous ne nous sommes jamais quittés, et nous sommes éternels ! »

Je ne puis citer autre chose de cette conversation, que j'ai peut-être mal entendue ou mal comprise. Je sais seulement que l'impression en fut très vive. Je n'ose attribuer à mon ami les conclusions que j'ai peut-être faussement tirées de ses paroles. J'ignore même si le sentiment qui en résulte n'est pas conforme à l'idée chrétienne…

Dieu est avec lui, m'écriai-je… mais il n'est plus avec moi ! Ô malheur ! je l'ai chassé de moi-même, je l'ai menacé, je l'ai maudit ! C'était bien lui, ce frère mystique, qui s'éloignait de plus en plus de mon âme et qui m'avertissait en vain ! Cet époux préféré, ce roi de gloire, c'est lui qui me juge et me condamne, et qui emporte à jamais dans son ciel celle qu'il m'eût donnée et dont je suis indigne désormais !

II

Je ne puis dépeindre l'abattement où me jetèrent ces idées. Je comprends, me dis-je, j'ai préféré la créature au créateur ; j'ai déifié mon amour et j'ai adoré, selon les rites païens, celle dont le dernier soupir a été consacré au Christ. Mais si cette religion dit vrai, Dieu peut me pardonner encore. Il peut me la rendre si je m'humilie devant lui ; peut-être son esprit reviendra-t-il en moi! — J'errais dans les rues, au hasard, plein de cette pensée. Un convoi croisa ma marche, il se dirigeait vers le cimetière où elle avait été ensevelie; j'eus l'idée de m'y rendre en me joignant au cortège. J'ignore, me disais-je, quel est ce mort que l'on conduit à la fosse, mais je sais maintenant que les morts nous voient et nous entendent, — peut-être sera-t-il content de se voir suivi d'un frère de douleurs, plus triste qu'aucun de ceux qui l'accompagnent. Cette idée me fit verser des larmes, et sans doute on crut que j'étais un des meilleurs amis du défunt. Ô larmes bénies! depuis longtemps votre douceur m'était refusée!... Ma tête se dégageait, et un rayon d'espoir me guidait encore. Je me sentais la force de prier, et j'en jouissais avec transport.

Je ne m'informai pas même du nom de celui dont j'avais suivi le cercueil. Le cimetière où j'étais entré m'était sacré à plusieurs titres. Trois parents de ma famille maternelle y avaient été ensevelis; mais je ne pouvais aller prier sur leurs tombes, car elles avaient été transportées depuis plusieurs années dans une terre éloignée, lieu de leur origine[1]. — Je cherchai long-temps la tombe d'Aurélia, et je ne pus la retrouver. Les dispositions du cimetière avaient été changées, — peut-être aussi ma mémoire était-elle égarée... Il me semblait que ce hasard, cet oubli ajoutaient encore à ma condamnation. — Je n'osai pas dire aux gardiens le nom d'une morte sur laquelle je n'avais religieusement aucun droit... Mais je me souvins que j'avais chez moi l'indication précise de la tombe, et j'y courus, le cœur palpitant, la tête perdue. Je l'ai dit déjà : j'avais entouré mon amour de superstitions bizarres. — Dans un petit coffret qui *lui* avait appartenu, je conservais sa dernière lettre. Oserai-je avouer encore que j'avais fait de ce coffret une sorte de reliquaire qui me rappelait de longs voyages où sa pensée m'avait suivi : une rose cueillie

dans les jardins de Schoubrah[1], un morceau de bande-
lette rapportée d'Égypte, des feuilles de laurier
cueillies dans la rivière de Beyrouth, deux petits cristaux dorés, des mosaïques de Sainte-Sophie, un grain
de chapelet, que sais-je encore?... enfin le papier qui
m'avait été donné le jour où la tombe fut creusée, afin
que je pusse la retrouver... Je rougis, je frémis en dis-
persant ce fol assemblage. Je pris sur moi les deux
papiers, et au moment de me diriger de nouveau vers
le cimetière, je changeai de résolution. — Non, me dis-
je, je ne suis pas digne de m'agenouiller sur la tombe
d'une chrétienne; n'ajoutons pas une profanation à
tant d'autres!... Et pour apaiser l'orage qui grondait
dans ma tête, je me rendis à quelques lieues de Paris,
dans une petite ville où j'avais passé quelques jours
heureux au temps de ma jeunesse, chez de vieux parents,
morts depuis. J'avais aimé souvent à y venir voir coucher le soleil près de leur maison. Il y avait là une terrasse ombragée de tilleuls qui me rappelait aussi le
souvenir de jeunes filles, de parentes, parmi lesquelles
j'avais grandi. Une d'elles[2]...

Mais opposer ce vague amour d'enfance à celui qui a
dévoré ma jeunesse, y avais-je songé seulement? Je vis
le soleil décliner sur la vallée qui s'emplissait de vapeurs
et d'ombre; il disparut, baignant de feux rougeâtres la
cime des bois qui bordaient de hautes collines. La plus
morne tristesse entra dans mon cœur. — J'allai coucher dans une auberge où j'étais connu. L'hôtelier me
parla d'un de mes anciens amis, habitant de la ville,
qui, à la suite de spéculations malheureuses, s'était tué
d'un coup de pistolet... Le sommeil m'apporta des rêves
terribles. Je n'en ai conservé qu'un souvenir confus. —
Je me trouvais dans une salle inconnue et je causais
avec quelqu'un du monde extérieur, — l'ami dont je
viens de parler, peut-être. Une glace très haute se trou-

vait derrière nous. En y jetant par hasard un coup d'œil, il me sembla reconnaître A***[1]. Elle semblait triste et pensive, et tout à coup, soit qu'elle sortît de la glace, soit que passant dans la salle elle se fût reflétée un instant avant, cette figure douce et chérie se trouva près de moi. Elle me tendit la main, laissa tomber sur moi un regard douloureux et me dit : « Nous nous reverrons plus tard... à la maison de ton ami. »

En un instant je me représentais son mariage, la malédiction qui nous séparait... et je me dis : Est-ce possible ? reviendrait-elle à moi ? « M'avez-vous pardonné ? » demandais-je avec larmes. Mais tout avait disparu. Je me trouvais dans un lieu désert, une âpre montée semée de roches, au milieu des forêts. Une maison, qu'il me semblait reconnaître, dominait ce pays désolé. J'allais et je revenais par des détours inextricables. Fatigué de marcher entre les pierres et les ronces, je cherchais parfois une route plus douce par les sentes du bois. On m'attend là-bas ! pensais-je. — Une certaine heure sonna... Je me dis : *Il est trop tard !* Des voix me répondirent : *Elle est perdue !* Une nuit profonde m'entourait, la maison lointaine brillait comme éclairée pour une fête et pleine d'hôtes arrivés à temps. — Elle est perdue ! m'écriai-je, et pourquoi ?... Je comprends, — elle a fait un dernier effort pour me sauver ; — j'ai manqué le moment suprême où le pardon était possible encore. Du haut du ciel, elle pouvait prier pour moi l'Époux divin... Et qu'importe mon salut même ? l'abîme a reçu sa proie ! Elle est perdue pour moi et pour tous !... Il me semblait la voir comme à la lueur d'un éclair, pâle et mourante, entraînée par de sombres cavaliers[2]... Le cri de douleur et de rage que je poussai en ce moment me réveilla tout haletant.

— Mon Dieu, mon Dieu ! pour elle et pour elle

seule, mon Dieu, pardonnez! m'écriai-je en me jetant à
genoux.

Il faisait jour. Par un mouvement dont il m'est difficile de rendre compte, je résolus aussitôt de détruire
les deux papiers que j'avais tirés la veille du coffret : la
lettre, hélas! que je relus en la mouillant de larmes, et
le papier funèbre qui portait le cachet du cimetière. —
Retrouver sa tombe maintenant? me disais-je, mais c'est
hier qu'il fallait y retourner, — et mon rêve fatal n'est
que le reflet de ma fatale journée!

III

La flamme a dévoré ces reliques d'amour et de mort,
qui se renouaient aux fibres les plus douloureuses de
mon cœur. Je suis allé promener mes peines et mes
remords tardifs dans la campagne, cherchant dans la
marche et dans la fatigue l'engourdissement de la pensée, la certitude peut-être pour la nuit suivante d'un
sommeil moins funeste. Avec cette idée que je m'étais
faite du rêve comme ouvrant à l'homme une communication avec le monde des esprits, j'espérais… j'espérais encore! Peut-être Dieu se contenterait-il de ce
sacrifice. — Ici je m'arrête; il y a trop d'orgueil à prétendre que l'état d'esprit où j'étais fût causé seulement
par un souvenir d'amour. Disons plutôt qu'involontai-
rement j'en parais les remords plus graves d'une vie follement dissipée où le mal avait triomphé bien souvent,
et dont je ne reconnaissais les fautes qu'en sentant les
coups du malheur. Je ne me trouvais plus digne même
de penser à celle que je tourmentais dans sa mort après
l'avoir affligée dans sa vie, n'ayant dû un dernier regard
de pardon qu'à sa douce et sainte pitié.

La nuit suivante, je ne pus dormir que peu d'instants.

Une femme qui avait pris soin de ma jeunesse m'apparut dans le rêve et me fit reproche d'une faute très grave que j'avais commise autrefois. Je la reconnaissais, quoiqu'elle parût beaucoup plus vieille que dans les derniers temps où je l'avais vue. Cela même me faisait songer amèrement que j'avais négligé d'aller la visiter à ses derniers instants. Il me sembla qu'elle me disait : « Tu n'as pas pleuré tes vieux parents aussi vivement que tu as pleuré cette femme. Comment peux-tu donc espérer le pardon[1] ? » Le rêve devint confus. Des figures de personnes que j'avais connues en divers temps passèrent rapidement devant mes yeux. Elles défilaient s'éclairant, pâlissant et retombant dans la nuit comme les grains d'un chapelet dont le lien s'est brisé. Je vis ensuite se former vaguement des images plastiques de l'Antiquité qui s'ébauchaient, se fixaient et semblaient représenter des symboles dont je ne saisissais que difficilement l'idée. Seulement je crus que cela voulait dire : tout cela était fait pour t'enseigner le secret de la vie, et tu n'as pas compris. Les religions et les fables, les saints et les poètes s'accordaient à expliquer l'énigme fatale, et tu as mal interprété... Maintenant il est trop tard !

Je me levai plein de terreur, me disant : C'est mon dernier jour ! À dix ans d'intervalle, la même idée que j'ai tracée dans la première partie de ce récit[2] me revenait plus positive encore et plus menaçante. Dieu m'avait laissé ce temps pour me repentir, et je n'en avais point profité. — Après la visite du *convive de pierre*, je m'étais rassis au festin !

IV[3]

Le sentiment qui résulta pour moi de ces visions et des réflexions qu'elles amenaient pendant mes heures

de solitude était si triste, que je me sentais comme
perdu. Toutes les actions de ma vie m'apparaissaient
sous leur côté le plus défavorable, et dans l'espèce d'examen de conscience auquel je me livrais, la mémoire me
représentait les faits les plus anciens avec une netteté
singulière. Je ne sais quelle fausse honte m'empêcha de
me présenter au confessionnal ; la crainte peut-être de
m'engager dans les dogmes et dans les pratiques d'une
religion redoutable, contre certains points de laquelle
j'avais conservé des préjugés philosophiques. Mes premières années ont été trop imprégnées des idées issues
de la révolution, mon éducation a été trop libre, ma vie
trop errante, pour que j'accepte facilement un joug qui
sur bien des points offenserait encore ma raison. Je frémis en songeant quel chrétien je ferais si certains prin-
cipes empruntés au libre examen des deux derniers
siècles, si l'étude encore des diverses religions ne m'arrêtaient sur cette pente[1]. — Je n'ai jamais connu ma
mère, qui avait voulu suivre mon père aux armées,
comme les femmes des anciens Germains ; elle mourut
de fièvre et de fatigue dans une froide contrée de l'Allemagne, et mon père lui-même ne put diriger là-dessus mes premières idées[2]. Le pays où je fus élevé était
plein de légendes étranges et de superstitions bizarres.
Un de mes oncles qui eut la plus grande influence sur
ma première éducation s'occupait, pour se distraire,
d'antiquités romaines et celtiques. Il trouvait parfois
dans son champ ou aux environs des images de dieux
et d'empereurs que son admiration de savant me faisait
vénérer, et dont ses livres m'apprenaient l'histoire. Un
certain Mars en bronze doré, une Pallas ou Vénus
armée, un Neptune et une Amphitrite sculptés au-dessus de la fontaine du hameau, et surtout la bonne
grosse figure barbue d'un dieu Pan souriant à l'entrée
d'une grotte, parmi les festons de l'aristoloche et du

lierre, étaient les dieux domestiques et protecteurs de cette retraite. J'avoue qu'ils m'inspiraient alors plus de vénération que les pauvres images chrétiennes de l'église et les deux saints informes du portail, que certains savants du pays prétendaient être l'Ésus et le Cernunnos des Gaulois. Embarrassé au milieu de ces divers symboles, je demandai un jour à mon oncle ce que c'était que Dieu. «Dieu, c'est le soleil», me dit-il. C'était la pensée intime d'un honnête homme qui avait vécu en chrétien toute sa vie, mais qui avait traversé la révolution, et qui était d'une contrée où plusieurs avaient la même idée de la Divinité[1]. Cela n'empêchait pas que les femmes et les enfants n'allassent à l'église, et je dus à une de mes tantes quelques instructions qui me firent comprendre les beautés et les grandeurs du christianisme[2]. Après 1815, un Anglais qui se trouvait dans notre pays me fit apprendre le Sermon sur la montagne et me donna un Nouveau Testament... Je ne cite ces détails que pour indiquer les causes d'une certaine irrésolution qui s'est souvent unie chez moi à l'esprit religieux le plus prononcé[3].

Je veux expliquer comment, éloigné longtemps de la vraie route, je m'y suis senti ramené par le souvenir chéri d'une personne morte, et comment le besoin de croire qu'elle existait toujours a fait rentrer dans mon esprit le sentiment précis des diverses vérités que je n'avais pas assez fermement recueillies en mon âme. Le désespoir et le suicide sont le résultat de certaines situations fatales pour qui n'a pas foi dans l'immortalité, dans ses peines et dans ses joies ; — je croirai avoir fait quelque chose de bon et d'utile en énonçant naïvement la succession des idées par lesquelles j'ai retrouvé le repos et une force nouvelle à opposer aux malheurs futurs de la vie.

Les visions qui s'étaient succédé pendant mon som-

meil m'avaient réduit à un tel désespoir que je pouvais
à peine parler ; la société de mes amis ne m'inspirait
qu'une distraction vague ; mon esprit, entièrement
occupé de ces illusions, se refusait à la moindre conception différente ; je ne pouvais lire et comprendre dix
lignes de suite. Je me disais des plus belles choses :
Qu'importe ! cela n'existe pas pour moi. Un de mes
amis, nommé Georges[1], entreprit de vaincre ce découragement. Il m'emmenait dans diverses contrées des
environs de Paris, et consentait à parler seul, tandis que
je ne répondais qu'avec quelques phrases décousues.
Sa figure expressive, et presque cénobitique, donna un
jour un grand effet à des choses fort éloquentes qu'il
trouva contre ces années de scepticisme et de découragement politique et social qui succédèrent à la révolution de juillet. J'avais été l'un des jeunes de cette époque,
et j'en avais goûté les ardeurs et les amertumes[2]. Un
mouvement se fit en moi ; je me dis que de telles leçons
ne pouvaient être données sans une intention de la
Providence, et qu'un esprit parlait sans doute en lui...
Un jour nous dînions sous une treille, dans un petit village des environs de Paris ; une femme vint chanter
près de notre table, et je ne sais quoi, dans sa voix usée
mais sympathique, me rappela celle d'Aurélia[3]. Je la
regardai : ses traits mêmes n'étaient pas sans ressemblance avec ceux que j'avais aimés. On la renvoya, et je
n'osai la retenir, mais je me disais : Qui sait si *son esprit*
n'est pas dans cette femme ! et je me sentis heureux de
l'aumône que j'avais faite.

Je me dis : J'ai bien mal usé de la vie, mais si les morts
pardonnent, c'est sans doute à condition que l'on s'abs-
tiendra à jamais du mal, et qu'on réparera tout celui
qu'on a fait. Cela se peut-il ?... Dès ce moment, essayons
de ne plus mal faire, et rendons l'équivalent de tout ce
que nous pouvons devoir. — J'avais un tort récent

envers une personne; ce n'était qu'une négligence, mais je commençai par m'en aller excuser. La joie que je reçus de cette réparation me fit un bien extrême; j'avais un motif de vivre et d'agir désormais, je reprenais intérêt au monde.

Des difficultés surgirent : des événements inexplicables pour moi semblèrent se réunir pour contrarier ma bonne résolution. La situation de mon esprit me rendait impossible l'exécution de travaux convenus. Me croyant bien portant désormais, on devenait plus exigeant, et comme j'avais renoncé au mensonge, je me trouvais pris en défaut par des gens qui ne craignaient pas d'en user. La masse des réparations à faire m'écrasait en raison de mon impuissance. Des événements politiques agissaient indirectement, tant pour m'affliger que pour m'ôter le moyen de mettre ordre à mes affaires[1]. La mort d'un de mes amis vint compléter ces motifs de découragement. Je revis avec douleur son logis, ses tableaux, qu'il m'avait montrés avec joie un mois auparavant; je passai près de son cercueil au moment où on l'y clouait. Comme il était de mon âge et de mon temps, je me dis : Qu'arriverait-il, si je mourais ainsi tout d'un coup?

Le dimanche suivant je me levai en proie à une douleur morne. J'allai visiter mon père, dont la servante était malade, et qui paraissait avoir de l'humeur. Il voulut aller seul chercher du bois à son grenier, et je ne pus lui rendre que le service de lui tendre une bûche dont il avait besoin. Je sortis consterné. Je rencontrai dans les rues un ami qui voulait m'emmener dîner chez lui pour me distraire un peu. Je refusai, et, sans avoir mangé, je me dirigeai vers Montmartre. Le cimetière était fermé, ce que je regardai comme un mauvais présage. Un poète allemand m'avait donné quelques pages à traduire et m'avait avancé une somme sur ce travail. Je pris le chemin de sa maison pour lui rendre l'argent[1].

En tournant la barrière de Clichy je fus témoin d'une dispute. J'essayai de séparer les combattants, mais je n'y pus réussir. En ce moment un ouvrier de grande taille passa sur la place même où le combat venait d'avoir lieu, portant sur l'épaule gauche un enfant vêtu d'une robe couleur d'hyacinthe. Je m'imaginai que c'était saint Christophe portant le Christ, et que j'étais condamné pour avoir manqué de force dans la scène qui venait de se passer. À dater de ce moment, j'errai en proie au désespoir dans les terrains vagues qui séparent le faubourg de la barrière. Il était trop tard pour faire la visite que j'avais projetée. Je revins donc à travers les rues vers le centre de Paris. Vers la rue de la Victoire je rencontrai un prêtre, et, dans le désordre où j'étais, je voulus me confesser à lui. Il me dit qu'il n'était pas de la paroisse et qu'il allait en soirée chez quelqu'un ; que si je voulais le consulter le lendemain à Notre-Dame, je n'avais qu'à demander l'abbé Dubois.

Désespéré, je me dirigeai en pleurant vers Notre-Dame-de-Lorette, où j'allai me jeter aux pieds de l'autel de la Vierge, demandant pardon pour mes fautes. Quelque chose en moi me disait : La Vierge est morte et tes prières sont inutiles. J'allai me mettre à genoux aux dernières places du chœur, et je fis glisser de mon doigt une bague d'argent dont le chaton portait gravés ces trois mots arabes : *Allah ! Mohamed ! Ali !* Aussitôt plusieurs bougies s'allumèrent dans le chœur, et l'on commença un office auquel je tentai de m'unir en esprit. Quand on en fut à l'*Ave Maria*, le prêtre s'interrompit au milieu de l'oraison et recommença sept fois sans que je pusse retrouver dans ma mémoire les paroles suivantes. On termina ensuite la prière, et le prêtre fit un discours qui me semblait faire allusion à moi seul,

Quand tout fut éteint je me levai et je sortis, me diri-
geant vers les Champs-Élysées.

Arrivé sur la place de la Concorde, ma pensée était
de me détruire. À plusieurs reprises je me dirigeai vers
la Seine, mais quelque chose m'empêchait d'accomplir
mon dessein. Les étoiles brillaient dans le firmament.
Tout à coup il me sembla qu'elles venaient de s'éteindre
à la fois comme les bougies que j'avais vues à l'église. Je
crus que les temps étaient accomplis, et que nous tou-
chions à la fin du monde annoncée dans l'Apocalypse
de saint Jean. Je croyais voir un soleil noir dans le ciel
désert et un globe rouge de sang au-dessus des Tuileries. Je me dis : « La nuit éternelle commence, et elle va
être terrible. Que va-t-il arriver quand les hommes
s'apercevront qu'il n'y a plus de soleil ? » Je revins par la
rue Saint-Honoré, et je plaignais les paysans attardés
que je rencontrais. Arrivé vers le Louvre, je marchai jusqu'à la place, et là un spectacle étrange m'attendait. À
travers des nuages rapidement chassés par le vent, je vis
plusieurs lunes qui passaient avec une grande rapidité.
Je pensai que la terre était sortie de son orbite et qu'elle
errait dans le firmament comme un vaisseau démâté, se
rapprochant ou s'éloignant des étoiles qui grandissaient
ou diminuaient tour à tour. Pendant deux ou trois
heures, je contemplai ce désordre et je finis par me
diriger du côté des halles. Les paysans apportaient leurs
denrées, et je me disais : « Quel sera leur étonnement
en voyant que la nuit se prolonge… » Cependant les
chiens aboyaient çà et là et les coqs chantaient.

Brisé de fatigue, je rentrai chez moi et je me jetai sur
mon lit. En m'éveillant je fus étonné de revoir la
lumière. Une sorte de chœur mystérieux arriva à
mon oreille : des voix enfantines répétaient en chœur :
« *Christe ! Christe ! Christe !…* » Je pensai que l'on avait
réuni dans l'église voisine (Notre-Dame-des-Victoires)

un grand nombre d'enfants pour invoquer le Christ. —
Mais le Christ n'est plus ! me disais-je ; ils ne le savent
pas encore ! — L'invocation dura environ une heure.
Je me levai enfin et j'allai sous les galeries du Palais-
Royal. Je me dis que probablement le soleil avait
encore conservé assez de lumière pour éclairer la terre
pendant trois jours, mais qu'il usait de sa propre substance, et, en effet, je le trouvais froid et décoloré.
J'apaisai ma faim avec un petit gâteau pour me donner
la force d'aller jusqu'à la maison du poète allemand.
En entrant, je lui dis que tout était fini et qu'il fallait
nous préparer à mourir. Il appela sa femme qui me dit :
« Qu'avez-vous ? — Je ne sais, lui dis-je, je suis perdu. »
Elle envoya chercher un fiacre, et une jeune fille me
conduisit à la maison Dubois[1].

V

Là, mon mal reprit avec diverses alternatives. Au
bout d'un mois j'étais rétabli. Pendant les deux mois
qui suivirent, je repris mes pérégrinations autour de
Paris. Le plus long voyage que j'aie fait a été pour visiter la cathédrale de Reims. Peu à peu je me remis à
écrire et je composai une de mes meilleures nouvelles.
Toutefois je l'écrivis péniblement, presque toujours
au crayon, sur des feuilles détachées, suivant le hasard
de ma rêverie ou de ma promenade. Les corrections
m'agitèrent beaucoup. Peu de jours après l'avoir publiée,
je me sentis pris d'une insomnie persistante[2]. J'allais
me promener toute la nuit sur la colline de Montmartre et y voir le lever du soleil. Je causais longuement
avec les paysans et les ouvriers. Dans d'autres moments,
je me dirigeais vers les halles. Une nuit, j'allai souper
dans un café du boulevard et je m'amusai à jeter en

l'air des pièces d'or et d'argent. J'allai ensuite à la halle et je me disputai avec un inconnu, à qui je donnai un rude soufflet[1] ; je ne sais comment cela n'eut aucune suite. À une certaine heure, entendant sonner l'horloge de Saint-Eustache, je me pris à penser aux luttes des Bourguignons et des d'Armagnac, et je croyais voir s'élever autour de moi les fantômes des combattants de cette époque. Je me pris de querelle avec un facteur qui portait sur sa poitrine une plaque d'argent, et que je disais être le duc Jean de Bourgogne. Je voulais l'empêcher d'entrer dans un cabaret. Par une singularité que je ne m'explique pas, voyant que je le menaçais de mort, son visage se couvrit de larmes. Je me sentis attendri, et je le laissai passer.

Je me dirigeai vers les Tuileries, qui étaient fermées, et suivis la ligne des quais ; je montai ensuite au Luxembourg, puis je revins déjeuner avec un de mes amis. Ensuite j'allai vers Saint-Eustache, où je m'agenouillai pieusement à l'autel de la Vierge en pensant à ma mère[2]. Les pleurs que je versai détendirent mon âme, et, en sortant de l'église, j'achetai un anneau d'argent. De là j'allai rendre visite à mon père, chez lequel je laissai un bouquet de marguerites, car il était absent. J'allai de là au jardin des Plantes. Il y avait beaucoup de monde, et je restai quelque temps à regarder l'hippopotame qui se baignait dans un bassin. — J'allai ensuite visiter les galeries d'ostéologie. La vue des monstres qu'elles renferment me fit penser au déluge, et, lorsque je sortis, une averse épouvantable tombait dans le jardin. Je me dis : Quel malheur ! Toutes ces femmes, tous ces enfants vont se trouver mouillés !... Puis, je me dis : Mais c'est plus encore ! c'est le véritable déluge qui commence. L'eau s'élevait dans les rues voisines ; je descendis en courant la rue Saint-Victor, et, dans l'idée d'arrêter ce que je croyais l'inondation universelle, je

jetai à l'endroit le plus profond l'anneau que j'avais
acheté à Saint-Eustache. Vers le même moment l'orage
s'apaisa, et un rayon de soleil commença à briller.

L'espoir rentra dans mon âme. J'avais rendez-vous à
4 heures chez mon ami Georges; je me dirigeai vers sa
demeure. En passant devant un marchand de curiosités, j'achetai deux écrans de velours, couverts de figures
hiéroglyphiques. Il me sembla que c'était la consécration
du pardon des cieux. J'arrivai chez Georges à l'heure
précise et je lui confiai mon espoir. J'étais mouillé et
fatigué. Je changeai de vêtements et me couchai sur
son lit. Pendant mon sommeil, j'eus une vision merveilleuse. Il me semblait que la déesse m'apparaissait,
me disant : « Je suis la même que Marie, la même que ta
mère, la même aussi que sous toutes les formes tu as
toujours aimée. À chacune de tes épreuves j'ai quitté
l'un des masques dont je voile mes traits, et bientôt tu
me verras telle que je suis. » Un verger délicieux sortait
des nuages derrière elle, une lumière douce et péné-
trante éclairait ce paradis, et cependant je n'entendais
que sa voix, mais je me sentais plongé dans une ivresse
charmante. — Je m'éveillai peu de temps après et je dis
à Georges : « Sortons. » Pendant que nous traversions le
pont des Arts, je lui expliquai les migrations des âmes,
et je lui disais : Il me semble que ce soir j'ai en moi
l'âme de Napoléon[1] qui m'inspire et me commande de
grandes choses. — Dans la rue du Coq[2] j'achetai un
chapeau, et pendant que Georges recevait la monnaie
de la pièce d'or que j'avais jetée sur le comptoir, je
continuai ma route et j'arrivai aux galeries du Palais-
Royal.

Là il me sembla que tout le monde me regardait. Une
idée persistante s'était logée dans mon esprit, c'est qu'il
n'y avait plus de morts; je parcourais la galerie de Foy
en disant : J'ai fait une faute, et je ne pouvais découvrir

laquelle en consultant ma mémoire que je croyais être celle de Napoléon… Il y a quelque chose que je n'ai point payé par ici! J'entrai au café de Foy dans cette idée, et je crus reconnaître dans un des habitués le père Bertin des *Débats*[1]. Ensuite je traversai le jardin et je pris quelque intérêt à voir les rondes des petites filles. De là je sortis des galeries et je me dirigeai vers la rue Saint-Honoré. J'entrai dans une boutique pour acheter un cigare[2], et quand je sortis la foule était si compacte que je faillis être étouffé. Trois de mes amis me dégagèrent en répondant de moi et me firent entrer dans un café pendant que l'un d'eux allait chercher un fiacre. On me conduisit à l'hospice de la Charité.

Pendant la nuit le délire s'augmenta, surtout le matin, lorsque je m'aperçus que j'étais attaché. Je parvins à me débarrasser de la camisole de force et vers le matin je me promenai dans les salles. L'idée que j'étais devenu semblable à un Dieu et que j'avais le pouvoir de guérir me fit imposer les mains à quelques malades, et, m'approchant d'une statue de la Vierge, j'enlevai la couronne de fleurs artificielles pour appuyer le pouvoir que je me croyais. Je marchai à grands pas, parlant avec animation de l'ignorance des hommes qui croyaient pouvoir guérir avec la science seule, et voyant sur la table un flacon d'éther, je l'avalai d'une gorgée. Un interne, d'une figure que je comparais à celle des anges, voulut m'arrêter, mais la force nerveuse me soutenait, et, prêt à le renverser, je m'arrêtai, lui disant qu'il ne comprenait pas quelle était ma mission. Des médecins vinrent alors, et je continuai mes discours sur l'impuissance de leur art. Puis je descendis l'escalier, bien que n'ayant point de chaussure. Arrivé devant un parterre, j'y entrai et je cueillis des fleurs en me promenant sur le gazon.

Un de mes amis était revenu pour me chercher. Je

sortis alors du parterre, et, pendant que je lui parlais,
on me jeta sur les épaules une camisole de force, puis
on me fit monter dans un fiacre et je fus conduit à une
maison de santé située hors de Paris[1]. Je compris, en
me voyant parmi les aliénés, que tout n'avait été pour
moi qu'illusions jusque-là. Toutefois[2] les promesses
que j'attribuais à la déesse Isis me semblaient se réaliser
par une série d'épreuves que j'étais destiné à subir. Je
les acceptai donc avec résignation.

La partie de la maison où je me trouvais donnait sur
un vaste promenoir ombragé de noyers. Dans un angle
se trouvait une petite butte où l'un des prisonniers se
promenait en cercle tout le jour. D'autres se bornaient,
comme moi, à parcourir le terre-plein ou la terrasse,
bordée d'un talus de gazon. Sur un mur, situé au couchant, étaient tracées des figures dont l'une représentait
la forme de la lune avec des yeux et une bouche tracés
géométriquement ; sur cette figure on avait peint une
sorte de masque ; le mur de gauche présentait divers dessins de profil dont l'un figurait une sorte d'idole japo-
naise. Plus loin, une tête de mort était creusée dans le
plâtre ; sur la face opposée, deux pierres de taille avaient
été sculptées par quelqu'un des hôtes du jardin et représentaient de petits mascarons assez bien rendus. Deux
portes donnaient sur des caves, et je m'imaginai que
c'étaient des voies souterraines pareilles à celles que
j'avais vues à l'entrée des Pyramides.

VI

Je m'imaginai d'abord que les personnes réunies
dans ce jardin avaient toutes quelque influence sur les
astres, et que celui qui tournait sans cesse dans le
même cercle y réglait la marche du soleil. Un vieillard,

que l'on amenait à certaines heures du jour et qui faisait des nœuds en consultant sa montre, m'apparaissait
comme chargé de constater la marche des heures. Je
m'attribuai à moi-même une influence sur la marche
de la lune, et je crus que cet astre avait reçu un coup de
foudre du Tout-Puissant qui avait tracé sur sa face l'empreinte du masque que j'avais remarquée.

J'attribuais un sens mystique aux conversations des
gardiens et à celles de mes compagnons. Il me semblait
qu'ils étaient les représentants de toutes les races de la
terre et qu'il s'agissait entre nous de fixer à nouveau la
marche des astres et de donner un développement plus
grand au système. Une erreur s'était glissée, selon moi,
dans la combinaison générale des nombres, et de là
venaient tous les maux de l'humanité. Je croyais encore
que les esprits célestes avaient pris des formes humaines
et assistaient à ce congrès général, tout en paraissant
occupés de soins vulgaires. Mon rôle me semblait être
de rétablir l'harmonie universelle par art cabalistique
et de chercher une solution en évoquant les forces
occultes des diverses religions.

Outre le promenoir, nous avions encore une salle
dont les vitres rayées perpendiculairement donnaient sur
un horizon de verdure. En regardant derrière ces vitres
la ligne des bâtiments extérieurs, je voyais se découper la
façade et les fenêtres en mille pavillons ornés d'ara-
besques, et surmontés de découpures et d'aiguilles, qui
me rappelaient les kiosques impériaux bordant le Bos-
phore. Cela conduisit naturellement ma pensée aux préoccupations orientales. Vers 2 heures on me mit au bain,
et je me crus servi par les Walkyries, filles d'Odin, qui
voulaient m'élever à l'immortalité en dépouillant peu à
peu mon corps de ce qu'il avait d'impur.

Je me promenai le soir plein de sérénité aux rayons
de la lune, et en levant les yeux vers les arbres, il me

semblait que les feuilles se roulaient capricieusement
de manière à former des images de cavaliers et de
dames, portés par des chevaux caparaçonnés. C'étaient
pour moi les figures triomphantes des aïeux. Cette pensée me conduisit à celle qu'il y avait une vaste conspira-
tion de tous les êtres animés pour rétablir le monde
dans son harmonie première, et que les communications avaient lieu par le magnétisme des astres, qu'une
chaîne non interrompue liait autour de la terre les intelligences dévouées à cette communication générale,
et que les chants, les danses, les regards, aimantés de
proche en proche, traduisaient la même aspiration. La
lune était pour moi le refuge des âmes fraternelles qui,
délivrées de leurs corps mortels, travaillaient plus libre-
ment à la régénération de l'univers.

Pour moi déjà, le temps de chaque journée semblait
augmenté de deux heures ; de sorte qu'en me levant
aux heures fixées par les horloges de la maison, je ne
faisais que me promener dans l'empire des ombres. Les
compagnons qui m'entouraient me semblaient endormis et pareils aux spectres du Tartare jusqu'à l'heure
où pour moi se levait le soleil. Alors je saluais cet astre
par une prière, et ma vie réelle commençait.

Du moment que je me fus assuré de ce point que
j'étais soumis aux épreuves de l'initiation sacrée, une
force invincible entra dans mon esprit. Je me jugeais un
héros vivant sous le regard des dieux ; tout dans la nature
prenait des aspects nouveaux, et des voix secrètes sortaient de la plante, de l'arbre, des animaux, des plus
humbles insectes, pour m'avertir et m'encourager. Le
langage de mes compagnons avait des tours mystérieux
dont je comprenais le sens, les objets sans forme et sans
vie se prêtaient eux-mêmes aux calculs de mon esprit ;
— des combinaisons de cailloux, des figures d'angles,
de fentes ou d'ouvertures, des découpures de feuilles,

des couleurs, des odeurs et des sons je voyais ressortir des harmonies jusqu'alors inconnues. Comment, me disais-je, ai-je pu exister si longtemps hors de la nature et sans m'identifier à elle? Tout vit, tout agit, tout se correspond[1]; les rayons magnétiques émanés de moi-même ou des autres traversent sans obstacle la chaîne infinie des choses créées; c'est un réseau transparent qui couvre le monde, et dont les fils déliés se communiquent de proche en proche aux planètes et aux étoiles. Captif en ce moment sur la terre, je m'entretiens avec le chœur des astres, qui prend part à mes joies et à mes douleurs!

Aussitôt je frémis en songeant que ce mystère même pouvait être surpris. — Si l'électricité, me dis-je, qui est le magnétisme des corps physiques, peut subir une direction qui lui impose des lois, à plus forte raison des esprits hostiles et tyranniques peuvent asservir les intelligences et se servir de leurs forces divisées dans un but de domination. C'est ainsi que les dieux antiques ont été vaincus et asservis par des dieux nouveaux; c'est ainsi, me dis-je encore, en consultant mes souvenirs du monde ancien, que les nécromants dominaient des peuples entiers, dont les générations se succédaient captives sous leur sceptre éternel. Ô malheur! la Mort elle-même ne peut les affranchir! car nous revivons dans nos fils comme nous avons vécu dans nos pères, — et la science impitoyable de nos ennemis sait nous reconnaître partout. L'heure de notre naissance, le point de la terre où nous paraissons, le premier geste, le nom, la chambre, — et toutes ces consécrations, et tous ces rites qu'on nous impose, tout cela établit une série heureuse ou fatale d'où l'avenir dépend tout entier. Mais si déjà cela est terrible selon les seuls calculs humains, comprenez ce que cela doit être en se rattachant aux formules mystérieuses qui établissent

l'ordre des mondes. On l'a dit justement : rien n'est
indifférent, rien n'est impuissant dans l'univers ; un
atome peut tout dissoudre, un atome peut tout sauver !
Ô terreur ! voilà l'éternelle distinction du bon et du
mauvais. Mon âme est-elle la molécule indestructible,
le globule qu'un peu d'air gonfle, mais qui retrouve sa
place dans la nature, ou ce vide même, image du néant
qui disparaît dans l'immensité ? Serait-elle encore la
parcelle fatale destinée à subir, sous toutes ses transformations, les vengeances des êtres puissants ? Je me vis
amené ainsi à me demander compte de ma vie, et même
de mes existences antérieures. En me prouvant que
j'étais bon, je me prouvai que j'avais dû toujours l'être.
Et si j'ai été mauvais, me dis-je, ma vie actuelle ne sera-
t-elle pas une suffisante expiation ? Cette pensée me ras-
sura, mais ne m'ôta pas la crainte d'être à jamais classé
parmi les malheureux. Je me sentais plongé dans une
eau froide, et une eau plus froide encore ruisselait sur
mon front. Je reportai ma pensée à l'éternelle Isis, la
mère et l'épouse sacrée ; toutes mes aspirations, toutes
mes prières se confondaient dans ce nom magique, je
me sentais revivre en elle, et parfois elle m'apparaissait
sous la figure de la Vénus antique, parfois aussi sous les
traits de la Vierge des chrétiens. La nuit me ramena
plus distinctement cette apparition chérie, et pourtant
je me disais : Que peut-elle, vaincue, opprimée peut-
être, pour ses pauvres enfants ? Pâle et déchiré, le crois-
sant de la lune s'amincissait tous les soirs et allait bientôt
disparaître ; peut-être ne devions-nous plus le revoir au
ciel ! Cependant il me semblait que cet astre était le
refuge de toutes les âmes sœurs de la mienne, et je le
voyais peuplé d'ombres plaintives destinées à renaître
un jour sur la terre…

Ma chambre est à l'extrémité d'un corridor habité
d'un côté par les fous, et de l'autre par les domestiques

de la maison[1]. Elle a seule le privilège d'une fenêtre, percée du côté de la cour, plantée d'arbres, qui sert de promenoir pendant la journée. Mes regards s'arrêtent avec plaisir sur un noyer touffu et sur deux mûriers de la Chine. Au-dessus, l'on aperçoit vaguement une rue assez fréquentée, à travers des treillages peints en vert. Au couchant, l'horizon s'élargit ; c'est comme un hameau aux fenêtres revêtues de verdure ou embarrassées de cages, de loques qui sèchent, et d'où l'on voit sortir par instant quelque profil de jeune ou vieille ménagère, quelque tête rose d'enfant. On crie, on chante, on rit aux éclats ; c'est gai ou triste à entendre, selon les heures et selon les impressions.

J'ai trouvé là tous les débris de mes diverses fortunes, les restes confus de plusieurs mobiliers dispersés ou revendus depuis vingt ans. C'est un capharnaüm comme celui du docteur Faust. Une table antique à trépied aux têtes d'aigle, une console soutenue par un sphinx ailé, une commode du XVIIe siècle, une bibliothèque du XVIIIe, un lit du même temps, dont le baldaquin, à ciel ovale, est revêtu de lampas rouge (mais on n'a pu dresser ce dernier) ; une étagère rustique chargée de faïences et de porcelaines de Sèvres, assez endommagées la plupart ; un narguilé rapporté de Constantinople, une grande coupe d'albâtre, un vase de cristal ; des panneaux de boiseries provenant de la démolition d'une vieille maison que j'avais habitée sur l'emplacement du Louvre, et couverts de peintures mythologiques exécutées par des amis aujourd'hui célèbres[2] ; deux grandes toiles dans le goût de Prud'hon, représentant la Muse de l'histoire et celle de la comédie. Je me suis plu pendant quelques jours à ranger tout cela, à créer dans la mansarde étroite un ensemble bizarre qui tient du palais et de la chaumière, et qui résume assez bien mon existence errante. J'ai suspendu au-dessus de mon lit

mes vêtements arabes, mes deux cachemires indus-
trieusement reprisés, une gourde de pèlerin, un car-
nier de chasse. Au-dessus de la bibliothèque s'étale un
vaste plan du Caire ; une console de bambou, dressée à
mon chevet, supporte un plateau de l'Inde vernissé où
je puis disposer mes ustensiles de toilette. J'ai retrouvé
avec joie ces humbles restes de mes années alternatives
de fortune et de misère, où se rattachaient tous les souvenirs de ma vie. On avait seulement mis à part un petit
tableau sur cuivre, dans le goût du Corrège, représentant *Vénus et l'Amour*, des trumeaux de chasseresses
et de satyres, et une flèche que j'avais conservée en
mémoire des compagnies de l'arc du Valois[1], dont
j'avais fait partie dans ma jeunesse ; les armes étaient
vendues depuis les lois nouvelles. En somme, je retrouvais là à peu près tout ce que j'avais possédé en dernier
lieu. Mes livres, amas bizarre de la science de tous les
temps, histoire, voyages, religions, cabale, astrologie, à
réjouir les ombres de Pic de La Mirandole, du sage
Meursius et de Nicolas de Cusa, — la tour de Babel en
deux cents volumes, — on m'avait laissé tout cela ! Il y
avait de quoi rendre fou un sage ; tâchons qu'il y ait
aussi de quoi rendre sage un fou[2].

Avec quelles délices j'ai pu classer dans mes tiroirs
l'amas de mes notes et de mes correspondances intimes
ou publiques, obscures ou illustres, comme les a faites
le hasard des rencontres ou des pays lointains que j'ai
parcourus. Dans des rouleaux mieux enveloppés que
les autres, je retrouve des lettres arabes, des reliques
du Caire et de Stamboul. Ô bonheur ! ô tristesse mor-
telle ! ces caractères jaunis, ces brouillons effacés, ces
lettres à demi froissées, c'est le trésor de mon seul
amour... Relisons... Bien des lettres manquent, bien
d'autres sont déchirées ou raturées ; voici ce que je
retrouve[3] :

. . . .

Une nuit, je parlais et chantais dans une sorte d'extase. Un des servants de la maison vint me chercher dans ma cellule et me fit descendre à une chambre du rez-de-chaussée, où il m'enferma. Je continuais mon rêve, et quoique debout, je me croyais enfermé dans une sorte de kiosque oriental. J'en sondai tous les angles et je vis qu'il était octogone. Un divan régnait autour des murs, et il me semblait que ces derniers étaient formés d'une glace épaisse, au-delà de laquelle je voyais briller des trésors, des châles et des tapisseries. Un paysage éclairé par la lune m'apparaissait au travers des treillages de la porte, et il me semblait reconnaître la figure des troncs d'arbres et des rochers. J'avais déjà séjourné là dans quelque autre existence, et je croyais reconnaître les profondes grottes d'Ellorah [1]. Peu à peu un jour bleuâtre pénétra dans le kiosque et y fit apparaître des images bizarres. Je crus alors me trouver au milieu d'un vaste charnier où l'histoire universelle était écrite en traits de sang. Le corps d'une femme gigantesque était peint en face de moi, seulement ses diverses parties étaient tranchées comme par le sabre ; d'autres femmes de races diverses et dont les corps dominaient de plus en plus, présentaient sur les autres murs un fouillis sanglant de membres et de têtes, depuis les impératrices et les reines jusqu'aux plus humbles paysans. C'était l'histoire de tous les crimes, et il suffisait de fixer les yeux sur tel ou tel point pour voir s'y dessiner une représentation tragique. — Voilà, me disais-je, ce qu'a produit la puissance déférée aux hommes. Ils ont peu à peu détruit et tranché en mille morceaux le type éternel de la beauté, si bien que les races perdent de plus en force et perfection... Et je voyais, en effet, sur une ligne d'ombre qui se faufilait par un des jours de la porte, la génération descendante des races de l'avenir.

Je fus enfin arraché à cette sombre contemplation.
La figure bonne et compatissante de mon excellent
médecin[1] me rendit au monde des vivants. Il me fit
assister à un spectacle qui m'intéressa vivement. Parmi
les malades se trouvait un jeune homme, ancien soldat
d'Afrique, qui depuis six semaines se refusait à prendre
de la nourriture. Au moyen d'un long tuyau de caout-
chouc introduit dans son estomac, on lui faisait avaler
des substances liquides et nutritives. Du reste il ne pouvait ni voir ni parler et rien n'indiquait qu'il pût
entendre[2].

Ce spectacle m'impressionna vivement. Abandonné
jusque-là au cercle monotone de mes sensations ou de
mes souffrances morales, je rencontrais un être indéfi-
nissable, taciturne et patient, assis comme un sphinx aux
portes suprêmes de l'existence. Je me pris à l'aimer à
cause de son malheur et de son abandon, et je me sentis relevé par cette sympathie et par cette pitié. Il me
semblait, placé ainsi entre la mort et la vie, comme un
interprète sublime, comme un confesseur prédestiné à
entendre ces secrets de l'âme que la parole n'oserait
transmettre ou ne réussirait pas à rendre. C'était l'oreille
de Dieu sans le mélange de la pensée d'un autre. Je passais des heures entières à m'examiner mentalement, la
tête penchée sur la sienne et lui tenant les mains. Il me
semblait qu'un certain magnétisme réunissait nos deux
esprits, et je me sentis ravi quand la première fois une
parole sortit de sa bouche. On n'en voulait rien croire,
et j'attribuais à mon ardente volonté ce commencement
de guérison. Cette nuit-là j'eus un rêve délicieux, le premier depuis bien longtemps. J'étais dans une tour, si
profonde du côté de la terre et si haute du côté du ciel,
que toute mon existence semblait devoir se consumer à
monter et descendre. Déjà mes forces s'étaient épuisées,
et j'allais manquer de courage, quand une porte latérale

vint à s'ouvrir ; un esprit se présente et me dit : « Viens, frère !... » Je ne sais pourquoi il me vint à l'idée qu'il s'appelait Saturnin. Il avait les traits du pauvre malade, mais transfigurés et intelligents. Nous étions dans une campagne éclairée des feux des étoiles ; nous nous arrêtâmes à contempler ce spectacle, et l'esprit étendit sa main sur mon front comme je l'avais fait la veille en cherchant à magnétiser mon compagnon ; aussitôt une des étoiles que je voyais au ciel se mit à grandir, et la divinité de mes rêves m'apparut souriante, dans un costume presque indien, telle que je l'avais vue autrefois. Elle marcha entre nous deux, et les prés verdissaient, les fleurs et les feuillages s'élevaient de terre sur la trace de ses pas... Elle me dit : « L'épreuve à laquelle tu étais soumis est venue à son terme ; ces escaliers sans nombre, que tu te fatiguais à descendre ou à gravir, étaient les liens mêmes des anciennes illusions qui embarrassaient ta pensée, et maintenant rappelle-toi le jour où tu as imploré la Vierge sainte et où, la croyant morte, le délire s'est emparé de ton esprit. Il fallait que ton vœu lui fût porté par une âme simple et dégagée des liens de la terre. Celle-là s'est rencontrée près de toi, et c'est pourquoi il m'est permis à moi-même de venir et de t'encourager. » La joie que ce rêve répandit dans mon esprit me procura un réveil délicieux. Le jour commençait à poindre. Je voulus avoir un signe matériel de l'apparition qui m'avait consolé, et j'écrivis sur le mur ces mots : « Tu m'as visité cette nuit. »

J'inscris ici, sous le titre de *Mémorables*[1], les impressions de plusieurs rêves qui suivirent celui que je viens de rapporter.

. . . .

Sur un pic élancé de l'Auvergne a retenti la chanson des pâtres. *Pauvre Marie!* reine des cieux! c'est à toi qu'ils s'adressent pieusement. Cette mélodie rustique a frappé l'oreille des corybantes. Ils sortent en chantant à leur tour des grottes secrètes où l'amour leur fit des abris. — Hosannah! paix à la terre et gloire aux cieux!

Sur les montagnes de l'Hymalaya, une petite fleur est née : — Ne m'oubliez pas! — Le regard chatoyant d'une étoile s'est fixé un instant sur elle et une réponse s'est fait entendre dans un doux langage étranger. — *Myosotis!*

Une perle d'argent brillait dans le sable; une perle d'or étincelait au ciel... Le monde était créé. Chastes amours, divins soupirs! enflammez la sainte montagne... car vous avez des frères dans les vallées et des sœurs timides qui se dérobent au sein des bois!

Bosquets embaumés de Paphos, vous ne valez pas ces retraites où l'on respire à pleins poumons l'air vivifiant de la patrie. — «Là haut, sur les montagnes, le monde y vit content; le Rossignol sauvage fait mon contentement!»

Oh! que ma grande amie est belle! Elle est si grande qu'elle pardonne au monde, — et si bonne qu'elle m'a pardonné. L'autre nuit, elle était couchée je ne sais dans quel palais et je ne pouvais la rejoindre. Mon cheval alezan-brûlé se dérobait sous moi. Les rênes brisées flottaient sur sa croupe en sueur et il me fallut de grands efforts pour l'empêcher de se coucher à terre.

Cette nuit, le bon Saturnin m'est venu en aide, et ma grande amie a pris place à mes côtés sur sa cavale blanche caparaçonnée d'argent. Elle m'a dit : «Courage, frère! car c'est la dernière étape.» Et ses grands yeux dévoraient l'espace, et elle faisait voler dans l'air sa longue chevelure, imprégnée des parfums de l'Yémen.

Je reconnus les traits divins de ***. Nous volions au triomphe et nos ennemis étaient à nos pieds. La huppe messagère nous guidait au plus haut des cieux, et l'arc de lumière éclatait dans les mains divines d'Apollon. Le cor enchanté d'Adonis résonnait à travers les bois.

« Ô Mort où est ta victoire ? » puisque le Messie vainqueur chevauchait entre nous deux ! sa robe était d'hyacinthe soufrée et ses poignets ainsi que les chevilles de ses pieds étincelaient de diamants et de rubis. Quand sa houssine légère toucha la porte de nacre de la Jérusalem nouvelle, nous fûmes tous les trois inondés de lumière. C'est alors que je suis descendu parmi les hommes pour leur annoncer l'heureuse nouvelle.

Je sors d'un rêve bien doux : j'ai revu celle que j'avais aimée transfigurée et radieuse. Le ciel s'est ouvert dans toute sa gloire, et j'y ai lu le mot *pardon* signé du sang de Jésus-Christ.

Une étoile a brillé tout à coup et m'a révélé le secret du monde et des mondes. Hosannah ! paix à la terre et gloire aux cieux !

Du sein des ténèbres muettes deux notes ont résonné, l'une grave, l'autre aiguë, — et l'orbe éternel s'est mis à tourner aussitôt. Sois bénie, ô première octave qui commenças l'hymne divin ! Du dimanche au dimanche enlace tous les jours dans ton réseau magique. Les monts te chantent aux vallées, les sources aux rivières, les rivières aux fleuves et les fleuves à l'Océan ; l'air vibre, et la lumière brise harmonieusement les fleurs naissantes. Un soupir, un frisson d'amour sort du sein gonflé de la terre, et le chœur des astres se déroule dans l'infini ; il s'écarte et revient sur lui-même, se resserre et s'épanouit, et sème au loin les germes des créations nouvelles.

Sur la cime d'un mont bleuâtre une petite fleur est née. — Ne m'oubliez pas ! — Le regard chatoyant d'une étoile s'est fixé un instant sur elle, et une réponse s'est fait entendre dans un doux langage étranger. — *Myosotis !*

Malheur à toi, dieu du Nord, — qui brisas d'un coup de marteau la sainte table composée des sept métaux les plus précieux ! car tu n'as pu briser la *Perle rose* qui reposait au centre. Elle a rebondi sous le fer, — et voici que nous nous sommes armés pour elle... Hosannah !

Le *macrocosme*, ou grand monde, a été construit par art cabalistique ; le *microcosme*, ou petit monde, est son image réfléchie dans tous les cœurs. La Perle rose a été teinte du sang royal des Walkyries. Malheur à toi, dieu-forgeron, qui as voulu briser un monde !

Cependant le pardon du Christ a été aussi prononcé pour toi !

Sois donc béni toi-même, ô Thor, le géant, — le plus puissant des fils d'Odin ! Sois béni dans Héla, ta mère, car souvent le trépas est doux, — et dans ton frère Loki, et dans ton chien Garnur !

Le serpent qui entoure le Monde est béni lui-même, car il relâche ses anneaux, et sa gueule béante aspire la fleur d'anxoka, la fleur soufrée, — la fleur éclatante du soleil !

Que Dieu préserve le divin Balder, le fils d'Odin, et Freya la belle !

———————————————

. . . .

Je me trouvais *en esprit* à Saardam, que j'ai visitée l'année dernière. La neige couvrait la terre. Une toute petite fille marchait en glissant sur la terre durcie et se dirigeait, je crois, vers la maison de Pierre le Grand. Son profil majestueux avait quelque chose de bourbonnien. Son cou, d'une éclatante blancheur, sortait à demi d'une palatine de plumes de cygne. De sa petite main rose elle préservait du vent une lampe allumée et allait frapper à la porte verte de la maison, lorsqu'une chatte maigre qui en sortait s'embarrassa dans ses jambes et la fit tomber. — Tiens! ce n'est qu'un chat! dit la petite fille en se relevant. — Un chat, c'est quelque chose! répondit une voix douce. J'étais présent à cette scène, et je portais sur mon bras un petit chat gris qui se mit à miauler. — C'est l'enfant de cette vieille fée! dit la petite fille. Et elle entra dans la maison.

Cette nuit mon rêve s'est transporté d'abord à Vienne. — On sait que sur chacune des places de cette ville sont élevées de grandes colonnes qu'on appelle *pardons*. Des nuages de marbre s'accumulent en figurant l'ordre salomonique et supportent des globes où président assises des divinités. Tout à coup, ô merveille! je me mis à songer à cette auguste sœur de l'empereur de Russie, dont j'ai vu le palais impérial à Weimar. — Une mélancolie pleine de douceur me fit voir les brumes colorées d'un paysage de Norvège éclairé d'un jour gris et doux. Les nuages devinrent transparents, et je vis se creuser devant moi un abîme profond où s'engouffraient tumultueusement les flots de la Baltique glacée. Il semblait que le fleuve entier de la Néva, aux eaux bleues, dût s'engloutir dans cette fissure du globe. Les vaisseaux de Cronstadt et de Saint-Pétersbourg s'agitaient sur leurs ancres, prêts à se détacher et à disparaître dans le gouffre, quand une lumière divine éclaira d'en haut cette scène de désolation.

Sous le vif rayon qui perçait la brume, je vis apparaître aussitôt le rocher qui supporte la statue de Pierre le Grand. Au-dessus de ce solide piédestal vinrent se grouper des nuages qui s'élevaient jusqu'au zénith. Ils étaient chargés de figures radieuses et divines, parmi lesquelles on distinguait les deux Catherine et l'impé-

ratrice sainte Hélène, accompagnées des plus belles
princesses de Moscovie et de Pologne. Leurs doux
regards, dirigés vers la France, rapprochaient l'espace
au moyen de longs télescopes de cristal. Je vis par là
que notre patrie devenait l'arbitre de la querelle orientale, et qu'elles en attendaient la solution. Mon rêve se
termina par le doux espoir que la paix nous serait enfin
donnée.

C'est ainsi que je m'encourageais à une audacieuse
tentative. Je résolus de fixer le rêve et d'en connaître le
secret. Pourquoi, me dis-je, ne point enfin forcer ces
portes mystiques, armé de toute ma volonté, et dominer
mes sensations au lieu de les subir[1] ? N'est-il pas possible
de dompter cette chimère attrayante et redoutable,
d'imposer une règle à ces esprits des nuits qui se jouent
de notre raison ? Le sommeil occupe le tiers de notre
vie. Il est la consolation des peines de nos journées ou la
peine de leurs plaisirs ; mais je n'ai jamais éprouvé que
le sommeil fût un repos. Après un engourdissement de
quelques minutes une vie nouvelle commence, affran-
chie des conditions du temps et de l'espace, et pareille
sans doute à celle qui nous attend après la mort. Qui
sait s'il n'existe pas un lien entre ces deux existences et
s'il n'est pas possible à l'âme de le nouer dès à présent ?

De ce moment je m'appliquais à chercher le sens de
mes rêves, et cette inquiétude influa sur mes réflexions
de l'état de veille. Je crus comprendre qu'il existait
entre le monde externe et le monde interne un lien ;
que l'inattention ou le désordre d'esprit en faussaient
seuls les rapports apparents, — et qu'ainsi s'expliquait
la bizarrerie de certains tableaux, semblables à ces
reflets grimaçants d'objets réels qui s'agitent sur l'eau
troublée.

Telles étaient les inspirations de mes nuits ; mes journées se passaient doucement dans la compagnie des

pauvres malades, dont je m'étais fait des amis. La conscience que désormais j'étais purifié des fautes de ma vie passée me donnait des jouissances morales infinies ; la certitude de l'immortalité et de la coexistence de toutes les personnes que j'avais aimées m'était arrivée matériellement, pour ainsi dire, et je bénissais l'âme fraternelle qui, du sein du désespoir, m'avait fait rentrer dans les voies lumineuses de la religion.

Le pauvre garçon de qui la vie intelligente s'était si singulièrement retirée recevait des soins qui triomphaient peu à peu de sa torpeur. Ayant appris qu'il était né à la campagne, je passais des heures entières à lui chanter d'anciennes chansons de village, auxquelles je cherchais à donner l'expression la plus touchante. J'eus le bonheur de voir qu'il les entendait et qu'il répétait certaines parties de ces chants[1]. Un jour, enfin, il ouvrit les yeux un seul instant, et je vis qu'ils étaient bleus comme ceux de l'esprit qui m'était apparu en rêve. Un matin, à quelques jours de là, il tint ses yeux grands ouverts et ne les ferma plus. Il se mit aussitôt à parler, mais seulement par intervalle, et me reconnut, me tutoyant et m'appelant frère. Cependant il ne voulait pas davantage se résoudre à manger. Un jour, revenant du jardin, il me dit : « J'ai soif. » J'allai lui chercher à boire ; le verre toucha ses lèvres sans qu'il pût avaler. « Pourquoi, lui dis-je, ne veux-tu pas manger et boire comme les autres ? — C'est que je suis mort, dit-il ; j'ai été enterré dans tel cimetière, à telle place... — Et maintenant où crois-tu être ? — En purgatoire, j'accomplis mon expiation. »

Telles sont les idées bizarres que donnent ces sortes de maladies ; je reconnus en moi-même que je n'avais pas été loin d'une si étrange persuasion. Les soins que j'avais reçus m'avaient déjà rendu à l'affection de ma famille et de mes amis, et je pouvais juger plus sainement le monde d'illusions où j'avais quelque temps vécu. Toutefois, je me sens heureux des convictions que j'ai acquises, et je compare cette série d'épreuves que j'ai traversées à ce qui, pour les anciens, représentait l'idée d'une descente aux enfers[1].

ANNEXES

ANNEXES

AMOURS DE VIENNE

LA PANDORA

Philis ! reprends tes traits,
Viens t'égarer dans les forêts¹ !

I. LES TROIS FEMMES

Représente-toi une grande cheminée de marbre sculpté. Les cheminées sont rares à Vienne, et n'existent guère que dans les palais. Les fauteuils et les divans ont des pieds dorés. Autour de la salle il y a des consoles dorées ; et les lambris... ma foi, il y a aussi des lambris dorés. La chose est complète, comme tu vois.

Devant cette cheminée, trois dames charmantes sont assises : l'une est de Vienne ; les deux autres sont, l'une italienne, l'autre anglaise. L'une des trois est la maîtresse de la maison. Des hommes qui sont là, deux sont comtes, un autre est un prince hongrois, un autre est un ministre, et les autres sont des jeunes gens *pleins d'avenir*. Les dames ont parmi eux des maris et des amants avoués, connus ; mais tu sais que les amants passent en général à l'état de maris, c'est-à-dire ne comptent plus comme individualité masculine. Cette remarque est très forte, songes-y bien.

Ton ami se trouve donc seul d'homme dans cette société à bien juger sa position ; la maîtresse de la maison mise à part (cela doit être), ton ami a donc des chances de fixer l'attention des deux dames qui restent, et même il a peu de mérite à cela par les raisons que je viens d'exposer.

Ton ami a dîné confortablement ; il a bu des vins de France et de Hongrie, pris du café et de la liqueur ; il est bien mis, son linge est d'une finesse exquise, ses cheveux sont soyeux et frisés très légèrement ; ton ami fait du paradoxe, ce qui est usé depuis dix ans chez nous, et ce qui est ici tout neuf. Les seigneurs étrangers ne sont pas de force à lutter sur ce bon terrain que nous avons tant remué. Ton ami flamboie et pétille ; on le touche, il en sort du feu.

Voilà un jeune homme bien posé ; il plaît prodigieusement aux dames ; les hommes sont très charmés aussi. Les gens de ce pays sont si bons ! Ton ami passe donc pour un causeur agréable. On se plaint qu'il parle peu ; mais quand il s'échauffe, il est très bien !

Je te dirai que des deux dames il en est une qui me plaît beaucoup, et l'autre beaucoup aussi. Toutefois l'Anglaise a un petit parler si doux, elle est si bien assise dans son fauteuil ; de beaux cheveux blonds à reflets rouges, la peau si blanche ; de la soie, de la ouate et des tulles, des perles et des opales ; on ne sait pas trop ce qu'il y a au milieu de tout cela, mais c'est si bien arrangé !

C'est là un genre de beauté et de charme que je commence à présent à comprendre ; je vieillis. Si bien que me voilà à m'occuper toute la soirée de cette jolie femme dans son fauteuil. L'autre paraissait s'amuser beaucoup dans la conversation d'un monsieur d'un certain âge qui semble fort épris d'elle et dans les conditions d'un *patito* tudesque, ce qui n'est pas réjouissant. Je causais avec la petite dame bleue ; je lui témoignais avec feu mon admiration pour les cheveux et le teint des blondes. Voici l'autre, qui nous écoutait d'une oreille, qui quitte brusquement la conversation de son soupirant et se mêle à la nôtre. Je veux tourner la question. Elle avait tout entendu. Je me hâte d'établir une distinction pour les brunes qui ont la peau blanche : elle me répond que la sienne est noire... de sorte que voilà ton ami réduit aux exceptions, aux conventions, aux protestations. Alors je pensais avoir beaucoup déplu à la dame brune. J'en étais fâché, parce qu'après tout elle est fort belle et fort majestueuse dans sa robe blanche, et ressemble à la Grisi dans le premier acte de *Don Juan*[1]. Ce souvenir m'avait servi, du reste, à rajuster un peu les choses. Deux jours après, je me rencontre au Casino avec l'un des comtes qui étaient là ; nous allons par occasion dîner ensemble, puis au spectacle. Nous nous lions comme cela. La conversation tombe sur les deux dames dont j'ai parlé plus haut ; il me propose de me présenter à l'une d'elles : la noire. J'objecte ma maladresse précédente. Il me dit qu'au contraire cela avait très bien fait. Cet homme est profond.

II. MARIA-HILF

Voilà ce que j'écrivais il y a treize ans. Remontons cette voie de douleurs et de félicités trompeuse[2]. — J'ai vu dans mon enfance un spectacle singulier. Un homme se présenta sur un théâtre et dit au public :

Voici douze fusils : je prie douze dames de la société de vouloir bien les charger à poudre et d'ajouter à la charge leurs alliances d'or, que j'accueillerai toutes les douze sur la pointe de mon épée. — Cela se fit ainsi : Douze dames tirèrent au cœur de cet homme et les bagues s'enfilèrent toutes par la pointe de son épée noire.

À ce spectacle succédèrent des apparitions fantastiques, images des dieux souterrains[1]. La salle était tendue de rouge et des rosaces de diamants noirs éclataient aux regards des ombres.

Ô Vienne, la bien gardée ! rocher d'amour des paladins ! tu ne possèdes pas la coupe bénie du *Saint-Graal* mystique, mais le *Stock-eisen* des braves compagnons. Ta montagne d'aimant attire invinciblement les pointes des épées, et le Magyar jaloux, le Bohême intrépide, le Lombard généreux mourraient pour te défendre aux pieds divins de Mariahilf.

Je n'ai pu moi-même planter le clou symbolique dans le tronc chargé de fer posé à l'entrée du Graben à la porte d'un bijoutier, mais j'ai versé mon sang et mes larmes le long des places et des rues, sur les bastions et dans les allées, le long des terrasses de l'Augarten et des bosquets fleuris du Prater. J'ai attendri de mes chants d'amour les biches timides et les faucons privés. J'ai pleuré devant les statues sur les rampes gazonnées de Schönbrunn, j'ai placé là mon frère et ma mère et ma grande aïeule Maria Térésa[2] !... *Maria hilf !* Maria hilf !

[III. SOPHIE]

Ce sont tes beaux yeux, auguste archiduchesse, dont j'aimais tant l'image, peinte sur une enseigne de magasin. Tu me rappelais l'autre..., rêve de mes jeunes amours, pour qui j'ai si souvent franchi l'espace qui séparait mon toit natal de la ville des Stuarts ! J'allais à pied, traversant plaines et bois, rêvant à la Diane valoise qui protège les Médicis ; et, quand, au-dessus des maisons du Pecq et du pavillon d'Henri IV, j'apercevais les tours de brique, cordonnées d'ardoises, alors je traversais la Seine, qui languit et se replie autour de ses îles, et je m'engageais dans les ruines solennelles du vieux château de Saint-Germain. L'aspect ténébreux des hauts portiques, où plane la souris chauve, où fuit le lézard, où bondit le chevreau qui broute les vertes acanthes, me remplissait de joie et d'amour. Puis, quand j'avais gagné le plateau de la montagne, fût-ce à travers le vent et l'orage, quel bonheur encore d'apercevoir, au-delà des maisons, la côte bleuâtre de Mareil, avec son église où reposent les cendres du vieux seigneur de Monteynard !

Un nouvel amour se dessine déjà sur la trame variée des deux autres
— Adieu, forêt de Saint-Germain, bois de Marly, chères solitudes! —
Adieu aussi, ville enfumée qui t'appelais Lutèce et que le doux nom
d'Aurélie remplit encore de ses clartés — *Amor y Roma*! palladium
sacré, reste à jamais inscrit sur la tombe d'Arthémis. Je suis du sang
d'Hector et j'échappe encore une fois: *Æneadum genitrix hominum
divumque voluptas*[1]…

IV. LA KATHI

Il faisait très froid à Vienne la veille de la Saint-Sylvestre, et je me plaisais beaucoup dans le boudoir de la Pandora. Sa lettre pour Munich
n'avançait guère, et les délicieuses pattes de mouche de son écriture
s'entremêlaient follement avec je ne sais quels arpèges mystérieux
qu'elle tirait par instant de la boîte de son clavecin. « Tiens, c'est un
petit prêtre! » dit-elle en m'embrassant tout à coup, et elle me mit à la
porte en me disant : « À demain, à ce soir! »

Cette parole me remplit de terreur et je me dirigeai tout pensif vers
le palais du prince Dietrichstein, où j'avais un ami. J'allai le voir dans sa
chambre, pendant que Berioz s'exerçait sur la chanterelle où vibrait
encore l'accent suprême de Malibran. Mon ami Alexandre W*** se
trouvait couché sur un lit de douleur[2]. Il avait voulu descendre en traî-
neau, la veille, la côte rapide qui conduit au parc, et il s'était brisé le
poignet au tronc d'un hêtre qui se trouva sur son chemin : « Tu veux
encore de l'argent, dit-il d'une voix affaiblie. Tiens, voilà deux écus
d'Autriche; ménage-les bien et ne les jette pas aux vierges folles. Tu
diras à la belle Rosa que tu m'as vu souffrir pour elle — et si tu la rencontres au Volks[garten], tâche de les garder intacts jusqu'à demain,
car c'est le grand jour. »

Je traversai les glacis couverts de neige, et je rentrai à Leopoldstadt,
où je demeurais chez des blanchisseuses. J'y trouvai une lettre qui me
rappelait que je devais participer à une brillante représentation où
assisterait une partie de la Cour et de la diplomatie. Il s'agissait de
jouer des charades. Je pris mon rôle avec humeur, car je ne l'avais
guère étudié. La Kathi vint me voir, souriante et parée, *bionda grassota*,
comme toujours, et me dit des choses charmantes dans son patois
mélangé de morave et de vénitien. Je ne sais trop quelle fleur elle portait à son corsage, et je voulus l'obtenir de son amitié. Elle me dit d'un
ton que je ne lui avais pas connu encore :

« Jamais pour moins de *zehn Gulden-Conventionsmünze* (de dix florins
en monnaie de convention) ! »

Je fis semblant de ne pas comprendre. Elle s'en alla furieuse, et me dit qu'elle irait trouver son vieux baron, qui lui donnerait de plus riches étrennes.

Me voilà libre. Je descends le faubourg en étudiant mon rôle, que je tenais à la main, Je rencontrai Wahby la Bohême, qui m'adressa un regard languissant et plein de reproches. Je sentis le besoin d'aller dîner à la Porte-Rouge, et je m'inondai l'estomac d'un tokay rouge à trois kreutzers le verre, dont j'arrosai des côtelettes grillées, du *wurschell* et un entremets d'escargots.

Les boutiques, illuminées, regorgeaient de visiteuses, et mille fanfreluches, bamboches et poupées de Nuremberg grimaçaient aux étalages, accompagnées d'un concert enfantin de tambours de basque et de trompettes de fer-blanc.

«Diable de conseiller intime de sucre candi!» m'écriai-je en souvenir d'Hoffmann.

Et je descendis rapidement les degrés usés de la taverne des *Chasseurs*. On chantait la *Revue nocturne* du poête Zedlitz. La grande ombre de l'empereur planait sur l'assemblée joyeuse, et je fredonnais en moi-même :

Ô Richard!...

Une fille charmante m'apporta un verre de *Bayerisch Bier*, et je n'osai l'embrasser parce que je songeais au rendez-vous du lendemain.

Je ne pouvais tenir en place. J'échappai à la joie tumultueuse de la taverne, et j'allai prendre mon café au Graben. En traversant la place Saint-Étienne, je fus reconnu par une bonne vieille décrotteuse, qui me cria, selon son habitude : «Sacré n.. de D...!» seuls mots français qu'elle eût retenus de l'invasion impériale.

Cela me fit songer à la représentation du soir ; car, autrement, je serais allé m'incruster dans quelque stalle du théâtre de la porte de Carinthie, où j'avais l'usage d'admirer beaucoup mademoiselle Lutzer. Je me fis cirer, car la neige avait fort détérioré ma chaussure.

Une bonne tasse de café me remit en état de me présenter au palais. Les rues étaient pleines de Lombards, de Bohêmes et de Hongrois en costumes. Les diamants, les rubis et les opales étincelaient sur leur poitrine, et la plupart se dirigeaient vers la *Burg*, pour aller offrir leurs hommages à la famille impériale.

Je n'osai me mêler à cette foule éclatante ; mais le souvenir chéri de l'autre... me protégea encore contre les charmes de l'artificieuse Pandora.

[V. LA PANDORA]

On me fit remarquer au palais de France que j'étais fort en retard.
La Pandora dépitée s'amusait à faire faire l'exercice à un vieux baron
et à un jeune prince grotesquement vêtu en étudiant de carnaval. Ce
jeune *renard* avait dérobé à l'office une chandelle des six dont il s'était
fait un poignard. Il menaçait les tyrans en déclamant des vers de tragédie et en invoquant l'ombre de Schiller. Pour tuer le temps, on avait
imaginé de jouer des charades *à l'impromptu*. Le mot de la première
était *Maréchal*. Mon premier est *Marée*. — Vatel, sous les traits d'un
jeune attaché d'ambassade, prononçait un soliloque avant de se plonger dans le cœur la pointe de son épée de gala. Ensuite, un aimable
ambassadeur rendait visite à la dame de ses pensers. Il avait un quatrain
à la main et laissait percer la frange d'un schall dans la poche de son
habit. — Assez, suspends! (sur ce *pan*) disait la maligne Pandora en
tirant à elle le cachemire vrai-Biétry, qui se prétendait *tissu* de Golconde. Elle dansa ensuite le pas du schall avec une négligence ado-
rable. Puis la troisième scène commença, et l'on vit apparaître un
illustre *Maréchal* coiffé du chapeau historique.

L'histoire de ce chapeau nous mènerait trop loin. Qu'on se contente
de savoir qu'il n'avait de pareil que celui de mon ami Honoré de Balzac. C'étaient les deux chapeaux les plus gras de l'Europe et peut-être
du monde entier. Aristote en eût fait le sujet d'une addition à son
fameux chapitre[1], s'il avait pu les prévoir.

Mais taisons-nous : la tombe est le sceau du mystère[2] !

comme a dit le troisième chapeau gras.

On commença ensuite une autre charade dont le mot était *Mandarin*. — Cela commençait par un *mandat*, qu'on me fit signer, et où j'inscrivis le nom glorieux de Macaire (Robert), baron des Adrets, époux
en secondes noces de la trop sensible Éloa. Je fus très applaudi dans
cette bouffonnerie. Le second terme de la charade était *Rhin*. On
chanta les vers d'Alfred de Musset. Le tout amena naturellement l'apparition d'un véritable *Mandarin* drapé d'un cachemire, qui, les jambes
croisées, fumait paresseusement son houka. Ce rôle était majestueusement rempli par Briffaut[3]. Il fallut encore que la séduisante Pandora
nous jouât un tour de sa façon. Elle apparut en costume des plus
légers, avec un caraco blanc brodé de grenats et une robe volante
d'étoffe écossaise. Ses cheveux nattés en forme de lyre se dressaient sur
sa tête brune ainsi que deux cornes majestueuses. Elle chanta comme
une ange la romance de Déjazet : Je suis Tching-Ka!...

On frappa enfin les trois coups pour le proverbe intitulé *Madame Sorbet*. Je parus en comédien de province, comme le *Destin* dans le *Roman comique*. Ma froide *Étoile* s'aperçut que je ne savais pas un mot de mon rôle et prit plaisir à m'embrouiller. Le sourire glacé des Pairs et des archiduchesses accueillit mes débuts et me remplit d'épouvante. En vain le marquis de Sainte-Aulaire[1] s'exténuait à me souffler les belles phrases perlées de Monsieur Théodore Leclerc, je fis manquer la représentation.

De colère, je renversai le paravent qui figurait un salon de campagne. — Quel scandale! — Je m'enfuis du salon à toutes jambes, renversant le long des escaliers des foules d'huissiers à chaînes d'argent et d'heiduques galonnés et, m'attachant *des pattes de cerf*, j'allai me réfugier honteusement dans la taverne des Chasseurs.

Là je demandai un pot de vin nouveau, que je mélangeai d'un pot de vin vieux, et j'écrivis à la déesse une lettre de quatre pages d'un style abracadabrant. — Je lui rappelai les souffrances de Prométhée quand il mit au jour une créature aussi dépravée qu'elle. Je critiquai sa boîte à malice et son ajustement de bayadère. J'osai même m'attaquer à ses pieds de serpents rouges, que je voyais passer insidieusement sous sa robe comme d'énormes serpentins gonflés du sang des hommes. — Puis j'allai porter la lettre à l'hôtel de Frankfurt où elle demeurait.

VI. MEMORABILIA[2]

Sur quoi je retournai à mon petit logement de Leopoldstadt, où je ne pus dormir de la nuit. Je la voyais dansant toujours avec deux cornes d'argent ciselé, agitant sa tête empanachée et faisant onduler son col de dentelles gaufrées sur les plis de sa robe de brocart.

Qu'elle était belle en ses ajustements de soie et de pourpre levantine, faisant luire insolemment ses blanches épaules huilées de la sueur du monde. Je la domptai en m'attachant désespérément à ses cornes impériales et je reconnus en elle l'altière Mante, impératrice de toutes les Russies. J'étais moi le prince de Ligne, — et elle ne fit pas de difficultés de m'accorder la Crimée, ainsi que l'emplacement de l'ancien temple de Thoas. — Je me trouvai tout à coup moelleusement assis sur le trône de Stamboul[3].

«Malheureuse! lui dis-je, nous sommes perdus par ta faute — et le monde va finir! Ne sens-tu pas qu'on ne peut plus respirer ici? L'air est infecté de tes poisons et la dernière chandelle qui nous éclaire encore, tremble et pâlit déjà au souffle impur de nos haleines... De l'air! De l'air!... Nous périssons.

— Mon Seigneur, cria-t-elle, nous n'avons à vivre que sept mille ans. Cela fait encore mil-cent quarante…

— Septante-sept mille ! lui dis-je, et des millions d'années en plus ; tes nécromants se sont trompés !… »

Alors elle s'élança, rajeunie, des oripeaux qui la couvraient, et son vol se perdit dans le ciel pourpré du lit à colonnes. Mon esprit flottant voulut en vain la suivre. — Elle était perdue pour l'éternité.

J'étais en train d'avaler quelques pépins de grenade. Une sensation douloureuse succéda dans ma gorge à cette distraction. Je me trouvai étranglé. On exposa ma tête à la porte du sérail et j'étais mort tout de bon, si un perroquet, passant à tire d'aile, n'eût avalé quelques-uns des pépins que j'avais rejetés.

Il me transporta à Rome sous les berceaux fleuris de la treille du Vatican, où la belle Impéria trônait à la table sacrée, entourée d'un conclave de cardinaux. À l'aspect des plats d'or je me sentis revivre, et je lui dis : « Je te reconnais bien, Jésabel ! » — Puis un craquement se fit dans la salle. C'était l'annonce du *Déluge*, opéra en 3 actes. — Il me sembla alors que mon esprit perçait la terre, et traversant à la nage les bancs de corail de l'Océanie et la mer pourprée des tropiques, je me trouvai jeté sur la rive ombragée de l'île des amours. C'était la plage de Taïti. Trois jeunes filles m'entouraient et me faisaient peu à peu revenir. Je leur adressai la parole. Elles avaient oublié la langue des hommes : « Salut mes sœurs du Ciel », leur dis-je en souriant.

VII. DEUX MOTS

Je me jetai hors du lit comme un fou — il faisait grand jour ; il fallait attendre jusqu'à midi pour aller savoir l'effet de ma lettre. La Pandora dormait encore quand j'arrivai chez elle. Elle bondit de joie et me dit : « Allons au Prater, je vais m'habiller. » Pendant que je l'attendais dans son salon, le prince étudiant frappa à la porte et me dit qu'il revenait du château. Je l'avais cru dans ses terres. — Il me parla longtemps de sa force à l'épée et de certaines rapières dont les étudiants du Nord se servent dans leurs duels. Nous nous escrimions dans l'air quand notre double Étoile apparut. Ce fut alors à qui ne sortirait pas du salon. — Ils se mirent à parler dans une langue que j'ignorais ; mais je ne lâchai pas un pouce de terrain. Nous descendîmes l'escalier tous trois ensemble, et le prince nous accompagna jusqu'à l'entrée du Kohlmarkt.

« Vous avez fait de belles choses, me dit-elle ; voilà l'Allemagne à feu pour un siècle. »

Je l'accompagnai chez un marchand de musique et, pendant qu'elle feuilletait des albums, je vis accourir le vieux marquis en uniforme de magyar, mais sans bonnet, qui s'écriait :

« Ces deux étourdis vont se tuer pour l'amour de vous. »

Je brisai cette conversation ridicule en faisant avancer un fiacre. La Pandora donna l'ordre de toucher à Dorothée-gasse, chez sa modiste. Elle y resta enfermée une heure. Puis elle dit en sortant :

« Je ne suis entourée à Vienne que de maladroits.

— Et moi ? observai-je humblement.

— Oh ! vous, vous avez le numéro un.

— Merci », répliquai-je.

Je parlai confusément du Prater, mais le vent avait changé. Il fallut la ramener à son hôtel et mes deux écus d'Autriche furent à peine suffisants pour payer le fiacre.

De rage, j'allai me renfermer chez moi où j'eus la fièvre. Le lendemain matin, je reçus un billet de répétition qui m'enjoignait d'apprendre un rôle pour jouer dans la pièce intitulée *Deux mots dans la forêt*[1]. Je me gardai bien de me soumettre à cette nouvelle humiliation et je repartis pour Salzbourg, où j'allai réfléchir amèrement dans l'ancienne maison de Mozart, habitée aujourd'hui par un chocolatier.

La trompeuse Pandora n'avait pas daigné même ouvrir la boîte fatale d'où tous les maux se répandirent sur la terre et je repris loin d'elle la course agitée d'une vie consacrée désormais à l'humilité.

                                                        G. de N.

FRAGMENTS MANUSCRITS
LIÉS À *PROMENADES ET SOUVENIRS*

[PARIS-MORTEFONTAINE]

Gloire aux tentes de Cédar et aux tabernacles de Sion[2] ! j'ai reconnu ma patrie du Ciel... Les voix de mes sœurs étaient douces et la parole de ma Mère résonnait comme un pur cristal. Elle n'avait plus l'accent irrité d'autrefois, lorsque je fus précipité de l'Olympe pour avoir désobéi au Seigneur. Longtemps je roulai dans l'espace, poursuivi des imprécations railleuses de mes frères et de mes sœurs et j'allai tomber d'un vol lourd dans les étangs de Châllepont. Les oiseaux de marais m'entourèrent, se disant entre eux : quel est donc cet oiseau bizarre ? Ses plumes sont un duvet jaune et son bec se recourbe comme celui de l'aigle... Que nous veut cet inconnu, qui n'a point d'autels ni de patrie ? Comme les cygnes de Norvège, il chante un pays inconnu et des cieux qui nous sont fermés !

Cependant c'est au milieu d'eux, parmi les verts bocages et les forêts ombreuses, que j'ai pu grandir en liberté. Muses de Morfontaine et d'Ermenonville, avez-vous retenu mes chants ? Parfois vos folles chasseresses m'ont visé d'un trait mal ajusté. J'ai laissé tomber les plus belles de mes plumes sur l'azur nacré de vos lacs, sur le courant de vos rivières. La Nonette, l'Oise et la Thève furent les témoins de mes jeux bruyants ; j'ai compté vos granits altiers, vos solitudes abritées, vos manoirs et vos tourelles — et ces noirs clochers qui se dressent vers le ciel comme des aiguilles d'ossements..

SYDONIE

Dans les intervalles de nos études, j'allais parfois m'asseoir à la table hospitalière d'une famille du pays. Les beaux yeux et la douce voix de Sydonie m'y retenaient parfois jusque fort avant dans la nuit. Souvent je me levais dès l'aube et je l'accompagnais soit à [Carriè]re-sous-Bois, soit à Mareil me chargeant avec joie des légers fardeaux qu'on lui remettait. Un jour, c'était en carnaval, nous étions chez sa vieille tante à Carrière ; elle eut la fantaisie de me faire vêtir les habits de noces de son oncle et s'habilla elle-même avec la robe à falbalas de la tante. Nous regagnâmes Saint-Germain ainsi accoutrés. La terrasse était couverte de neige, mais nous ne songions guère au froid et nous chantions des airs du pays.

Tout le monde voulait nous embrasser ; seulement au pied du pavillon d'Henry IV, nous rencontrâmes trois visages sévères. C'était une bonne tante et deux de ses amies. Je voulus m'esquiver, mais il était trop tard et je ne pus échapper à une verte réprimande. Le carlin lui-même ne me reconnaissait plus et s'unissait en aboyant à cette mercuriale trop méritée. Le soir nous parûmes au bal du théâtre avec grand éclat. Ô tendres souvenirs des aïeux ! brillants costumes profanés dans une nuit de folie, que vous m'avez coûté de larmes ! L'ingrate Sophie[1] elle-même trahit son jeune cavalier pour un garde du corps de la compagnie de Grammont.

[ÉMERANCE]

Quand on quitte Paris transfiguré par ses constructions nouvelles, on trouve sans doute un certain charme à revoir une ville où rien n'a changé. Je n'abuserai pas de cette impression toute personnelle. La cathédrale, l'église Saint-Pierre, les tours romaines, Saint-Vincent ont des aspects qui me sont chers, mais ce que j'aime surtout c'est la physionomie calme des rues, l'aspect des petits intérieurs empreints déjà d'une grâce flamande, la beauté des jeunes filles dont la voix est pure et vibrante, dont les gestes ont de l'harmonie et de la dignité. Il y a là une sorte d'esprit citadin qui tient au rang qu'occupait autrefois la ville et peut-être à ce que les familles ne s'unissent guère qu'entre elles. Beaucoup portent avec fierté des noms bourgeois célèbres dans les sièges et dans les combats de Senlis.

Au bas de la rue de la Préfecture est une maison devant laquelle je n'ai pu passer sans émotion. Des touffes de houblon et de vigne vierge s'élancent au-dessus du mur ; une porte à claire-voie permet de jeter un coup d'œil sur une cour cultivée en jardin dans sa plus grande partie, qui conduit à un vestibule et à un salon placés au rez-de-chaussée. Là demeurait une belle fille blonde qui s'appelait Émerance. Elle était couturière et vivait avec sa mère, bonne femme qui l'avait beaucoup gâtée et une sœur aînée qu'elle aimait peu, je n'ai jamais su pourquoi. J'étais reçu dans la maison par suite de relations d'affaires qu'avait la mère avec une de mes tantes, et tous les soirs pendant longtemps, j'allais chercher la jeune fille pour la conduire soit aux promenades situées

Un rayon de soleil est venu découper nettement la merveilleuse architecture de la cathédrale — mais ce n'est plus le temps des descriptions gothiques, j'aime mieux ne jeter qu'un coup d'œil aux frêles sculptures de la porte latérale qui correspond au prieuré. — Que j'ai vu là de jolies filles autrefois ! L'organiste avait établi tout auprès une classe de chant, et quand les demoiselles en sortaient le soir, les plus jeunes s'arrêtaient pour jouer et chanter sur la place. J'en connaissais une grande, nommée Émerance, qui restait aussi pour surveiller sa petite sœur. J'étais plus jeune qu'elle et elle ne voyait pas d'inconvénient à ce que je l'accompagnasse dans la ville et dans les promenades, d'autant que je n'étais alors qu'un collégien en vacances chez une de mes tantes. — Je n'oublierai jamais le charme de ces soirées. Il y a sur la place un puits surmonté d'une haute armature de fer ; Émerance s'asseyait d'ordinaire sur une pierre basse et se mettait à chanter, ou bien elle organisait les chœurs des petites filles et se mêlait à leurs danses. Il y avait des moments où sa voix était si tendre, où elle-même s'inspirait tellement de quelque ballade langoureuse du pays que nous nous serrions les mains avec une émotion indicible. J'osais quelquefois l'embrasser sur le col, qu'elle avait si blanc, que c'était là une tentation bien naturelle ; quelquefois elle s'en défendait et se levait d'un air fâché.

J'avais à cette époque la tête tellement pleine de romans à teinte germanique, que je conçus pour elle la passion la plus insensée ; ce qui me piquait surtout c'est qu'elle avait l'air de me regarder comme un enfant peu compromettant sans doute. L'année suivante, je fis tout pour me donner un air d'homme et je parus avec des moustaches, ce qui était encore assez nouveau dans la province pour un jeune homme de l'ordre civil.

Je fis part en outre à Émerance du projet que j'avais…

FRAGMENTS MANUSCRITS D'*AURÉLIA*

Ce fut en 1840 que commença[1] pour moi cette — *Vita nuova*. — Je me trouvais à Bruxelles, où je demeurais rue Brûlée, près le grand marché. J'allais ordinairement dîner, Montagne de la Cour, chez une belle dame de mes amies, puis je me rendais au théâtre de la Monnaie où j'avais mes entrées comme auteur. Là je m'enivrais du plaisir de revoir une charmante cantatrice que j'avais connue à Paris et qui tenait à Bruxelles les premiers rôles d'opéra[2]. Parfois une autre belle dame[3] me faisait signe de sa loge aux places d'orchestre où j'étais et je montais près d'elle. Nous causions de la cantatrice, dont elle aimait le talent. Elle était bonne et indulgente pour cette ancienne passion parisienne et presque toujours j'étais admis à la reconduire jusques chez elle à la porte de Schaerbeek.

Un soir on m'invita à une séance de magnétisme. Pour la première fois je voyais une somnambule. C'était le jour même où avait lieu à Paris le convoi de Napoléon[4]. La somnambule décrivit tous les détails de la cérémonie, tels que nous les lûmes le lendemain dans les journaux de Paris. Seulement elle ajouta qu'au moment où le corps de Napoléon était entré triomphalement aux invalides, son âme s'était échappée du cercueil et, prenant son vol vers le Nord, était venue se reposer sur la plaine de Waterloo.

Cette grande idée me frappa, ainsi que les personnes qui étaient présentes à la séance et parmi lesquelles on distinguait Mgr l'Évêque de Malines. — À deux jours de là il y avait un brillant concert à la Salle de la Grande Harmonie. Deux reines y assistaient. La reine du chant était celle que je nommerai désormais Aurélie[5]. La seconde était la reine de Belgique, non moins belle et plus jeune. Elles étaient coiffées de même et portaient à la nuque, derrière leurs cheveux tressés, la résille d'or des Médicis.

Cette soirée me laissa une vive impression. Dès lors je ne songeai plus qu'à retourner à Paris, espérant me faire charger d'une mission qui me mettrait plus en lumière à mon retour dans les Flandres.

Pendant six semaines, à mon retour, je me livrai à des travaux constants sur certaines questions commerciales que j'étudiais guidé par les conseils du ministre de l'Instruction publique qui était alors M. Villemain[1]. J'allais arriver au but de mes démarches, lorsque la préoccupation assidue que j'apportais à mes travaux me communiqua une certaine exaltation dont je fus le dernier à m'apercevoir. Dans les cafés, chez mes amis, dans les rues, je tenais de longs discours sur toute matière — *de omni re scibili et quibusdam aliis*, à l'instar de Pic de La Mirandole. Pendant trois jours j'accumulai tous les matériaux d'un système sur les affinités de race, sur le pouvoir des Nombres, sur les Harmonies des couleurs, que je développais avec quelque éloquence et dont beaucoup de mes amis furent frappés.

J'avais l'usage d'aller le soir boire de la bière au café Le Peletier, puis je remontais le faubourg jusqu'à la rue de Navarin où je demeurais alors. Un soir vers minuit, j'eus une hallucination. L'heure sonnait, lorsque passant devant le numéro 37 de la rue Notre-Dame-de-Lorette, je vis sur le seuil de la maison une femme encore jeune dont l'aspect me frappa de surprise. Elle avait la figure blême et les yeux caves ; — je me dis : « C'est la Mort. » Je rentrai me coucher avec l'idée que le monde allait finir.

Cependant à mon réveil il faisait jour ; je me rassurai un peu et passai la journée à voir mes amis[2].

Le soir je me rendis à mon café habituel où je causai longtemps de peinture et de musique avec mes amis Paul *** et Auguste ***[3]. Minuit sonna. — C'était pour moi l'heure fatale ; cependant je songeai que l'horloge du ciel pourrait bien ne pas correspondre avec celles de la terre. Je dis à Paul que j'allais partir et me diriger vers l'Orient, ma patrie. Il m'accompagna jusqu'au carrefour Cadet. Là, me trouvant au confluent de plusieurs rues je m'arrêtai incertain et m'assis sur une borne au coin de la rue Coquenard. Paul déploya en vain une force surhumaine pour me faire changer de place. Je me sentais cloué, — Il finit par m'abandonner vers 1 heure du matin, et me voyant seul j'appelai à mon secours mes deux amis Théophile et Alphonse[4], que je vis de profil et comme des ombres. Un grand nombre de voitures chargées de masques passaient et repassaient, car c'était une nuit de carnaval. J'en examinais curieusement les numéros, me livrant à un calcul mystérieux de nombres. Enfin au-dessus de la rue Hauteville, je vis se lever une étoile rouge entourée d'un cercle bleuâtre. — Je crus reconnaître l'étoile lointaine de Saturne et me levant avec effort je me dirigeai de ce côté.

J'entonnai dès lors je ne sais quel hymne mystérieux qui me remplis-

sait d'une joie ineffable. En même temps je quittais mes habits terrestres et je les dispersais autour de moi. Arrivé au milieu de la rue je
me vis entouré d'une patrouille de soldats. Je me sentais doué d'une
force surhumaine et il semblait que je n'eusse qu'à étendre les mains
pour renverser à terre les pauvres soldats comme on couche les crins
d'une toison. Je ne voulus pas déployer cette force magnétique et je me
laissai conduire sans résistance[1].

On me coucha sur un lit de camp pendant que mes vêtements
séchaient sur le poêle. J'eus alors une vision. Le ciel s'ouvrit devant mes
yeux comme une Gloire et les divinités antiques m'apparurent. Au-delà
de leur ciel éblouissant je vis resplendir les sept cieux de Brahma. Le
matin mit fin à ce rêve.

De nouveaux soldats remplacèrent ceux qui m'avaient recueilli. Ils
me mirent *au violon* avec un singulier individu arrêté dans la même
nuit et qui paraissait ignorer même son nom.

Des amis vinrent me chercher et l'état de vision continua toujours.
La seule différence de la veille au sommeil était que, dans la première,
tout se transfigurait à mes yeux ; chaque personne qui m'approchait
semblait changée, les objets matériels avaient une pénombre qui en
modifiait la forme, et les jeux de la lumière, les combinaisons de couleurs se décomposaient de manière à m'entretenir dans une série
constante d'impressions qui se liaient entre elles et dont le rêve, plus
dégagé des éléments extérieurs, continuait la probabilité.

Je me crus d'abord dans une maison située sur les bords du Rhin. Un
rayon de soleil traversait gaiement des contrevents verts que festonnait la
vigne. — On me dit : « Vous avez été transporté chez vos parents. Ne tar-
dez pas à vous lever car ils vous attendent. » Il y avait une horloge rustique
accrochée au mur et sur cette horloge un oiseau qui se mit à parler.

Pendant trois jours je dormis d'un sommeil profond rarement interrompu par les rêves. Une femme vêtue de noir apparaissait devant mon
lit et il me semblait qu'elle avait les yeux caves. Seulement au fond de
ces *[sic]* orbites vides il me sembla voir sourdre des larmes brillantes
comme des diamants. Cette femme était pour moi le spectre de ma
mère, morte en Silésie. — Un jour on me transporta au bain. L'écume
blanche qui surnageait me paraissait former des figures de blazon et j'y
distinguais toujours trois enfants percés d'un pal, lesquels bientôt se
transformaient en trois merlettes. C'étaient probablement les armes de
Lorraine.

Je crus comprendre que j'étais l'un des trois enfants de mon nom,
traités ainsi par les Tartares lors de la prise de nos châteaux. C'était au
bord de la Dwina glacée. — Mon esprit se transporta bientôt sur un
autre point de l'Europe, aux bords de la Dordogne, où trois châteaux

pareils avaient été rebâtis. Leur ange tutélaire était toujours la dame noire, qui dès lors avait repris sa carnation blanche, ses yeux étincelants et était vêtue d'une robe d'hermine, tandis qu'une palatine de cygne couvrait ses blanches épaules[1]...

Ce fut alors que j'eus un rêve singulier. — Je vis d'abord se dérouler comme un immense tableau mouvant la généalogie des rois et des Empereurs français, — puis le tronc féodal s'écroula baigné de sang. Je suivis dans tous les pays de la Terre les traces de la prédication de l'évangile. Partout en Afrique, en Asie, en Europe, il semblait qu'une vigne immense étendît ses surgeons autour de la terre. Les dernières pousses s'arrêtèrent au pays d'Élisabeth de Hongrie. — Çà et là d'immenses ossuaires étaient construits avec les ossements des Martyrs. Genkiskan, Tamerlan et les empereurs de Rome en avaient couvert le monde. Je criai longtemps, invoquant ma mère sous tous les noms donnés aux divinités antiques[2]. —

En ouvrant les yeux je me trouvai dans une chambre assez gaie. Une horloge était suspendue au mur et au-dessus de cette horloge était une corneille, qui me sembla douée du secret de l'avenir.

En fermant les yeux je me vis transporté sur les bords du Rhin au château de Johannisberg. Je me dis : voici mon oncle Frédéric[3] qui m'invite à sa table. Le soleil couchant inondait de ses rayons la splendide salle où il me reçut[4]. Il me sembla, pendant la nuit, que je me trouvais précipité dans un abyme qui traversait la terre. En sortant de l'autre côté du monde j'abordai dans une île riante où un vieillard travaillait au pied d'une vigne. Il me dit : «Tes frères t'attendent pour souper.» Je sentis alors que je descendais vers le centre de la terre. Mon corps était emporté sans souffrance par un courant de vif argent qui me transporta jusqu'au cœur de la planète. Je vis alors distinctement les veines et les artères de métal fondu qui en animaient toutes les parties. Notre réunion occupait une vaste salle où était servi un festin splendide. Les patriarches de la Bible et les reines de l'Orient occupaient les principales places. Salomon et la Reine de Saba présidaient l'assemblée, couverts des plus belles parures de l'Asie. Je me sentis plein d'une douce sympathie et d'un juste orgueil en reconnaissant les traits divins de ma famille. On m'apprit que j'étais destiné à retourner sur la terre et je les embrassai tous en pleurant.

À mon réveil je fus enchanté d'entendre répéter de vieux airs du village où j'avais été élevé. Le jeune garçon qui me veillait les chantait d'une voix touchante et l'aspect seul des grilles put me convaincre que je n'étais pas au village dans la maison de mon vieil oncle, qui avait été si bon pour moi ! — Ô souvenirs cruels et doux, vous étiez pour moi le retour à une vie paisible et régénérée. L'amour renaissait dans mon âme et venait tout embellir autour de moi.

Plusieurs amis vinrent me voir dans la matinée ; je me promenai avec eux dans le jardin, en leur racontant mes épreuves. L'un d'eux me dit en pleurant : « N'est-ce pas que c'est vrai qu'il y a un Dieu ? » Je lui en donnai l'assurance et nous nous embrassâmes dans une douce effusion [1].

De cette époque date une série de jours plus calme. Après une légère rechute, j'avais été transporté dans la maison de santé de Montmartre [2].

Plus calme, au milieu de mes sœurs d'infortune qui traçaient sur le sable ou sur le papier des hiéroglyphes que je croyais voir se rapporter à mes idées, j'ai essayé de retracer l'image de la divinité de mes rêves. — Sur une feuille de papier imprégnée du suc des plantes j'avais représenté la Reine du Midi [3], telle que je l'ai vue dans mes rêves, telle qu'elle a été dépeinte dans l'Apocalypse de l'apôtre saint Jean. — Elle est couronnée d'étoiles et coiffée d'un turban où éclatent les couleurs de l'arc-en-ciel. Sa figure aux traits placides est de teinte olivâtre, son nez a la courbure du bec de l'épervier. Un collier de perles roses entoure son col, et derrière ses épaules s'arrondit un col de dentelles gaufrées. Sa robe est couleur d'hyacinthe et l'un de ses pieds est posé sur un pont ; l'autre s'appuie sur une roue. — L'une de ses mains est posée sur le roc le plus élevé des montagnes de l'Yémen, l'autre dirigée vers le ciel balance la fleur d'*anxoka*, que les profanes appellent *fleur du feu*. Le serpent céleste ouvre sa gueule pour la saisir, mais une seule graine ornée d'une aigrette lumineuse s'engloutit dans le gouffre ouvert. Le signe du Bélier apparaît deux fois sur l'orbe céleste, où comme en un miroir se réfléchit la figure de la Reine, qui prend les traits de Sainte Rosalie [4]. Couronnée d'étoiles, elle apparaît prête à sauver le monde. Les constellations célestes l'environnent de leurs clartés.

Sur le pic le plus élevé des montagnes d'Yémen on distingue une cage dont le treillis se découpe sur le ciel. Un oiseau merveilleux y chante ; — c'est le talisman des âges nouveaux. Léviathan, aux ailes noires, vole lourdement à l'entour. Au-delà de la mer s'élève un autre pic, sur lequel est inscrit ce nom : *Mérovée* [5]. De ces deux points qui sont les antiques villes de Saba formant l'extrémité du détroit de Babel-Mandel [6], on voit sourdre et se répartir sur toute la terre les deux races, blanche en Asie, noire en Afrique, d'où sont issus les Francs et les Gallas [7]. Pour les premiers, la reine s'appelle *Balkis* [8], et pour les autres *Makéda*, c'est-à-dire la grande.

Les fils d'Abraham et de Cethura qui remontent à Énoch par Héber et Joctan forment la race sainte des princes de Saba. Leur capitale est Axum en Abyssinie. Les fils de Mérovia se dirigent vers l'Asie, apparaissent à la guerre de Troie, puis vaincus par les dieux du Péloponnèse s'enfoncent dans les brumes des monts Cimmériens. C'est ainsi qu'en traversant la Cythie et la Germanie ils viennent au-delà du Rhin jeter les bases d'un puissant empire. Sous les noms de Scandinaves et de Normans ils étendent leurs conquêtes jusqu'à la lointaine Thulé, où gît le trésor des Nibelungen, gardé par les fils du Dragon. Deux chevaliers guidés par les sœurs Walkyries découvrent le trésor et le transportent en Bourgogne. Du sein de la paix naît le germe d'une lutte de plusieurs siècles car Brunhild et Chriemhield ces deux sœurs fatales sacrifieront à leur orgueil les peuples puissants sur lesquels elles règnent. Siegfried est frappé traîtreusement à la chasse et reçoit le fer en la seule place de son corps que n'a point teintée le sang du Dragon. Brunhild devient par vengeance l'épouse d'Attila, le farouche roi des Huns. — Cachez-moi cette scène sanglante où les Bourguignons et les Huns s'attaquent à coups d'épée à la suite d'un festin de réconciliation. Tout périt autour de la reine. Mais un page l'a vengée en se glissant derrière le meurtrier de son époux. — Ici la scène change et la framée de Charles Martel disperse à Poitiers les escadrons des Sarrazins. L'Empire de Charlemagne se lève à l'Occident et ses aigles victorieuses couvrent bientôt l'Allemagne et l'Italie. Malheur à toi, Didier roi des Lombards, qui du haut de ta tour signales l'approche du conquérant, en criant : Que de fer ! grand Dieu que de fer ! La Table ronde s'est peuplée de nouveaux chevaliers et le cycle romanesque d'Artus vient se fondre harmonieusement dans le cycle de Charlemagne. — Ô toi, la belle des belles, Reine Ginèvra, que te servent les charmes et les paroles dorées de ton chevalier Lancelot. Tu dois abaisser ton orgueil aux pieds de Griseldis, la fille d'un humble charbonnier !

L'Occident armé tient un pacte avec l'Orient. Charlemagne et Haroun-al-Reschid se sont tendu la main au-dessus des têtes de leurs peuples interdits. — De nouveaux dieux surgissent des brumes colorées de l'Orient... Mélusine s'adresse à Merlin l'enchanteur et le retient dans un palais splendide que les Ondines ont bâti sur les bords du Rhin. Cependant les douze pairs qui ont marché à la conquête du Saint Graal l'appellent à leur secours du fond des déserts de Syrie. Ce n'est qu'au son plaintif du cor d'ivoire de Roland que Merlin s'arrache aux enchantements de la Fée. Pendant ce temps Viviane tient Charlemagne captif aux bords du lac d'Aix-la-Chapelle. Le vieil empereur ne se réveillera plus. Captif comme Barberousse et Richard, il laissera se démembrer son vaste empire dont Lothaire dispute à ses frères le plus précieux lambeau[1].

DOSSIER

CHRONOLOGIE

1808-1855

1808. 22 mai : naissance à Paris de Gérard Labrunie, fils d'Étienne Labrunie et de Marie-Antoinette-Marguerite Laurent. Gérard est mis en nourrice à Loisy dans le Valois. Il est élevé à Mortefontaine chez son grand-oncle maternel, Antoine Boucher. Son père, médecin militaire de la Grande Armée, sert en Allemagne et en Autriche, accompagné de sa femme.

> Goethe, *Faust.*

1810. Mort de la mère de Gérard en Silésie, à Gross-Glogau.

> Mme de Staël, *De l'Allemagne.*

1814. Retour d'Allemagne du Docteur Labrunie.

> Schubert, *Marguerite au rouet.*
> Ingres, *La Grande Odalisque.*

1820. Mort d'Antoine Boucher.

> Lamartine, *Méditations poétiques.*

1822-1826. Gérard est élève au collège Charlemagne, où il rencontre Théophile Gautier.

> Hugo, *Odes et Ballades* (1822) ; *Han d'Islande* (1823). Stendhal, *Racine et Shakespeare* (1823).
> Delacroix, *La Barque de Dante* (1822) ; *Les Massacres de Scio* (1824).

1826. Gérard publie un recueil d'*Élégies nationales* intitulé *Napoléon et la France guerrière.*

> Alfred de Vigny, *Cinq-Mars.*
> Delacroix, *La Grèce expirant sur les ruines de Missolonghi.*

1827. Publication du *Faust, tragédie de Goethe, nouvelle traduction complète en prose et en vers.*

> Hugo, *Cromwell.* Stendhal, *Armance.*
> Delacroix, *La Mort de Sardanapale.*
> Schubert, *Le Voyage d'hiver.*

1829. Gérard collabore au *Mercure de France au dix-neuvième siècle* où il publie des traductions de poètes allemands (Körner, Schubart, Bürger, Goethe).

Hugo, *Les Orientales*. Balzac, *Les Chouans*. Jules Janin, *L'Âne mort et la Femme guillotinée*. Mérimée, *Chronique du règne de Charles IX*.

Berlioz utilise la traduction de Gérard pour ses *Huit scènes de « Faust »*.

1830. Publication, dans la « Bibliothèque choisie », des *Poésies allemandes. Klopstock, Goethe, Schiller, Bürger. Morceaux choisis et traduits par M. Gérard* (février) ; puis du *Choix des poésies de Ronsard, Du Bellay, Baïf, Belleau, Dubartas, Chassignet, Desportes, Régnier ; précédé d'une introduction par M. Gérard* (octobre).

Gérard participe à la bataille d'*Hernani* avec les amis de Hugo.

Hugo, *Hernani*. Nodier, *Histoire du roi de Bohême*. Stendhal, *Le Rouge et le noir*.

1831. À la suite d'un tapage nocturne, Gérard passe une nuit à la prison de Sainte-Pélagie.

Premières « Odelettes » dans l'*Almanach des Muses*.

Gérard fréquente le Petit Cénacle réuni dans l'atelier du sculpteur Jehan Duseigneur, rue de Vaugirard, et le salon de Nodier à l'Arsenal.

Hugo, *Notre-Dame de Paris ; Les Feuilles d'automne*. Balzac, *La Peau de chagrin*. Dumas, *Antony*.

Delacroix, *La Liberté guidant le peuple*.

1832. Février : après le complot légitimiste de la rue des Prouvaires, Gérard est mis en prison à Sainte-Pélagie.

Mars : épidémie de choléra. Gérard aurait aidé son père à soigner les victimes.

En septembre paraît, dans *Le Cabinet de lecture*, « La Main de gloire, histoire macaronique », qui entrera dans les *Contes et facéties* en 1852.

Nodier, *La Fée aux miettes*. Vigny, *Stello*.

1834. Mort du grand-père maternel, Pierre-Charles Laurent, dont Gérard hérite.

Voyage dans le sud de la France et en Italie.

Musset, *On ne badine pas avec l'amour ; Lorenzaccio*. Sainte-Beuve, *Volupté*.

Delacroix, *Femmes d'Alger*.

1835. Création de la revue *Le Monde dramatique* par Gérard et Anatole Bouchardy. C'est l'époque de la bohème du Doyenné, avec Théophile Gautier, Arsène Houssaye, Célestin Nanteuil, Édouard Ourliac, Camille Rogier, etc.

Deuxième édition du *Faust* traduit par Gérard.

Balzac, *Le Père Goriot ; Séraphîta*. Gautier, *Mademoiselle de Maupin*. Hugo, *Les Chants du crépuscule*. Musset, *Les Nuits*. Vigny, *Chatterton*. Lamartine, *Voyage en Orient*.

1836. Faillite du *Monde dramatique*, dans lequel Gérard a englouti la plus grande partie de son héritage. Nerval est désormais obligé de vivre de sa plume.

Voyage en Belgique en compagnie de Gautier.

Gérard collabore au *Carrousel*.

Dans *Le Figaro* du 15 décembre, on peut lire une annonce pour un texte sur «Le Canard de Vaucanson» par «Gérard de Nerval»: il s'agit de la première attestation du pseudonyme «Gérard de Nerval». Le nom vient du clos de Nerval, près de Mortefontaine, où certains des parents maternels de Gérard sont ensevelis; c'est en même temps l'anagramme du nom de sa mère, Laurent.

Balzac, *Le Lys dans la vallée*. Lamartine, *Jocelyn*. Musset, *La Confession d'un enfant du siècle*.

1837. Collaboration à *La Charte de 1830*. Début de la collaboration à *La Presse*. Nerval commence une carrière de critique dramatique, qui le conduira, jusqu'en 1851, à rendre compte de la vie des théâtres.

Création de *Piquillo* à l'Opéra-Comique (en collaboration avec Dumas; musique de Monpou; l'interprète principale est la cantatrice Jenny Colon.

Balzac, *Illusions perdues* (1ʳᵉ partie). Hugo, *Les Voix intérieures*.

1838. Jenny Colon épouse le flûtiste Leplus.

D'août à septembre, Nerval voyage en Allemagne avec Dumas. Début de la collaboration de Gérard au *Messager*.

Hugo, *Ruy Blas*.

1839. Créations, en avril, de *L'Alchimiste* (en collaboration avec Dumas) au théâtre de la Renaissance; et de *Léo Burckart* (en collaboration avec Dumas) au théâtre de la Porte-Saint-Martin. Rédaction d'un scénario en trois actes intitulé *La Forêt-Noire*. Publication d'une nouvelle intitulée *Le Fort de Bitche. Souvenir de la Révolution française*, qui entrera, sous le titre d'*Émilie*, dans *Les Filles du feu* en 1854. Publication d'un «intermède» intitulé *Les Deux Rendez-vous*, qui entrera, sous le titre de *Corilla*, dans les *Petits châteaux de Bohême* en 1853, puis dans *Les Filles du feu*. Publication du *Roi de Bicêtre* qui entrera dans *Les Illuminés* en 1852.

D'octobre à décembre, Nerval voyage en Allemagne et séjourne à Vienne; il y rencontre la pianiste Marie Pleyel.

Balzac, *Illusions perdues* (2ᵉ partie). Borel, *Madame Putiphar*. Lamartine, *Recueillements poétiques*. Stendhal, *La Chartreuse de Parme*.

1840. Retour à Paris en mars. Parution en juillet de *Faust de Goethe*, suivi du *second Faust* traduit par Gérard et suivi d'un *Choix de Bal-*

> *lades et Poésies de Goethe, Schiller, Bürger, Klopstock, Schubart, Körner, Uhland, etc.*

Voyage en Belgique. En décembre, Nerval assiste, à Bruxelles, à une représentation de *Piquillo*, où chante Jenny Colon, et retrouve Marie Pleyel.

> Hugo, *Les Rayons et les ombres*.

1841. Première crise psychotique. Internement à la clinique de Mme Vve Sainte-Colombe, rue de Picpus (février-mars) ; puis chez le Docteur Esprit Blanche, à Montmartre (mars-novembre).

1er mars : dans le *Journal des Débats*, Janin consacre un feuilleton à la folie de Nerval.

Nerval publie des textes concernant son voyage dans le Nord, qu'il reprendra dans *Lorely* en 1852 ; ainsi que l'histoire de ses « Amours de Vienne », qu'il reprendra dans le *Voyage en Orient* en 1851.

On date de la crise de 1841 une série de sonnets, dont certains, révisés, passeront dans *Les Chimères*.

> Delacroix, *Entrée des croisés à Constantinople*.

1842. Arsène Houssaye épouse Stéphanie Bourgeois. Jenny Colon meurt (5 juin).

Nerval publie « Les Vieilles Ballades françaises » dans *La Sylphide*, du 10 juillet. Le texte sera plusieurs fois repris et remanié, pour finalement entrer, en 1854, dans *Les Filles du feu*, à la suite de *Sylvie*.

Il publie également, toujours dans *La Sylphide*, en octobre, « Rêverie de Charles VI », et, en décembre, *Un roman à faire*.

22 décembre : Gérard part pour l'Orient.

> Balzac, avant-propos de *La Comédie humaine*. Aloysius Bertrand, *Gaspard de la nuit* (posthume).

1843. Voyage en Orient (Le Caire, Beyrouth, Constantinople, Malte, Naples).

En mars, Nerval publie *Jemmy O'Dougherty* dans *La Sylphide*, qui entrera, sous le titre *Jemmy*, dans *Les Filles du feu*.

> Hugo, *Les Burgraves*. Sand, *Consuelo*. Vigny, *La Mort du Loup* ; *Le Mont des Oliviers*.
>
> Wagner, *Le Vaisseau fantôme*.

1844. Début de la collaboration à *L'Artiste* ; Nerval y publie « Le Christ aux Oliviers », ainsi que *Le Roman tragique* qu'il reprendra plus tard pour l'intégrer dans la lettre *À Alexandre Dumas* qui sert de préface aux *Filles du feu*.

Septembre-octobre : voyage avec Houssaye en Belgique et en Hollande.

> Balzac, *Illusions perdues* (3e partie). Chateaubriand, *Vie de*

Rancé. Dumas, *Les Trois Mousquetaires; Le Comte de Monte-Cristo.* Vigny, *La Maison du Berger.*

1845. Publication de «Pensée antique» qui deviendra «Vers dorés» dans *Les Chimères,* et de «Vers dorés» qui deviendra «Delfica»; publication de l'étude sur Jacques Cazotte qui entrera dans *Les Illuminés*; publication du *Temple d'Isis. Souvenir de Pompéi* dans *La Phalange,* qui sera repris, sous le titre *Isis,* dans *Les Filles du feu.*

Premier *Salon* de Baudelaire. Mérimée, *Carmen.*

Corot, *Homère et les bergers.*

Wagner, *Tannhäuser.*

1846. Publication, en mai, des «Femmes du Caire», dans la *Revue des Deux Mondes :* le texte entrera dans le *Voyage en Orient.* Publication, dans *L'Artiste,* de *Un tour dans le Nord,* dont certains passages entreront dans *Lorely.*

Michelet, *Le Peuple.* Sand, *La Mare au diable.*

Berlioz, *La Damnation de Faust.*

1847. Publication, dans *L'Artiste-Revue de Paris* (juin-juillet), de *L'Iséum. Souvenir de Pompéi,* qui deviendra *Isis* dans *Les Filles du feu.*

Lamartine, *Histoire des Girondins* (t. I). Michelet, *Histoire de la Révolution* (1847-1853).

1848. Publication du premier tome des *Scènes de la vie orientale,* chez Sartorius (février). Publication des *Poésies de Henri Heine,* dans la *Revue des Deux Mondes* (15 juillet et 15 septembre).

Chateaubriand, *Mémoires d'outre-tombe.* Alexandre Dumas [fils], *La Dame aux camélias.*

Marx-Engels, *Manifeste du parti communiste.*

Daumier, *La République.*

1849. Publication de «Al-Kahira. Souvenirs d'Orient», dans *La Silhouette.* Publication dans *Le Temps* (mars-mai) du *Marquis de Fayolle,* roman-feuilleton inachevé. Publication d'une étude sur Cagliostro qui entrera dans *Les Illuminés.* Publication d'un conte fantastique intitulé *Le Diable vert* qui entrera sous le titre *Le Monstre vert* dans *Contes et Facéties* en 1852. Création des *Monténégrins,* livret d'Alboise et Gérard, musique de Limnander.

Fin mai : voyage à Londres en compagnie de Gautier.

Lamartine, *Histoire de la Révolution de 1848.* Sand, *La Petite Fadette.*

1850. Publication, dans *Le National* (mars-mai), des «Nuits du Ramazan», qui entreront dans le *Voyage en Orient.* Création à l'Odéon du *Chariot d'enfant,* pièce indienne du roi Soudraka adaptée par Nerval et Joseph Méry. Publication des *Scènes de la vie orientale,* en deux volumes, chez Souverain (août). Publication, dans la *Revue des Deux Mondes* (août-septembre), des *Confidences de Nicolas,* qui entreront dans *Les Illuminés.*

Voyage en Allemagne, à l'occasion des fêtes en l'honneur de Herder et de Goethe (août-septembre).

Publication, dans *Le National* (octobre-décembre), des *Faux Saulniers. Histoire de l'abbé de Bucquoy*, dont une partie entrera dans *Les Illuminés*, l'autre dans *Les Filles du feu* sous le titre *Angélique.*

> Sand, *François le Champi.*
>
> Courbet, *Un enterrement à Ornans*. Millet, *Le Semeur.*
>
> Wagner, *Lohengrin.*

1851. Publication du texte définitif du *Voyage en Orient* chez Charpentier (juin). Nerval travaille à une adaptation du drame de Kotzebue, *Misanthropie et repentir*. Publication, dans la *Revue de Paris* (novembre), de *Quintus Aucler*, qui entrera dans *Les Illuminés*. Ébauche du *Comte de Saint-Germain*. Création, en décembre, de *L'Imagier de Harlem* à la Porte-Saint-Martin.

> Murger, *Scènes de la bohème.*
>
> Corot, *Danse avec les nymphes.*

1852. Janvier-février : séjour à la clinique Dubois (rue du Faubourg-Saint-Denis). Avril-mai : voyage en Belgique et en Hollande. Septembre : périples autour de Paris.

Publication des *Illuminés* chez Victor Lecou (mai) ; de *Lorely* chez Giraud et Dagneau (été) ; de *La Bohême galante* dans *L'Artiste* (de juillet à décembre) ; des *Nuits d'octobre* dans *L'Illustration* (d'octobre à novembre) ; de *Contes et facéties* chez Giraud (décembre).

> Gautier, *Émaux et camées*. Leconte de Lisle, *Poèmes antiques.*
>
> Hugo, *Napoléon le petit.*

1853. Publication des *Petits châteaux de Bohême*, refonte de *La Bohême galante.*

Février-mars : nouveau séjour à la maison Dubois.

15 août : *Sylvie* paraît dans la *Revue des Deux Mondes.*

Août-septembre : hospitalisation à la Charité (rue des Saints-Pères), puis séjour à la clinique du Docteur Émile Blanche à Passy. Nerval y rentre à nouveau en octobre.

10 décembre : « El Desdichado » paraît dans *Le Mousquetaire*, avec un article de Dumas évoquant la folie de Nerval.

17 décembre : *Octavie*, qui entrera dans *Les Filles du feu*, paraît dans *Le Mousquetaire.*

> Hugo, *Châtiments*. Musset, *Comédies et Proverbes*. Sand, *Les Maîtres sonneurs.*

1854. Publication des *Filles du feu* chez Giraud (janvier).

Mai-juillet : voyage en Allemagne.

Août-octobre : dernier séjour à Passy dans la clinique du Docteur Blanche.

Le Mousquetaire du 31 octobre donne une version fautive des *Amours de Vienne. Pandora.*

Décès de Stéphanie Houssaye (12 décembre).

30 décembre : début de *Promenades et souvenirs* dans *L'Illustration.*

    Vigny, *La Bouteille à la mer.* Sand, *Histoire de ma vie* (début).

1855. 1er janvier : début d'*Aurélia* dans la *Revue de Paris.*

6 janvier : deuxième partie de *Promenades et souvenirs* dans *L'Illustration.*

Nerval erre dans Paris, sans ressources et sans domicile. Il est trouvé pendu rue de la Vieille-Lanterne, près du Châtelet, dans la nuit du 25 au 26 janvier.

3 février : troisième et dernière livraison de *Promenades et souvenirs* dans *L'Illustration.*

15 février : « Seconde partie » d'*Aurélia* dans la *Revue de Paris.*

    Courbet, *L'Atelier.*

BIBLIOGRAPHIE[1]

ÉDITIONS

NERVAL, Gérard de, *Œuvres complètes*, éd. Jean Guillaume et Claude Pichois, Gallimard, Bibliothèque de la Pléiade, t. I (1989), t. II (1984), t. III (1991) [abréviations : NPl I, NPl II, NPl III].

ÉTUDES

BAYLE, Corinne, *La Marche à l'étoile*, Seyssel, Champ Vallon, 2001.
—, *Gérard de Nerval, l'Inconsolé, biographie*, éditions Aden, 2008.
BÉGUIN, Albert, *L'Âme romantique et le rêve*, José Corti, 1939 (réédition « Biblio essais » / José Corti, 1991).
—, *Gérard de Nerval*, José Corti, 1945.
BEM, Jeanne, « *L'autre* de la chanson dans le texte nervalien », in *Nerval. Une poétique du rêve*, actes du colloque de Bâle, Mulhouse et Fribourg, Paris-Genève, Champion-Slatkine, 1989, p. 133-143.
—, « Feu, parole et écriture dans *Pandora* de Nerval », *Romantisme*, nᵒ 20, 1978, p. 13-24.
BÉNICHOU, Paul, *Nerval et la chanson folklorique*, José Corti, 1970.
—, *L'École du désenchantement, Sainte-Beuve, Nodier, Musset, Nerval, Gautier*, Gallimard, « Bibliothèque des idées », 1992.
BONNEFOY, Yves, « La poétique de Nerval », *La Vérité de parole et autres essais*, Mercure de France, 1988 ; Gallimard, « Folio », 1995, p. 45-70.
—, *Le Poète et « le flot mouvant des multitudes »*, Bibliothèque nationale de France, 2003.
BONNET, Henri, « Vienne dans l'imagination nervalienne », *RHLF*, mai-juin 1972, p. 454-476.
—, « Le ventre de Paris dans *Les Nuits d'octobre* », *Cahiers Gérard de Nerval*, nᵒ 4, 1981, p. 31-34.
—, « "Les voies lumineuses de la religion" dans *Les Filles du feu* et *Auré-*

---

1. Sauf indication contraire, le lieu d'édition est Paris.

lia», in *Gérard de Nerval, Les Filles du feu, Aurélia, « Soleil noir »*, textes réunis par José-Luis Diaz, actes du colloque d'agrégation des 28 et 29 novembre 1997, SEDES, 1997, p. 211-222.

—, « Nerval et la Bible. La quête d'une nouvelle alliance », in *La Bible en littérature*, actes du colloque international de Metz (septembre 1994), publiés sous la direction de Pierre-Marie Beaude, Metz, Éditions du Cerf, Université de Metz, 1997, p. 13-28.

—, « Portrait de Gérard de Nerval en Pic de la Mirandole », in *Les Écrivains face au savoir*, textes rassemblés par Véronique Dufief-Sanchez, Dijon, Éditions Universitaires de Dijon, 2002, p. 89-97.

BONY, Jacques, *Le Récit nervalien. Une recherche des formes*, José Corti, 1990.

—, *L'Esthétique de Nerval*, CEDES, 1997.

—, *Aspects de Nerval. Histoire – esthétique – fantaisie*, Eurédit, 2006.

BOWMAN, Frank Paul, *Gérard de Nerval. La Conquête de soi par l'écriture*, Orléans, Paradigme, 1997.

BRIX, Michel, et PICHOIS, Claude, *Gérard de Nerval*, Fayard, 1995.

—, *Dictionnaire Nerval*, Tusson, Du Lérot, 2006.

BRODA, Martine, *L'Amour du nom. Essai sur le lyrisme et la lyrique amoureuse*, José Corti, 1997.

BROMBERT, Victor, *La Prison romantique. Essai sur l'imaginaire*, José Corti, 1975.

BRUNEL, Pierre, « Le mythe d'Orphée dans *Aurélia* », in *Nerval : une poétique du rêve*, actes du colloque de Bâle, Mulhouse et Fribourg, Paris-Genève, Champion-Slatkine, 1989, p. 175-181.

CAMPION, Pierre, *Nerval. Une crise dans la pensée*, Rennes, Presses Universitaires de Rennes, 1998.

CELLIER, Léon, *De « Sylvie » à « Aurélia », structure close, structure ouverte*, Minard, 1971.

CHAMARAT-MALANDAIN, Gabrielle, *Nerval ou l'incendie du théâtre. Identité et littérature dans l'œuvre en prose de Gérard de Nerval*, José Corti, 1986.

—, *Nerval, réalisme et invention*, Orléans, Paradigme, 1997.

CHAMBERS, Ross, *Mélancolie et opposition. Les Débuts du modernisme en France*, José Corti, 1987.

COLLOT, Michel, *Gérard de Nerval ou la dévotion à l'imaginaire*, PUF, 1992.

CROUZET, Michel, « La rhétorique du rêve dans *Aurélia* », in *Nerval. Une poétique du rêve*, ouvrage cité, p. 183-208.

DESTRUEL, Philippe, « *Les Filles du feu* » *de Gérard de Nerval*, Gallimard, « Foliothèque », 2001.

—, *L'Écriture nervalienne du Temps. L'Expérience de la temporalité dans l'œuvre de Gérard de Nerval*, Saint-Genouph, A.-G. Nizet, 2004.

DIDIER, Béatrice, « Nerval et la philosophie des Lumières, ou le deuil de la Foi », in *Nerval. Une poétique du rêve*, ouvrage cité, p. 101-110.

—, « Nerval et Senancour ou la nostalgie du XVIIIe siècle », in *Le Rêve et la vie. Aurélia, Sylvie, Les Chimères de Gérard de Nerval*, ouvrage cité, p. 5-15.

—, « L'autobiographie en toutes lettres », *Cahiers Gérard de Nerval*, n° 11, 1988, p. 12-19.

DUBOIS, Claude-Gilbert, « Une "sémiophantaisie" romantique : Gérard de Nerval et la recherche du sens perdu », *Romantisme*, n° 24, 1979, p.119-125.

FELMAN, Shoshana, *La Folie et la chose littéraire*, Seuil, 1978.

GAILLARD, Françoise, « Nerval, ou les contradictions du romantisme », *Romantisme*, n° 1-2, 1971, p. 128-138.

—, « *Aurélia* ou le crépuscule des dieux », in *Gérard de Nerval, Les Filles du feu, Aurélia, « Soleil noir »*, ouvrage cité, p. 233-238.

ILLOUZ, Jean-Nicolas, *Nerval, Le « rêveur en prose ». Imaginaire et écriture*, PUF, 1997.

—, « Savoir et mélancolie. Autour de l'hermétisme des *Chimères* », in *Gérard de Nerval, Les Filles du feu, Aurélia, « Soleil noir »*, ouvrage cité, p. 125-131.

—, « Nerval : langue perdue, prose errant (à propos des *Chansons et Légendes du Valois*) », *Sorgue*, n° 4, automne 2002, p. 15-25.

—, « Nerval, entre vers et prose », *Crise de prose*, in Jean-Nicolas Illouz et Jacques Neefs (dir.), PUV, 2002, p. 73-88.

—, « "La lyre d'Orphée" ou Le Tombeau des *Chimères* », *Littérature*, n° 127, septembre 2002, p. 71-85.

—, « Nerval : d'un théâtre à l'autre », in Jean-Nicolas Illouz et Claude Mouchard (dir.), *"Clartés d'Orient", Nerval ailleurs*, Éditions Laurence Teper, 2004, p. 99-133.

—, « Une théorie critique du romantisme : *Sylvie* de Nerval », in Jacques Neefs (dir.), *Le Bonheur de la littérature. Variations critiques pour Béatrice Didier*, PUF, 2005, p. 219-227.

—, « Nerval, "sentimental" et "naïf". L'idylle, l'élégie et la satire dans *Sylvie* », *Europe*, n° 935, mars 2007, p. 122-141.

—, « Nerval : l'Orient intérieur », in Patrick Née et Daniel Lançon (dir.), *L'Ailleurs depuis le Romantisme. Essai sur les littératures en français*, Hermann, 2009, p. 55-83.

—, « Les religions de Nerval », in Jacques Neefs (dir.), *Savoirs en récits*, II, *Éclats de savoirs. Nerval, Balzac, Flaubert, Verne, les Goncourt*, Presses universitaires de Vincennes, coll. « Manuscrits modernes », 2010, p. 49-69.

—, « Nerval et Baudelaire devant Nadar », in Patrick Labarthe et Dagmar Wieser (dir.), *Nerval / Baudelaire : poétiques comparées*, éditions Eurédit, 2010.

—, «Nerval, poète renaissant», *Littérature*, n" 158, juin 2010, p. 5-19.

JACKSON, John E., *La Poésie et son autre*, José Corti, 1998.

—, *Baudelaire sans fin*, José Corti, 2005.

JEAN, Raymond, *Nerval par lui-même*, Seuil, «Écrivains de toujours», 1964.

—, *La Poétique du désir, Nerval, Lautréamont, Apollinaire, Éluard*, Seuil, 1974.

JEANNERET, Michel, *La Lettre perdue. Écriture et folie dans l'œuvre de Nerval*, Flammarion, 1978.

—, «La folie est un rêve : Nerval et le docteur Moreau de Tours», *Romantisme*, n" 27, 1980, p. 59-75.

—, «*Aurélia* : faire voir l'invisible», *Du visible à l'invisible. Pour Max Milner*, José Corti, 1988, t. II, p. 9-18.

—, «Dieu en morceaux : avatars de la figure divine dans *Aurélia*», *Gérard de Nerval*, actes du colloque de la Sorbonne du 15 novembre 1997, éd. André Guyaux, Presses de l'Université de Paris-Sorbonne, 1997, p. 177-190.

—, «"Vers l'Orient" (sur la mobilité des signes dans *Aurélia*), in *«Clartés d'Orient» : Nerval ailleurs*, ouvrage cité, p. 15-30.

—, «"J'aime à conduire ma vie comme un roman." Nerval devant la question des biographies», *Europe*, n" 935, mars 2007, p. 38-51.

KOFMAN, Sarah, *Nerval. Le Charme de la répétition*, Lausanne, L'Âge d'Homme, 1979.

KRISTEVA, Julia, *Soleil noir. Dépression et mélancolie*, Gallimard, «coll. Blanche», 1987; «Folio essais», 1989.

LABARTHE, Patrick, «Nerval ou le prosateur obstiné», *Versants*, n" 51, 2006, p. 95-112.

LAFORGUE, Pierre, «Soleil noir d'*Aurélia*», RHLF, oct.-déc. 2005, p. 843-858.

LEROY, Christian, *Les Filles du feu, Les Chimères et Aurélia, ou «La poésie est-elle tombée dans la prose ?»*, Champion, 1997.

MACÉ, Gérard, *Ex libris, Nerval – Corbière – Rimbaud – Mallarmé – Segalen*, Gallimard, «Le Chemin», 1980; nouvelle éd., «coll. Blanche», 1995.

—, *Je suis l'autre*, Gallimard, «Le Cabinet des lettrés», Le Promeneur, 2007.

MARCHAL, Bertrand, «Nerval et le retour des dieux ou le théâtre de la Renaissance», in *Gérard de Nerval, «Les Filles du feu», «Aurélia». Soleil noir*, ouvrage cité, p. 125-132.

—, «*Les Chimères* de Nerval», in *Gérard de Nerval*, actes du colloque de la Sorbonne du 15 novembre 1997, ouvrage cité, p. 117-128.

—, «Du "Ténébreux" aux "Clartés d'Orient" dans *Les Chimères* de Nerval», in *«Clarté d'Orient»*, *Nerval ailleurs*, ouvrage cité, p. 31-43.

—, « "Je suis le ténébreux…". Notes sur un *incipit* nervalien, ou saint Gérard, comédien et martyr », in Fabienne Bercegol et Didier Philippot (dir.), *La Pensée du paradoxe. Approches du romantisme. Hommage à Michel Crouzet*, Presses de l'Université Paris-Sorbonne, 2006, p. 559-566.

MAURON, Charles, *Des métaphores obsédantes au mythe personnel. Introduction à la Psychocritique*, José Corti, 1963.

MESCHONNIC, Henri, « Essai sur la poétique de Nerval », *Europe*, avril 1972, repris dans *Pour la poétique III. Une parole écriture*, Gallimard, Le Chemin, 1973.

MILNER, Max, « Religions et religion dans le *Voyage en Orient* de Gérard de Nerval », *Romantisme*, n° 50, 1985, p. 41-52.

MOUCHARD, Claude, « Position du poème », in « *Clarté d'Orient* », *Nerval ailleurs*, ouvrage cité, p. 309-344.

OEHLER, Dolf, « Carrousel de cygnes. Baudelaire, Nerval, Heine », *Hommages à Claude Pichois. Nerval, Baudelaire, Colette*, textes recueillis par Jean-Paul Avice et Jérôme Thélot, Klincksieck, 1999, p. 77-88.

PACHET, Pierre, *La Force de dormir*, Gallimard, « NRF/ Essais », 1988.

RICHARD, Jean-Pierre, *Poésie et profondeur*, (1955), Seuil, 1976.

—, *Microlectures*, Seuil, 1979.

RIGOLI, Juan, *Lire le délire. Aliénisme, rhétorique et littérature en France au XIXᵉ siècle*, Fayard, 2001.

SANDRAS, Michel, « Nerval et le débat entre la prose et la poésie », in *Gérard de Nerval*, « *Les Filles du feu* », « *Aurélia* ». *Soleil noir*, ouvrage cité, p. 133-143.

SANGSUE, Daniel, *Le Récit excentrique. Gautier, De Maistre, Nerval, Nodier*, José Corti, 1987.

SAFIEDDINE, Mona, *Nerval dans le sillage de Dante : de la « Vita nuova » à « Aurélia »*, précédé de Jean SALEM, « Un Magistère inopérant? », Paris, Cariscript, Librairie Samir, 1994.

SCHÄRER, Kurt, *Thématique de Nerval ou le monde recomposé*, Minard, 1968.

SCEPI, Henri, *Poésie vacante. Nerval, Mallarmé, Laforgue*, Lyon, ENS éditions, 2008.

SÉGINGER, Gisèle, *Nerval au miroir du temps. Les Filles du feu, Les Chimères*, Ellipses, 2004.

STEINMETZ, Jean-Luc, *Signets. Essais critiques sur la poésie du XVIIIᵉ au XXᵉ siècle*, José Corti, 1995.

—, *Reconnaissances. Nerval, Baudelaire, Lautréamont, Rimbaud, Mallarmé*, Nantes, éditions Cécile Defaut, 2008.

—, « Les rêves dans *Aurélia* de Gérard de Nerval », *Littérature*, n° 158, p. 105-116.

STIERLE, Karlheinz, *La Capitale des signes. Paris et son discours*, préface de Jean Starobinski, traduit de l'allemand par Marianne Rocher-Jacquin, Éditions de la Maison des sciences de l'homme, 2001.

TRITSMANS, Bruno, *Textualités de l'instable. L'écriture du Valois de Nerval*, Berne, Lang, 1989.

—, «Le discours du savoir dans *Aurélia*», *Littérature*, nᵒ 58, 1985, p. 19-28.

TSUJIKAWA, Keiko, *Nerval et les limbes de l'histoire. Lecture des «Illuminés»*, préface de Jean-Nicolas Illouz, Genève, Droz, 2008.

VADÉ, Yves, *L'Enchantement littéraire. Écriture et magie de Chateaubriand à Rimbaud*, Gallimard, 1990.

WIESER, Dagmar, *Nerval : Une poétique du deuil à l'âge romantique*, Genève, Droz, 2004.

—, «Nerval et la science des déplacements», *Littérature*, nᵒ 158, 2010, p. 33-46.

LES NUITS D'OCTOBRE

Paris, — Pantin — et Meaux

1. Notice

La publication des *Faux Saulniers* dans *Le National* en 1850 (dont sera détachée notamment *Angélique* dans *Les Filles du feu*) avait marqué un tournant dans l'œuvre de Nerval : celle-ci se faisait à la fois plus politique, en affichant une forme nouvelle d'opposition au régime de plus en plus répressif qui se mettait alors en place, — et plus intime, en puisant son inspiration dans des retours, de plus en plus fréquents et de plus en plus nostalgiques, vers le Valois de l'enfance.

Des *Faux Saulniers* aux *Nuits d'octobre*, cette double inspiration s'approfondit, en même temps qu'elle s'infléchit dans une direction qui, au-delà de *Sylvie*, semble ouvrir directement sur *Aurélia*.

Le thème politique est bien présent dans *Les Nuits d'octobre*; non seulement parce que l'expérimentation du «réalisme» est l'occasion pour Nerval d'explorer les «bas-fonds» de Paris et de dire sa sympathie pour le petit peuple; mais encore parce qu'une scène d'arrestation, où le narrateur se voit conduit en prison entre deux gendarmes, vient rappeler à la fin du récit le régime de liberté surveillée qui pèse désormais sur l'écrivain. La «fantaisie», même la plus innocente, est suspecte aux pouvoirs autoritaires; et dans l'asile, comme dans le Paris des *Nuits d'octobre*, «il y a, écrit Nerval, des médecins et des commissaires qui veillent à ce qu'on n'étende pas le champ de la poésie aux dépens de la voie publique» (lettre à Mme Alexandre Dumas, 9 novembre 1841).

Aux rigueurs de la réalité politique, *Les Nuits d'octobre* tentent d'opposer la chance d'une *échappée belle* vers le Valois. Sans doute le texte, issu de ces mêmes promenades qui vont donner naissance à *Sylvie*, appartient-il au «cycle Valois» de Nerval; mais le Valois qu'il présente est bien différent de celui de *Sylvie*. D'abord parce que *Les Nuits d'oc-*

tobre sont en réalité essentiellement des « nuits de Paris » : comme *Sylvie*,
elles font jouer l'opposition de Paris et du Valois ; mais, à la différence
de *Sylvie*, elles font pencher la proportion au bénéfice de Paris et au
détriment du Valois, mettant en scène une impossible « sortie » (selon
le premier mot de *Sylvie*) hors de « l'enfer » parisien. Par ailleurs, à partir du seizième chapitre seulement, lorsque le promeneur accède enfin
à l'espace du Valois, celui-ci, réduit à sa seule « réalité », se voit singulièrement dépourvu de la dimension subjective qui en faisait le prix.
Dans ce récit, qui fait plusieurs fois référence au daguerréotype, le
Valois des *Nuits d'octobre* apparaît comme le *négatif* (au sens photographique du terme) du Valois de *Sylvie* : il en présente la face « réaliste »,
privée de la forme d'enchantement que pourront seuls lui conférer le
souvenir et le rêve.

Au reste, c'est bien la question du réalisme qui est au cœur du récit
des *Nuits d'octobre*. Dès *Les Confidences de Nicolas*, parues peu de temps
auparavant dans la *Revue des Deux Mondes* d'abord, puis dans le recueil
des *Illuminés*, Nerval avait dit, à propos de Restif de la Bretonne, ses
réticences vis-à-vis de la doctrine réaliste : il condamnait alors « cette
école si nombreuse aujourd'hui d'observateurs et d'analystes en sous-
ordre qui n'étudient l'esprit humain que par ses côtés infimes ou souffrants, et se complaisent aux recherches d'une pathologie suspecte, où
les anomalies hideuses de la décomposition et de la maladie sont culti-
vées avec cet amour et cette admiration qu'un naturaliste consacre aux
variétés les plus séduisantes des créations régulières » (*Les Illuminés*,
Folio, p. 294-295). Dans le récit « excentrique » des *Nuits d'octobre*, c'est
l'ironie qui constitue l'arme principale du narrateur contre la menace
qu'un certain réalisme fait peser sur la fantaisie ou sur le rêve : le narrateur entreprend en effet d'appliquer si scrupuleusement les pré-
ceptes de « l'école du vrai » que ceux-ci se trouvent mis sens dessus
dessous, et que la notion de réalité, inséparable en vérité des conventions qui la fondent, se voit elle-même retournée comme un gant. Sous
la réalité, réduite à sa seule dimension par le réalisme, une autre « réalité » surgit alors, — d'abord simplement insolite, — bientôt fabuleuse
ou fantastique, — presque mystérieuse. De cette « réalité », les surréalistes se souviendront en composant leur propre poésie de Paris. Mais
pour Nerval, ce dévoilement de l'autre face du réel est inséparable
d'un sentiment, plus angoissant, d'*inquiétante étrangeté* : l'errance dans
Les Nuits d'octobre, qui semble un moment renouvelée du voyage de
Dante, se révèle bientôt sans but ni fin, égarée ; le promeneur nocturne, loin de « reprendre pied sur le réel », traverse les frontières du
Rêve et de la Vie ; et l'expérimentation ironique du réalisme, confrontée à un réel insaisissable, introduit à une forme d'« épanchement du
songe dans la vie réelle », qui prélude à l'expérience panique d'*Aurélia*.

2. Établissement du texte

Nous suivons le texte publié dans cinq livraisons de *L'Illustration*, les 9, 23 et 30 octobre, les 6 et 13 novembre 1852.

3. Notes et variantes

Page 23.

1. L'incipit des *Nuits d'octobre* place d'emblée l'expérience nervalienne sous le signe d'une « étrangeté », éprouvée cette fois, après le temps des « grands voyages », au sein même des espaces « familiers » que sont Paris et le Valois.

2. La phrase « Il faut dire que j'ai déjà vu Pontoise » a sans doute un double sens, et renvoie discrètement à l'expression « avoir l'air de revenir de Pontoise », qui, selon le *Grand Dictionnaire universel du XIXᵉ siècle* (Larousse), s'applique « à ceux dont les réponses sont troublées et confuses ». La folie et la promenade alternent ainsi dans l'œuvre nervalienne, — avant de se rejoindre dans une forme d'errance égarée que *Les Nuits d'octobre*, après *Les Faux Saulniers* et avant *Aurélia*, vont mettre en scène.

Page 24.

1. Le café Vachette était situé au 38, boulevard Poissonnière ; Désiré et Beaurain (et non Baurain) sont des restaurateurs dont l'établissement était situé au 26, boulevard Poissonnière.

2. L'article, intitulé exactement « La Clé de la rue ou Londres la nuit », avait paru en juillet 1852 dans la *Revue britannique*. Il est en effet signé Charles Dickens, mais il est dû en réalité à un collaborateur de Dickens, George Auguste Sala. C'est en tout cas la lecture de ce texte qui suscite l'écriture des *Nuits d'octobre*, et le récit de Nerval se présente comme une sorte de « à la manière de » l'école réaliste anglaise.

Page 25.

1. Le portrait que Nerval fait de son ami rappelle celui que Diderot fait du Neveu dans *Le Neveu de Rameau*. À la fin du chapitre, l'idée que « les balles ont leurs numéros » évoque plutôt le personnage de Jacques dans *Jacques le fataliste*. Diderot (convoqué aussi dans *Les Faux Saulniers* pour cautionner les digressions du récit) donne ainsi à Nerval le modèle littéraire d'une forme de récit « fantaisiste » ou « excentrique ».

2. Dans *Sur l'instinct* (1806), Dupont de Nemours s'attaque aux phi-

losophes et aux savants qui ont tenté « de ravaler les autres animaux loin au-dessous de l'homme à l'état de simples *machines* », et dresse la table des vingt-cinq articulations possibles de leurs cris. Nerval s'intéresse aussi au langage des oiseaux. Voir Susan Dunn, « Nerval ornithologue », *The French Review*, vol. LII, n° 1, octobre 1978, p. 46-55.

3. « *De omni re scibili et quibusdam aliis.* » Pic de la Mirandole (1463-1494) publia une série de 900 propositions sur tous les objets de science, *De omni re scibili*. Voltaire ajouta ironiquement *et de quibusdam aliis*.

Page 26.

1. Le « méridien de Louis XIII, près du Moulin de Beurre ». Il s'agit en réalité du méridien de Louis XV (ainsi que Nerval l'avait écrit sur un feuillet manuscrit). Claude Pichois pense que Nerval fait une confusion, le Moulin de Beurre étant situé, non sur la Butte, mais dans le XIVe arrondissement, près du cabaret de la mère Saguet.

2. Le chausson est la boxe française, dont un des maîtres célèbres était, selon le *Grand Dictionnaire universel du xixe siècle*, un certain Loze. Celui-ci est peut-être le Lozès mentionné par Nerval, et évoqué par Balzac dans *La Comédie humaine* (où il apparaît comme un professeur d'escrime).

3. Cuvier est également évoqué dans *Promenades et souvenirs*, p. 90 ; et le monde antédiluvien, qui semble dérober au monde présent toute assise stable, est également convoqué dans un rêve d'*Aurélia* où le motif des « révolutions primitives du globe » prend des proportions délirantes.

Page 27.

1. Ésus, Thot et Cernunnos (et non Cérunnos comme l'écrit Nerval). Comme le Valois, Montmartre est saturé de vestiges archéologiques qui semblent faire de ce site une terre sacrée, hantée par le souvenir de dieux disparus. On rapprochera ce passage du passage d'*Aurélia*, II 4, où Nerval évoque les vestiges d'anciennes divinités (dont Ésus et Cernunnos) retrouvées dans le « clos de Nerval ».

Page 28.

1. La *Maison d'or* ou la *Maison dorée*, bâtie en 1839, située sur le boulevard des Italiens, avec le café des Anglais et le café Riche, était « le rendez-vous favori des désœuvrés du boulevard » (*Grand Dictionnaire universel du xixe siècle*).

2. « Brancas. — ou Saint-Cricq. » Le duc de Brancas, comte de Lauraguais, et le marquis de Saint-Cricq sont des dandys et des « excentriques », connus sous la Restauration, familiers du monde des théâtres.

3. La rue de Jérusalem était située dans l'île de la Cité. C'est là que se trouvaient les locaux de la préfecture de police.

Page 29.

1. Harel fut le directeur de l'Odéon et du théâtre de la Porte-Saint-Martin. Quant à Gisquet, évoqué plus haut, il fut en effet le préfet de police de Casimir Perier.

Page 30.

1. « L'Épi-scié » est le nom d'un estaminet populaire. Tout au long des *Nuits d'octobre*, et notamment dans ce chapitre V avec la transposition cocasse des noms anglais (*bœuf-maisons*; *huître-maisons*), la reproduction des noms de lieu crée, plutôt qu'un *effet de réel* qui serait conforme au projet réaliste affiché au départ, un sentiment d'étrangeté, — inséparable d'une certaine poésie de Paris à laquelle les surréalistes, dans la lignée de Nerval, seront particulièrement sensibles.

2. Le festin de Trimalcion est un des plus célèbres épisodes du *Satiricon* de Pétrone.

3. Mme Céleste est une artiste dramatique anglaise, née en 1814 de parents français, qui connut un très grand succès en Amérique et en Angleterre.

Page 31.

1. « *Le grand Peut être.* » Expression prêtée à Rabelais au moment de sa mort. Mettant en doute la réalité de la vie après la mort, elle est devenue la formule de tous les scepticismes.

2. La « fusion » dont il est ici question renvoie à un débat d'actualité politique : celui des tentatives de réunification des royalistes, orléanistes et légitimistes, après la révolution de 1848.

Page 33.

1. L'Empire n'a pas encore été proclamé, et, sous la Seconde République, le Palais-National désigne le Palais-Royal.

2. Dans ses comptes rendus dramatiques, à propos notamment du théâtre des Funambules, Nerval fait souvent remarquer que l'un des charmes des spectacles populaires consiste en ce que ceux-ci font revenir invariablement les mêmes situations, les mêmes types dramatiques et les mêmes acteurs. *Les Nuits d'octobre* confirment l'intérêt de Nerval pour toutes les formes de théâtre populaire.

Sont cités ici, à propos des attractions du Café des Aveugles (situé près du Palais-Royal), deux acteurs : Blondelet, dit le Sauvage parce qu'il était vêtu en indien et jouait de plusieurs tambours; et M. Valentin, un ventriloque appelé l'*Homme à la poupée*.

Page 34.

1. « Et maintenant, plongeons-nous plus profondément encore dans les cercles inextricables de l'enfer parisien. » La référence à l'*Enfer* de Dante court tout au long du récit des *Nuits d'octobre*. Elle permet à Nerval de déjouer le code réaliste, et de maintenir une autre forme de lisibilité du réel, impliquant une conscience mythique de soi.

2. L'*Athénée* a d'abord été une sorte de salle de conférences, le Lycée, où a enseigné Jean-François de La Harpe (1739-1803). Celui-ci publie, en 1799, *Le Lycée ou Cours de littérature ancienne et moderne*.

3. « Promesses. » Il faut sans doute lire : prouesses.

Page 35.

1. Dans leur expérimentation du « réalisme », *Les Nuits d'octobre* comportent une réflexion sur les différents niveaux de langue, et notamment sur la langue populaire ou argotique. Le respect des idiotismes lexicaux et des particularités langagières propres à chaque catégorie sociale est sans doute conforme à la doctrine de « l'école du vrai ». Mais l'effet produit dans le récit nervalien a une tout autre portée : la langue, dite pourtant *familière*, se voit revêtue d'une forme d'*étrangeté*, qui entrave la communication. On peut soutenir, avec Gabrielle Chamarat-Malandain, que la langue argotique apparaît, dans *Les Nuits d'octobre*, comme un substitut dégradé de la langue du Valois, dont le français « si naturellement pur » est, au contraire, pour Nerval, le garant d'une transparence retrouvée et d'une communauté partagée. Nerval a fait une histoire de la langue argotique dans un article de *La Presse* du 19 août 1850. Il partage cet intérêt pour l'argot avec d'autres auteurs, — comme, par exemple, plus tard, Marcel Schwob.

2. Le daguerréotype, qui précède l'invention de l'appareil photographique, sert souvent à stigmatiser la représentation réaliste, dénoncée comme une reproduction mécanique et sans art de la réalité. Mais Nerval s'est intéressé au daguerréotype ; il est même l'un des premiers « voyageurs-photographes », puisqu'il transportait un daguerréotype lors du voyage en Orient de 1843.

Page 36.

1. Nerval cite approximativement Musset, *Namouna*, I, 72.

2. Nerval s'est intéressé à l'histoire des goguettes dans un article de *La Charte de 1830* du 30 avril 1838, et il y reviendra au chapitre III de *Promenades et souvenirs*.

Page 37.

1. La reproduction de ce règlement, comme plus loin la reproduction d'une pancarte (p. 44) ou la reproduction du programme annon-

cant la femme à la chevelure de mérinos (p. 52-53), a un effet ambigu : sous couvert de la transcription la plus « fidèle » de la réalité, elle participe d'une poétique du « bizarre » que le récit va pousser jusqu'au fantastique. Les surréalistes se souviendront de ces effets de « merveilleux » que des objets, lorsqu'ils sont détachés de la réalité, peuvent faire surgir au sein du quotidien le plus familier.

Page 38.

1. Pierre Dupont (1821-1870) est l'auteur de chansons rustiques et de chansons socialistes. Baudelaire lui consacre une notice en 1851 qui sert de préface aux *Chants et Chansons.*

Page 39.

1. Cette évocation du chant de la jeune fille « à la voix perlée » annonce l'univers de *Sylvie*, où l'on retrouvera la même opposition entre la *naïveté* des voix jeunes et le « *phrasé* » appris au Conservatoire.

2. Au chapitre II de *Sylvie*, Adrienne sera également comparée à « la Béatrice de Dante qui sourit au poète errant sur la lisière des saintes demeures ».

Page 40.

1. « Spectres où saigne encore la place de l'amour ! » est un souvenir de la descente aux Enfers d'Énée, lorsque celui-ci revoit Didon, dans Virgile, *Énéide*, livre VI, v. 450. La *Pia* (*Purgatoire*, chant V, v. 130-136) et la *Francesca* (*Enfer*, chant V, v. 73-142) sont des figures de *La Divine Comédie* de Dante. Au-delà de Virgile et de Dante, Nerval songe sans doute aussi à l'évocation du « Royaume des Mères » dans le *Faust* de Goethe.

2. La chanson de *La Grand'Pinte* est d'Auguste Châtillon, peintre et poète, et ami de Nerval au temps du Doyenné. Elle sera recueillie en 1855 dans *Chant et poésie*, préfacé par Gautier.

3. Véry est l'un des restaurants les plus réputés de Paris ; il correspond à l'actuel Grand Véfour au Palais-Royal.

Page 42.

1. Après une citation de Dante (l'*Enfer*, XVII, 81-82), Nerval cite approximativement le célèbre duo de Zerlina et de don Giovanni dans *Don Giovanni* de Mozart : *Andiam, andiam, mio bene !*, « allons, allons, mon cœur ».

Page 43.

1. Raspail fut à la fois un homme politique (candidat socialiste à la présidence de la République contre Louis Napoléon Bonaparte en

décembre 1848), et un chimiste. Son activité scientifique et ses convictions politiques le conduisirent à donner gratuitement des consultations médicales pour les pauvres gens.

Page 44.

1. Nerval fait allusion à un proverbe qui fait de Domfront une « ville de malheur », peut-être en raison des « guerres incessantes que suscitait à chaque instant la rivalité de la France et de l'Angleterre » (*Grand Dictionnaire universel du xix siècle*).

2. On notera, une nouvelle fois, la « bizarrerie » de cette inscription, qui situe le fantastique dans le prolongement même de la plus « fidèle » transcription de la réalité.

Page 46.

1. Allusion à l'épisode de la nuit de Walpurgis dans le *Faust* de Goethe.

2. Jean-Joseph Vadé (1720-1757) s'est illustré dans le *genre poissard*, attaché à la peinture de la nature basse, et, notamment, à la reproduction des parlers populaires (le terme désigne d'abord le langage des harengères de Paris). Il est l'auteur notamment de *La Pipe cassée*, *poème épi-tragi-poissardi-héroï-comique* et des *Bouquets poissards* (1743).

3. Pierre-Honoré Robbé de Beauveset (1714-1792) est l'auteur de pièces licencieuses et ordurières. Il a vécu à la fin de sa vie au château de Saint-Germain. D'où peut-être l'intérêt de Nerval.

Page 47.

1. Mme de Luxembourg (1707-1787) fut une protectrice de Rousseau. Mlle Hus (1734-1805) est une actrice du Théâtre-Français, évoquée notamment par Diderot dans *Le Neveu de Rameau*. La comtesse de Beauharnais (1738-1813) tenait un salon célèbre.

Page 49.

1. « L'établissement célèbre de Paul Niquet » était situé rue aux Fers (l'actuelle rue Berger). Comme le cabaret de l'*Épi-Scié* évoqué au chapitre V, il était fréquenté par une clientèle misérable, dangereuse et pittoresque (voir le *Grand Dictionnaire universel du xix siècle* à l'article « cabaret »).

Page 52.

1. « Voilà, voilà, celui qui revient de l'enfer ! » est le dernier vers du poème « Dante » d'Auguste Barbier (*Iambes*, 1832).

Page 53.

1. On sera sensible à l'ironie d'une telle affirmation : plus le texte souligne sa valeur référentielle, moins il peut se garantir d'un référent extérieur.

Page 54.

1. On peut rapprocher la «femme aux cheveux de mérinos» des *Nuits d'octobre* de ces étranges figures des théâtres forains que Nerval évoque avec nostalgie dans *L'Artiste*, 3 mai 1844, NPl I, p. 792 :

> *Et cette jolie fille aux cheveux rouges, avec son intéressante famille et son frère vêtu en Grec : qui de nous ne l'a aimée et admirée, et ne lui a consacré quelques rêveries de sa jeunesse lycéenne, elle qui soulevait si gracieusement ses petits frères, étagés en pyramide sur sa poitrine blanche et forte, pendant que tout son corps se repliait en queue de dauphin, image classique de l'antique sirène ! Oh ! ses cheveux aux ondes pourprées comme ceux de la reine de Saba, qui n'a frémi de les voir tendus par des poids de cinquante, qu'elle enlevait en se jouant !... Cette fille étrange n'aura-t-elle pas inspiré bien des poètes, qui n'ont pas osé le lui dire ? Ce fut la dernière des vraies bohémiennes de Paris. Il nous reste la Mignon de Goethe, l'Esmeralda de Victor Hugo et la Preciosa de Weber ; mais pour le peuple des boulevards, il n'est rien resté !*

2. On trouve un semblable rêve piranésien dans *Aurélia*, I, 2.

3. Bilboquet est un personnage des *Saltimbanques*, parade de Dumersan et Varin (1838) ; il fut incarné par l'acteur Odry. Robert Macaire est le type du bandit cynique dans la pièce du même nom (1834) ; il fut incarné par Frédérick Lemaître.

Page 55.

1. Desbarreaux (ou Des Barreaux) est un personnage réel, libertin du XVII⁰ siècle connu pour son impiété : on rapporte que, alors qu'il mangeait une omelette au lard un jour de vendredi saint, un orage se mit à gronder. «Des Barreaux, sans se troubler, prend le plat et, le jetant par la fenêtre : "Voilà, dit-il, bien du bruit pour une omelette"» (*Grand Dictionnaire universel du XIX⁰ siècle*). L'expression est passée en proverbe.

2. Dans *L'Illustration* du 6 novembre ce chapitre est illustré par un dessin de Gavarni, où un vagabond dit au maire : «Monsieur le maire, le vrai peut quelquefois n'être pas vrai... sans blague.»

3. Charles Simrock (1802-1876), érudit et philologue allemand (qui fut le condisciple de Henri Heine au collège français de Bonn), est notamment le traducteur des *Nibelungen*, de *Parsifal*, *Tristan et Iseult*, et il est l'auteur d'un *Manuel de la mythologie germanique et nordique*.

Page 57.

1. Allusion au dialogue de Lucien intitulé *Le Songe* ou *Le Coq*.
2. *Les Prétendus* : comédie de Rochon de Chabannes (1789).
3. Nerval cite de mémoire Pascal, *Pensées*, nᵒ 391 (éd. Le Guern) ; et La Rochefoucauld, *Maximes*, nᵒ 231.

Page 58.

1. La phrase « Recomposons [nos] souvenirs » se retrouve au chapitre III de *Sylvie*. Le verbe « recomposer » est un des mots clés de l'esthétique nervalienne : il souligne une volonté de maîtrise, conquise, par l'écriture, sur les vertiges de l'imaginaire.

Page 60.

1. 1830 (révolution de Juillet), 1794 (chute de Robespierre), 1716 (la Régence) : Nerval associe la lutte contre les conventions littéraires à des périodes de crises ou de révolutions politiques.

Page 61.

1. Rossini, *Le Barbier de Séville*.

Page 62.

1. Carlo Dolci (1616-1686), peintre florentin, dont la manière est minutieuse et raffinée.
2. « Voir l'affiche. » Les mots renvoient à d'autres mots, mais laissent le réel hors de prise.
3. « Le vrai est ce qu'il peut » est l'épigraphe des *Soirées de Neuilly* (1827) de Dittmer et Cavé publiées sous le pseudonyme de « M. de Fongeray » (et non « Dufongeray »).

Page 64.

1. Référence au chapitre CCCXII de *Tristram Shandy*, où « la célèbre spirale » est, non pas décrite, mais dessinée dans le texte de Sterne. Sterne et sa spirale sont un modèle de récit « excentrique ».

Page 67.

1. On trouve une semblable scène d'arrestation dans *Les Faux Saulniers* et *Angélique*. Dans tous les cas, la scène est symbolique du régime autoritaire qui se met en place à la veille du Second Empire, en proscrivant toute fantaisie. Elle dénonce aussi une certaine forme d'identité — celle de l'état civil — à laquelle Nerval est particulièrement rebelle.
2. Le « privilège » qui consistait pour les prisonniers à pouvoir « élever des rats ou apprivoiser des araignées » est également évoqué, déjà

avec nostalgie, dans l'article de *L'Artiste* du 11 avril 1841, « Mémoire d'un Parisien. Sainte-Pélagie en 1832 » (NPl I, p. 745).

Page 68.

1. Nisard, professeur à la Sorbonne, au Collège de France et à l'École normale supérieure, membre de l'Académie, est l'un des plus virulents critiques de l'école romantique. Victor Cousin est l'un des principaux introducteurs de la philosophie allemande en France, notamment de la philosophie de Hegel ; libéral, partisan de la monarchie de Juillet, membre de l'Académie et pair de France, il a occupé une chaire d'histoire de la philosophie à la Sorbonne, il a inspiré la réforme de Guizot sur l'enseignement primaire, et il a été ministre de l'Instruction publique dans le gouvernement Thiers (1840). François Guizot a été ministre de l'Instruction publique sous la monarchie de Juillet, et président du Conseil à partir de 1847. Théoricien du parti de la « résistance » contre celui du « mouvement », il a conduit une politique conservatrice, très impopulaire, qui a précipité la chute de la monarchie de Juillet. Nisard, Cousin et Guizot sont en tout cas ici les gardiens d'un certain *ordre du discours* que le narrateur des *Nuits d'octobre* n'aura cessé de transgresser.

2. À côté de Dickens, à l'origine des divagations des *Nuits d'octobre*, et à côté d'Edgar Poe, sur qui Baudelaire vient de publier sa première grande étude (*Revue de Paris*, mars et avril 1852), Nerval convoque William Harrison Ainsworth (1805-1882), auteur populaire et picaresque dans ses romans d'aventures, où il idéalise les criminels célèbres (*Rookwood*, 1834 ; *Jack Sheppard*, 1839), et dans ses romans historiques (*La Tour de Londres*, 1840).

3. *« Fantaisiste ! réaliste !! essayiste !!! »* Le réalisme, dans le combat qu'il mène contre les conventions littéraires, implique une liberté d'écriture, qui est ici reliée à la fois à une certaine qualité de l'imagination (la « fantaisie »), et à une certaine forme de polygraphie (l'« essai ») qui ignore les partages traditionnels des genres. Ces trois qualités sont celles du feuilleton que Nerval est le premier à avoir promu au niveau d'une forme d'art. Elles sont aussi celles du récit « excentrique ».

4. *« Plangior »* est un barbarisme, — ou un lapsus commis par un écrivain décidément trop coupable. Il faudrait « *Plango* » ou « *Plangor* » (« je bats ma coulpe »).

Page 69.

1. « Tâche maintenant de découvrir la clef des champs ! » Il est possible, comme le suggère Karlheinz Stierle (ouvrage cité) que le livre d'André Breton, *La Clé des champs*, soit un hommage discret aux *Nuits*

d'octobre de Nerval. À la suite de Nerval en tout cas, les surréalistes feront de la grande ville le théâtre d'une expérience de l'insolite où une réalité cachée se révèle.

Page 71.

1. L'incipit et la clausule du récit se répondent : ici comme là, les grands voyages vers l'Orient sont opposés aux simples promenades dans les environs de Paris ; mais dans les deux cas, le voyage et la promenade mettent en scène une même *désorientation* du sujet.

2. L'image de la loutre empaillée, parmi d'autres bêtes et oiseaux du Valois, allégorise cette sorte de réalité morte que fixe le réalisme du daguerréotype, quand il ne compose pas avec les feux de l'imaginaire.

Amours de Vienne

PANDORA

1. Établissement du texte

De la parution de la « première partie » de la nouvelle dans *Le Mousquetaire* du 31 octobre 1854, jusqu'à l'édition critique établie par Jean Guillaume en 1968, remaniée en 1976, puis reprise dans la nouvelle édition des *Œuvres complètes* de Nerval dans la « Bibliothèque de la Pléiade » en 1993, l'établissement du texte de *Pandora* est le fruit d'une patiente conquête philologique. Celle-ci, au reste, n'est sans doute pas encore achevée, même si la découverte du manuscrit (dit le « manuscrit Clémens ») qui a servi à la composition du texte du *Mousquetaire* est venue tout récemment (2005) compléter notre connaissance de la genèse de l'œuvre (voir Jacques Clémens et Michel Brix, *Genèse de « Pandora ». Le manuscrit de l'édition de 1854*, Namur, Presses universitaires, coll. « Études nervaliennes et romantiques, XII », 2005).

Dès le départ, la version du *Mousquetaire* ne correspond pas aux vœux de Nerval. Celui-ci avait en effet demandé à Dumas, directeur du *Mousquetaire*, de placer en tête de *Pandora* un extrait des *Amours de Vienne*, publié treize ans plus tôt, le 7 mars 1841 dans la *Revue de Paris* et déjà repris dans l'Introduction du *Voyage en Orient*. Dumas négligea cette demande ; et la « première partie » de la nouvelle, titrée *Amours de Vienne. Pandora*, parut sans l'extrait en question ; Nerval, qui jugeait le réemploi des *Amours de Vienne* indispensable à la compréhension de son texte, adressa aussitôt une lettre de protestation à Dumas,

le 2 ou 3 novembre 1854 : « Je ne veux pas vous accabler d'une réim-
pression de l'article intitulé *Pandora* publié il y a trois jours, reconnaissant que vous ne l'aviez pas récrit, mais ayant à me plaindre de ne pas
y avoir lu l'*en-tête* que vous m'aviez promis et qui devait expliquer ce
logographe — vous avez coupé la syrène en deux — j'apporte la
queue. »

L'erreur commise obligea Nerval, au moment d'apporter la « queue »
de cet étrange « texte-syrène », à modifier la conception de la « seconde
partie » pour tenter de rétablir la lisibilité de l'ensemble. Il insista
auprès de Dumas pour que l'on publiât du moins dans la « deuxième
partie » l'extrait des *Amours de Vienne* qui manquait dans la « première » ; et il composa à cette fin un paragraphe d'explication :

> *Je suis obligé d'expliquer que* Pandora *fait suite aux aventures que j'ai
> publiées autrefois dans la* Revue de Paris, *et réimprimées dans l'Introduction
> de mon* Voyage en Orient, *sous ce titre :* Les Amours de Vienne. *Des rai-
> sons de convenance qui n'existent plus, j'espère, m'avaient forcé de supprimer ce
> chapitre. S'il faut encore un peu de clarté, permettez-moi de vous faire réimprimer
> les lignes qui précédaient jadis ce passage de mes* Mémoires. *J'écris les miens
> sous plusieurs formes, puisque c'est la mode aujourd'hui. Ceci est un fragment
> d'une lettre confidentielle adressée à M. Théophile Gautier, qui n'a vu le jour
> que par suite d'une indiscrétion de la police de Vienne, — à qui je pardonne —
> et il serait trop long, dangereux peut-être d'appuyer sur ce point.*
>
> *Voici le passage que les curieux ont le droit de reporter en tête du premier
> article de* Pandora.

L'ensemble ainsi reconstitué fut remis, avec la lettre de protestation
adressée à Dumas, aux imprimeurs du *Mousquetaire*; mais ceux-ci, au
moment de la composition des épreuves (épreuves que Jean Guillaume
a retrouvées), commirent une nouvelle série d'erreurs qui rendit finalement impossible la publication de la « seconde partie » ; d'un côté en
effet, ils intégrèrent le texte d'explication de Nerval ainsi que l'extrait
des *Amours de Vienne* (en réalité tronqué comme le montre l'examen du
« manuscrit Clémens »), mais de l'autre, au moment de raccorder cet
ensemble au texte même de la « seconde partie », ils oublièrent trois
fragments manuscrits, rendant alors le « logographe » tout à fait incom-
préhensible.

Les éditeurs de *Pandora* se sont donc trouvés devant un ensemble de
manuscrits, de copies et d'épreuves que Nerval n'a jamais « recomposé » lui-même. Et, outre les difficultés liées à l'exploitation même des
manuscrits, ils ont eu à résoudre celles causées par les fautes de la première publication et des premières épreuves.

Notre édition suit dans l'ensemble le texte établi par les éditeurs des *Œuvres complètes* de Nerval dans la «Bibliothèque de la Pléiade» (1993) : le texte de *Pandora* est donc celui qui a été «restauré» par Jean Guillaume. Toutefois nous avons suivi le plus souvent possible les leçons du «manuscrit Clémens», qui a servi de base à la publication du *Mousquetaire* du 31 octobre 1854 : non seulement nous corrigeons le titre (qui est bien *Amours de Vienne*. *Pandora* et non simplement *Pandora*), mais nous rétablissons aussi certaines caractéristiques typographiques communes au «manuscrit Clémens» et à la version du *Mousquetaire*.

Il existe par ailleurs, dans la genèse de *Pandora*, une version antérieure intitulée *Amours de Vienne*. *La Pandora* (avec l'article), que Jean Guillaume a reconstituée à partir d'une analyse minutieuse des manuscrits.

Cette version précède de presque un an la publication de *Pandora* dans *Le Mousquetaire*, puisqu'une *Pandora* est attestée dans la correspondance dès la fin du mois de novembre 1853. Le texte est rédigé puisque Nerval semble l'avoir proposé au journal *Paris*, ou à un «album du jour de l'An», et il songe alors à l'intégrer dans *Les Filles du feu* (voir les lettres à Daniel Giraud du 30 novembre et de décembre 1853). Après la disparition du journal *Paris* (le 8 décembre 1853), il envisagera dès cette date de donner sa nouvelle au *Mousquetaire*. Mais aucun de ces projets ne vit alors le jour, et Daniel Giraud publia en janvier 1854 *Les Filles du feu* sans *La Pandora*.

De cette version, il ne reste donc que des manuscrits. Ceux-ci sont aisément reconnaissables puisqu'ils sont écrits à l'encre rouge. Leur rédaction date de l'internement de Nerval de l'automne 1853. Ils sont contemporains d'autres textes également écrits à l'encre rouge, parmi lesquels se trouvent certaines versions des futures *Chimères*, mais aussi une lettre à Dumas du 14 novembre 1853, intitulée «Trois jours de folie». Pour Jean Guillaume et Michel Brix, *Amours de Vienne*. *La Pandora* «pourrait avoir pour source la demande, par Dumas, d'un récit sur le thème "Trois jours de folie". Au lieu de parler de la folie à Paris, l'auteur se transporte dans la folie à Vienne, et remonte de 1853 à 1839» (Michel Brix, *Manuel bibliographique des œuvres de Gérard de Nerval*, Presses universitaires de Namur, 1997).

On trouvera cette version, telle que l'a recomposée Jean Guillaume, en annexe de notre édition (p. 195). Nous préciserons alors quelques-unes des leçons que le «manuscrit Clémens» a apportées relativement à ce texte.

2. Interprétation

Les maladresses de la publication ne font qu'accuser davantage une illisibilité plus profonde, que Nerval sait être à l'œuvre dans son récit. À en croire une inscription portée au verso d'un feuillet manuscrit — « *Voilà le livre infaisable / Voilà les théories impossibles* » —, *Pandora* semble le modèle de ce « livre infaisable » que Nerval évoque aussi dans la préface des *Filles du feu* et qui confronte dangereusement l'écriture à la folie.

Cette illisibilité tient d'abord à l'intense charge affective qui est associée aux souvenirs de Vienne et à la rencontre de Marie Pleyel lors de l'hiver 1839-1840. Le récit des *Amours de Vienne*, intégré dans le *Voyage en Orient*, se terminait sur un silence : « Je t'avouerai que cela a mal fini [...], écrivait simplement Nerval, et, pour ce que j'aurais à dire encore, je me suis rappelé à temps le vers de Klopstock : "Ici la Discrétion me fait signe de son doigt d'airain." » Ce silence, treize ans plus tard, continue d'habiter le récit de *Pandora* qui semble tout entier le développement d'une réticence : « Enfin, la Pandora, c'est tout dire, — car je ne veux pas dire tout. » Confrontée à l'épisode de Vienne, l'écriture nervalienne se mure sur un secret, qu'elle dit et ne dit pas à la fois, — un secret bien « gardé », comme Vienne elle-même : « Ô Vienne, la bien gardée ! »

À défaut de révéler son « secret », le texte, comme le rêve, ne cesse de le désigner par des voies détournées. L'étude des métamorphoses de Vienne dans l'œuvre de Nerval (de la *Généalogie fantastique* de 1841 à *Aurélia* en passant par le *Carnet du Caire* en 1843) — étude faite par Henri Bonnet (« Vienne dans l'imagination nervalienne », *Revue d'histoire littéraire de la France*, mai-juin 1972, p. 454-476) — est à cet égard très éclairante, puisqu'elle dévoile quelques-uns des nœuds inconscients qui font entrer la ville, au-delà de la géographie réelle, dans le « paysage imaginaire » de Nerval : « Schoenbrunn », traduit en « belle fontaine » dans la *Généalogie fantastique*, y devient l'antonyme de « Mortefontaine », et l'angoisse panique qui est associée à la ville dans *Pandora* se résout en un sentiment de « pardon » dans *Aurélia*.

Cette activité onirique qui fait cristalliser Vienne et que le texte ne refoule pas explique la forme de « logogriphe » que revêt le récit : un récit à l'image de la Pierre de Bologne, à la fois hermétique et transparent, — tombeau d'un secret qu'il ne contient pas, — et que Nerval emportera dans la mort si l'on songe à la glose que Michel Leiris a donnée, dans *Mots sans mémoire*, du nom même de PANDORA : - QUI SE PENDRA L'AURA ! »

3. Notes et commentaires

Page 73.

1. Dans sa traduction du *Faust* de Goethe, Nerval mettait le premier verbe au présent : « Deux âmes, hélas ! se partagent mon sein [...]. » La dualité, exprimée ici par Goethe, est au cœur de l'expérience nervalienne. Elle régit notamment l'opposition de Pandora, la terrestre, et d'Aurélia, la céleste.

Page 75.

1. Nerval cite à trois reprises l'inscription de la Pierre de Bologne. On peut la lire, intégralement, dans l'ébauche du *Comte de Saint-Germain* (NPl III, p. 774-775), avec la traduction suivante :

Aux Dieux Mânes : Aelia Laelia Crispis qui n'est *ni homme ni femme ni hermaphrodite : ni fille, ni jeune, ni vieille, ni chaste, ni prostituée, ni pudique, mais tout cela ensemble, qui n'est ni morte de faim,* et qui n'a été *tuée ni par le fer, ni par le poison mais par ces trois choses : n'est ni au ciel, ni dans l'eau, ni dans la terre; mais est partout.*

Lucius Agathon Priscius, qui n'est *ni son mari ni son amant ni son parent, ni triste, ni joyeux, ni pleurant; sait et ne sait pas pour qui il a posé ceci, qui n'est ni un monument ni une pyramide, ni un tombeau, c'est-à-dire un tombeau qui ne renferme pas de cadavre, un cadavre qui n'est point renfermé dans un tombeau; mais un cadavre qui est tout ensemble à soi-même et cadavre et tombeau.*

On la trouve aussi sur un manuscrit du sonnet intitulé « Ballet des heures », première version d'« Artémis », où l'on peut lire :

> *Vous ne comprenez pas ? Lisez ceci :*
> *D.M. LUCIUS.AGATHO.PRISCUS. nec maritus*

La pierre de Bologne a été largement citée et commentée au XVIIe siècle alors qu'on la croyait antique, bien qu'il s'agisse vraisemblablement d'une parodie, en langage néoplatonicien, des inscriptions funéraires de l'Antiquité. On en trouve la transcription dans l'anthologie de Lazare Zetzner-Isaac Habrecht, *Theatrum chemicum, praecipuos selectorum auctorum tractatus de chemicae et lapidis philosophici antiquitate,* Strasbourg, 1602 pour la première édition. Une des sources de Nerval peut être l'ouvrage de Maximilien Misson, où l'inscription de Bologne est citée et commentée : *Nouveau voyage d'Italie. Avec un mémoire contenant des avis à ceux qui voudront faire le même voyage* (1re édition 1691).

Une autre source, beaucoup plus proche du moment de la composition de *Pandora*, est également possible : les *Romances du rosaire* de Clemens Brentano (1852), qui transcrivent l'inscription latine, et citent une interprétation de la Pierre due à Malvasia (1690).

L'inscription se donnant comme une énigme, les commentateurs ont tenté d'en trouver le sens : pour Maximilien Misson, le mot du secret pourrait être d'ordre physique (ce serait l'eau de pluie tombant dans la mer), poétique (l'ombre), philosophique (l'âme raisonnable), ou alchimique (la pierre philosophale). Ce dernier sens est notamment soutenu dans un texte de Nicolas Barnaud inclus dans l'édition de 1659 du *Theatrum chemicum*.

Mais, dans le texte nervalien, la question du sens, ainsi que celle de l'hermétisme se posent autrement : la multiplication des sens possibles devient le signe d'un symbolisme déréglé, qui, à travers la figure d'un secret « bien gardé », renvoie finalement au non-sens et au risque de la folie. La référence à la Pierre de Bologne fait aussi de *Pandora* la forme nouvelle d'une sorte de *Tombeau littéraire*.

2. Tout au long de la nouvelle, différents monuments, parcs ou jardins de Vienne sont évoqués : le *Stock-im-Eisen* est un vieux tronc d'arbre dans lequel les compagnons qui entraient à Vienne devaient planter un clou ; *Maria-Hilf* désigne un tableau de la Vierge, inspiré de Cranach l'Ancien, exposé dans l'église de Marie l'Auxiliatrice ; le Graben est la place centrale ; l'Augarten, un jardin ; le Prater, un parc ; Schoenbrunn, le palais d'été de l'Empereur ; la Gloriette, un vaste portique construit par Marie-Thérèse en 1780 ; Saint-Étienne, la cathédrale ; la Rothenthor est la Porte-Rouge qui donne accès à Vienne ; l'île de Lobau est située, tout près de Vienne, au confluent du Danube et de son canal ; la *Burg* est le palais impérial ; Nerval mentionne encore le théâtre de la Porte-de-Carinthie, le théâtre de Leopoldstadt, la place du Kohlmarkt, et la Dorotheergasse...

Ce parcours dans les rues de Vienne avait été déjà évoqué, sur un mode réaliste, dans l'introduction du *Voyage en Orient* ; il est placé, cette fois, sous le signe des « chimères du vieux palais » : comme le périple parisien dans *Aurélia*, il ouvre bientôt sur le rêve et le délire. Au reste, une Vienne hallucinée apparaît à la fin d'*Aurélia* dans les *Mémorables* : « Cette nuit mon rêve s'est transporté d'abord à Vienne » (p. 189).

3. Le « vieux Menzel » désigne Wolfgang Menzel (1798-1873), auteur d'un *Voyage en Autriche pendant l'été de 1831* (1834).

Page 76.

1. « Tu me rappelais *l'autre* » ; plus loin, « Pourtant je n'aimais qu'*elle* alors » ; plus loin encore, « le souvenir chéri de l'autre » : de même que dans *Sylvie*, la figure de l'actrice Aurélie, associée à Paris et au théâtre,

renvoie et s'oppose à la figure d'Adrienne ou de Sylvie, associée au Valois, de même dans *Pandora*, l'évocation de Pandora, liée au théâtre et à Vienne, renvoie et s'oppose au souvenir d'une «autre», qui appartient, non plus à l'espace de la grande ville, mais à celui, plus intime, du Valois ou de Saint-Germain. Dans ces glissements qui conduisent d'un espace à l'autre, et d'un amour à l'autre, on notera le silence que Nerval fait sur le nom de «l'autre». Celle-ci peut renvoyer, dans la biographie, à Sophie de Lamaury, une cousine éloignée que Nerval aurait aimée, à Saint-Germain, vers 1826-1827 (le fragment manuscrit intitulé «Sydonie» que nous publions dans les annexes de *Promenades et souvenirs* évoquera encore cette «Sophie», voir p. 204 et n. 1). Quelle que soit en tout cas l'identité de cette «autre» aimée, celle-ci figure, plus essentiellement, ce qu'il y a d'innommable dans l'objet du désir tel que celui-ci est appréhendé dans la parole lyrique.

2. La «Diane valoise» désigne Diane de Poitiers, favorite d'Henri II (voir p. 95 et n. 1). Mais l'expression peut faire songer à la déesse Diane-Artémis, la chasseresse.

3. Léda, femme de Tyndare, roi de Sparte, fut aimée de Zeus qui se serait métamorphosé en cygne pour lui plaire. «Les filles de Léda» sont Hélène et Clytemnestre.

4. «Le jour de la Saint-Sylvestre.» Toute la nouvelle renvoie aux «Aventures de la nuit de Saint-Sylvestre» qui conclut les *Fantaisies à la manière de Callot* d'Hoffmann. Nerval a traduit ce texte dans *Le Mercure de France au XIXᵉ siècle* du 17 septembre 1831. Plus loin, l'exclamation «Diable de conseiller intime de sucre candi!» renvoie directement au récit d'Hoffmann. Mais il est d'autres emprunts : «la taverne des *Chasseurs*», où Nerval situe une partie de sa propre aventure de la nuit de Saint-Sylvestre, est une allusion à la «rue des Chasseurs» où Hoffmann situe le cabaret dans lequel le narrateur fait la connaissance d'un homme qui a perdu son reflet, — à l'image de l'homme qui a perdu son ombre dans *Peter Schlemihl* de Chamisso. D'Hoffmann à Nerval, c'est aussi un même sentiment d'*inquiétante étrangeté* qui est mis en scène.

Page 78.

1. Dolf Oehler a retrouvé ces vers : ils proviennent de la chanson «*Der Matrose*», d'après les paroles de Wilhelm Gerhard (1780-1858), sur une musique de Christian-August Pohlenz (1790-1843) ; leur signification est la suivante : «Un baiser d'une lèvre rose, et je ne crains ni la tempête ni le gouffre.»

Page 79.

1. «*Bionda grassota.*» Dans l'Introduction du *Voyage en Orient*, Nerval rapproche également cette jeune femme, nommée Catarina Colassa,

de « la femme idéale des tableaux de l'école italienne, la Vénitienne de Gozzi, *bionda e grassotta* » (Folio, p. 76).

Page 80.

1. *La Revue nocturne* (*Die nächtliche Heerschau*) de Joseph Christian Zedlitz date de 1829. Elle fut mise en musique par Emil Tilt en 1840. Ce poème napoléonien est également mentionné par Nerval dans la « Notice sur les poètes allemands » à la suite du *Faust* de 1840 et dans *Les Poésies de Henri Heine*. Nous l'avons cité, dans la traduction de Nicolas Martin, dans les notes du *Choix de ballades et poésies* (1840) publié dans notre édition de *Lénore et autres poésies allemandes*, « Poésie/ Gallimard », 2005.

2. De *La Revue nocturne*, Nerval passe à l'air du *Richard Cœur de Lion* de Grétry (1784).

3. Mlle Lutzer (1816-1877), soprano, était l'étoile du théâtre de la Porte de Carinthie.

Page 81.

1. « Ce jeune *renard…* » L'allemand *Fuchs* (renard) désigne un étudiant nouvellement admis dans une association. Les ambiguïtés du langage sont un des thèmes fondamentaux de *Pandora*.

2. Laurent Biétry était le chef d'une importante maison pour la fabrication et la vente des cachemires français.

3. Dans cette charade en action, *marée + schall = maréchal*, le mot « marée » doit être deviné à partir d'une évocation de Vatel, cuisinier du grand Condé, qui se donna la mort parce que la « marée » qu'il avait commandée n'avait pu être servie à temps lors d'un souper donné à Chantilly en l'honneur de Louis XIV. Le jeu des charades insiste sur le motif de la théâtralité qui corrompt toute chose dans *Pandora*, y compris le langage.

Page 82.

1. Dans cette seconde charade, *Mandat + Rhin = mandarin*, le mot *mandat* doit être deviné à partir de l'évocation d'une scène de la pièce de Frédérick Lemaître, *Robert Macaire*, où Robert Macaire signe un faux mandat ; quant au « Rhin », il est suggéré par le poème de Musset, *Le Rhin allemand* (1841). La scène finale où Pandora chante la romance *Je suis Tching-Ka* est une allusion à une pièce de Villeneuve et Livry, *Mademoiselle Dangeville* (1838), interprétée par l'actrice Virginie Déjazet. D'une charade à l'autre, la théâtralité s'accentue, et tout se passe comme si le théâtre, en s'ouvrant indéfiniment sur un autre théâtre, vidait les mots de toute substance.

2. *Madame Sorbet* est une pièce de Théodore Leclercq. En l'interpré-

tant à l'ambassade de France, Nerval semble y tenir le rôle de Flori-
mond, comédien de province. Il est donc semblable au « Destin » dans
Le Roman comique de Scarron ; et, du même coup, Pandora, qui tient
vraisemblablement le rôle de Mme Sorbet dans la pièce de Leclercq,
est comparée à Mlle de l'Étoile. *Le Roman comique*, avec le couple du
Destin et de l'Étoile, joue un grand rôle dans l'univers nervalien. On le
trouve notamment dans la lettre-préface aux *Filles du feu*, adressée à
Alexandre Dumas (qui reprend largement *Le Roman tragique* publié
dans *L'Artiste* en 1844).

3. Les « heiduques » sont des domestiques français vêtus à la hon-
groise.

4. « M'attachant *des pattes de cerf.* » Nouveau jeu de mots qui sollicite
cette fois une expression argotique : « s'attacher une paire de pattes »,
c'est-à-dire « s'enfuir avec force » (selon la traduction que Nerval donne
de cette expression dans un article de *La Presse*, 19 août 1850). Quant à
l'image du « cerf », elle appelle celle des « chasseurs », présente dans le
nom de « la taverne des *Chasseurs* », qui est aussi, nous l'avons dit, un
souvenir d'Hoffmann...

5. Ce « style abracadabrant » est, là encore, le signe que le délire,
dans *Pandora*, s'empare des formations mêmes du langage.

Page 84.

1. Impéria est une courtisane italienne qui jouit d'une grande célé-
brité à Rome dans le premier quart du XVIe siècle, sous les pontificats de
Jules II et de Léon X. Nerval la met en scène dans *L'Imagier de Harlem*.

2. Il peut s'agir, selon Jean Guillaume, de la Jézabel de l'Apocalypse
qui incite ses fidèles à la prostitution (II, 20). Mais il peut s'agir aussi de
la Jézabel (épouse d'Achab, roi d'Israël) dont Racine évoque l'ombre
sanglante dans le songe d'*Athalie*. À travers ces multiples identifications
(Impéria, Jésabel), Pandora, dont le nom signifie étymologiquement
qu'elle a « tous les dons », est en tout cas le reflet inversé d'Aurélia,
dont les différents *avatars* restent quant à eux attachés à la possibilité
d'un salut.

3. « *Le Déluge*, opéra en trois actes. » Il est difficile d'identifier la
pièce à laquelle Nerval fait ici allusion. Jean Guillaume pense à l'opéra
en trois actes de Fromental Halévy, *Le Déluge de Noé* ; mais celui-ci est
encore inachevé en 1853-1854.

Page 85.

1. *Deux mots ou Une nuit dans la forêt* (1806) est une pièce de Marsollier des Vivetières.

2. Rapportée à la réalité biographique, cette « froide capitale du
Nord » désigne Bruxelles, où Nerval revit Marie Pleyel à l'hiver 1840 ; et

c'est à Bruxelles en 1840 que s'ouvre la version primitive d'*Aurélia*. Marie Pleyel, née Camille Moke, était d'origine belge.

Page 86.

1. C'est seulement à la fin du récit que le titre de la nouvelle est vraiment justifié par une référence explicite au mythe de Pandore et de Prométhée (déjà évoqué cependant p. 82). Le mythe est rapporté par Hésiode. Jupiter, irrité contre Prométhée de ce qu'il avait dérobé le feu du ciel, lui envoya Pandore comme épouse, avec une boîte où étaient enfermés tous les maux. Prométhée, soupçonnant un piège, refusa de la recevoir ; mais son frère Épiméthée accepta Pandore, puis il ouvrit la boîte, et tous les maux dont elle était remplie se répandirent sur la terre ; l'Espérance seule resta au fond. Dans le texte de Nerval, Prométhée est dit « fils des dieux », par hyperbole puisqu'il est en réalité le fils du Titan Japet et de l'Océanide Clyméné (selon Hésiode) ou le fils du Titan Japet et de Thémis (suivant Eschyle) ; il est dit aussi « père des hommes », par référence à la tradition qui veut qu'il ait façonné les hommes avec de la terre glaise, et qu'il leur ait donné le feu, ravi à Zeus. « Alcide » nomme Hercule, descendant d'*Alcée*, qui délivra Prométhée, enchaîné sur le Caucase et condamné à avoir le foie mangé par un vautour.

PROMENADES ET SOUVENIRS

1. Notice

Le récit de *Promenades et souvenirs* est publié dans *L'Illustration* du 30 décembre 1854, du 6 janvier 1855, et, après la mort de l'auteur, du 3 février 1855 : il est, avec *Aurélia*, le dernier texte de Nerval, — sorte de *Chant du cygne*, ou de *Voyage d'hiver* nervalien.

Le titre réunit les deux versants principaux de l'expérience nervalienne : d'un côté la promenade, par laquelle le voyageur tente une nouvelle fois de « reprendre pied sur le réel » ; de l'autre le souvenir, qui, chez Nerval, ouvre moins à la saisie d'un passé, qu'il n'introduit aux vertiges de l'imaginaire. Entre ces deux versants, il n'y a pas cependant d'opposition, mais plutôt une intrication, que la composition du récit révèle. Celui-ci en effet insère le récit central des souvenirs (chap. IV, V, VI) entre deux récits de promenades, — de la butte Montmartre à Saint-Germain d'abord (chap. I, II, III), et de Saint-Germain à Chantilly ensuite (chap. VII et VIII) : la promenade et le souvenir alternent ainsi, puis, progressivement, s'interpénètrent, au point que les promenades semblent bientôt une remontée dans le temps, et que les souvenirs finissent par « s'épancher » dans le présent, comme le songe s'empare de la vie réelle dans les déambulations hallucinées d'*Aurélia*.

La forme ainsi donnée à cet « épanchement » des souvenirs change la conception de l'autobiographie. Celle-ci, à laquelle Nerval se confronte pour la première fois aussi directement, apparaît moins comme une forme close, renouvelée des *Confessions* de Rousseau, que comme une sorte d'auto-analyse avant la lettre : nommer la mort de la mère, évoquer l'enfance, rappeler les premières amours, ce n'est pas tant « raconter son histoire », qu'inventer une manière de saisir dans le présent les échos toujours actuels des traumatismes anciens.

L'errance, que le récit intensifie en reprenant, sur un mode beaucoup plus mélancolique, la veine des *Nuits d'octobre* ou des *Faux Saulniers* et d'*Angélique*, apparaît alors comme le prolongement d'un deuil impossible ; et la prose elle-même, en se faisant l'écho des chansons du Valois, se fait aussi le tombeau d'une poésie perdue, dont l'écrivain, à l'orée de la modernité, ne consent pas à se séparer.

2. Établissement du texte

Nous suivons le texte paru dans *L'Illustration*. Dans le numéro du 3 février 1855, le texte de Nerval (chap. VII et VIII) porte comme sous-titre « Dernière page de Gérard de Nerval », et il est précédé de la notice suivante :

Nous publions aujourd'hui la dernière page d'u pauvre Gérard de Nerval. C'est la suite d'un travail dont nous avons, à la fin de décembre et au commencement de janvier, donné la première partie. Nous avions interrompu cette charmante publication afin d'en attendre la suite pour ne plus l'interrompre. Il nous faut, hélas ! inscrire ici, pour la dernière fois, le nom de Gérard de Nerval à la fin d'une page délicieuse, une des plus délicieuses qui ait été inspirée par une âme de poëte.

Il existe quelques feuillets manuscrits de *Promenades et souvenirs* dont nous indiquons en note seulement les principales variantes. Nous donnons en annexe un fragment intitulé « [Paris-Mortefontaine] » qui semble se rattacher à la genèse de *Promenades et souvenirs*, ainsi que deux autres fragments manuscrits, proches à la fois de *Sylvie* et de *Promenades et souvenirs* : « Sydonie » et « [Émerance] ».

3. Notes et variantes

Page 89.

1. « Une villa de banlieue. » Discrète allusion à la maison du Docteur Émile Blanche à Passy, où Nerval a été interné en août 1854, au retour de son dernier voyage en Allemagne.

2. Nerval avait en effet été « évincé » de l'appartement qu'il occupait au 4 rue Saint-Thomas-du-Louvre, de 1848 à 1850. Son expulsion lui avait été signifiée par un « document tout à fait féodal », qu'il reproduit dans *Les Faux Saulniers* pour démontrer « combien les formes vieillies de nos administrations sont blessantes pour les particuliers » (NPl II, p. 95).

3. Fénelon, *Télémaque*, livre I : il s'agit d'une description du paysage vu de la grotte de Calypso. La référence donne à la description de la Butte Montmartre qui va suivre une assise rhétorique, et permet à l'écriture nervalienne de raviver un *lieu commun* : celui du *locus amoenus*.

Page 90.

1. « Grétry offrait un louis pour entendre une chanterelle. » La chanterelle est la corde la plus aiguë du violon. Méhul composa tout un opéra, *Uthal* (1806), sans se servir de la chanterelle. « Au sortir de la première représentation, quelqu'un demandait à Grétry ce qu'il en pensait : "Je pense, répondit l'auteur de *Richard Cœur-de-Lion*, que j'aurais donné un louis pour entendre une chanterelle" » (*Grand Dictionnaire universel du XIXᵉ siècle*). La musique d'André Modeste Grétry (1741-1813) fut très à la mode avant la Révolution. Grétry est l'auteur de nombreux opéras comiques, dont *Richard Cœur-de-Lion* (1784-1785). Pendant la Révolution, il compose un *Guillaume Tell* (1791), ainsi que *La Rosière républicaine* (1794). En 1798, il acheta l'Ermitage de Jean-Jacques Rousseau, où il vécut jusqu'à sa mort.

2. « J'ai longtemps habité Montmartre. » Comme le séjour dans « une villa de banlieue » (la clinique d'Émile Blanche à Passy), les séjours de Nerval à Montmartre sont liés aux souvenirs d'un internement : celui de l'année 1841, dans la maison du Docteur Esprit Blanche (père d'Émile Blanche) à Montmartre. On notera ici encore l'euphémisme qui permet à la fois de dire et de ne pas dire la folie.

3. Les découvertes de Cuvier nourrissent la rêverie nervalienne : elles étaient déjà évoquées dans *Les Nuits d'octobre*, et elles inspireront certaines scènes d'*Aurélia*. Elles sont toujours associées au sentiment d'un monde sans stabilité. Quant à l'image du déluge, présente ici sous la forme d'une simple comparaison (« comme la mer diluvienne »), elle prendra une dimension délirante dans *Aurélia*, II, 4.

4. La rue de l'Empereur est l'actuelle rue Lepic. Dans le contexte de cette page, le nom de « l'Empereur » est sans doute secrètement relié à une rêverie sur l'identité. Voir n. 4, p. 93.

5. La butte des Moulins était une butte artificielle, couronnée de moulins et située au bout de l'actuelle rue des Moulins. Elle fut arasée au xvıı⁰ siècle.

Page 91.

1. Le château des Brouillards est une ancienne folie du xvııı⁰ siècle, située près de l'actuelle rue Girardon. Nerval y a peut-être vécu en 1846 («J'habite Montmartre depuis quelque temps», écrit-il à Papion du Château, le 5 mai 1846).

2. Le « chemin des Bœufs » correspondait à une partie de l'actuelle rue Marcadet.

Page 93.

1. «Je ne serai jamais propriétaire.» Sous la légèreté apparente du propos, qui convient au genre du feuilleton, Nerval touche en réalité aux points les plus névralgiques de son imaginaire. La « propriété », liée à un certain ordre politique, engage en effet une réflexion sur l'identité. Entre le début et la fin du chapitre, Nerval oppose deux idées (politiques) de la propriété : la propriété en régime bourgeois (symbolisée par ces « vingt francs de dédommagement » que Nerval a négligé de réclamer à la ville de Paris) ; et la propriété en régime nobiliaire, qui lie l'avoir à « l'hérédité » (évoquée dans les dernières lignes du chapitre). Quitter Paris pour le Valois, en passant par Montmartre « où l'hérédité ne peut longuement s'établir », c'est sans doute, pour Gérard *de* Nerval, tenter de passer, par-delà la fracture de la Révolution, d'une définition de l'identité à une autre. Mais à Paris comme dans le Valois, dans l'ordre ancien comme dans l'ordre nouveau, la propriété, et avec elle l'identité, se révèlent, pour Nerval, impossibles. Et c'est par l'errance que va finalement se définir le sujet nervalien : une errance d'autant plus douloureuse qu'elle va être éprouvée, dans *Promenades et souvenirs*, sur les lieux mêmes de l'origine.

2. Citation tirée de *M. Vautour, ou le propriétaire sous le scellé* (1805), vaudeville en un acte de Désaugiers, George-Duval et Tournay.

3. Gabriel Laviron, peintre, lithographe et critique, était membre du « Petit Cénacle » de Jehan Duseigneur ; Nerval l'a connu à l'époque du Doyenné ; « le pauvre Laviron » s'engagea dans les troupes garibaldiennes, et fut tué en 1849 durant le siège de Rome.

4. La quête d'un logement qui lance le récit de *Promenades et souvenirs* est ici explicitement rapportée à une quête de l'identité. Gabrielle Malandain (dans *Nerval ou l'incendie du théâtre*, Corti, 1986, p. 113-119)

a montré comment la description de la Butte Montmartre, dans tout ce premier chapitre, recouvre en réalité un *paysage fantasmatique*, analogue à celui que dessine le texte délirant intitulé par Jean Richer la *Généalogie fantastique* : non seulement la description fait apparaître des thèmes constitutifs d'un « paysage parental » (le mont, le soleil et l'eau) ; mais encore les noms de lieux sont soumis à un travail de décomposition et de recomposition analogue à celui qui préside au déploiement du nom du père, Labrunie, dans la *Généalogie fantastique* : ainsi « Montmartre » est décomposé en « Mont de Mars », et donne naissance à la rêverie romaine d'une villa pompéienne (« la maison du poète tragique ») susceptible de rassembler l'identité du sujet ; mais « Montmartre », décomposé en « Mont des martyres », est aussi associé à des figures du morcellement : celle de saint Denis, qui appelle celle de Dionysos, tout en plaçant Montmartre au cœur d'une constellation géographique comprenant, outre Rome et Pompéi, l'Allemagne (avec l'évocation de Ratisbonne, mais aussi de *Werther*) et la Grèce (avec l'évocation de Corinthe). L'écriture nervalienne, même la plus maîtrisée, se déploie ainsi au plus près de l'imaginaire, et dans ses glissements propres épouse les glissements de l'inconscient.

Page 94.

1. « Saint-Germain, qui est pour moi une ville de souvenirs. » Les souvenirs liés à Saint-Germain sont notamment évoqués, de manière très concentrée et mystérieuse, dans un paragraphe de *Pandora* (p. 76). Quant aux informations que donne ici Nerval sur la ville, elles ont déjà été utilisées dans un article de *L'Artiste-Revue de Paris*, 27 septembre 1846, « *Hamlet* à Saint-Germain », — preuve qu'il n'y a pas de solution de continuité entre l'écriture journalistique de Nerval et son écriture la plus intime.

Page 95.

1. Il s'agit de Diane de Poitiers (1499-1566), favorite d'Henri II. Mais dans la rêverie nervalienne, Diane est aussi Artémis, la déesse chasseresse, évoquée notamment dans le sonnet des *Chimères*.

2. Ravenswood est un personnage de *La Fiancée de Lammermoor* de Walter Scott (1818).

Page 96.

1. « Aux côtes de l'Étang de Mareil et de Chambourcy » (*sic*). Il s'agit de L'Étang-la-Ville. Il est probable qu'il faille ajouter une virgule entre « de l'Étang » et « de Mareil ».

Page 97.

1. Les « familles jacobites » sont celles qui sont fidèles au parti légitimiste anglais, qui soutint, après la Révolution de 1688, la cause de Jacques II contre Guillaume de Nassau, puis celle des derniers Stuarts contre la maison de Hanovre.

2. « J'ai chanté tout enfant les chansons du roi Jacques et pleuré Marie Stuart, en déclamant les vers de Ronsard et de Du Bellay. » Il s'agit de Jacques Iᵉʳ (1394-1437), roi d'Écosse, qui, avant de régner, fut enfermé dix-huit ans dans la tour de Londres. La prison lui permit d'étudier les institutions anglaises, et de pratiquer la musique et la poésie. Marie Stuart (1542-1587), fille de Jacques V, roi d'Écosse, fut mariée très jeune avec le fils d'Henri II, François, et élevée au château de Saint-Germain. Lorsque le dauphin devint roi, sous le nom de François II, elle monta, pour un an (jusqu'à la mort du nouveau roi en 1560), sur le trône de France. Détestée de Catherine de Médicis, elle dut retourner dans son premier royaume, l'Écosse, tout en affirmant imprudemment ses droits à la succession anglaise. Élisabeth la fera condamner à mort et exécuter. Nerval avait inclus des vers de Ronsard sur Marie Stuart dans son *Choix des poésies de Ronsard* (1830).

3. Les « monacos » sont à l'origine une monnaie de cuivre de la principauté de Monaco. Ils sont à l'époque une monnaie de peu de valeur, qui était rejetée dans le commerce. Le mot est resté dans le langage familier pour désigner une monnaie quelconque.

Page 98.

1. Il s'agit de la guerre de Crimée, dont le journal *L'Illustration* (qui publie *Promenades et souvenirs*) se fait largement l'écho. Le délire, dans *Aurélia*, s'emparera de ce thème d'actualité.

Page 100.

1. « J'ai fait partie autrefois des *Joyeux* et des Bergers de Syracuse. » Il s'agit de sociétés chantantes. Celles-ci mêlaient, notamment sous la Restauration, poésie et politique. Nerval évoque les sociétés chantantes dans un article de *La Charte de 1830*, 30 avril 1838, ainsi que dans *Les Nuits d'octobre* (chap. IX).

2. L'évocation de la voix des jeunes filles est un thème insistant dans l'œuvre de Nerval. Ce passage de *Promenades et souvenirs* rappelle notamment celui des *Nuits d'octobre*, évoquant la « jeune fille à la voix perlée » (p. 39). On songe aussi à *Sylvie* (chap. XI), où l'on trouve la même opposition entre la voix naïve et pure, et le *phrasé* enseigné au Conservatoire et imité de l'opéra. Dans tous les cas, la voix et les chansons portent chez Nerval le souvenir.

3. *Daphnis et Chloé* est le roman pastoral de Longus ; le couple « Myr-

til et Sylvie» est plus difficile à identifier. Il pourrait s'agir, selon
Jacques Bony, de Myrtil et Sylvio qui sont des personnages du *Pastor fido*
de Battista Guarini (1590), que Nerval évoquera p. 108, mais qui ne
dialoguent pas ensemble. Sylvie en tout cas appartient au registre de la
pastorale, à travers notamment le souvenir de l'œuvre de Théophile de
Viau.

Page 101.

1. L'image des «dessins oubliés» pour dire le phénomène de la
mémoire est présente aussi au chapitre III de *Sylvie* («c'était un crayon
estompé par le temps qui se faisait peinture»). Elle suggère que la
mémoire, chez Nerval, est une sorte de palimpseste. Au reste, le récit
tout entier de *Promenades et souvenirs*, qui fait reparaître «certains dessins oubliés» «sous la trame froissée de la vie», pourrait être comparé
à un palimpseste.

2. Il s'agit de la romance de Florian, «Plaisir d'amour ne dure qu'un
moment», sur une musique de Martini, probablement chantée par
Garat. Jacques Bony fait remarquer que le nom de Sylvie apparaît dans
cette romance.

3. Cette première occurrence de la figure du père fait de celui-ci
une figure du «veuf» et de «l'inconsolé» qui caractérise le Je dans le
sonnet «El Desdichado».

Page 102.

1. Jacques II (1633-1701), roi d'Angleterre, dut céder son trône à
Guillaume d'Orange, et se réfugia en France, où il passa le reste de ses
jours au château de Saint-Germain. Son épouse est Marie de Modène.

Page 104.

1. Il est significatif que Nerval, au moment d'écrire ses Mémoires, se
réfère, non pas à la forme des *Confessions* de Rousseau, mais à celle,
plus ouverte, des *Rêveries du promeneur solitaire*. Rousseau est présent
dans le Valois nervalien (voir notamment *Angélique* et *Sylvie*), mais,
comme la mère, il n'y est présent que négativement, par sa tombe, elle-
même vide de ses cendres. D'un point de vue littéraire, son œuvre,
située à la jonction du monde ancien et du monde moderne, offre au
«rêveur en prose» le modèle d'une prose poétique susceptible de
maintenir dans la prose la possibilité de la poésie.

2. «L'expérience de chacun est le trésor de tous.» Cette sorte de
maxime justifie la forme autobiographique que revêt à cet endroit le
récit, mais elle traduit aussi un malaise : chez Nerval, le besoin d'individualité («l'expérience de chacun») est contredit par un besoin tout
aussi fort d'appartenance à une communauté («le trésor de tous»).

3. «L'enchaînement des choses» est le titre d'un conte d'Hoff-mann, dans *Les Frères Sérapion*. D'Hoffmann, Nerval a traduit «Les Aventures de la nuit de Saint-Sylvestre».

Page 105.

1. «Là vivait un de ses oncles qui descendait, dit-on, d'un peintre fla-mand du xvii⁺ siècle.» Selon Jacques Bony, Nerval assimile cet oncle, Olivier Bega, à un peintre hollandais Cornelis Begas, dont un fragment de tableau a servi de modèle au frontispice de *Lorely* (voir *Aurélia*, p. 132, n. 1).

2. Tout ce passage évoque, à travers la mention du dixième des Césars (Nerva, qui est en réalité le douzième César), le «clos de Ner-val», auquel le poète doit son pseudonyme. Le nom du poète NERVAL, qui reproduit en palindrome le nom de la mère LAUREN(T), est ainsi rat-taché à une terre, qui est la fois une terre princière (par l'allusion à Marguerite de Valois), une terre des morts (puisque c'est le lieu où est enterrée la famille maternelle de Nerval, à l'exception de la mère elle-même), et une terre des dieux disparus (par la mention des «images informes de dieux celtiques»). On rapprochera ce passage de celui d'*Aurélia*, II, 4, où l'on retrouve en outre la figure de l'oncle qui se sub-stitue au père dans l'éducation de l'enfant.

Page 106.

1. Cette scène imaginée de la mort de la mère est une scène trau-matique, qui insiste dans l'œuvre : elle reparaît, dans des termes presque similaires, et comme indépassables, dans *Aurélia*, II, 4.

2. On notera que la mère, «jamais vue» par l'enfant, se donne à imaginer à travers une image (*La Modestie*), qui est elle-même une image d'image («d'après Prud'hon ou Fragonard»). L'original lui-même se dérobe. Et la mère est ainsi comme doublement perdue. On connaît une gravure de Lefèvre d'après Lemire aîné, intitulée *La Modestie* (vers 1805).

3. Les fièvres évoquées ici sont sans doute une allusion aux crises de folie qui scandent la vie de Nerval, et qui sont ainsi reliées à la mort de la mère.

4. «Il y avait là de quoi faire un poète, et je ne suis qu'un rêveur en prose.» À la mort de la mère sont rapportés non seulement le «senti-ment du merveilleux», le «goût des voyages lointains», la curiosité pour les «croyances bizarres», les «légendes» et les «vieilles chan-sons», mais, en définitive, toute la vocation de Nerval, ainsi que son cheminement poétique marqué par la «tombée» de la poésie dans la prose («C'est ainsi que la poésie tomba dans la prose», écrit encore Nerval dans le second des *Petits châteaux de Bohême*).

Page 107.

1. L'image du père, après celle du père désirant et désiré du chapitre III, est ici celle d'un père à la fois vaincu et terrifiant. « L'or
noirci » des uniformes des soldats donne peut-être à entendre « l'or
bruni » que Nerval évoque dans *Erythrea*, et qui provient d'une rêverie
sur le nom du père « Labrunie » tel que celui-ci est décomposé dans la
Généalogie fantastique. L'évocation de ce retour du père, revenu des
guerres napoléoniennes, fait en tout cas penser à ce passage de la
Confession d'un enfant du siècle (1836) de Musset : « Conçus entre deux
batailles, élevés dans les collèges aux roulements des tambours, des mil-
liers d'enfants se regardaient entre eux d'un œil sombre, en essayant
leurs muscles chétifs. De temps en temps leurs pères ensanglantés
apparaissaient, les soulevaient sur leurs poitrines chamarrées d'or, puis
les posaient à terre et remontaient à cheval. »

Page 108.

1. Dans l'enchaînement de ces paragraphes, Nerval passe sans transition des traumatismes de l'histoire collective (les Cent-Jours, la cérémonie du Champ de Mai) aux traumatismes de l'histoire personnelle
(une tourterelle envolée, remplacée par un sapajou, qui rappelle ce
perroquet dont il est question au chapitre IX de *Sylvie*).

Page 109.

1. Le simulacre de mariage, joué par des enfants, a d'autres versions
dans l'œuvre de Nerval : on le trouve au chapitre VI de *Sylvie*, et dans le
fragment manuscrit intitulé « Sydonie » (p. 204).

2. Le manuscrit préparatoire portait le nom d'« Augustine », remplacé par celui de « Louise ».

3. Sur le manuscrit préparatoire, le maître de dessin s'appelait
d'abord « Muller », remplacé ensuite par Mignard.

4. Provost-Raymond a écrit, avec les frères Cogniard, la féerie *La Fille
de l'air* (1837) ; avec Saint-Yves, *L'Amour d'une reine ou Une nuit à l'hôtel
Saint-Paul*, drame en trois actes (1837) ; et seul, *Lucette, ou Une chaumière
allemande*, comédie-vaudeville en un acte (1837). La rivalité, autour de
Mlle Nouvelle, de Nerval et de l'acteur Provost-Raymond rappelle celle
qui oppose, autour de l'actrice Aurélie, le narrateur de *Sylvie* et « le
jeune premier ridé » évoqué au chapitre XIII de la nouvelle.

Page 110

1. Sur le manuscrit, le chapitre VI commence de la façon suivante

*C'est de cette époque qu'ont daté mes premiers essais lyriques. Je composai en
un seul jour un poëme intitulé* Adam et Ève *que je m'empressai de lire à mes*

compagnons de l'École de Dessin. J'obtins un tel succès que l'un des élèves qui était compositeur se chargea d'imprimer mon œuvre avec un frontispice orné de la lyre d'Apollon. Le bruit de mon succès vint aux oreilles du père d'une de mes jolies cousines, qui était Vénérable d'une loge de francs maçons ; il me demanda un discours que je fus admis à lire en séance générale à la distribution des prix faite aux élèves des écoles mutuelles de Paris. Les maires des 12 arrondissements assistaient à cette solennité dont l'effet fut immense. Le Vénérable Lasteyrie me pressa longtemps dans ses bras aux applaudissements de l'assemblée. [Voici les vers] :

Messieurs, etc.[1]

Cependant je fis mes classes d'une façon honorable sinon brillante.

2. La traduction versifiée de l'ode d'Horace « À Tyndaris » fait en effet partie des essais de jeunesse de Nerval : voir NPl I, p. 18.

3. On n'a pas retrouvé la traduction par Nerval de cette mélodie de Byron. Claude Pichois a identifié l'original : « *Maid of Athens, ere we part* », recueilli dans *Childe Harold's Pilgrimage* (1812).

4. Cette imitation libre de Thomas Moore a été publiée pour la première fois dans l'*Almanach des Muses* de 1828. On notera ce procédé de composition, cher à Nerval, qui consiste à reprendre des textes anciens dans des textes nouveaux. En cela, l'écriture nervalienne trouve une belle figure d'elle-même dans l'image du palimpseste, convoqué dans le récit.

Page 112.

1. Le Tasse aima Éléonore d'Este, la sœur du duc de Ferrare, son protecteur ; Éléonore est également la sœur du cardinal Hippolyte d'Este, abbé commendataire de Châalis. Quant à Ovide, il fut probablement l'amant de la petite-fille d'Auguste, Julie. Comme la figure d'Aurélia, la figure d'Héloïse, à la fois Éléonore ou Julie, semble ainsi recouvrir plusieurs « incarnations » possibles ; et l'adoration du portrait témoigne du choix de l'imaginaire contre celui de la réalité : « c'est une image que je poursuis, rien de plus », avoue le narrateur au chapitre I de *Sylvie*.

Page 113.

1. Ces lignes dévoilent, pour la première fois explicitement, un projet autobiographique qui, dans toute l'œuvre, était jusque-là sous-jacent. La forme autobiographique est ici justifiée par la nécessité de répondre à des « biographies » dont Nerval, « ne pouvant plus atteindre au bénéfice de l'obscurité », a été victime : il s'agit notamment des

---

1. Les vers qui devaient être reproduits ici sont ceux d'un poème de 1829, intitulé « Les Bienfaits de l'enseignement mutuel » : voir NPl I, p. 238-240.

« nécrologies anticipées » dont Nerval a fait l'objet dans les « épitaphes » que Jules Janin, puis Alexandre Dumas ont « composées de [son] esprit », — celui-là dans le *Journal des Débats* du 1er mars 1841, celui-ci dans *Le Mousquetaire* du 10 décembre 1853 : Nerval y répondait dans la préface de *Lorely* (1852), et dans celle des *Filles du feu*. Mais il s'agit aussi de la biographie qu'Eugène de Mirecourt a faite de Nerval en 1854 pour la collection « Les Contemporains » : dans une lettre à son père, du 12 juin 1854, Nerval déplorait que cette « biographie nécrologique » fît de lui un « héros de roman » ou encore un « personnage conventionnel », et il ajoutait qu'il avait bien fait de « mettre à part [sa] vie poétique et [sa] vie réelle ». On notera par ailleurs que Nerval ne voit pas de solution de continuité entre le Je de l'autobiographie et les déguisements que celui-ci peut revêtir dans le roman ou dans la poésie lyrique. Dans les exemples qu'il donne de « roman autobiographique », il faut reconnaître sous le nom d'« Octave » le héros de *La Confession d'un enfant du siècle* (1836) de Musset, et sous celui d'« Arthur », le héros du roman éponyme d'Ulric Guttinguer (1834) ; quant à « Lélio », il peut s'agir du héros du roman de George Sand, *La Dernière Aldini* (paru en feuilleton en 1838 dans la *Revue des Deux Mondes*), qui est un éloge de la vie de bohème. On ajoutera enfin que ce « regard de tous » auquel l'écrivain se dit exposé est directement lié aux travaux de journaliste ou de « littérateur » auxquels Nerval s'est astreint toute sa vie et par lesquels il s'est fait connaître de ses contemporains.

2. Dans ses *Causeries d'un voyageur*, publiées dans *Le Pays* du 7 juillet 1854, Dumas avait en effet moqué les *divagations* chères à Nerval voyageur. Celui-ci souligne souvent son désir de contrarier le tracé des chemins de fer : c'est le cas ici, mais aussi au chapitre XXII des *Nuits d'octobre* ou dans *Angélique*. Pour le « voyageur-feuilletoniste », cette façon de voyager est aussi une façon d'écrire, qui caractérise le « récit excentrique ».

Page 114.

1. *La Fiancée*, opéra-comique en trois actes, paroles de Scribe, musique d'Auber, créé en 1829.

2. Le voyage dans l'espace prend ici clairement la forme d'un voyage dans le temps. Et les souvenirs « s'épanchent » dans les promenades, comme le songe dans la vie réelle à travers les déambulations hallucinées d'*Aurélia*.

Page 115.

1. Par cette mention de la « nef mystique des Égyptiens », le Paris nervalien, lieu de tous les décentrements, se voit aussi rêvé comme l'un

des pôles possibles de quelque parcours initiatique qui serait placé sous le signe de l'Orient.

Page 116.

1. Cette scène de noyade rappelle l'épisode raconté au chapitre X de *Sylvie* où le « *grand frisé* » sort de « *l'eau* » le petit Parisien. Seule la montre restera « *noyée* » (chapitre XII), comme si le temps s'était arrêté sur cette scène traumatisante.

Page 117.

1. « Mme de Montfort, prisonnière dans sa tour, qui tantôt s'envolait en cygne, et tantôt frétillait en beau poisson d'or dans les fossés de son château. » Il peut s'agir, selon Paul Bénichou (*Nerval et la chanson folklorique*, Corti, 1970, p. 320), de la chanson intitulée « La Cane de Montfort ». Cette chanson, où Mme de Montfort obtient d'être changée en cane pour échapper à la violence de ses ravisseurs, est évoquée par Chateaubriand comme un de ses souvenirs d'enfance dans les *Mémoires d'outre-tombe* (Livre cinquième, chap. 4). Mais dans la version de Nerval, la malheureuse victime de la chanson traditionnelle est devenue une châtelaine aux pouvoirs de métamorphose quelque peu diaboliques.

2. « La fille du pâtissier, qui portait des gâteaux au comte d'Ory... » Nerval a évoqué le sujet de cette romance dans *La Bohème galante*, et dans les « Chansons et légendes du Valois » (publiées en appendice de *Sylvie*). Il faut sans doute lire le « comte d'Orry » (et non pas « Ory ») : Nerval penserait ainsi à « Orry », localité voisine de Chantilly ; mais, selon Paul Bénichou (ouvrage cité, p. 282-286), cette localisation de la chanson serait en réalité fantaisiste. Quoi qu'il en soit, le thème de la femme qui se tue pour garder son honneur est courant dans les traditions folkloriques. C'est notamment le motif principal de la chanson « Dessous les rosiers blancs / La belle se promène », évoquée dans *Angélique* (septième lettre) et dans « Chansons et légendes du Valois ».

3. Nerval évoque la légende des « Moines rouges » dans *Angélique* (onzième lettre) : « [Sylvain] m'a chanté je ne sais quelle chanson des *Moines rouges* qui habitaient primitivement Châalis. — Quels moines ! C'étaient des templiers ! — Le roi et le pape se sont entendus pour les brûler. » Les Moines rouges apparaissent aussi au chapitre XI de *Sylvie* : « Vous souvenez-vous, Sylvie, de la peur que vous aviez quand le gardien nous racontait l'histoire des moines rouges ? » Il semble que « Les Moines rouges » ne soit pas une chanson, mais un conte populaire. À moins que Nerval ne localise dans le Valois une chanson qui, en réalité, appartient au folklore breton, et qui est citée, dès 1839, dans le *Barzaz-Breiz* de La Villemarqué (voir Paul Bénichou, ouvrage cité, p. 307-308).

4. « La fille du sire de Pontarmé, éprise du beau Lautrec... » Nerval

évoque ici la chanson « La Fille du roi Louis ». Cette chanson a un destin particulier dans l'écriture nervalienne : elle est citée intégralement dans *Angélique* (septième lettre), pour illustrer le « caractère des pères de la province ». Elle se reconnaît au chapitre II de *Sylvie* dans la chanson que chante Adrienne, et qui raconte « les malheurs d'une princesse enfermée dans sa tour par la volonté d'un père qui la punit d'avoir aimé ». Elle est résumée dans « Chansons et légendes du Valois », et dans *Promenades et souvenirs*. Mais les identités ne sont pas fixées dans les traditions orales, et, dans la version de *Promenades et souvenirs*, « le roi Louis » est remplacé par le « sire de Pontarmé », sans doute pour permettre à Nerval de mieux rapporter au Valois (Pontarmé est une commune de l'arrondissement de Senlis) cette chanson qu'il aime tant. L'identité du « beau Lautrec » est difficile à établir (il existe un Thomas de Lautrec historique, qui vécut sous François Iᵉʳ ; mais s'agit-il vraiment de lui ?). En outre, Paul Bénichou a montré que Nerval, en transformant « la jeune fille enfermée dans sa tour » en une « femme-vampire » (« Chansons et légendes du Valois ») ou « une goule affamée de sa » (*Promenades et souvenirs*), accouple probablement « La Fille du roi Louis » à une autre chanson : « Le Tueur de femmes » (ouvrage cité, p. 258-273). On notera que le scénario, en se pliant aux fluctuations des traditions orales, révèle aussi la fantasmatique personnelle.

5. « Henri IV et Gabrielle. » Il s'agit de Gabrielle d'Estrées, qui fut la favorite d'Henri IV. Nerval évoque souvent ce couple, et relève, dans *Les Faux Saulniers*, les légendes que les noms d'Henri IV et de Gabrielle ont fait naître dans la mémoire populaire (NPl II, p. 103-104).

6. « Biron et Marie de Loches. » Nerval a évoqué « la chanson de Biron » dans « Chansons et légendes du Valois », et l'on se souvient que Biron apparaît encore au vers 9 d'« El Desdichado » : « Suis-je Amour ou Phébus ?... Lusignan ou Biron ? » Il s'agit de Charles de Gontaut, duc de Biron (1561-1602), appartenant à une ancienne famille du Périgord. Compagnon d'Henri IV et maréchal de France, il fut plus tard emprisonné pour avoir conspiré contre le roi, et exécuté. Marie de Loches est, selon Jean Guillaume, Marie Bruneau, dame des Loges (env. 1584-1641), contemporaine de Biron.

7. Saint Rieul fut évêque de Senlis au ixᵉ siècle. Nerval revient sur sa légende, à la page suivante, à propos du champ des *Raines*.

8. « Saint Nicolas ressuscitant les trois petits enfants… » Nerval a cité, dans « Chansons et légendes du Valois », « la complainte de saint Nicolas », qu'il compare à « une ballade d'Uhland, moins les beaux vers ». Paul Bénichou (ouvrage cité, p. 253-258) considère que la localisation que propose ici Nerval (« un boucher de Clermont-sur-Oise ») est de pure fantaisie.

9. D'abord rapprochée de « la nixe germanique », chère à Henri

Heine, Célénie est ici associée à la figure de Velléda, prophétesse germaine, qui soutint la révolte des Bataves contre les Romains au 1ᵉʳ siècle après J.-C. Chateaubriand s'en est inspiré dans *Les Martyrs*. Elle participe en tout cas, comme Angélique, de l'image de la femme «guerrière», qui trouve son origine dans le souvenir imaginé de la mère, dont Nerval, dans *Aurélia* (II, 4), dit qu'elle «avait voulu suivre [son] père aux armées, comme les femmes des anciens Germains». La mention des Sylvanectes fait aussi de Célénie un avatar de Sylvie, qui, comme Célénie, est la gardienne de la mémoire des chansons et légendes du Valois.

Page 118.

   1. Cette toile est due à Michel de Corneille, et avait été commandée par le fils du grand Condé pour la galerie des batailles du château de Chantilly.

   2. Il s'agit d'une allusion à la mort du duc de Bourbon, dernier prince du nom de Condé, à Saint-Leu en 1830. On soupçonna sa maîtresse, Sophie Dawes, baronne de Feuchères, de l'avoir assassiné.

Page 119.

   1. «La Fille de l'hôtesse» est un poème d'Uhland (1836) ; mais la traduction de Nerval est ici une adaptation libre. En voici une traduction proposée par Auguste Eschenauer, *Poésies diverses*, 1868 :

> *Trois gais étudiants un jour le Rhin passèrent*
> *Et, fidèles amis, chez l'hôtesse ils entrèrent.*
>
> *«Hé ! l'hôtesse, avons-nous fraîche bière et vin vieux ?*
> *Où donc est votre enfant à l'air si gracieux ? »*
>
> *«Pour vous, oui, j'ai toujours bon vin et fraîche bière :*
> *Hélas ! on va porter ma fille au cimetière ! »*
>
> *Et lorsque de sa chambre ils ont franchi le seuil,*
> *Elle était là couchée en un sombre cercueil.*
>
> *Le premier écarta le drap jeté sur elle,*
> *Contempla tristement la morte jeune et belle :*
>
> *«Si tu vivais encor, plus pure que le jour,*
> *À toi seule à coup sûr je voûrais mon amour ! »*
>
> *Le second, s'approchant, rabattit le suaire,*
> *Se détourna, les pleurs inondant sa paupière :*

> *« Pourquoi donc n'es-tu plus, ô perle de mon cœur !*
> *Si longtemps je t'aimai ! Tu faisais mon bonheur ! »*

> *D'une tremblante main aussitôt le troisième*
> *Vint découvrir ses traits, baiser sa lèvre blême :*

> *« Je t'ai toujours aimée, et je t'aime en ce jour :*
> *Jusqu'en l'éternité je garde mon amour ! »*

Page 120.

1. Il s'agit de l'acteur français Montfleury (1600-1667), qui représente le style de l'hôtel de Bourgogne.

2. Le motif des comédiens ambulants, associé ici au souvenir des *Années d'apprentissage de Wilhelm Meister* de Goethe (1795-1796), est un thème poétique privilégié, dont le livre de Jean Starobinski, *Portrait de l'artiste en saltimbanque* (Genève, Skira, 1970, et Paris, Gallimard, 2004), permet de faire l'histoire et de comprendre la portée. Il parcourt l'œuvre de Nerval, depuis ses multiples comptes rendus dramatiques jusqu'à la préface des *Filles du feu* en passant par *Le Roman tragique* (1844). Dans cette dernière page, il permet au récit de revenir sur le thème initial du domicile : un domicile cette fois lui-même errant, placé sous le signe de l'art et de la fantaisie de « la verte Bohême », hésitant entre rêve et réalité. On sera sensible à cette fin du texte, — en mineur et comme *suspendue*.

AURÉLIA
ou
Le Rêve et la Vie

1. Histoire du texte

Les lettres de Nerval apportent sur la genèse d'*Aurélia* un témoignage précieux, qui rend sensible l'état psychologique dans lequel a été conçu le texte, et qui permet de repérer différentes étapes dans la conception et l'élaboration de cette œuvre ultime.

Le premier projet d'*Aurélia* a pour cadre la clinique du Docteur Blanche à Passy où Nerval est interné une première fois du 27 août 1853 au 27 mai 1854 (il le sera une seconde fois du 8 août au 19 octobre 1854) ; ce cadre est d'ailleurs lui-même représenté dans le récit à travers la très émouvante description de la chambre de l'asile, qui, littéralement, *situe* le récit d'*Aurélia*.

À ce stade, le projet de ce qui deviendra *Aurélia* doit beaucoup à la relation très particulière que Nerval a nouée avec son médecin, le Docteur Émile Blanche. On a pensé, en projetant sans doute sur la médecine de l'époque des vues qui seront plus tard celles de la psychanalyse, que la « transcription » que Nerval fait de ses rêves a pu être motivée par une demande de Blanche, voyant dans l'écriture un point d'appui possible pour la thérapie. Ce qui est sûr en tout cas, c'est que le Docteur Blanche a été, sinon l'initiateur de l'écriture de la future *Aurélia*, du moins le premier destinataire de celle-ci, et que cette destination détermine la conception de l'œuvre. En témoigne par exemple la lettre du 2 décembre 1853, où Nerval, qui vient de parler à son père (autre médecin) de son projet de faire, à partir de sa maladie, une étude qui ne sera pas « inutile pour l'observation et la science », adresse au Docteur Blanche quelques pages tout en lui demandant l'autorisation de continuer « cette série de rêves » ; le lendemain il précise son intention qui est de « faire honneur » aux soins qu'il a reçus, et il ajoute : « J'arrive ainsi à débarrasser ma tête de toutes ces visions qui l'ont si longtemps peuplée. À ces fantasmagories maladives succéderont des idées plus saines, et je pourrai reparaître dans le monde comme une preuve vivante de vos soins et de votre talent. » Dans sa première orientation (dont l'œuvre finale conserve la trace), le récit est ainsi conçu par Nerval lui-même (quoi qu'il en soit des intentions du Docteur Blanche) comme un *récit clinique*, une sorte de journal de la folie et des rêves, dont la visée est d'abord thérapeutique ou cathartique.

Très tôt cependant le projet cesse d'être exclusivement « médical », pour relever d'une ambition littéraire plus marquée et plus autonome. Il est probable que cet infléchissement du projet de l'œuvre soit lié à la publication de l'article d'Alexandre Dumas dans *Le Mousquetaire* du 10 décembre 1853 qui rendait publique la « folie » de Nerval. On sait que Nerval, profondément blessé et menacé dans son identité d'écrivain, répondit à Dumas dans la lettre qui sert de préface aux *Filles du feu*, et dans laquelle un paragraphe semble annoncer *Aurélia*. Il s'agit en tout cas désormais non plus seulement d'écrire pour « transcrire » les impressions de sa « maladie » à l'intention du Docteur Blanche, mais d'écrire pour prouver aux yeux de tous une santé *littéraire* retrouvée et faire œuvre véritable à partir de ce qui a semblé menacer la possibilité même de l'œuvre. Un tel projet exige que Nerval s'éloigne de la clinique du Docteur Blanche : c'est ce qu'il fait en partant, fin mai 1854, pour l'Allemagne, sans doute contre l'avis de son médecin.

Les lettres d'Allemagne permettent de suivre l'avancement, jour après jour, de l'écriture d'*Aurélia*. Le texte est désormais destiné à la *Revue de Paris*. Les préoccupations de Nerval sont alors d'ordre esthétique : « J'écris un ouvrage pour la *Revue de Paris* qui sera je crois remarquable », écrit-il à son père, de Baden-Baden, le 31 mai. À Stuttgart, le 11 juin, il annonce au Docteur Blanche que « le livre avance beaucoup » en se refusant toutefois d'envoyer à Maxime Du Camp (l'un des rédacteurs en chef de la *Revue de Paris*) ce qui est déjà écrit pour corriger « d'après l'ensemble ». Une lettre à Franz Liszt, datée de Nuremberg, le 23 juin 1854, fait apparaître que Nerval a songé un temps à réunir *Sylvie* et *Aurélia* dans un même volume, et elle éclaire l'esthétique de l'œuvre en la rapprochant de celle de Jean Paul : « J'ai écrit des œuvres du démon, comme mes comédies, comme l'entendait Voltaire, mais je ne sais quel roman-vision à la Jean Paul que je voudrais donner à traduire avant de l'envoyer aux revues. [...] Cela se rattache à une nouvelle que j'ai publiée l'année dernière dans la *Revue des Deux Mondes* (intitulée "Sylvie") et il y aurait de quoi faire un joli petit volume. J'ai déjà la traduction de "Sylvie". J'estime, d'ici, que cela sera plus clair pour les Allemands que pour les Français... Une fois ma tête débarrassée de ce *mille-pattes* romantique, je me sens très propre à des compositions claires. » Le 25 juin, de Bamberg, Nerval écrit au Docteur Blanche en soulignant l'évolution de son travail mais aussi sa fidélité au projet initial : « Le livre de Du Camp avance, j'ai dû beaucoup refaire de ce qui avait été écrit à Passy, sous les observations que vous savez ; c'est pourquoi j'en avais fait faire une copie afin de ne pas perdre les rognures que je saurai utiliser. Cela est devenu clair c'est le principal et c'est ce qui vous fera honneur, que je le date ou non de votre maison. » Le 11 juillet, toujours au Docteur Blanche qui reste un confident privilégié, il précise : « Ma santé est-elle aussi bonne que je le crois, c'est ce qui doit se prouver par mon travail. »

Quoi qu'il en soit de cette « santé » que Nerval tient absolument à faire reconnaître par ses interlocuteurs, le voyage en Allemagne revêt aussi une dimension plus intime : l'Allemagne est la terre de la tombe de la mère, et l'œuvre en retire une portée autobiographique plus marquée, — proche parfois d'une sorte d'auto-analyse avant la lettre, puisque les rêves ne sont plus seulement « transcrits », mais rapportés, par le narrateur lui-même, à leur foyer secret le plus névralgique.

Fin juillet, Nerval est de retour à Paris, et dès le début du mois d'août il doit regagner la maison du Docteur Blanche.

C'en est fini de la liberté que procure le voyage. Le dur travail de la réécriture commence, avec des délais à respecter, et la nécessité de recomposer sur épreuves pour y voir plus clair : « J'ai beaucoup retravaillé mon travail, j'ai moralement fini, écrit-il à Louis Ulbach, directeur de la *Revue de Paris*. Il n'y a plus qu'à rajuster des morceaux. Mais j'ai absolument besoin d'épreuves. Si vous voulez, vous pouvez commencer pour le prochain numéro. Dans tous les cas, je vous serai bien obligé de donner cette copie où je me reconnaîtrai mieux. Je ne m'occupe que du reste qui formera encore un tiers — ne doutez pas de l'achèvement, c'est comme fini. »

Vers la fin septembre, le texte semble prêt puisque Nerval écrit à son cousin, le Docteur Évariste Labrunie, que « deux imprimeries celle de la *Revue de Paris* et celle de *L'Artiste* n'attendent que mes bons à tirer » ; et le 23, à M. Godefroy, agent de la Société des auteurs, il parle pour la première fois explicitement « du nouveau livre intitulé *Aurélia* ». Mais en octobre, l'heure est encore aux corrections, comme l'atteste une lettre à Maxime Du Camp, du 13, qui souligne en outre les rigueurs de l'internement psychiatrique : « Voilà encore de la copie, j'en ai encore beaucoup à donner quand j'aurai recopié et corrigé. Le docteur m'a remis aux arrêts. »

Les dernières phases de l'élaboration d'*Aurélia* se ressentent de l'instabilité des derniers mois de la vie de Nerval. Ce sont d'abord des hésitations, comme dans ce billet à Louis Ulbach, d'octobre 1854 : « Décidément je crois qu'il vaut mieux attendre et ne pas donner tout de suite à composer. Du reste je n'en ai pas pour longtemps et nous verrons mieux cela la semaine prochaine. La coupure en deux morceaux aurait peut-être des inconvénients, vu du reste le peu de longueur qui pourrait nuire à l'un ou à l'autre des morceaux. / Pardon de ces hésitations, mais le genre difficile du travail me rend timide pour la forme de publication. » Dans un billet envoyé au prote de l'imprimerie Pillet, où le manuscrit est à la composition, Nerval demande qu'on lui envoie « six ou sept épreuves » « à cause d'une transition et d'un raccord nécessaires » : « J'ai beaucoup de copie encore et l'on ne verra bien où il faut couper que quand nous serons plus avancés. »

Les va-et-vient des épreuves sont encore compliqués par le fait que Nerval, malgré les réticences de son médecin, a quitté la maison de Passy depuis le 19 octobre. Il est alors sans adresse fixe. D'où peut-être maintes erreurs dans les envois des épreuves, — comme l'atteste, début novembre, ce billet à Louis Ulbach, qui présente aussi l'image d'un auteur qui *bat la campagne*, n'écrivant plus qu'au fil de ses errances : « Je ne comprends rien à votre imprimerie. Il n'y a pas de caractères pour imprimer ma suite. Personne ici pour me donner les sept épreuves qu'on m'a faites. Peut-être les aura-t-on envoyées chez Blanche. Alors c'est perdu pour quelque temps. Je pars pour Saint-Germain. J'ai les poches pleines de copie que je remporte de peur de la perdre. »

À Antony Deschamps, Nerval écrivait peu de temps auparavant (24 octobre 1854) : « Je travaille et j'enfante désormais dans la douleur. »

Les témoignages ensuite se font rares. Les faits seuls parlent. Et l'histoire du texte d'*Aurélia* se dénoue dans la « nuit noire et blanche » (selon les termes du dernier billet de Nerval), — où le poète s'en alla « délier son âme dans la rue la plus noire qu'il pût trouver », écrit Bau-

delaire, à propos de Nerval, dans une de ses études sur Edgar Poe, en
1856.

2. Établissement du texte

L'histoire du texte et le dénouement tragique de la vie de Nerval
expliquent les difficultés auxquelles ont été confrontés, dès le début,
les premiers éditeurs de l'œuvre : si la « [Première partie] » est publiée
du vivant de Nerval, le 1ᵉʳ janvier 1855, la publication de la « Seconde
partie », le 15 février, est posthume, et ne peut se prévaloir de l'aval de
l'auteur.

Les premiers éditeurs — Louis Ulbach, Maxime Du Camp et Théophile Gautier — ont eu probablement accès à un ensemble de manuscrits et d'épreuves, — qui est en partie perdu aujourd'hui, mais dont
on peut se faire une idée à partir du témoignage que Louis Ulbach a
rapporté, tardivement, dans la *Revue politique et littéraire* du 20 août
1881 : « Je me souviens, écrit Louis Ulbach, du manuscrit bizarre qui
me fut remis par Gérard de Nerval pour la *Revue de Paris* : des bouts de
papier de toutes dimensions, de toute provenance, entremêlés de
figures cabalistiques dont l'une visait à démontrer par la géométrie le
mystère de l'Immaculée Conception, des fragments sans lien que l'auteur reliait entre eux dans le travail pénible de la correction des
épreuves, voilà le premier aspect de ce travail. »

Les éditeurs actuels, n'ayant plus à leur disposition un jeu complet
de manuscrits et d'épreuves, sont obligés de s'en remettre à cette décla-
ration que « la Direction » de la *Revue de Paris* porte en note de la
« Seconde partie » d'*Aurélia* dans le numéro du 15 février 1855 : « Nous
publions le dernier travail de Gérard de Nerval, tel qu'il nous l'a laissé,
en respectant, comme c'était notre devoir, les lacunes qu'il avait l'habitude de faire disparaître sur les épreuves. »

Le caractère lacunaire du texte est bien souligné ; mais si Ulbach, Du
Camp et Gautier proclament leur fidélité à la mémoire de Nerval, l'ensemble qu'ils offrent aux lecteurs de la *Revue de Paris* pose en réalité un
certain nombre de problèmes philologiques que les lecteurs d'aujour-
d'hui doivent garder présents à l'esprit.

La division même de la nouvelle en deux parties ne va pas de soi. Le
texte de la *Revue de Paris* du 1ᵉʳ janvier 1855 ne comporte pas en effet la
mention « Première partie », que l'on a pris l'habitude d'ajouter (entre
crochets) pour répondre à la mention de « Seconde partie », qui apparaît bien, quant à elle, en tête du numéro du 15 février. Le fait doit être
relevé d'autant que Jean Guillaume a fait remarquer que certains fragments manuscrits présentent la trace d'une numérotation en continu
des chapitres, sans division en parties.

Jean Guillaume, par ailleurs, a pensé que l'actuel chapitre II 4 a pu être conçu par Nerval, non pour suivre les chapitres II 2 et II 3, mais pour se substituer à eux, — ce que les premiers éditeurs auraient négligé de faire, — sans qu'il soit pour autant possible désormais, à partir des documents restants, de rétablir sans risques la version qui serait la plus conforme à l'intention de Nerval.

Le début de la « Seconde partie » rassemble des fragments manifestement discontinus, que la *Revue de Paris* fait se succéder en les séparant par un blanc et un trait, — comme nous le faisons ici sans préjuger de la cohérence de cet ensemble, ni de son adéquation au projet de Nerval.

Une lacune apparaît dans le texte au moment où celui-ci annonce la citation de lettres. Cette lacune est préservée dans la *Revue de Paris*; mais Théophile Gautier et Arsène Houssaye se croiront autorisés à la combler, d'une manière très discutable, dans le volume posthume qu'ils intituleront *Le Rêve et la Vie* (1855), où *Aurélia* est réuni à d'autres textes qui ne sont pas toujours de Nerval.

Même le statut des *Mémorables* (p. 185), qui sont ajoutés au récit sans lui être véritablement intégrés, est incertain ; et une note de Théophile Gautier sur un lambeau d'épreuves — « Je crois que c'est ici que se placent naturellement les rêves — "sur un pic élancé de l'Auvergne" et les rêves qui suivent jusqu'au numéro 4 […] » — indique déjà l'embarras des premiers éditeurs.

Il existe enfin des textes manuscrits non repris le 15 février sans que l'on puisse être sûr des raisons qui ont motivé leur exclusion.

Dans l'état des connaissances actuelles, si rigoureuses soient-elles du fait du travail philologique accompli en particulier par Jean Guillaume, on ne peut donc dire avec certitude si le texte d'*Aurélia* est inachevé (du fait de Nerval lui-même), s'il est incomplet (du fait des éditeurs qui auraient égaré ou écarté des fragments effectivement composés par Nerval), ou encore s'il est fautif (du fait des éditeurs qui auraient mal intégré tel ou tel passage dans l'ensemble de la composition)…

Nous reproduisons le texte de la nouvelle édition de la « Bibliothèque de la Pléiade », fidèle au texte de la *Revue de Paris* des 1er janvier et 15 février 1855.

Il existe, pour *Aurélia*, des manuscrits ainsi que des épreuves partielles, dont on trouvera le recensement dans Michel Brix, *Manuel bibliographique des œuvres de Gérard de Nerval*, Presses universitaires de Namur, 1997.

Nous avons choisi, pour la présente édition, de n'indiquer, en notes, que les variantes qui nous ont paru les plus importantes. Pour un relevé exhaustif, le lecteur se reportera à l'établissement du texte, dû à Jean Guillaume, dans la nouvelle édition de la « Bibliothèque de la Pléiade ».

3. Interprétation

Les problèmes du texte d'*Aurélia* sont liés aussi à la richesse et à la complexité extrêmes de la matière que le récit tente de mettre en œuvre.

Cette matière est d'abord biographique, même si les données biographiques sont constamment distanciées par le récit qui les revêt de pudeur et de mystère. Dans les chapitres I et II, Nerval revient — en voilant les noms, en travestissant les faits et en multipliant les périphrases ou les ellipses — sur les événements qu'il a déjà en partie réélaborés dans *Pandora* : l'amour impossible pour Jenny Colon, l'étourdissement de Vienne et la rencontre de Marie Pleyel lors de l'hiver 1839-1840, la réunion des deux femmes à Bruxelles lors de l'hiver suivant. Toutefois, par rapport à *Pandora*, le récit qu'*Aurélia* fait de ces éléments prend les accents d'un long thrène élégiaque : c'est que la mort de Jenny Colon, survenue le 5 juin 1842, est cette fois dévoilée à travers la mention, au chapitre VII, de la mort d'Aurélia ; le choc causé par cette mort est sans doute alors ravivé par celui provoqué par une autre mort, contemporaine de la rédaction du récit : la mort de Stéphanie Houssaye, survenue en décembre 1854, sur laquelle l'exégèse récente a attiré l'attention. *Aurélia* est très profondément un récit de deuil ; et, de deuil en deuil, l'écriture d'*Aurélia*, comme celle de *Promenades et souvenirs*, en vient à nommer une autre perte, plus fondamentale : celle de la mère, révélée au chapitre IV de la « seconde partie », — où elle est en quelque sorte *analysée*, c'est-à-dire rapportée à tous les nœuds névralgiques qui, dans l'histoire personnelle comme dans l'histoire du siècle, ont constitué la personnalité de Nerval. Peu d'œuvres au XIXᵉ siècle ont, comme *Aurélia*, une telle dimension existentielle. C'est en réalité une forme inédite d'autobiographie qui s'invente ici, — où « la Vie » tente de se dire sous le regard du « Rêve ».

Aurélia en effet interroge le rêve. Toutefois l'expérience relatée dans le récit n'est pas tant celle du rêve — dont Albert Béguin a dit la valeur et la signification pour « l'âme romantique » — que celle de la *perte du rêve*. La formule « l'épanchement du songe dans la vie réelle » dit rigoureusement cette impossibilité de rêver, dès lors que le rêve n'est plus cantonné dans sa scène propre mais fait retour dans le réel, dès lors qu'il n'y a plus de séparation entre la veille et le sommeil, plus de frontière entre le « Rêve » et la « Vie ». Cette confusion du « Rêve » et de la « Vie » donne une apparence nouvelle à l'errance nervalienne : alors que dans *Sylvie*, la promenade dans le Valois devait permettre au sujet de «reprendre pied sur le réel» (même si déjà en vérité elle contenait bien mal la remontée des souvenirs), les déambulations parisiennes dans *Aurélia*, au lieu de s'opposer au rêve, deviennent elles-mêmes le théâtre d'hallucinations.

De *Sylvie* à *Aurélia*, le statut de la figure féminine a également changé. Déjà dans *Sylvie*, Adrienne (la disparue) restait dans l'ombre; mais Aurélie, elle, existait comme existe un personnage de roman. Or les épreuves de la future *Aurélia*, alors seulement intitulées *Le Rêve et la Vie*, portent encore le nom d'«Aurélie» : c'est donc tardivement que celui-ci est modifié en «Aurélia» et qu'*Aurélia* devient le titre de la nouvelle[1]. La modification du nom, lui-même déplacé en titre, revêt une signification capitale. Elle fait en quelque sorte venir l'ombre au-devant de la scène. La dame aimée dans *Aurélia*, d'emblée liée au sentiment d'une perte, n'apparaît jamais en rêve que pour disparaître aussitôt; son nom même s'efface progressivement du récit. C'est qu'Aurélia n'est pas un personnage fictif comme pouvait l'être encore l'actrice Aurélie dans le «petit roman» de *Sylvie*. Elle est littéralement *l'ombre d'une absence*: une absence aux mille visages, — que le récit tente de *nommer*, et à sa façon d'*analyser* en la rapportant, dans ses passages les plus autobiographiques, tant à l'histoire personnelle du sujet qu'à l'histoire du siècle et de la crise religieuse issue de la Révolution.

La singularité de l'expérience rapportée dans le récit appelle l'invention d'une forme elle-même inédite, — «une forme absolue et précise, au-delà de laquelle tout est trouble et confusion», écrivait Nerval à propos du *Faust* de Goethe.

Ce qui frappe d'abord, dans l'esthétique de ce «roman-vision à la Jean Paul», c'est la théâtralité du dispositif narratif que le récit met en œuvre. On songe à ce que Nerval écrivait de Heine en 1848 : «Ce n'est plus une lecture qu'on fait, c'est une scène magique à laquelle on assiste.» *Aurélia* apparaît comme le dernier avatar, dans un récit en prose, de la recherche théâtrale de Nerval: la nouvelle revêt par endroits la forme d'une immense didascalie fantastique, — à ceci près que la scène qu'elle découvre est cette fois *l'autre scène* du rêve.

Les caractéristiques de la scène onirique sont restituées avec une

---

1. Un autre titre semble avoir été envisagé : *Artémis ou le Rêve et la Vie*, qui figure dans le projet d'*Œuvres complètes* que Nerval a rédigé quelque temps avant sa mort (NPl III, p. 785). Si l'on songe que le sonnet «Artémis» dans *Les Chimères* était conçu par Nerval comme un «Tombeau» poétique (voir la référence à la Pierre de Bologne sur le manuscrit Lombard du «Ballet des Heures», première version d'«Artémis», Folio, p. 430), *Aurélia* elle-même doit être comprise comme un «Tombeau» de l'objet aimé.

attention remarquable. Nerval souligne l'étrangeté de la lumière ; il capte les variations des dimensions de l'espace où les relations de perspective sont constamment réversibles ; il décrit les métamorphoses de chaque figure et saisit la labilité particulière de leurs traits et de leurs contours. Comme plus tard Rimbaud, il « fixe les vertiges ». Et les phénomènes les plus étranges du sommeil se résolvent dans la transparence troublante de sa prose.

Mais le fait le plus frappant dans l'écriture d'*Aurélia* tient dans le dédoublement de l'instance narrative. Le rêve n'est pas seulement « transcrit », il est encore analysé, et le narrateur, en relatant sa propre expérience, entreprend après coup de lui donner un *sens*.

C'est ce sens qui est l'enjeu d'*Aurélia*, mais ce sens est très singulièrement *suspendu* dans le récit. Si *Aurélia* « c'est, écrira Maxime Du Camp dans ses *Souvenirs littéraires*, la folie prise sur le fait, racontée par un fou dans un moment de lucidité », le narrateur d'*Aurélia* hésite entre deux interprétations possibles de sa propre folie. Celle-ci peut-elle avoir un sens supérieur, comme le croyaient les anciens ? Est-elle une initiation sacrée, comme le narrateur voudrait pouvoir le croire encore ? ou au contraire faut-il convenir, avec le Docteur Blanche, qu'elle est une simple maladie, un simple « désordre de l'esprit » dénué de tout sens autre que celui de la souffrance humaine ? Ce qui rend véritablement tragique la voix narrative dans *Aurélia*, c'est qu'elle épouse *simultanément* ces deux interprétations, retrouvant en elle-même les mots de la médecine qu'elle se refuse cependant à cautionner pleinement, ou empruntant ses modèles à des récits initiatiques qu'elle ne parvient plus cependant à faire comprendre.

Cette ambivalence n'est pas seulement celle de Nerval ; elle marque, à travers Nerval, la ligne de fracture de la *modernité*.

4. Notes et variantes

Page 123.

1. « Ces portes d'ivoire ou de corne » sont une allusion à Virgile, *Énéide*, VI, v. 894-897 : « Il est deux portes du Sommeil, l'une, dit-on, est de corne, par où une issue facile est donnée aux ombres véritables ; l'autre, d'un art achevé, resplendit d'un ivoire éblouissant, c'est par là cependant que les Mânes envoient vers le ciel l'illusion des songes de la nuit » (traduction Jacques Perret, Les Belles Lettres, 1978, rééd. Folio). Nerval trouve ainsi dans la tradition antique une caution illustre ; et le narrateur d'*Aurélia*, au moment d'entreprendre le récit de sa propre « descente aux enfers », ne cessera lui-même d'hésiter entre deux

conceptions du rêve : l'une qui fait du rêve une source d'illusion, l'autre la promesse d'une révélation. On trouve une autre allusion à ces « portes d'ivoire ou de corne » dans des notes manuscrites de Nerval, NPl III, p. 770 : « S'entretenir d'idées pures et saines pour avoir des songes logiques [...]. Quand vos rêves sont logiques ils sont une porte ouverte ivoire ou corne sur le monde extérieur. »

2. Le vocabulaire du théâtre, l'attention aux jeux de lumière, le vocabulaire de « l'apparition » invitent à superposer l'incipit d'*Aurélia* à celui de *Sylvie* : de la scène du théâtre, à *l'autre scène* du rêve, il n'y a pas chez Nerval de solution de continuité, et, dans les deux cas, théâtre et rêve ouvrent sur les « limbes ».

3. Après Virgile, d'autres modèles littéraires sont convoqués pour servir de caution à l'entreprise de Nerval. Ce sont :

— Swedenborg (1688-1772), auteur notamment du *Livre des rêves*, dont la théorie des « correspondances » a nourri l'œuvre de Balzac (*Séraphîta* ou *Louis Lambert*) et de Baudelaire.

— Apulée (125-180 environ), auteur de *L'Âne d'or*, récit initiatique que Nerval évoque souvent, notamment dans *Isis*, dans l'étude sur Jacques Cazotte (*Les Illuminés*), ou encore au chapitre I de *Sylvie*.

— Dante enfin (1265-1321), dont la Béatrice, célébrée dans la *Vita nuova*, guide le poète au *Paradis* dans *La Divine Comédie*.

— Pétrarque sera également évoqué à la page suivante.

— Mais, par-delà ces modèles avoués, un autre présente un lien implicite avec *Aurélia* : le modèle de Goethe, avec notamment l'épisode de la descente au « Royaume des Mères » dans le second *Faust*.

Page 124.

1. Le verbe « transcrire » (« je vais essayer [...] de transcrire les impressions d'une longue maladie ») donne au récit d'*Aurélia* une dimension nouvelle : celle d'un récit clinique, — une sorte de journal de la folie, rédigé à l'intention du Docteur Blanche. Mais, dans la formulation de ce programme narratif, on notera, à nouveau, l'hésitation de Nerval quant à la signification à donner à son expérience : simple « maladie » ou véritable « initiation » ? On notera aussi l'opposition entre le point de vue subjectif (« quant à ce qui est de moi-même ») et le point de vue des autres (« ce que les hommes appellent la raison »). Cette hésitation et cette opposition reviendront, inchangées, à la fin du récit.

2. La nomination d'Aurélia est ici très remarquable : conformément à la tradition lyrique, elle souligne que le nom de la Dame est un nom de fiction, un nom-« écran », — et que celui-ci, bien au-delà de la personne réelle (Jenny Colon), recouvre en définitive une perte essentielle. Le déploiement du récit d'*Aurélia* va se confondre avec la révélation de cette essence du nom.

3. En écartant les « circonstances », le récit d'*Aurélia* se détourne du récit simplement anecdotique ou biographique, pour détacher de la réalité vécue une essence plus profonde. De là le ton, discret et presque solennel, que revêt le récit. On comparera la version finale avec la version manuscrite (p. 206), qui était au contraire beaucoup plus référentielle et circonstanciée.

Page 125.

1. « Une femme d'une grande renommée. » Dans la biographie, ici à nouveau soigneusement masquée, il s'agit de Marie Pleyel, grande pianiste, qu'aima, entre autres, Hector Berlioz.

2. Tout au long de ces pages, Nerval a transposé dans « une ville d'Italie », l'épisode de Vienne déjà réélaboré dans *Pandora*. L'Italie fait signe aussi vers *Octavie*, auquel se rattache l'idée du suicide également présente, sous une forme dénégative, dans ce passage. Quant à la fin du chapitre I, elle rappelle le chapitre XIII de *Sylvie*, intitulé « Aurélie », où l'actrice révèle au narrateur qu'il s'est trompé d'amour. Les lieux s'échangent, les identités tournent, mais, d'un récit à l'autre, l'imagination nervalienne reste rivée à un même événement traumatique.

Page 126.

1. « Une autre ville » désigne, dans la biographie, Bruxelles, où Nerval revit Marie Pleyel, en décembre 1840. Il y retrouva aussi Jenny Colon qui jouait dans *Piquillo*. C'est à Bruxelles (désignée par la périphrase « une froide capitale du Nord ») que s'achevait *Pandora*; et c'est à Bruxelles, lors de ce même hiver 1840, que s'ouvrait le récit de la première version manuscrite d'*Aurélia* (p. 206). Mais de *Pandora* à *Aurélia*, la rencontre de Bruxelles change de valeur, et devient le signe d'un possible « pardon du passé ». On notera aussi dans ce paragraphe l'union du thème amoureux et du thème religieux : réciproquement, tout au long d'*Aurélia*, l'écroulement de la relation amoureuse sera constamment associé au sentiment d'un écroulement religieux.

Page 127.

1. « L'ange de la Mélancolie, d'Albrecht Dürer » (*Melencolia I*, qui date de 1514) est également évoqué dans le *Voyage en Orient* : « Le soleil noir de la mélancolie, qui verse des rayons obscurs sur le front de l'ange rêveur d'Albert Dürer, se lève aussi parfois aux plaines lumineuses du Nil, comme sur les bords du Rhin, dans un froid paysage d'Allemagne. » On songe aussi au vers du sonnet « El Desdichado » : « — et mon luth constellé / Porte le *Soleil noir* de la *Mélancolie* ».

2. Un fragment manuscrit (voir p. 207, n. 3) montre qu'il s'agit du peintre Paul Chenavard. L'effacement de la référence explicite permet

la métamorphose de ce «Paul ***» en apôtre, p. 128. La référence biblique en appelle une autre : celle de la lutte de Jacob avec l'ange (Genèse, XXXII, 23-33), p. 128.

Page 128.

1. On notera que la phrase associe l'Étoile (avec majuscule) et la «destinée», — ce qui n'est pas sans évoquer le couple de l'Étoile et du Destin dans *Le Roman comique* de Scarron, — ou dans le sonnet «El Desdichado», intitulé d'abord «Le Destin» et où figure une «étoile» morte.

2. Juan Rigoli (*Lire le délire*, Fayard, 2001) a montré que la formule «l'épanchement du songe dans la vie réelle» a une histoire, puisqu'elle fait écho à la définition que Hegel par exemple donne de la folie dans la *Philosophie de l'esprit* («dans la folie, le rêve est dans la veille») ; mais elle a aussi un avenir, puisque sa justesse, quasi nosographique, fera qu'elle sera reprise directement à Nerval par des aliénistes, dont le Docteur Moreau de Tours (voir aussi Michel Jeanneret, «La folie est un rêve, Nerval et le Docteur Moreau de Tours», *Romantisme*, n° 27, 1980, p. 317-322). Au reste, Maxime Du Camp, dans ses *Souvenirs littéraires*, recommande la lecture d'*Aurélia* à tous les aliénistes : «Peu de temps avant de mourir, [Gérard de Nerval] a écrit une nouvelle intitulée : *Aurélia, ou le Rêve et la Vie*, qui est une sorte de testament légué aux méditations des aliénistes. C'est la folie prise sur le fait, racontée par un fou dans un moment de lucidité ; c'est une confession sincère, où la génération des conceptions délirantes est expliquée avec une clarté extraordinaire [...]. / Tout aliéniste qui voudra connaître le mode de production des phénomènes morbides dont le cerveau des fous est travaillé devra lire, devra étudier ce livre.» La formule «l'épanchement du songe dans la vie réelle» désigne en tout cas très bien le phénomène de l'hallucination, où le rêve fait retour, hors de sa scène propre, dans le réel.

Page 129.

1. Dans le délire, la mémoire semble excéder les limites de l'expérience individuelle et, comme dans le poème «Fantaisie», elle s'ouvre sur le souvenir d'une «autre existence». Cette sorte d'hyper-mémoire était préparée par une allusion à «la déesse Mnémosyne», p. 126-127.

2. En définissant sa «mission» et en entreprenant de relater ses «visions insensées peut-être, ou vulgairement maladives», le narrateur souligne la dimension clinique ou cathartique de son récit. On connaît cependant les réticences de Nerval par rapport à ceux qui, sous couvert de réalisme, n'étudient l'âme humaine que par «ses côtés infimes ou souffrants» (*Les Illuminés*, Folio, p. 295).

Page 130.

1. « Une divinité, toujours la même. » On songe aussi bien à l'univers d'« Artémis » qu'à la « fée des Funambules » telle qu'elle est évoquée au chapitre VI de *Sylvie* notamment. On notera en outre, dans ce passage comme dans bien d'autres d'*Aurélia*, une caractéristique remarquable de la spatialité onirique, où la troisième dimension n'est pas fixée, et où donc le proche se résorbe constamment dans le lointain.

Page 131.

1. La « maison de santé » en question est celle de Mme Sainte-Colombe, rue de Picpus.

2. « Je crus avec certitude. » On notera l'ambiguïté de la formule, qui, en associant inextricablement la certitude et le doute, caractérise bien la forme de conviction qui accompagne la perception délirante.

Page 132.

1. Ce rêve éveillé fait apparaître plusieurs nœuds de l'imaginaire nervalien :

— « L'oncle maternel » n'est pas ici Antoine Boucher que Nerval évoquera dans la partie autobiographique d'*Aurélia* (II 4), mais, en remontant beaucoup plus loin dans le temps, un certain Olivier Bega, que Nerval assimile à un peintre hollandais, Cornélis Begas : Jacques Bony a montré que celui-ci est l'auteur d'une représentation de la Lorelei (« la fée célèbre de ce rivage »), qui a servi à composer le frontispice de *Lorely* (voir *Promenades et souvenirs*, p. 105, n. 1).

— La « vieille servante » porte ici le prénom faustien de « Marguerite », qui est aussi l'un des prénoms de la mère de Nerval.

— « *Son* portrait… », « *elle* est avec nous » : ces formules pourraient alors désigner, par les voies indirectes du rêve, la mère elle-même dont le portrait, dira Nerval au chapitre II 4, a été perdu.

— On notera aussi les motifs de l'oiseau, souvent messager des âmes chez Nerval, et du « myosotis », que l'on retrouvera dans les *Mémorables*, p. 186.

Page 134.

1. Cette sorte de voyage onirique au centre de la terre, qui aura d'autres exemples dans *Aurélia*, rappelle la descente d'Adoniram au centre de la terre dans l'« Histoire de la reine du Matin et de Soliman, prince des génies », rapportée dans le *Voyage en Orient*. On songe aussi à la descente de Faust au « Royaume des Mères », où « les siècles écoulés se conservent tout entiers à l'état d'intelligences et d'ombres » (NPl I, p. 503). Le centre de la terre donne en tout cas ici accès aux origines personnelles du sujet : avant même que celles-ci soient relatées dans le

récit autobiographique du chapitre II 4, elles sont préfigurées dans le rêve où plusieurs motifs semblent évoquer notamment le « clos de Nerval », ou encore le grand-oncle maternel Antoine Boucher. Une variante, biffée, située après « C'était mon oncle » (p. 134), précisait sur le manuscrit les liens de parenté, étonnamment mobiles, que le rêve tisse entre l'oncle, la mère, et celle qui se nomme encore « Aurélie » : « Près de lui je vis une personne dont les traits d'abord vagues se précisèrent peu à peu et sans étonnement mais avec délices je reconnus ceux d'Aurélie. Je compris que c'était sa fille et une idée subite éclaira l'origine de mon amour. J'avais vu dans ma jeunesse un tableau qui lui était attribué, et jusqu'à ce moment-là jamais je n'avais remarqué que la figure principale était le type des traits qui plus tard m'avaient séduit. »

Page 135.

1. L'image de cette « chaîne non interrompue d'hommes et de femmes en qui j'étais et qui étaient moi-même » témoigne bien de la structuration sérielle de la scène onirique, et fait de l'imaginaire un palais aux miroirs.

2. La concentration du temps dans le rêve avait été déjà notée au chapitre II de *Sylvie* à propos de la « demi-somnolence » qui préside au déploiement des souvenirs : « Cet état, où l'esprit résiste encore aux bizarres combinaisons du songe, permet souvent de voir se presser en quelques minutes les tableaux les plus saillants d'une longue période de la vie. »

3. Même l'Inde, à travers ici l'image de ses « dieux multiples », fait partie de la « géographie magique » de Nerval. Voir l'introduction de Michel Brix au *Chariot d'enfant*, pièce indienne adaptée de celle du roi Soudraka par Joseph Méry et Nerval, 1850, édition de Michel Brix et Stéphane Le Couëdic, La Chasse au Snark, 2002.

Page 136.

1. « Je me vis errant. » Le tour pronominal souligne la forme de dédoublement qui est inhérente au processus même du rêve. Mais pareil dédoublement peut aussi être lié, chez Nerval, à certaines impressions de voyage, — comme dans cette vue de Beyrouth, où le narrateur se sent devenir à la fois acteur et spectateur de la scène qu'il a sous les yeux : « Me voilà transformé moi-même, *observant et posant à la fois,* figure découpée d'une marine de Joseph Vernet » (*Voyage en Orient,* Folio, p. 404).

Page 137.

1. Comme dans la descente de Faust au « Royaume des Mères », le rêve, en transposant dans une perception spatiale le sentiment d'une remontée dans le temps, semble donner accès aux *limbes de l'Histoire*. Déjà le voyage, pour Nerval, avait le pouvoir de « faire lever le spectre de ce que [les lieux] furent dans un autre temps » (*L'Artiste*, 17 mars 1844, NPl I, p. 779).

Page 139.

1. « Dans une ombre où luisait encore le dernier éclair du sourire. » La plupart des rêves dans *Aurélia* se terminent par une impression semblable de désagrégation générale. Quant à ce « dernier éclair du sourire », la psychanalyse l'interpréterait comme étant celui de la mère.

2. La confrontation de l'expérience subjective au jugement des autres, notamment à celui des médecins, est un des motifs principaux des lettres de Nerval contemporaines des crises de folie : « Je conviens officiellement que j'ai été malade. Je ne puis convenir que j'ai été *fou* ou même halluciné », écrit Nerval à Antony Deschamps (24 octobre 1854).

Page 141.

1. L'absence de soleil dans le rêve est aussi notée p. 152. La lumière particulière qui en résulte était déjà suggérée à l'incipit d'*Aurélia* (« une clarté nouvelle [...] »). On songe aussi à la sorte d'oxymore : « *brillant dans l'ombre* de sa seule beauté », qui, au début de *Sylvie*, caractérise « l'apparition » de l'actrice, changée en simulacre par ces jeux de lumière.

2. Après « ses formes et ses vêtements », une phrase a été rayée sur le manuscrit. Elle soulignait les jeux de miroirs propres au rêve et la sorte de palais aux mirages que compose l'espace onirique : « et je la comparais en moi-même à cette margrave de Bade qui s'est fait peindre en cent cinquante travestissements de masque sur autant de miroirs qui décorent sa chambre [...] ». Cette margrave de Bade est la grande margrave Sibylle évoquée aussi dans *Les Faux Saulniers*, NPl II, p. 140.

3. Le mouvement de la dame, « développant sa taille élancée », est semblable à celui d'Adrienne sur la pelouse du château au chapitre II de *Sylvie* : « Adrienne se leva. *Développant sa taille élancée*, elle nous fit un salut gracieux, et rentra en courant dans le château. » Le mouvement marque le point « pivotal » de ce rêve, et c'est à partir de lui que l'apparition merveilleuse du début va se changer en disparition catastrophique. Il est remarquable que ce point « pivotal » soit associé au motif de la « rose trémière », présent dans le sonnet « Artémis ». Quant à la disparition finale de la femme (« elle semblait s'évanouir dans sa

propre grandeur »), elle rappelle l'évocation d'Isis empruntée à Apulée que Nerval transcrit dans *Isis* : « Ayant prononcé ces adorables paroles, l'invincible déesse disparaît et se recueille *dans sa propre immensité.* »

Page 143.

1. Il s'agit de la clinique du Docteur Esprit Blanche à Montmartre (aujourd'hui, 22, rue Norvins). Nerval compare souvent les différentes cliniques qu'il a connues (tant en 1841 qu'à la fin de sa vie) à un « paradis », non seulement dans *Aurélia* (p. 148), mais aussi dans ses lettres (par exemple la lettre à Antony Deschamps du 24 octobre 1854). Cette image de l'asile, comparé à un « paradis », sous-tend aussi la description de Montmartre dans *Promenades et souvenirs.*

2. Jean Richer a recueilli deux témoignages, dont celui d'Alphonse Esquiros, qui attestent l'existence de ces fresques sur les murs de l'asile (*Nerval. Expérience et création*, Hachette, 1970, p. 438-440). Les dessins (que l'on peut comparer au dessin de Nerval intitulé *Les Poètes et les reines*) soulignent en tout cas l'absence de solution de continuité entre le délire, l'activité de dessiner décrite ici dans sa matérialité la plus concrète, et finalement l'écriture : « On me donna du papier. »

Page 144.

1. « Une sorte d'histoire du monde mêlée de souvenirs d'étude et de fragments de songes […] ». La phrase caractérise bien les matériaux (livres et rêves mêlés) dont s'empare l'écriture d'*Aurélia*. Les chapitres VII et VIII convoquent en effet toutes sortes de traditions livresques (la Bible, la Cabale, l'Apocalypse, la *Bibliothèque orientale* d'Herbelot, la *Symbolique* de Kreutzer, les mythologies et les sources occultes les plus diverses…). Mais on se gardera bien d'interpréter le délire.

Page 145.

1. « C'étaient les Dives, les Péris, les Ondins et les Salamandres. » Le délire s'empare ici de savoirs, empruntés à la *Bibliothèque orientale* d'Herbelot, que Nerval a déjà exposés dans l'Appendice du *Voyage en Orient*, NPl II, p. 837 : « [Les Orientaux] supposent que la terre, avant d'appartenir à l'homme, avait été habitée pendant soixante-dix mille ans par quatre grandes races créées primitivement selon le Coran, "d'une matière *élevée, subtile et lumineuse*". C'étaient les Dives, les Djinns, les Afrites et les Péris, appartenant d'origine aux quatre éléments, comme les ondins, les gnômes, les sylphes et les salamandres des légendes du Nord. »

2. « Qu'on appela *les Afrites.* » Nerval a évoqué ces « mauvais esprits » dans « Les Femmes du Caire » (*Voyage en Orient*, Folio, p. 290). Sa source est, ici encore, la *Bibliothèque orientale* d'Herbelot.

Page 147.

1. Cette évocation du Déluge (dont il sera encore question p. 173)
rappelle un spectacle du Diorama dont Nerval a rendu compte dans
L'Artiste du 15 septembre 1844 (NPl I, p. 840). Le Diorama sert en
outre de modèle formel à la *scène* d'*Aurélia*, conçue, à l'image du rêve
lui-même, comme une suite de « tableaux mouvants ».

Page 148.

1. « Longtemps après. » Nerval passe en effet sur dix années, et,
« sans tenir compte de l'ordre des temps » (*Sylvie*, I), relie la crise de
1841 à l'accident du 24 septembre 1851 (la chute à Montmartre) qui
prélude à de nouveaux accès délirants.

2. « Un travail qui se rattachait aux idées religieuses. » Il s'agit de
l'étude intitulée « Les Païens de la République : Quintus Aucler », qui
prendra place dans *Les Illuminés*.

Page 149.

1. Jenny Colon avait été enterrée au cimetière Montmartre en 1842.

Page 151.

1. La fin du chapitre IX, p. 150-151, est consacrée à l'évocation de la
figure du double, dont c'est la deuxième apparition après celle relatée
dans le chapitre III. Pour rendre compte de cette expérience du
dédoublement, attachée, selon Freud, à un sentiment d'*inquiétante
étrangeté*, Nerval multiplie les modes possibles d'explication. Il convoque
d'abord différents modèles littéraires ou légendaires : *Les Élixirs du
diable* d'Hoffmann, où l'on retrouve le thème du mariage du double
(on notera que l'héroïne d'Hoffmann porte le nom d'Aurélie) ; « Le
Chevalier double » de Théophile Gautier auquel Nerval semble faire
allusion en évoquant « l'histoire de ce chevalier qui combattit toute
une nuit dans une forêt contre un inconnu qui était lui-même » ; la tradition du *ferouër* oriental, que Nerval rapporte lui-même dans son histoire du calife Hakem incluse dans le *Voyage en Orient* ; Plaute et Molière
enfin, par la mention d'Amphitryon et de Sosie. Pour expliquer l'insis-
tance de ce thème, Nerval en appelle à la fois à des arguments théolo-
giques, citant, à côté de la tradition orientale des bons et mauvais
génies, un « Père de l'Église » (on songe à saint Paul, *Épître aux Romains*,
VII), et à des arguments « naturalistes », lorsqu'il évoque « ce germe
mixte » déposé « dans un corps qui lui-même offre à la vue deux portions similaires reproduites dans tous les organes de sa structure ». On
notera aussi que ce dédoublement, ressenti au plus intérieur du sujet,
est également projeté à l'extérieur de lui-même, — dans l'attitude que
les visiteurs prennent à l'égard du malade. On songe à l'inscription « Je

suis l'autre » que Nerval a portée sur une gravure de lui faite, d'après un daguerréotype, par Eugène Gervais, et destinée à illustrer sa biographie par Eugène de Mirecourt. Sur cette gravure, on remarque aussi un oiseau en cage : et c'est bien un oiseau (« qui parlait selon quelques mots qu'on lui avait appris, mais dont le bavardage confus me parut avoir un sens ») qui inaugure l'expérience du dédoublement rapportée dans ce chapitre IX.

Page 154.

1. Toute cette première partie du chapitre X est une sorte de réécriture, dans un récit à la première personne, du voyage d'Adoniram au centre de la terre et de la révélation de Tubal-Kaïn rapportés dans l'« Histoire de la reine du Matin et de Soliman, prince des génies » incluse dans le *Voyage en Orient*.

Page 156

1. « *Eurydice ! Eurydice !* » À la fin du récit de Virgile (*Quatrième Géorgique*, v. 525-527), la tête d'Orphée est jetée dans les flots de l'Èbre, où elle murmure encore le nom d'Eurydice, lui-même répété par les échos. On peut songer aussi à l'air « J'ai perdu mon Eurydice » de l'*Orphée* de Gluck.

Page 157.

1. Nerval met à l'arrière-plan de l'histoire personnelle l'histoire de toute sa génération ; et le mal du siècle qu'il évoque est donné principalement comme le contrecoup de la crise religieuse issue de la Révolution. On songe au chapitre I de *Sylvie*, ou encore à *Isis* : « Enfant d'un siècle sceptique plutôt qu'incrédule, flottant entre deux éducations contraires, celle de la révolution, qui niait tout, et celle de la réaction sociale, qui prétend ramener l'ensemble des croyances chrétiennes, me verrais-je entraîné à tout croire, comme nos pères les philosophes l'avaient été à tout nier ? » Dans le *Voyage en Orient*, Nerval parle également d'un « siècle déshérité d'illusions » (Folio, p. 118) ou encore d'un « siècle douteur » (Folio, p. 140). Quant à la préférence donnée ici à « l'impiété ou l'hérésie » sur « l'adhésion indifférente » à des pratiques religieuses « extérieures », elle rappelle certaines réflexions développées dans l'étude sur *Quintus Aucler* recueillie dans *Les Illuminés*.

2. En évoquant « l'époque prédite par la science » et la « cité merveilleuse de l'avenir », Nerval songe peut-être aux utopies fouriéristes ou socialistes. Rappelons que *Les Illuminés* sont sous-titrés *Les Précurseurs du socialisme*. L'hésitation entre les références à la science et les références à la religion est en tout cas significative de la crise du Savoir romantique qui caractérise le moment historique propre à Nerval.

Page 158.

1. L'enchaînement des paragraphes est ici incertain, d'autant que l'étude philologique d'un fragment manuscrit correspondant à ce paragraphe a montré que celui-ci avait d'abord été conçu pour être inséré en note dans la première partie.

Page 159.

1. Plusieurs noms ont été avancés pour identifier cet « ami malade » : il peut s'agir de Henri Heine (voir plus loin une autre allusion, p. 169) ; ou plutôt d'Antony Deschamps, traducteur de Dante, et qui fut lui-même un pensionnaire du Docteur Blanche. Quel qu'il soit, cet ami devient en tout cas, à la fin du chapitre, le double de Nerval.

Page 161.

1. Ce « lieu de leur origine » est le « clos de Nerval », où les cendres de la grand-mère de Nerval et de sa tante maternelle furent transportées en 1836, de Montmartre au Valois. Ce transfert, sur un chemin qu'empruntera Nerval dans *Promenades et souvenirs*, est évoqué dans une lettre à Mme Alexandre Labrunie du 14 octobre 1853, où Nerval exprime en outre sa volonté de confirmer ses droits sur la terre à laquelle il doit son pseudonyme.

Page 162.

1. Dans ce coffret-reliquaire, on notera la présence d'une rose de Schoubrah (au Caire), souvenir du *Voyage en Orient* (Folio, p. 288).

2. La « petite ville » à « quelques lieues de Paris » est Saint-Germain, que Nerval évoque aussi dans *Promenades et souvenirs* et dans *Pandora*. En outre, entre ce passage d'*Aurélia* et *Pandora* ou encore *Sylvie*, on retrouve, ici extrêmement condensée, la même intrigue amoureuse : la même opposition entre un « vague amour d'enfance », maintenu à l'écart de la grande ville, et l'amour pour une actrice parisienne, « qui a dévoré ma jeunesse ». On retrouve aussi la même *discrétion*.

Page 163.

1. Le nom d'« Aurélia », qui était lui-même un masque (« que j'appellerai du nom d'Aurélia »), est à son tour masqué : il devient ici « A*** » ; il s'effacera totalement dans les *Mémorables*, devenant alors « *** » (p. 187).

2. L'image du rêve prend appui sur un souvenir littéraire : celui de la « Lénore » de Bürger, elle-même emportée sur un cheval. Michel Brix a montré combien le poème de Bürger, relié au souvenir de la mère sert de matrice à bien des représentations de la femme dans

l'œuvre de Nerval, — jusqu'à la représentation de la «grande amie» (p. 186) caracolant en compagnie de Saturnin dans les *Mémorables*.

Page 165.

1. Cette «femme qui avait pris soin de ma jeunesse» pourrait être la servante du Docteur Labrunie, Gabrielle Benard (voir la lettre du 21 octobre 1853), également évoquée p. 169. Elle s'associe en tout cas, dans un même sentiment de culpabilité, au souvenir de parents morts, et entre ainsi dans la «nébuleuse maternelle» de Nerval. L'apparition, par son intensité poignante, fait songer à celle, également spectrale, de «la servante au grand cœur» du poème de Baudelaire. Quant à ces «vieux parents» que Nerval s'accuse de n'avoir pas assez pleurés, ils évoquent en particulier la grand-mère maternelle, morte en 1828 : on songe au poème «La Grand'mère», recueilli dans les *Odelettes*, qui dit aussi un deuil gardé secret.

2. En renvoyant à «la première partie de ce récit», Nerval souligne la conscience qu'il a de la composition d'ensemble de son œuvre (et semble cautionner la division d'*Aurélia* en deux parties).

3. Sur le manuscrit, ce chapitre porte le chiffre II. Jean Guillaume (*Nerval, masques et visage*, Namur, 1988) a donc pensé qu'il pourrait avoir été conçu non pour suivre les chapitres II et III, mais pour se substituer à eux.

Page 166.

1. Nerval revient ici sur la crise religieuse, issue de la Révolution, qui sous-tend aussi bien l'histoire personnelle que celle de toute la «génération désenchantée» de 1830.

2. Ce passage, où l'autobiographie revêt la forme d'une sorte d'auto-analyse avant la lettre, se superpose à celui des «*Juvenilia*» (p. 106) dans *Promenades et souvenirs*. Un nœud de l'imaginaire mélancolique de Nerval s'y dévoile : la mort de la mère, une scène traumatique, l'Allemagne, et le silence du père «là-dessus» qui a empêché l'accomplissement du travail du deuil.

Page 167.

1. La figure de l'oncle insiste dans l'œuvre de Nerval. Dans la biographie, il s'agit du grand-oncle Antoine Boucher qui habitait Morte-fontaine. Comme dans *Promenades et souvenirs*, il est présenté ici comme celui qui se substitue au père dans l'éducation de l'enfant, en inscrivant celui-ci dans la lignée maternelle. Comme dans le texte intitulé «La Bibliothèque de mon oncle» qui sert de préface aux *Illuminés*, il apparaît aussi comme celui qui initie Nerval à une forme de religiosité particulière, issue des Lumières, à la fois mystique et sceptique, méfiante

vis-à-vis de la « religion officielle » et sensible aux survivances des dieux anciens.

2. Sur le manuscrit, une phrase, qui soulignait le désarroi de Nerval vis-à-vis de la religion catholique, a été ici biffée : « Cependant par un concours de circonstances singulières mon acte de baptême ne fut pas retrouvé. »

3. La religion de Nerval, après avoir été à la fois *analysée* et *historicisée*, est ici définie dans toute son *ambiguïté*.

Page 168.

1. Il s'agit de Georges Bell, qui fut d'un grand secours pour Nerval. Celui-ci lui écrivait en décembre 1853 : « Vous avez été un de mes médecins, et je me souviens avec reconnaissance de ces tournées lointaines que nous faisions l'été dernier et où vous me gouverniez avec tant de patience et d'amitié solide. » Georges Bell est l'auteur d'une biographie de Nerval, qui paraît en 1855, juste après la mort de Nerval.

2. Une fois encore, Nerval situe son propre drame dans l'histoire de toute une génération ; et, comme dans *Sylvie*, il donne au « mal du siècle », tel que celui-ci s'exprime dans « l'école du désenchantement » issue de 1830, des causes à la fois religieuses et psychologiques, mais aussi sociales et politiques. On trouve des analyses semblables chez Musset, *La Confession d'un enfant du siècle* (1836) ; chez Flaubert dans la première *Éducation sentimentale* (1845) ; ou encore chez Baudelaire dans *La Fanfarlo* (1847). Voir Paul Bénichou, *L'École du désenchantement*, Gallimard, 1992.

3. La voix chez Nerval est toujours un signe de reconnaissance, et elle semble avoir le pouvoir de renouer le monde des vivants à celui des morts. Ce sera aussi le cas, à la fin du récit, dans la rencontre de Saturnin que le narrateur ramène à la vie en lui chantant « d'anciennes chansons de village » (p. 191).

Page 169.

1. Les « événements politiques » en question sont sans doute une allusion au coup d'État du 2 décembre 1851 ou aux événements qui le préparent. Tout ce passage souligne en tout cas la conscience que Nerval a de la *situation* de son travail d'écrivain dans la réalité économique, sociale et politique du moment.

Page 170.

1. Ce « poète allemand » est Henri Heine, dont Nerval avait traduit en 1848 deux séries de poèmes.

Page 172.

1. Toute la fin du chapitre II 4 fait assister à un bien étrange périple, qui conduit de cette « bûche » *de bois* que le narrateur aurait aimé tendre à son père, à cette « maison *Dubois*» dans laquelle il est finalement conduit (Nerval y fut hospitalisé à deux reprises, en 1852 et en 1853), en passant par la mention d'un « abbé *Dubois*» auquel Nerval aurait voulu se confier... L'errance en tout cas prend la forme d'une divagation hallucinée à travers Paris, et l'univers entier semble basculer dans les fantasmagories du sujet. On remarquera le « soleil noir», qui vient autant de l'Apocalypse (VI, 12) que du sonnet « El Desdichado » ; ainsi que le sentiment catastrophique de la mort de Dieu, déjà proclamée dans « Le Christ aux Oliviers ».

2. Il s'agit de *Sylvie*, désignée ici par Nerval comme « une de [ses] meilleures nouvelles». La description qui est faite des « manuscrits» de *Sylvie* correspond assez bien à un témoignage (tardif) de Joseph Méry sur la manière d'écrire de Nerval (*L'Univers illustré*, 31 août 1864) : « Par malheur Gérard de Nerval travaillait lentement à ses heures d'inspiration. Son pupitre était un peu partout ; il écrivait sur une borne comme Mercier ou sur le guéridon d'un café, jamais chez lui ; les lambeaux de carrés de papier remplissaient les poches de son habit et il égarait souvent ses meilleures périodes. Quand le soleil l'invitait à une promenade de campagne, il partait en courant la banlieue son crayon à la main, écrivant, parfois, d'une manière illisible, toutes les charmantes choses que lui inspirait la jeune nature du printemps. Il fallait ensuite mettre en ordre tant de petites pages éparses, corriger les fautes de l'improvisation, contrôler une pensée de vérité douteuse, donner au style toute la perfection possible et payer un copiste pour présenter un ensemble acceptable à l'imprimeur. Sur cette première copie un nouveau travail de soigneuse révision était à faire ; nouveau travail aussi pour le copiste et surcroît de dépense. Je possède et je garde soigneusement une belle copie d'un chef-d'œuvre de Gérard, *Sylvie*, et ce n'est pas celle-là qu'il a donnée à la *Revue des Deux Mondes*, elle n'était pas encore au degré de perfection qu'il voulait atteindre toujours. » Dans le texte d'*Aurélia*, on notera en outre que si l'écriture de *Sylvie* est liée à une volonté de maîtrise et à une recherche de perfection formelle, elle relance aussi une forme d'« agitation » intérieure, qui se traduit bientôt par une reprise de l'activité délirante.

Page 173.

1. On trouve dans la correspondance de Nerval une confirmation de cet épisode. Cf. lettre à Georges Bell, 31 mai et 1ᵉʳ juin 1854 : « À propos, tâchez donc de savoir à qui j'ai donné ce rude soufflet, vous savez bien, une nuit, à la halle... Faites mes excuses à ce malheureux qui-

dam. Je lui offrirais bien une réparation, mais j'ai pour principe qu'il
ne faut pas se battre quand on a tort, surtout avec un inconnu nocturne. Autrement, vous croirez que je fais le Gascon sur la lisière de
l'Allemagne ; — mais franchement j'étais plus malade que je ne croyais,
le jour, ou plutôt la nuit de cet exploit ridicule. »

2. « En pensant à ma mère. » La mère, associée ici à la Vierge, est
aussi évoquée, à travers son prénom (Marie-Antoinette-*Marguerite*), par
un simple « bouquet de *marguerites* » que le narrateur dépose chez son
père. Le rêve qui suit (« Je suis la même que Marie, la même que ta
mère ») souligne encore la prégnance de la figure maternelle dans
l'univers nervalien.

Page 174.

1. La figure de Napoléon entre souvent dans les délires de Nerval,
comme l'attestent certains sonnets de 1841, ou les premiers manuscrits
d'*Aurélia*.

2. La rue du Coq est aujourd'hui la rue Marengo.

Page 175.

1. Louis François Bertin (1766-1841) est le fondateur du *Journal des
Débats*.

2. On peut voir un cigare entre les doigts de Nerval dans les émou-
vantes photographies que Nadar a faites du poète peu de temps avant
sa mort.

Page 176.

1. Il s'agit de la clinique du Docteur Émile Blanche transférée de
Montmartre à Passy en 1846, où Nerval est conduit le 27 août 1853.

2. On notera ce « toutefois » qui sépare deux interprétations possibles de la « folie » par le narrateur, — simple maladie ou révélation
mystérieuse.

Page 179.

1. « Tout vit, tout agit, tout se correspond. » Dans toutes ces pages, le
délire s'empare d'un thème fondamental du savoir romantique : la
doctrine des correspondances, associée à toutes sortes de spéculations
sur « l'harmonie universelle » ou sur le « magnétisme ».

Page 181.

1. La description de l'asile, en posant au présent la voix narrative,
situe l'écriture d'*Aurélia* entre sagesse et folie, entre romantisme et
modernité.

2. Les « amis aujourd'hui célèbres » désignent Camille Rogier,

Arsène Houssaye, Auguste de Châtillon ou Théodore Chassériau ; et les
« peintures mythologiques » sont des vestiges de la décoration de l'appartement du Doyenné, que Nerval a occupé dans ses années de
bohème (1835) et qu'il a évoqué dans *La Bohême galante* (1852) et les
Petits châteaux de Bohême (1853). L'asile, en même temps qu'il résume
l'« existence errante » du narrateur, apparaît ainsi comme le lieu où
viennent s'échouer, à l'orée de la modernité, les rêves et les illusions
du romantisme.

Page 182.

1. « En mémoire des compagnies de l'arc du Valois. » Ces « compagnies de l'arc » sont évoquées au chapitre IV de *Sylvie* ; et, dans la lettre
à Maurice Sand, du 5 novembre 1853, une des illustrations envisagées
par Nerval s'intitule « La *Fête de l'arc* dite du bouquet provincial », et fait
référence au chapitre I de la nouvelle. Nerval avait fait partie dans sa
jeunesse des compagnies de l'arc du Valois.

2. Le motif de la bibliothèque, où se mêlent inextricablement le
savoir et la folie, apparaît aussi dans « La Bibliothèque de mon oncle »
(*Les Illuminés*), dans *Sylvie*, et surtout dans *Angélique*. Lié (à travers la
figure de l'oncle) à l'histoire personnelle, il permet en outre de situer
l'œuvre de Nerval dans un moment de crise plus générale des savoirs
romantiques (convoqués ici à travers l'image du « capharnaüm du docteur Faust » appliquée à la chambre de l'asile) ; il apparaît aussi comme
une figure de l'intertextualité nervalienne, elle-même foisonnante et
hétéroclite. Meursius (1579-1639) est l'auteur d'un commentaire sur
Lycophron réputé pour être le plus obscur des auteurs grecs : on songe
à la fin de la Préface aux *Filles du feu*, évoquant les sonnets des *Chimères*
comme n'étant « *guère plus obscurs* que la métaphysique d'Hégel ou les
Mémorables de Swedenborg ». Nicolas de Cusa (1401-1464), auteur de
La Docte Ignorance (on songe à la phrase « l'ignorance ne s'apprend
pas » au début de la seconde partie d'*Aurélia*), est connu pour son
grand savoir. Pour la référence à Pic de la Mirandole (1463-1494), dont
la devise *de omni re scibili* était évoquée déjà dans *Les Nuits d'octobre*, voir
Henri Bonnet, « Portrait de Gérard de Nerval en Pic de la Mirandole »,
Les Écrivains face au savoir, Textes rassemblés par Véronique Dufiez-San-
chez, Dijon, EUD, 2002, p. 89-97.

3. Sur le manuscrit correspondant à ce passage, on trouve seulement
l'indication suivante :

(Ici les lettres)
Jusqu'aux dernières que j'envoie.

Si Nerval est coutumier de ce mode de composition qui consiste à
reprendre, en les citant, des textes passés (c'est le cas, ici même, dans

Promenades et souvenirs), pour *Aurélia*, l'envoi des lettres annoncées n'a pas suivi, et l'œuvre reste lacunaire. Dans le volume posthume *Le Rêve et la Vie* (1855), les éditeurs se sont crus autorisés à combler la lacune du texte en publiant des «lettres d'amour», empruntées, sans l'aval de l'auteur et avec une fidélité incertaine, à des textes manuscrits de Nerval.

Page 183.

1. «Les profondes grottes d'Ellorah.» Le rêve éveillé déplace ici sa scène en Inde, à Ellora, ou Eluru, dont les sanctuaires sont creusés dans le roc.

Page 184.

1. «La figure bonne et compatissante de mon excellent médecin.» Il s'agit du Docteur Émile Blanche, fils d'Esprit Blanche. Dans ses lettres, Nerval rend également hommage à son médecin : «vous qui savez être le médecin de l'âme non moins que celui du corps», lui écrit-il le 27 novembre 1853 ; le 10 décembre, il ajoute : «je reconnais pleinement les soins intelligents que vous m'avez donnés et dont je ne me suis rendu compte qu'avec le temps» ; ou encore, le 25 juin 1854 : «Vous avez été surtout le médecin moral et c'est ce qu'il fallait» ; de la même façon, à Antony Deschamps (autre pensionnaire de la maison Blanche), Nerval parlera, en octobre 1854, de «notre ami Émile ... qui m'a traité moralement et guéri». Ces hommages ne vont cependant pas sans réserves, et Nerval reproche aussi à Émile Blanche de ne pas être toujours aussi «humain», dans les soins qu'il dispense, que l'était le Docteur Esprit Blanche, son père.

2. Pour la fin de ce paragraphe, nous intégrons, à la suite des éditeurs de la Pléiade, une correction manuscrite dont les éditeurs de la *Revue de Paris* n'ont pas tenu compte. La *Revue de Paris* imprimait seulement : «Au moyen d'un long tuyau de caoutchou [*sic*] introduit dans une narine, on lui faisait couler dans l'estomac une assez grande quantité de semoule ou de chocolat.»

Page 185.

1. Le titre de *Mémorables* donné à ces «impressions de plusieurs rêves» fait référence à Swedenborg. Rappelons que Swedenborg a déjà été mentionné par Nerval non seulement à l'incipit d'*Aurélia* (auquel répondrait ainsi cette dernière séquence du récit), mais également à la fin de la Préface aux *Filles du feu* (à propos des *Chimères*), tandis qu'un manuscrit de «La Pandora» intitulait déjà *Memorabilia* une série de rêves (p. 201).

On notera la formule introductive de ces rêves : «J'inscris ici...» Elle implique un acte simple de citation, — pur témoignage, sans « recomposition », de ce qui a eu lieu, qu'il s'agisse d'une « révélation » ou d'un simple « délire ». L'interprétation ne viendra qu'après (p. 190) ; mais elle restera elle-même très ambiguë quant à la signification à donner à la sorte de parcours initiatique qu'aura ainsi relaté le récit.

Pour Jean-Pierre Richard (*Poésie et profondeur*, 1955, coll. « Points », p. 84-89), les *Mémorables* célèbrent, jusque dans leur forme quasi strophique, la réconciliation des contraires dans l'harmonie universelle.

L'étrangeté du texte résulte d'abord du syncrétisme des références : celles-ci sont empruntées simultanément à la religion chrétienne (Marie, le Messie, une citation de saint Paul : « Ô mort où est ta victoire »), aux mythologies antiques (les Corybantes, Adonis), aux mythologies germaniques ou nordiques (les Walkyries, les dieux de l'*Edda* avec Odin et Thor, Balder et Freya, la déesse de la mort Héla, fille de Loki, le Cerbère scandinave Garm[1], etc.), à l'histoire des hommes (Pierre le Grand, « les deux Catherine » — la femme de Pierre le Grand et Catherine II —, une allusion à la guerre de Crimée, l'« auguste sœur de l'empereur de Russie », Marie Paulowna), ou encore à des modèles littéraires plus ou moins explicites dans le texte : la « Lénore » de Bürger, « L'Éclipse de Lune » de Jean Paul, « Les Constellations » ou un « Psaume » de Klopstock, — tous ces textes ayant été traduits par Nerval. On relève aussi sur les manuscrits (et non dans le texte de la *Revue de Paris*) le nom d'« Apollyon », lui-même syncrétique puisqu'il désigne le génie destructeur de l'Apocalypse et s'associe, par homophonie, à la figure d'Apollon. On notera en outre une terminologie empruntée à la doctrine des « correspondances » (le « *macrocosme* » et le « *microcosme* »).

L'étrangeté du texte résulte aussi de ce que les couplets des *Mémorables* juxtaposent, et rendent équivalentes les références mythologiques les plus énigmatiques, et les notations les plus familières, — comme la fleur, l'étoile ou la perle, ou encore cette petite fille qu'un chat fait tomber dans la neige et à qui une voix douce répond : « un chat, c'est quelque chose ».

On notera enfin l'amplitude de la géographie du rêve qui fait passer de l'Auvergne à l'Hymalaya, ou de Saardam (Zaandam, en Hollande) à Vienne. Pareils déplacements se retrouvent dans des textes délirants de Nerval : on songe à la *Généalogie fantastique*, transcrite par Jean Richer (*Nerval, Expérience et création*, Hachette, 1970, p. 33-38), ou encore la lettre à Auguste Cavé, du 31 mars 1841, qui fait notamment se « correspondre », comme ici, le Cantal et l'Himalaya.

---

1. « Garm » est mentionné sur le manuscrit là où la *Revue de Paris* imprime « Garnur ».

Page 190.

1. Cf. «Paradoxe et vérité», *L'Artiste*, 2 juin 1844, NPl I, p. 809 : «Je ne demande pas à Dieu de rien changer aux événements, mais de me changer relativement aux choses; de me laisser le pouvoir de créer autour de moi un univers qui m'appartienne, de diriger mon rêve éternel au lieu de le subir. Alors, il est vrai, je serais Dieu.»

Page 191.

1. Cette dernière évocation de Saturnin (cf. p. 185) illustre l'un des pouvoirs de la chanson pour Nerval : revenue de l'enfance, figure du lien maternel (dans ce que celui-ci a de plus archaïque), la chanson relie ici le monde des morts à celui des vivants.

Page 192.

1. La conclusion d'*Aurélia*, dans l'état incertain où le texte nous est parvenu, est difficile à interpréter. La reprise, presque littérale, dans les paragraphes de conclusion (p. 190), du programme narratif énoncé à l'incipit peut créer un effet de ressassement; elle peut aussi souligner une progression, — en faisant valoir les certitudes acquises par le narrateur («l'immortalité et la coexistence de toutes les personnes que j'avais aimées») et en donnant rétrospectivement au récit l'apparence d'un récit de conversion («les voies lumineuses de la religion»). Mais, après une nouvelle évocation de Saturnin, le paragraphe final maintient l'ambiguïté : un simple «toutefois» sépare les «illusions» des «convictions», et l'hommage au Docteur Blanche («les soins que j'avais reçus») y côtoie une dernière référence aux «anciens», et à une autre pensée de la «folie».

ANNEXES

Amours de Vienne

La Pandora

Rappelons que ce texte a été reconstitué par Jean Guillaume à partir de l'examen de fragments manuscrits écrits à l'encre rouge.

Ces manuscrits sont rédigés durant l'internement de l'automne 1853 chez le Docteur Émile Blanche. Ils sont contemporains d'autres textes également écrits à l'encre rouge : une lettre à Dumas du 14 novembre 1853, intitulée «Trois jours de folie»; une lettre délirante à George Sand, du 23 novembre 1853; les versions manuscrites des sonnets «El

Desdichado » (titré « Le Destin » dans le manuscrit Éluard), « Artémis » (titré « Ballet des Heures » dans le manuscrit Lombard), « Erythrea ».

Les lettres de cette période (à Daniel Giraud, 30 novembre 1853, et décembre 1853) donnent à penser que Nerval a songé non seulement à publier son texte dans le journal *Paris* ou dans un « album du jour de l'An », mais encore à l'intégrer dans *Les Filles du feu*. Après la disparition du journal *Paris*, il songe aussi, dès cette période, à le donner au *Mousquetaire*. Aucun de ces projets ne voient alors le jour, si bien que seuls existent les manuscrits de cette version préliminaire de *Pandora*.

Pour Jean Guillaume et Michel Brix, *Amours de Vienne*. *La Pandora* « pourrait avoir comme source la demande, par Dumas, d'un récit sur le thème "Trois jours de folie". Au lieu de parler de la folie à Paris, l'auteur se transporte dans la folie à Vienne, et remonte de 1853 à 1839 » (*Manuel bibliographique des œuvres de Gérard de Nerval*, Presses universitaires de Namur, 1997).

L'examen du « manuscrit Clémens », fait par Jacques Clémens et Michel Brix (*Genèse de « Pandora »*. *Le manuscrit de l'édition de 1854*, Namur, Presses universitaires, coll. « Études nervaliennes et romantiques, XII », 2005), a permis de compléter notre connaissance de cette étape de la genèse de *Pandora*.

Une notation biffée sur le manuscrit (évoquant « une sombre et belle créature » donnant au narrateur « une commission pour Munich ») donne à penser que le passage des *Amours de Vienne*, déjà publié par Nerval dans la *Revue de Paris* du 7 mars 1841, a été tronqué lors de son insertion dans les épreuves de la « seconde partie » de *Pandora* (épreuves, rappelons-le, non suivies de publication). Deux paragraphes manquent. Ce sont les suivants, à placer après « Cet homme est profond » (p. 196) :

Je craignis d'abord qu'il ne fût l'amant de cette dame et ne tendît à s'en débarrasser, d'autant plus qu'il me dit : « Il est très commode de la connaître, parce qu'elle a une loge au théâtre de la Porte-de-Carinthie, et qu'alors vous irez quand vous voudrez. — Cher comte, cela est très bien ; présentez-moi à la dame. »

Il l'avertit, et le lendemain me voici chez cette beauté vers trois heures. Le salon est plein de monde. J'ai l'air à peine d'être là. Cependant un grand Italien salue et s'en va, puis un gros individu, qui me rappelait le coregistrateur Heerbrand, puis mon introducteur, qui avait affaire. Restent le prince et le soupirant. Je veux me lever à mon tour ; la dame me retient en me demandant si... (j'allais écrire une phrase qui serait une indication). Enfin sache seulement qu'elle me demande un petit service que je peux lui rendre. Le prince s'en va pour faire une partie de paume. Le vieux (nous l'appellerons marquis si tu veux), le vieux marquis tient bon. Elle lui dit : « Mon cher marquis, je ne vous renvoie pas, mais c'est qu'il faut que j'écrive. » Il se lève, et je me lève aussi. Elle me dit : « Non, res-

tez ; il faut bien que je vous donne la lettre. « Nous voilà seuls. Elle poursuit : « Je n'ai pas de lettre à vous donner, causons un peu, c'est si ennuyeux de causer à plusieurs. Je veux aller à Munich, dites-moi comment cela est ? » — Je réponds : « J'en ai un itinéraire superbe avec des gravures, je vous l'apporterai demain. » — C'était assez adroit, puis je dis quelques mots de Munich, et nous passons à d'autres sujets de conversation.

Ainsi complété, le passage des *Amours de Vienne* que Nerval voulait insérer dans *Pandora* est mieux relié à la nouvelle de 1854, qui apparaît bien comme une « Suite des Amours de Vienne » (ainsi que l'indique son titre dans un de ses états initiaux).

L'examen du « manuscrit Clémens » montre par ailleurs que la version à l'encre rouge des *Amours de Vienne. La Pandora* semble avoir été divisée, non pas en sept chapitres, comme l'a pensé Jean Guillaume et comme nous le maintenons dans notre édition, mais en huit chapitres : « I. Les Trois Femmes », « II. Maria-Hilf », III [?], « IV. La Kathi », « V. La Taverne des chasseurs », « VI. Le Soir de [?] », « VII. Memorabilia », « VIII. Deux mots ».

La connaissance que nous avons de cette « version rouge » de *Pandora* n'est donc pas sans doute pas encore complète aujourd'hui. Nous donnons cependant à lire, telle quelle, la reconstitution qu'en a proposée Jean Guillaume, parce que, même améliorable, elle est la manière la plus efficace de rendre compte de cette étape importante de la genèse de *Pandora*.

Page 195.

1. « *Philis ! reprends tes traits, / Viens t'égarer dans les forêts !* » L'épigraphe de « La Pandora », en empruntant le motif du déguisement au registre de la pastorale, met l'accent sur une forme d'« égarement » amoureux qui n'implique pas un sentiment tragique. Au contraire, l'épigraphe de *Pandora*, empruntée au *Faust* de Goethe (« Deux âmes, hélas ! se partageaient mon sein… »), dramatise cet « égarement », en le transposant sur le plan spirituel d'une « âme » en lutte contre elle-même, et tentée par la perdition.

Page 196.

1. Il s'agit de Giulia Grisi (1812-1869) qui chanta au Théâtre-Italien le *Don Giovanni* de Mozart. Membre d'une famille d'artistes lyriques, elle est notamment la cousine d'Ernesta Grisi, la compagne de Gautier. Gautier, dans *Deux acteurs pour un rôle* (1841), emprunte largement aux « Amours de Vienne » de Nerval.

2. « Remontons cette voie de douleurs et de félicités trompeuse. » Comme *Sylvie* (« Recomposons les souvenirs du temps où j'y venais si

souvent »), le récit de « La Pandora » progresse en remontant le temps, et avance « à reculons » en quelque sorte. Comme dans *Sylvie* aussi, la scène du souvenir, à peine posée, s'ouvre sur une scène de théâtre : « j'ai vu dans mon enfance un spectacle singulier ».

Page 197.

1. « À ce spectacle succédèrent des apparitions fantastiques, images des dieux souterrains. » Le mode d'enchaînement des images est déjà ici celui du rêve, et le rêve dans *Aurélia* fera également jouer, sur sa scène propre, des « apparitions bizarres ».

2. « J'ai pleuré devant les statues sur les rampes gazonnées de Schönbrunn, j'ai placé là mon frère et ma mère et ma grande aïeule Maria Térésa ! » L'écriture ici laisse affleurer le délire. On en comprend mieux la logique profonde si l'on superpose ce passage au document manuscrit, daté de la crise de 1841, que Jean Richer a intitulé la *Généalogie fantastique*. Dans ce document, le mot *Schoenbrunn*, décomposé en *schœn brunn* où *brunn* est obtenu à partir d'une dislocation du signifiant du nom du père, Labrunie, est traduit en « belle fontaine » ; *Schoenbrunn* apparaît ainsi comme une formulation dénégative de la « morte fontaine », qui désigne le pays de l'enfance (*Mortefontaine*), associé, dans son signifiant même, à la mort de la mère : on comprend mieux alors ces larmes versées « sur les rampes gazonnées de Schönbrunn », ainsi que l'évocation de la mère qui surgit si étrangement dans les manuscrits de « La Pandora ». Dans *Pandora* le mot « mère » est refoulé, mais un écho persiste dans le mot « chimère », associé à *Schoenbrunn* (« les chimères du vieux palais »). *Schoenbrunn* est en outre le lieu où résida, après 1815, le Roi de Rome, duc de Reichstadt et amant présumé de l'Archiduchesse Sophie : d'où le mot « frère » qui surgit dans les manuscrits de « La Pandora », où Nerval, continuant un délire napoléonide dont témoignent aussi les sonnets de 1841, fait du fils de Napoléon une sorte de double fraternel, peut-être à la faveur d'une proximité de destin (l'Aiglon ayant été « déshérité » par son père comme Nerval le fut, fantasmatiquement, par sa mère). On trouvera une transcription de la *Généalogie fantastique*, dans Jean Richer, *Nerval, Expérience et création*, Hachette, 1970, p. 33-38. On en lira une analyse dans l'étude de Jean-Pierre Richard, « Le nom et l'écriture », in *Microlectures*, Seuil, 1979, p. 13-24.

Page 198.

1. La logique onirique, avec ses condensations et ses déplacements, perturbe ici la logique narrative. D'où l'obscurité de ce passage, qui réunit trois pôles de la « géographie magique » de Nerval : Schoenbrunn, Saint-Germain et Paris. On notera le nom d'Aurélie, associé à

Paris et semblable à celui de l'actrice dans *Sylvie*. Quant à la formule
Amor y Roma, où *Roma* est le palindrome de *Amor*, Jeanne Bem (« Feu,
parole et écriture dans *Pandora* de Nerval », *Romantisme*, n° 20, 1978,
p. 13-24) a bien perçu qu'elle est construite selon la même logique que
celle qui préside à la création de « Aelia Laelia » dans *Pandora*, où le
« L » est le pivot d'une double inversion spéculaire des voyelles :

AELIA L. (AILEA)

AELIA

L'inscription *Amor y Roma* est ici associée à Arthémis, alors que *Aelia
Laelia* semble associée à Vénus, — à laquelle renvoie la citation du vers
initial du *De natura rerum* de Lucrèce (« Mère des Énéades, plaisir des
hommes et des dieux »).

2. Le « prince Dietrichstein » ; « Berioz » (dont le nom semble une
sorte de mixte du nom de Bériot, violoniste et veuf de la Malibran, et
Berlioz, le compositeur et l'ancien fiancé de Marie Pleyel) ; « mon ami
Alexandre W*** » (Alexandre Weill) ; plus loin « mon ami Honoré de
Balzac », « Briffaut », ou le « marquis de Sainte-Aulaire » : de « La Pandora » à *Pandora*, Nerval efface les données trop immédiatement biographiques ou référentielles ; par ce travail d'effacement, qui va de pair
avec un travail de réélaboration mythologique des données de l'expérience, l'œuvre échappe au récit anecdotique de simples aventures senti-
mentales, pour acquérir une dimension plus profonde, et plus
mystérieuse.

Page 200.

1. Dans *Le Médecin malgré lui* (II, 2), Molière s'amuse d'une référence, inventée par Sganarelle, à un « chapitre des chapeaux » chez
Hippocrate.

2. « *Mais taisons-nous : la tombe est le sceau du mystère !* » Quel que soit
l'auteur de ce vers (ce « troisième chapeau », qui est peut-être Nerval
lui-même), la citation va dans le sens de la Pierre de Bologne convo-
quée au début de *Pandora* : elle suggère que la mort est le mot du
secret auquel est confrontée la parole tout au long de *Pandora*.

« Ce rôle était majestueusement rempli par Briffaut. » Il semble
qu'il ne s'agisse pas d'Eugène Briffault (1794-1854), qui fut critique
dramatique et mourut fou à Charenton ; mais, selon Claude Pichois,
d'un M. de Briffault, qui se trouvait à Vienne dans les salons de l'ambassade de France, dans l'entourage de Marie Pleyel.

Page 201.

1. Le marquis de Sainte-Aulaire était, selon la Pléiade, le fils de l'ambassadeur et le second secrétaire de l'ambassade.

2. Dans un état ultérieur du manuscrit, le titre *Memorabilia* est remplacé par « Le Rêve ».

3. À partir d'un fait d'actualité (les tensions entre la Russie et la Turquie, qui préparent la guerre de Crimée en 1854), le rêve semble s'emparer de tous les noms de l'histoire : Catherine II, « l'altière Mante, impératrice de toutes les Russies » ; le prince de Ligne, qui reçut en héritage une partie de la Crimée ; le roi de Thoas, sous le règne duquel Iphigénie, en Tauride (dans l'actuelle Crimée), devint prêtresse d'Artémis. Jean Guillaume fait remarquer que le mot « mante », par son étymologie (du grec « *mantis* »), suggère l'idée de « prophétesse ».

Page 203.

1. Jean Guillaume souligne un fait de structure : le titre de la pièce de Marsollier des Vivetières, *Deux mots, ou Une nuit dans la forêt* (1806), renvoie, *in fine*, à la fois à l'épigraphe : « Viens t'égarer dans les forêts », et au titre du chapitre « Deux mots ».

Fragments manuscrits liés à Promenades et souvenirs

Nous reproduisons sous cette rubrique des textes déjà publiés par Jean Richer et Claude Pichois :

— un passage non retenu d'une série de feuillets manuscrits qui regroupait en outre, sous le titre biffé « [Paris-Mortefontaine] », des passages des chapitres V et VI de *Promenades et souvenirs*.

— le fragment manuscrit intitulé « Sydonie », qui, par son thème — celui du mariage d'enfants —, se rapproche autant du chapitre VI de *Sylvie* que du chapitre V de *Promenades et souvenirs*.

— Deux fragments d'un manuscrit intitulé « [Émerance] », qui, en écho à *Sylvie* et à *Promenades et souvenirs*, fait réapparaître le fil rouge des chansons du Valois.

2. Cédar (Kédar) est le second fils d'Ismaël. Dans le Cantique des cantiques (I, 5), l'aimée dit : « Je suis noire, mais je suis belle, filles de Jérusalem, comme les tentes de Kédar [...]. »

Page 204.

1. Le fragment était d'abord intitulé « Sophie », biffé, puis remplacé par « Sydonie ». Sophie désigne sans doute, dans la biographie, Sophie Paris de Lamaury, une lointaine cousine dont Gérard aurait été amoureux, à Saint-Germain, vers 1826-1827. Son souvenir transparaît peut-être aussi dans *Pandora* (voir p. 76, n. 1).

*Fragments manuscrits d'*Aurélia

Nous reproduisons ici, à la suite de Jean Richer et de Jean Guillaume, un ensemble de feuillets manuscrits. La version qu'ils proposent, centrée sur le passage de Nerval à Bruxelles en 1840 et sur la crise de 1841, est beaucoup plus référentielle et beaucoup plus nettement autobiographique que la version finale. Elle permet, par contrecoup, d'apprécier le travail d'effacement auquel se livre Nerval en multipliant dans *Aurélia* les signes de réserve et de discrétion.

Page 206.

1. Biffé : « que je reçus la première atteinte de ma cruelle maladie ».
2. La pièce que Nerval faisait alors jouer à Bruxelles est *Piquillo*; et la « charmante cantatrice » est Jenny Colon.
3. Cette « autre belle dame » désigne sans doute Marie Pleyel.
4. Le transfert des cendres de Napoléon eut lieu le 15 décembre 1840. C'est à partir de cette date, semble-t-il, que Napoléon entre dans les délires de Nerval. Le nom de Napoléon apparaît notamment dans le sonnet de 1841 « à Louise d'Or Reine », dont procédera le sonnet « Horus » dans *Les Chimères*: « L'aigle a déjà passé : Napoléon m'appelle. » Or « À Louise d'Or Reine » est dédié à Louise d'Orléans, reine de Belgique, que Nerval évoque aussitôt après ce passage, aux côtés d'Aurélie-Jenny Colon. Le manuscrit primitif d'*Aurélia* et les sonnets de 1841 tournent dans le même cercle.
5. Le nom d'Aurélie (encore présent dans les épreuves du *Rêve et la Vie*) est celui de l'actrice dans *Sylvie*; et l'on sait, par la lettre à Franz Liszt du 23 juin 1854, que Nerval a songé un moment à rassembler dans un volume *Sylvie* et *Aurélia*.

Page 207.

1. Villemain fut ministre de l'Instruction publique dans le cabinet Guizot ; et Nerval s'était occupé de mener une enquête sur la contrefaçon en Belgique.
2. Biffé : « J'allai dîner à une table d'hôte où l'un d'eux, à qui je racontais des choses qui s'étaient passées à diverses époques, me dit : "Je te reconnais bien… tu es le comte de Saint-Germain." » Nerval a esquissé en 1851 une nouvelle intitulée *Le Comte de Saint-Germain*, qui porte en exergue la devise de Pic de la Mirandole retouchée par Voltaire (*De omni re scibili et quibusdam aliis*), et qui met en scène l'idée d'« une âme sans corps ».
3. Il s'agit du peintre Paul Chenavard et du musicien Auguste Morel, dont les noms sont raturés. On doit à Paul Chenavard un projet de

décoration du Panthéon représentant l'histoire de l'humanité; et Auguste Morel a écrit la musique des chœurs de *Léo Burckart* en 1839.

4. Il s'agit de Théophile Gautier et Alphonse Karr, dont les noms sont biffés sur le manuscrit.

Page 208.

1. Biffé : « au poste de la place Cadet ».

Page 209.

1. Après « épaules », une note renvoie dans la marge au nom de « La Brownia », obtenu à partir du nom du père « Labrunie ». Tout ce passage, qui fait explicitement apparaître « le spectre » de la mère, est à mettre en relation avec le document délirant, datant de la crise de 1841, intitulé par Jean Richer *Généalogie fantastique* (voir p. 197, n. 2).

2. Le délire s'empare ici de tous les noms de l'Histoire. Élisabeth de Hongrie (1207-1231) fut remarquable par sa charité; Gengis Khan (vers 1167-1227) est le fondateur du premier Empire mongol, connu pour sa cruauté; Tamerlan (1336-1405) est le fondateur du second Empire mongol.

3. Biffé : « Metternich » (à qui le château de Johannisberg, sur le Rhin, fut cédé en 1816).

4. Biffé : « Je me vis ensuite transporté à Vienne dans le palais de Schoenbrunn. » Rappelons que, dans la *Généalogie fantastique*, « Schoenbrunn », traduit en « Belle fontaine », est l'antonyme de « Mortefontaine ».

Page 210.

1. Biffé : « Tout me favorisait désormais; je sortis dans la journée et j'allai revoir mon père. Puis je me dirigeai vers le ministère de l'intérieur où j'avais à voir plusieurs amis. J'entrai chez le directeur des Beaux-Arts et je m'y arrêtai longtemps à contempler la carte de France : "Où pensez-vous, me dit-il, que doive être la capitale?... car Paris est situé trop au nord." / Mon doigt s'arrêta sur Bourges. Il me dit : "Vous avez raison." »

2. Il s'agit de la clinique du Docteur Esprit Blanche, où Nerval est accueilli le 21 mars 1841.

3. Il peut s'agir de la Vierge, qui apparaît dans l'Apocalypse (XII, 1). Mais il peut s'agir aussi de la reine de Saba, que Nerval désigne par l'expression « reine du Midi » dans le *Voyage en Orient* (Folio, p. 655).

4. La figure de sainte Rosalie apparaît sur le manuscrit Eluard d'« Artémis », en note de « la Sainte de l'Abyme ». « Rosalie » s'entend aussi, par anagramme, dans le sonnet « El Desdichado », dans le vers « Et la treille où le pampre à la *rose s'allie* ». Sainte Rosalie fait aussi par-

tie de l'univers d'*Octavie*. Et dans *Les Élixirs du diable* d'Hoffmann, l'héroïne Aurélie est «l'original» de sainte Rosalie.

5. Mérovée, roi des Francs (env. 411-env. 457). Il s'unit au général romain Aetius contre Attila, roi des Huns, et l'aida à remporter une victoire sanglante (451) dans les champs Catalauniques. Il a donné son nom à la lignée des Mérovingiens.

6. Selon Jean Guillaume et Michel Brix, Babel-Mandel est à corriger en Babel-Mandeb, «la porte des Pleurs», détroit qui fait communiquer la mer Rouge et l'océan Indien.

7. Les «Gallas» sont un peuple établi au sud de l'Abyssinie.

8. «Balkis» est le nom que les Arabes donnent à la reine de Saba.

Page 211.

1. L'accumulation des noms historiques et légendaires prend, dans toute cette page, des dimensions étonnantes. Nerval évoque d'abord les lignées bibliques : « Les fils d'Abraham et de Cethura», «Héber et Joctan», «Énoch»; il convoque les épopées légendaires : — la guerre de Troie; — les *Nibelungen* avec Siegfried, Brunhield et Kriemhield; — la légende du roi Arthur et des chevaliers de la Table ronde; des personnages historiques, avec Charles Martel, Charlemagne, le calife abbasside Haroun-al-Rachid (dont le personnage, déformé par la légende, est mis en scène dans *Les Mille et Une Nuits*), Didier roi des Lombards, Barberousse, Richard, et Lothaire. Certaines références sont déformées : «les fils de Mérovia» (peut-être de Méroë, contrée de l'ancienne Éthiopie), «la Cythie» (peut-être pour la Scythie, au nord de la mer Noire). On rapprochera cette accumulation de noms propres de celle que mettent en œuvre certains sonnets de 1841, comme le sonnet dédié «À Madᵉ Ida-Dumas» qui convoque les noms de Michael, Mithra, Tippôo, Gabriel, Michel, Ibrahim, Napoléon, Abdel-Kader, Alaric et Attila, ou le sonnet «à Hélène de Mecklembourg», qui convoque les noms de Charlemagne, Napoléon, Charles Quint, Médicis ou Cœsar. Cette sorte de folie du nom est également à l'œuvre dans le texte délirant, lui aussi probablement daté de 1841, que Jean Richer a appelé la *Généalogie fantastique*.

DOSSIER

DU MÊME AUTEUR

Dans la même collection

LES ILLUMINÉS. *Édition présentée et établie par Max Milner.*

VOYAGE EN ORIENT. *Préface d'André Miquel. Édition de Jean Guillaume et Claude Pichois.*

LES FILLES DU FEU. LES CHIMÈRES. *Préface de Gérard Macé. Édition de Bertrand Marchal.*

Dans Poésie / Gallimard

LES CHIMÈRES. LA BOHÊME GALANTE. PETITS CHÂTEAUX DE BOHÊME. *Préface de Gérard Macé. Édition de Bertrand Marchal.*

LÉNORE et autres poésies allemandes. *Préface de Gérard Macé. Édition de Jean-Nicolas Illouz et Dolf Oehler.*

Composition Interligne.
Impression CPI Bussière
à Saint-Amand (Cher), le 8 avril 2014.
Dépôt légal : avril 2014.
1ᵉʳ dépôt légal dans la collection : septembre 2005.
Numéro d'imprimeur : 2009503.
ISBN 978-2-07-031476-8./Imprimé en France.